云窗

之 未来断点

骷髅精灵　著

青岛出版社
QINGDAO PUBLISHING HOUSE

图书在版编目（ＣＩＰ）数据

云穹之未来断点 / 骷髅精灵著. —— 青岛 ：青岛出版社，2019.5

ISBN 978-7-5552-7866-5

Ⅰ．①云… Ⅱ．①骷… Ⅲ．①长篇小说－中国－当代 Ⅳ．①I247.5

中国版本图书馆CIP数据核字(2018)第276205号

书　　　名	云穹之未来断点
著　　　者	骷髅精灵
出版发行	青岛出版社
社　　　址	青岛市海尔路182号（266061）
本社网址	http://www.qdpub.com
邮购电话	010-85787680-8015　13335059110
	0532-85814750（传真）　0532-68068026
选题策划	风染白
责任编辑	郭东明
责任校对	耿道川
特约编辑	郭红霞
照　　　排	蒋　晴
印　　　刷	三河市鹏远艺兴印务有限公司
出版日期	2019年5月第1版　　2019年5月第1次印刷
开　　　本	32开（880mm×1230mm）
印　　　张	10
字　　　数	200千
书　　　号	ISBN 978-7-5552-7866-5
定　　　价	39.80元

编校印装质量、盗版监督服务电话　4006532017　　0532-68068638
建议陈列类别：畅销・青春文学

目 录
CONTENT

目　录
CONTENT

第一章

解脱

公元 2308 年。灰蒙蒙的天空、遍地的红色沙砾，这是火星独有的苍凉地貌。这里随处可见燃烧着火焰的机械残骸，还有铺满了地面、散发着刺鼻味道、流着恶心液体的异族怪物的尸体，这些奇形怪状的怪物给野心勃勃的人类带来了巨大的灾难，战争持续了两年，火星战场是人类的最后一道防线。

而这样惨烈的场面，也是人类火星防线中最常见的画面。

在这样一幅画面的角落里，几道简陋而残破的金属围墙还勉强昭示着一座小型据点的存在。

这座据点的正门已经扭曲变形，被人拽下来扔在了一旁，屋顶更是支离破碎，看上去就像是被人打坏了的鸡蛋壳。

不过，再残破的据点也还是据点，一小队十二名穿着地球联邦制式武装的士兵正抓紧时间休息，有擦拭枪械的，也有趁着战时难得的间隙，缩在围墙后面吞云吐雾的。

小据点里充满了呛人的烟味，但是所有的战士都很清醒。或许，这股烟味才是这场战争中真正让他们觉得自己还活着的东西。

"有动静！"不知道是谁突然叫了一声，所有人立刻都跳了起来，将手里的烟头掐灭，套上头盔，转瞬之间就重新回到了战斗的状态。不过，众人只是紧张了一小会儿，很快就有人摘掉头盔，然后骂声就在小据点里响了起来。

"是哪个傻子在乱嚷嚷？害得老子大半根烟都浪费了！"

"就是！没长眼睛吗？队长的'卡丁车'都不认识？"

长时间的战斗使大家都有点儿神经质了，一片吵吵闹闹的骂声中，远处黄沙中的一个小黑点迅速变大，那是一辆联邦在十年前研发成功并投入使用、专门为火星地貌开发的、俗称"卡丁车"的军用载具。

片刻之后，"卡丁车"在小据点门外停下，一个穿着联邦制式武装、但手臂处嵌着两枚银星的男人跳了下来。

男人没有戴头盔，一头短碎的黑发乌糟糟的，看上去许久没洗了，眼神是温和中透着犀利，看了看周围的样子，表情微微有点儿担忧。

人类为了星际大航海，经过上百年缓慢但又稳定的基因改造，已经可以适应这样恶劣的环境。刚从"卡丁车"上下来的战士的脸上留着三道仿佛被什么猛兽的爪子抓出来的伤痕，使他整个人看上去凶悍而狠厉。

这个男人，就是莫峰。今年二十八岁，地球联邦"血狼"战队队长，上校军衔，事实上，他也正是这条防线上的一线指挥官。

"胖子，情况怎么样了？"莫峰走到刚才在小据点里骂得最凶的人身边，左右看看，冲他抬了抬下巴问道。

"还不就是老样子。"胖子懒洋洋地又拿出一根烟，点上之后深吸了一大口，"刚刚打退了一波，咱们这边死了两个，老梁、老詹受了点儿轻伤，当然，如果有增援、补给的话，我肯定举双手欢迎。"

"补给，我车上有一些，待会儿给你搬过来，增援的话，一个人都没有，你死了这条心吧，现在到处都缺人，实在不行我来给你当突击队员。"莫峰笑道。

"喀喀，我不是这个意思，老大，咱们都在这条防线上顶了一个多月了，到底什么时候才是个头，军部那帮家伙能靠谱点儿吗？还有，那群'月嫂'都干什么吃的，我们陆军成批地战死，牵制那群畜生，他们整天吹的舰队呢，怎么还没战果呀！"

"你问我，我问谁去？"莫峰对胖子翻了个白眼，也从胖子的烟盒里抽出一根烟点上，狠吸了一口说道，"上面的命令，是在这里顶住，绝对不能后退一步。"

"嘿！顶住、顶住……我顶他个肺呀！"胖子禁不住冷笑一声，又叫骂起来，"两年之前，上面说在瑟提斯高原顶住，结果死了一百二十七万人；一年之前，上面又说在太阳湖顶住，结果死了五百六十万人。那帮异族简直对我们了如指掌，咱们的部署、弱点，它们全都知道，那些专家研究出来点儿东西没有，真不知道是他们落后还是我们落后，要不是对方是一群没法沟通的怪物，我都觉得我们出内奸了。"

"别抱怨了，我们是军人，情况变成这样，谁也不想看到。"莫峰沉默了片刻，再次深吸了一口，将手里的烟一口气抽到了底，"这一次，上面应该的确是下了决心的，火星防线已经有一大半都落在异族手里了，一旦突破，地月系将直接遭受毁灭性打击，这次应该是大决战了，听说月球所有的太空舰队都调动过来了。"

"要说技术，'月嫂'这帮娘娘腔是可以的，就是缺乏点儿勇气！"胖子也狠狠把烟一口气吸到最后，然后把烟屁股狠狠砸在地上，军靴用力跺了几下。

"行了，爷们儿一点儿，找两个人来搬补给，我还要去下一个哨所呢。"莫峰也扔掉手里的烟头，在胖子的脑袋上拍了一把，转身带着两个人就走了出去。

几分钟之后，莫峰的"卡丁车"才刚刚开走，喊声就在小哨所中响起。

"敌袭！"

略显凄厉的喊声中，远处仿佛潮水一般的异族怪物汹涌而来。这些高大的外星生物，有直立的，有四肢爬行的，也有多足的，浑身由一种被科学家称为"钢化蛋白"的物质组成，拥有相当惊人的战斗力，最重要的是数量惊人，嗜血成性，对人肉有着疯狂的爱。枪声、爆炸声接连响起，血与火又在这漫天的黄沙之中交织起来，而刚才还蔫蔫的一帮战士已经完全变了样子，眼神里没有恐惧，只有血海深仇！

一个月后，莫峰的"卡丁车"再一次停在了小哨所的门口。

这一次，小哨所中没有人发出错误的警报，但当莫峰走进小哨所的时候，里面已经只剩下六个人了。

"胖子。"莫峰捶了一下胖子的胸口，尽量不去看他空荡荡的右臂，而莫峰的脸上，也已经又多了一道从左边额角贯通到下巴的伤疤，翻开的皮肉让他的形象显得越发狰狞、凶悍了。

胖子没有说话，因为大家都不太爱说话了，在这里，只剩一个名字。活着，意味着太多的东西，死亡或许才是一种解脱。

莫峰给胖子递了一根烟，胖子默默地抽着，他俩一起参军，一直到进入火星战场已经有十多年的交情了，两人同在一个军校、一个宿舍的场景好像还在昨天。

"其实你没必要来。"胖子吐了一个烟圈，军部那帮人早给高级军官安排了退路，莫峰大小也是个上校，而且还是一线的指挥官，算是人才了，有机会离开。

莫峰拍了拍胖子，吐出一个烟圈，满足中带着一丝微笑："去哪儿？一起来的，就一起走，我们和其他兄弟相比，算幸运的了。"

"哈哈，老大，我可不想走，我还没结婚呢，老处男，太丢人了，阎王都不收，坚持到最后一天，人类必胜！"

"人类必胜！"其余几个战士也举起了手中的武器，声音很平静，却带着一种震撼。

能活到这个时候，每一个战士都已经看透生死，为了人类？为了荣耀？都不是，还坚守在这里的，都是为了复仇，当身边一个个亲如兄弟的战友倒下，唯一剩下的就是杀了那群异族怪物，杀一个够本，杀两个赚了。

莫峰是"血狼"的总指挥，但是这一次，他离开指挥的岗位，回到了自己曾经熟悉的战场，在这片战场上，已经没有什么可指挥的了。

"血狼"全军剩余的一千一百三十七名战士，全部部署到了第一线，这是一场没有退路和妥协的战斗，莫峰轻轻地抽动着鼻子，周围弥漫着的硝烟味让他感到一种莫名其妙的熟悉。

在决定亲自参与下一场战斗的时候，莫峰就将自己的爱枪带在了身边，那是一支特制的 RRG-106 自动步枪。

RRG-106——一种优点与缺点几乎同样明显的单兵武器，强大的威力、充足的弹药量、几乎从无故障的优良稳定性是它的优势，而与威力几乎同样强大的后坐力、可怕的重量，以及随之而来的难以瞄准、难以移动等问题，使得这种兵器在普通士兵手中就是鸡肋一般的存在。只有王牌战士能够发挥出 RRG 的威力，他们是陆军中的传说，真正的兵王。

莫峰手中的这支 RRG 是联邦一位有名的枪械大师为他量身定制的，这支 RRG 已经不是一支简单的步枪，而是一件"致命的艺术品"了。

莫峰不断擦拭着自己的爱枪，将它一遍遍拆开，又一遍遍组装起来，整个过程简直就像是呼吸一般自然。他也算是大器晚成，在军校里有点儿中庸，但后来突然开窍，战斗素养直线上升，他的"血狼"称号可是在与异族的战斗中一刀一枪打出来的。

几个战士有点儿崇拜地看着莫峰，看到莫峰，他们就有信心。

与异族的战场上从来都没有休息时间，莫峰进入哨所不到十分钟，凄厉刺耳的警报就在所有人耳畔响了起来，远方，一条宛若潮水的黑线仿佛无可阻挡般涌来。

基地的自动防御系统已经在前面的战斗中坏得七七八八，但是没人畏惧，在其他的基地中也是如此，这是人类最后的战役，不是人类全线崩溃，就是这些异族怪物完蛋！

枪炮声轰然响起。

为了牺牲的兄弟们，死战！远程核打击构成了人类对怪物们的第一波攻势，骤然之间，天边仿佛同时升起了十个太阳，然后便是巨大的冲击波席卷地面。

与怪物们战斗了三年，士兵们早就已经习惯了作战的流程，他们低下头，沉默地躲在基地坚固的防核堡垒后面，等到刺眼的闪光和持续数十秒的冲击波过去之后，众多的士兵便一跃而起，冲入前方的战壕。

这些久经战阵的老兵都很清楚，那些恶心的异族怪物，绝不是单纯的核弹就能解决干净的。

尤其是随着战争的进行，这些异族怪物也在不断进化着。一开始的时候，一个普通的士兵拿着寻常的步枪就能给这些异族怪物造成巨大的伤害，可是在战争进行到三个月的时候，步枪就必须命中异族怪物的要害才能给它们造成伤害了。

现在是人类与异族战争的第三年，这些恶心的家伙甚至对核弹都进化出了一定的抵抗能力！十枚核弹的打击过后，老兵都知道，这些恶心的家伙至少能活下来一半！

"开火开火开火！"战壕之中，身为小队长的胖子对身边的几名士兵大声呼喝着，同时伴随着一串激烈的机枪轰鸣声。

远处，那一道宛若海潮的黑线已经变得稀疏了不少，却并未覆灭！它顽强地存在着，而且在不断向前！

机枪射出的子弹如同一道火鞭，将冲在最前面的一排异族怪物打倒。然而，这些异族怪物却仍旧不畏死地向前、向前、不断向前！

而且，这些异族怪物也不仅仅是单纯的挨打，在进入人类阵线大约一百米左右的距离之后，异族怪物们也凶狠地还击了。

与人类一样的火药武器、宛若小虫一般带着剧毒的生化武器，甚至还有毒雾和酸液，这些异族怪物在战争中也开发出了各种各样的杀戮手段。

当然，在所有的杀戮手段之中，最为可怕的依旧是异族之中的"变生种"。

这些"变生种"就与人类之中的"进化者"一样，拥有宛若超人的速度和力量，还有各种各样奇特的异能。而且，它们的能力与人类之中的"进化者"也是惊人的相似。

当双方的普通士兵互相用不同的兵器彼此杀戮之时，异族之中的"变生种"出现了。

"两点钟方向，三只'变生种'！等级……B级，B级，C级！橙色警报！橙色警报！"作为一线指挥官的胖子出色地行使着自己的职责，几乎是在三只"变生种"在战场上露面的一刹那，他就看到了它们，并且对同伴大声呼喊起来。

"变生种"的出现让人类的阵线一阵慌乱，无数的子弹掉转了方向，射向那三只"变生种"所在的方位，但是这些怪物的速度却远超所有人的想象，在这样的距离上，所有人的攻击都只是徒劳而已！

而不远处那一道由异种构成的海潮趁着这个机会猛烈地推进，已经到了与人类阵线只剩下四十米的距离上了！

在这个距离上，人类的兵器优势已经荡然无存。战线上的死伤开始猛然加剧，惨叫声不断响起。

"不要慌！那三只'变生种'交给我了！胖子，重整阵线！这边就交给你了！"莫峰大喝一声，突然从战壕中一跃而起。

手持着RRG的莫峰一次跳跃，就直接落在了距离战壕二十米的地方，这样的爆发力，足以让"进化者"出现之前的人类奥林匹克跳远冠军瞠目结舌。但这就是"进化者"的力量。

莫峰这一跃刚好让他躲过了怪物扔来的数枚酸液炸弹。

落地之后，莫峰不敢有丝毫停留，立刻再次双腿发力，如同炮弹一般贴着地面向前冲了出去。

各种子弹和酸液炸弹如同泼水一般向着莫峰轰击过来，但是就如同那三只"变生种"一样，这些普通异族的攻击，对莫峰几乎没有任何效果。

他可以轻松地辨明子弹和酸液喷射的方向，身体做出各种不可思议的小范围晃动，让所有的攻击全数落空。

很快，他就与三只"变生种"纠缠在了一起，RRG的轰鸣声响起，这就像是吹响了战斗的号角，整个战场都随着他与三只"变生种"的战斗进入到了白热化的阶段。

悲鸣声不断在人类的阵地上响起，他努力让自己变得更加漠然，不去受到那些声音的影响。

一个人面对两个B级、一个C级的"变生种"，对他来说并不算什么，只是他要小心隐藏在异族之中的指挥官。这个阵容，必然会有指挥官。幸好他在，否则胖子他们肯定完蛋，只要拖住时间，还有机会。

死亡和杀戮仍在继续，火星战线上原本就十分稀疏的人类还在迅速地减少着，异族的反扑非常凶猛。

"队长！时间到了！那帮'月嫂'到底在什么地方？我们的人都快要死光了！"僵持之中，莫峰的通信器中突然响起胖子带着哭腔的呼喊。

他低头看了一眼天讯，总攻的时间已经到了，可是空军呢？火星那血色的天空还是一副老样子，那铺天盖地的舰队并没有出现，难道是被异族的太空部队拦住了？

"指挥中心，'血狼'战队指挥官莫峰呼叫指挥中心。"他拉开距离吼道。

通讯接通了，但没有任何人回答，天讯另外一边传来枪炮声、惨叫声，大概也就两三秒的时间，传来一个沙哑的声音："月球人……"

嗞嗞嗞……莫峰麻木的心也咯噔一下，面对潮水一样涌上来的异族怪物，他忽然笑了，扔掉手中的天讯，拔出钛金刀，杀向它们。

人类的哨所之中，胖子看了看四周仅剩的三个伤员，和后方越来越多的异族怪物，突然咧开嘴笑了。

胖子的实力很强，不过真的很懒又不会拍马屁，这么多年只混到了个小队长，但他很满足，战争结束之后，他想退役找个妹子结婚，生一个比他还胖的小子，只是，这个愿望看来只能下辈子去实现了。

"峰哥，我先走一步，这些年拖累你了！"他猛地从金属围墙后面跳了出去，在他的腰间，画着死神般的核能图案的小型核弹正闪烁着危险的红光。

嗡……

轰隆隆隆……

莫峰整个人被震倒在地，强横的震荡波横扫而出，他还没爬起来，耳边接连响起爆炸声，胖子只是做了个示范，剩下的三个战士也都一个个冲了出去，在被异族怪物撕碎之前引爆小型核弹。

连续的爆炸，让狡猾的异族怪物也如潮水一样退了下去，经历了这么久的战争，它们似乎很清楚这种武器的威力。

莫峰站了起来，战场几千米之内已经被荡平，强烈的辐射和飓风撕咬着他的皮肤，可是他已经没有感觉了，摸了一把血肉模糊的脸，空中还是什么都没有。

而只是短短几分钟，后退的异族怪物似乎感觉到危险消失，再次盯上了人类战士中最强的莫峰，这些怪物对于强大的人类拥有极大的好奇，相比吃掉，它们似乎更喜欢俘虏强大的人类。被这些怪物抓住，那绝对比死更惨。

数万只异族怪物地毯似的压了过来，同样的事情在火星各处上演，人类全面溃败。

莫峰坐了起来，打开胸口处的吊坠，里面有一张照片，他的父母和可爱的妹妹。对他以及所有坚守阵地的战士来说，死亡真的是一种解脱。

当无数异族怪物涌来的时候，一道更加强烈的白光炸开，最后一颗核弹爆炸。

听不到声音、没有痛苦，对于血腥的战争来说，这已经是最轻松的死亡方式了。

爸、妈、小妹……还有胖子……我来找你们了……

可也就在此时，一股奇异的力量在这片空间激活，有微光浮现，整个世界都仿佛静止了下来，这片空间在恐怖的爆炸能量中一凝，随即猛然收缩，空间塌陷！

足足方圆四五千米，周围的异族怪物、战友、莫峰，包括这哨所堡垒，所有的一切都在瞬间被这收缩的能量席卷，骤然消失，连同火星地表，都被那恐怖的力量吞噬出了一个球形的巨坑！

……

土卫二，土星的第六大卫星，永恒孤寂的万载寒冰能够百分之百地反射太阳光，而在千米的冰层之下，存在着一座漆黑的建筑，像某种古老的神殿。

神殿中有着无数的巨大棺椁，每一副棺椁都飘浮在神庙的半空中，有神秘的黑色气流从棺椁里面飘散出来，在空中弥漫，散发着让人心悸的死亡气息。

而此时，仿佛是感应到了遥远火星上那异常的神秘能量，其中一副棺椁微微一荡。

嘎吱嘎吱……

棺盖发出朽木般的声音，缓缓地挪开，一只枯骨般的手从棺椁中伸了出来，优雅地搭在棺椁的边缘。

它从棺椁中站起身，当迈出那棺椁时，它身上的那些枯骨，竟然有血肉，且在疯狂地生长，惊悚的眸子里竟然带着血肉在旋转，显得非常的兴奋。

"终于出现了……咦？"

第二章

时光回溯

巨大的爆炸声似乎还在耳畔轰响，那一瞬间其实并不会感觉到痛苦，反而被一道奇妙的光笼罩，有点儿温暖。莫峰整个人懒洋洋的有些不想起来，什么味道，怎么这么臭？

他睁开眼，映入眼帘的是一双奇臭无比的卡通袜子，然后是一张狡黠的、胖乎乎的脸："哇哈哈，还是我的无敌臭袜子厉害，咯咯，老大，别生气，开个玩笑……"

"胖子？"他直愣愣地看着面前白嫩嫩的胖子，感觉就像是在看着一张十年前的老相片，那温暖的感觉是照在身上的阳光，外面是鸟儿清脆的叫声。

与异族经历过三年的战争之后，他已经完全不知道正常的生活是什么样子了，呆呆地看着眼前恢复青春、粉嫩粉嫩的胖子张五雷。

"不是吧，魔怔了？你的眼神有点儿不对劲！"胖子一骨碌爬起，警惕地抓着床边的栏杆，这家伙该不会因为受挫之后转移性取向了吧。

莫峰揉揉眼睛，捏了捏胖子："真的是活的！"

"废话，当然是活的，哥们儿你别吓我，不就是被周紫宸甩了吗，天涯何处无芳草，何必单恋一枝花……"

胖子话还没说完，莫峰那具还散发着汗臭和酒味的身体就扑了上来，给了他一个大大的拥抱。

莫峰失恋了两天都没刮胡子，胡楂儿都刺到了胖子的肉里，绝对深入，他浑身的汗毛瞬间就竖了起来，浑身瘫软，绝望地尖叫。

"呀！大哥，不要呀，放过我，我还是处男呀！"

起码被侵犯了一两分钟，挣扎开的胖子吓得屁滚尿流，连滚带爬地逃了。莫峰站了起来，刚迈出一步，身体有点儿失去平衡，一头撞在墙上，这一撞也让他在极度的激动中慢慢冷静了下来，看着自己陌生又熟悉的双手，这是自己的身体，又不是自己的身体，而周围……

是活生生的，这里的环境他无比熟悉，越是在残酷的时代越会怀念过去，而曾经的军校生活无疑是他人生中最美好的时光，尽管那个时候的他有点儿傻。

重生？穿越？多么不可思议的事，现在却真实地发生着，宿舍里的一切都是那么熟悉。

臭烘烘的袜子在床底散发着一股酸味，几双泛黄的人字拖胡乱地在房间里散落着，而墙壁上那几张硕大的、身材不成比例的动漫美女海报日历是胖子的最爱，看看上面翻着的页面，现在是2300年1月，刚过完二十三世纪不久。

莫峰揉了揉有点儿涨痛的脑袋，显然是宿醉之后的感觉，自己回到了八年前。

与异族的战争还没有爆发，自己还在联邦军校中读大三。他记得很清楚，大三的时候自己忍不住向校花周紫宸表白被拒，然后人生第一次喝得烂醉直到断片，而那有点儿傻愣的青春却是他战争时期最美好的回忆。虽然表白被拒，却也是他人生中最果断的决定。

等等……也、也就是说……妹妹还在，爸妈也还在，所有人都还活着！

他忍不住打了个激灵，浑身因为过度恐惧和担心有点儿颤抖，他曾经愿意用一切换取与家人的哪怕一分钟的重逢，这个愿望实现了？

他摸出枕头下的天讯，几串记忆中的号码立刻浮现在脑海中。

手指微微有些颤抖，他用左手用力掐了掐右手的虎口，刺激的疼痛让颤抖的手掌迅速平静下来，力量的使用上还有点儿不适应，他要尽可能地轻。

莫峰深吸了一口气，拨通了号码。

"喂？哥？"

天讯那头传来一个甜甜的声音，他听到这个声音时，激动和冷静交替攀升，激动是无法控制的喜悦，冷静则是经历太多的他已经成熟到极致的本能控制，紧接着巨大的幸福感涌上心头。当初就是因为父母和妹妹在异族的袭击中死亡才让他彻底觉醒，可是他宁愿永远不要觉醒，而这一切失而复得！

天讯另一头的莫小星似乎并不意外老哥的沉默，紧接着就传来动听的笑声："老哥，不要太过悲伤，怎么说呢，我虽然是你最亲最亲的妹妹，但我还是要说，你和紫宸姐真的不搭调。"

莫小星和周紫宸虽然年纪相差很多，但都是联邦天才俱乐部的成员，自家老哥是不错，可是紫宸姐姐……

莫峰只是默默地听着小星的声音，就像是天使的声音一样，一旁的胖子猥琐地看着莫峰，老大好惨，刚刚失恋，还被自己老妹补刀，惨呀！

"小星，听到你的声音真好，哥周末回去。"

"呀，你终于觉悟了，我跟你说，紫宸姐姐之所以看不上你，很大程度就是因为死胖子，早点儿把他甩了，我一看到他的胖脸就想揍！"天讯另外一头的莫小星很高兴地说道。

在一旁偷听的"死胖子"噘起了无辜的小嘴，这是瞬间两枪，莫峰一枪，他一枪，他招谁惹谁了。

"小星，哥哥永远爱你。"莫峰忍不住脱口而出，拳头握得紧紧的，哪怕面对千军万马的异族怪物，他也不会紧张得手颤。

"老哥，你不用解……嗯？什么？"那边的莫小星瞬间呆滞，直到莫峰挂掉电话，好半晌才回过神儿来。

神、神经了吧？这大白天的……莫小星感觉脸有点儿发烫，现在的孩子早熟，五岁之后，哥哥就没有和她说过这么肉麻的话了，不过……真好。

等等……这口气不对！

短暂的羞涩之后，莫小星的眼睛都瞪圆了，完了完了，该不会是老哥想不通，要做什么蠢事吧？

我的天！

地球联邦 TC 特别中学的女生宿舍里瞬间炸响了一个惊雷："周紫宸，

我哥要是有什么意外，我跟你没完！"

宿舍里鸡飞狗跳，下一秒，可怜的莫小星同学整理了一下自己凌乱的头发，瞬间已经平静了，貌似也没啥，就哥那傻性格，最多就是再喝个烂醉。今天的课程有点儿烦琐，莫里斯教授这个老变态一定会出很多很多的题，不过难不倒本大小姐……其实紫宸姐姐要是当我嫂子也不错，唉，这哥哥真不省心，以后看样子要多教育教育他了。

此时的莫峰早已迫不及待地拨通了父母的天讯。

有了妹妹在前面铺垫，他激动的心情已经平复了下来，这也是他没敢先跟二老通话的原因，怕自己太过激动，说出什么让二老担心的疯话。

天讯那头，父母的声音一如既往地慈祥，除了询问他最近的军校生活之外，更多的还是母亲在不停地唠叨。

"军校里的女孩子都挺不错的，要脸蛋有脸蛋，要身材有身材，你看你张阿姨家那胖小子，去年暑假都领一个回家了，峰，你什么时候也给妈妈领一个回来？今年中不？你们两兄妹都不在，家里太冷清了，早点儿让妈抱孙子，现在军校里的大学生结婚不是都很正常吗……"

"小子别听你妈啰唆，好男儿志在四方，身为军人要建功立业！"

天讯另一头的母亲大怒："老头子，区区一个退伍炊事班小班长，你是要造反吗？去，拖地去！"

"轻点儿！轻点儿！"天讯里传来父亲倒抽凉气的声音，接着，父亲匆匆忙忙地交代他道，"那什么，回头再说，好好学习呀，周末回家爸给你做你最爱的红烧鱼……哎哟！你轻点儿呀！耳朵都掉了！"

嘟嘟嘟嘟……

父亲迫不及待地挂断，天讯那边传来一阵忙音。

莫峰却长长地舒了一口气，以前觉得很烦、很啰唆的拉家常，现在听起来就像是福音一样，穿越前那些让人绝望的记忆和悲惨的结局，让他感觉此时恍若从噩梦中突然惊醒了过来。

在与异族的战争开始之前，没有人能想象到那对人类来说是一种何等的绝望和恐惧，经历过那地狱般时代的人，才能越发体会到和平的珍贵。

一旁的胖子已经开始翻看心爱的漫画了，他一只手抱着赠送的海报，那

感觉真是美得冒泡，莫峰看着他，怎么都没法将他和那个叱咤火星战场的神枪手联系在一起。

看来兄弟们都很好，而他，一定要想办法阻止这场毁灭性的灾难，一定有办法，冥冥中自有天意，否则他怎么会不可思议地回来呢！

曾经黑暗的一切，不是梦！

没有在幸福中迷失，经历了太多太多，二十岁的身体里是一个完全成熟的钢铁战士，他必须做点儿什么！

咕噜咕噜……

还是先填饱肚子吧。

第三章

吃货

夜晚。

莫峰旁边的床上传来胖子打雷一样的呼噜声，他怀里抱着一个限量版的手办，那是他用一个月的伙食费换来的，时不时地还吧唧吧唧嘴，伸出肥肥的手指挠挠那根到死都没用过的命根子，然后在睡梦中发出处男所独有的羞涩笑声。

胖子睡得很香很甜，可旁边的莫峰却是睡意全无。

一整天折腾下来，特别是下午时应付妹妹莫小星的全火力狮子咆哮弹，就算是神都吃不消，可他却感觉很满足，这种满足被胖子认定为因失恋而引发的严重的受虐倾向。

他感觉自己现在仍旧精神奕奕，哪怕是见识了异族战场的残酷，面对时光倒流这更加不可思议的事也有点儿不真实的感觉，外面的夜真是有着无法想象的温柔。

只是这种温柔和美好，会在五年之后被彻底摧毁，不管他是怎么回来的、为什么回来，他都要想尽办法阻止战争的发生，即使不能阻止，也不能让人类重蹈覆辙。

五年之后，异族通过伪装彗星对地月系发动攻击，揭开大战的序幕，地球上和月球上的几个重要城市遭受了毁灭性打击。人类太大意了，虽然一直幻想着遇到外星人，但从没想到有一天外星人会真的出现。

莫峰的脑子里一遍遍地梳理着异族战争爆发前后的诸多细节，人类愤怒地发起反击。在战争初期，双方有来有往，人类甚至还稍占上风。转折点是瑟提斯高原战役，这是火星争夺战的关键节点，人类的大意，导致火星北部被异族占领，拉开了三年反反复复的火星争夺战，而在这三年里，异族变得越来越强大。

太阳湖战役则让人类丧失了对火星的控制权，人类从进攻转为全面的防御阶段，直到最后的战役，虽然他不知道高层是怎么计划的，但从此情况来看，人类危在旦夕。

两个关键的节点，一个彗星攻击，打了人类联盟一个措手不及，几个重要基地被摧毁。另外就是异族的两大会战神奇地未卜先知。科学家对异族进行过研究，人类和异族根本无法沟通，如果不是最后的经历，他会觉得这是因为异族拥有某种预知能力，毕竟这不是可以用科技手段解释的，但最后，那总部的情况，以及那句"月球人"的语气，给莫峰留下了无限的遐想，假设月球人是内奸……

任何事情都要有动机，如果月球人是内奸，那动机是什么？投降异族？

这不可能，一旦异族全面胜利，人类顶多就是食物，而且人类和异族根本无法沟通，何来泄密一说？他也不能凭借总部的一个声音就妄加揣测，毕竟在整个战争中，月球承担了七成的战力，虽然大家会吐槽"月嫂"不给力，但那只是发泄一下，没有月球联邦，人类早就完了。

莫峰确实也有些头痛，毕竟他不是核心领导阶层中的一员，只能通过一些蛛丝马迹来判断，而这很容易产生误差。

躺在床上，他忽然觉得就算时光倒流了，他也依然无法改变什么。去嚷嚷自己来自未来，异族要入侵？那恐怕不被切片，也要被送进精神病院。最关键的是，倘若人类内部真有问题，那他这只逆转时空的小蝴蝶，会再一次走向死亡。

宿舍的门上贴着一张海报，上面有两个硕大的字母——EM。这个征战海报是每个宿舍统一贴的，为的是激发每个学生的自尊心和斗志。

莫峰的眼睛亮了，让他毫无头绪的原因是眼界，如果……自己也是核心领导层的一员呢？

上一世在军校的时候他的成绩很一般，错过了很多机会，但这一世不同，如果把握住，他将可以进入联邦的决策层，不说有决策权，只要能参与、能接触，他所拥有的记忆才能发挥出最大的作用，尤其是那些影响战役的人和事，说不定会找到问题的关键。

EM 大赛是军校间最高级别的精英选拔赛，表现优异者不说飞黄腾达，起步点也远远不是一般学生能比的。最重要的是，因为五年后的战争，但凡在今年这一届 EM 大赛上有突出表现的，都成了地球军和月球军中的中坚力量，有舰队长、集团司令等。

这是机会！

在和异族的战争中，无数的牺牲已经教会了莫峰一个真理：莽撞、痛快不能解决任何问题。他要学会冷静、沉稳，甚至是隐忍，他不会再让任何东西夺走他的幸福。

胖子昨天晚上做了个好梦，梦中那可爱的手办变成了真人，和他手牵手一起坐在教室里，所有男生都向他投来了羡慕嫉妒恨的目光，所有女生则是凶狠地瞪着可爱的二次元少女，胖子很爽。

剧情进展得很快，一眨眼就到了晚上的床上，胖子激动着、哆哆嗦嗦地正要解开二次元少女的外衣……

可就在这时候，一只可恶的怪物出现了！

那怪物一把就将他怀里的美少女抢走，然后一脚踹到他屁股上，把他从美少女的身上踹飞出八丈远。

"何方妖孽！"胖子大怒，"给张爷留下命来！"

那妖怪没理他，转身就走，胖子又急又怒，灵活地奋勇一扑，猛然抓住那妖怪的手臂，只感觉入手处尽是湿漉漉的水渍，胖子大惊："妈呀，水鬼！"

他吓得惊醒，却发现站在床前的是莫峰。

只见这家伙浑身湿透，被自己抓住的两条胳膊就像刚从水里捞出来一样，胖子浑身一哆嗦，眼眶瞬间就红了，痛哭："兄弟，你、你跳河了吗？现在是你的鬼魂来找我的吗？为了个女人你这是何苦呀！"

"睡迷糊了吧？"莫峰哭笑不得，年轻的时候失恋确实是天大的事，但其实只是一段美好的回忆，他甩开胖子的手，到自己床头翻找可以换穿的衣服，"我刚去做了几组训练，作为预备军人不能这么懒。"

虽然是他的身体，但毕竟各方面变化很大，这个身体的潜力其实更足、更好，但需要一点儿时间去挖掘、适应，尤其是在基因力量的使用上，想想火星上的条件，再想想现在，真的是天壤之别。

胖子还处于半睡半醒的状态，有点儿摸不清状况，一脸呆滞地看着他："哥们儿，你不会是中邪了吧？这话只有教官才说得出来！"

莫峰已经把湿漉漉的背心脱了下来扔到一边，有点儿感慨，训练的时候多辛苦点儿，在战场上就会有多一点儿活着的机会，和平年代谁能体会？或许只有他们这种从地狱中爬出来的人才明白，一点儿体力、一个保命技能是多么的珍贵，其实张五雷也很有天赋，否则也不可能活到最后的决战，只是现在的他并不明白这一点。

其实莫峰也很好奇，如果支撑他的是仇恨，那支撑张五雷战到最后的是什么？这个问题盘亘在他脑海里很久了，但直到最后也没有答案，或许永远也不会有了。

"别，别这么伤感，不就是起床吗？我马上！"胖子感觉自己不应该在这个时候刺激莫峰，毕竟刚失恋，肯定是需要一些体力运动让自己忘却伤痛的。唉，还是他的露露好，永远不会有那么多麻烦，他看了看躺着的限量超能女枪"露露"，脸上充满了幸福。

莫峰可没工夫理会胖子那复杂、曲折的思路，抓起一件T恤进了旁边的淋浴房："我先洗个澡，你收拾下，差不多该吃饭了。"

吃饭！我的饭！

胖子本来还迷迷糊糊的眼睛瞬间就鼓圆了，腾一下从床上蹦了起来，眼睛已经放出绿油油的光芒，他的人生，最重要的就是露露和吃。

莫峰关上淋浴房的门，拧开水龙头，温热的水冲刷在身上，有着一种说不出的放松感，仿佛全身的疲惫都顺着水流被缓缓冲走，这样的感觉让他有点儿沉默，水流从头顶上冲下，他一只手撑在墙上，另一只手在双目的注视下用力地捏了捏，无法完全握紧，有点儿脱力的感觉。

五组马塔斯诺三项和十公里越野跑，对巅峰时候的他来说，是小菜一碟，现在他的身体只是恢复了个四五成，其实现在的身体要更优秀、更有韧性，只是基因力量需要通过训练和意志来进一步掌握，这种玄妙的感觉是在和异族的战争中才觉醒的。

基因战士和基因技术，在这个时代并不是什么禁忌，也不会让人谈虎色变，人类早在二十二世纪末的时候就已经开始着手基因计划了。

一开始是为了星际殖民，科学家将人类的基因进行了一些细微的调整，用以适应月球和火星更加恶劣的自然生存环境。这项研究很快就取得了突破性的进展，不仅解决了月球和火星的环境适应问题，而且让人体的潜能得到了更多的拓展，治愈疾病、延长寿命等，甚至有相当一部分人获得了超越常人的力量，也就成了军队的主力。

基因技术确实让人类开发月球从蓝图变成了现实，奠定了月球高速、迅猛发展的基础，但也造成了地球人和月球人之间的一些分歧。

地球联邦在基因项目上相对比较保守，以疫苗的形式全民推广，基因调整幅度并不大，更像是一种引导，侧重于人类自然进化，希望用更长的时间使人类完全适应星际大航海。

而月球人则相对比较激进，也是源自最早那批月球移民的意志，恶劣的环境决定了他们需要更高强度的基因改造。直接的基因调整固然使人们获得了高智商和适应力等优势，但也带来了身体和精神上的一些缺陷，引起了巨大争议，但月球人最终通过新人类与人类的结合，依靠人类遗传的超强自我调整能力，优胜劣汰，改变这一缺陷，最终形成了现在的月球人。

本质上，地球人和月球人的目的是一样的，只是过程一个温和、一个火暴，这就像地球人和月球人的关系，既是竞争对手又不可分离，涉及科学、经济、技术、军事、教育等各个领域。

莫峰的呼吸已经平稳下来，身体状态要远比战争时好，只是要让身体习惯运用基因力量，同时肌肉也要跟得上，这种默契和节奏需要一段时间的训练。他的方法也很简单，先往死里练，疲惫、透支是最容易让身体适应的方式，以前的他不明白，现在的他可是非常清楚自己的潜力的。

无论是地球联邦还是月球联邦，对于军校都非常重视，军校的生活条件往往是让很多初入学的学生们为之惊叹的，当然入学要求也相当高，最基本的一条就是基因值的高低。简单来说，军校就是培养军官的，尤其是为那些强大的基因战士准备的。

基因值越高，对恶劣环境的适应性就越强，军校的入学标准是六十，当然这个数值并不能代表直接的战斗力，只是一种潜力罢了，最终能到什么高度需要一些机缘。

莫峰从淋浴房中出来时，胖子早就已经穿戴整齐，迫不及待地拉着他要去吃饭了。在胖子的世界里，摸手办、狂吃肉，那就是这世界上最幸福的事。

这要换在平时，胖子一路上估计已经在纠结早餐的挑选搭配了，军校的伙食，哪怕是早餐都相当丰盛，可以选择的食物很多，可今天，他居然没有念叨吃的事，而是时不时地转过头看莫峰两眼。

"我怎么老觉得你今天跟往常有点儿不一样呢？"胖子的第六感绝对准确，一路都在盯着他。

一身清爽的莫峰也是惊叹于胖子的直觉，这家伙也在战争中找到了自己基因力量的使用方法，最恐怖的就是他那精准的枪法和敏锐的直觉："哪里不一样了？"

"你看你看！就是这笑容，真可恶。"胖子嚷嚷起来，"我说不出来到底是怎么了，但是好像变……帅了！"

"你这是夸奖吗，可是我并没有感受到任何的喜悦！"莫峰翻了翻白眼，被一个男人夸帅并没有什么用。

这时候正是早上的饭点，路上的学生不少，但毕竟是早晨，大多数人说话都是轻言细语的，像胖子这么咋咋呼呼的绝对是一枝独秀，而旁边的莫峰就更是一股清泉了，不少人看到他都是想笑憋着的感觉。

喜欢周紫宸不是什么事，喜欢她的人多了去了，但敢在大庭广众下表白的就只有莫峰一个了，这可不是分分秒秒上校报的节奏吗？

且不说周紫宸是龙图军事学院的校花，仰慕者无数，再看看人家的实力，那是在 EM 积分两千分以上的大神，龙图军事学院独此一位，即便放到整个 EM 战网也都是赫赫有名的女战神级别。即便不说是国民女神，校园女神那肯定是没跑的，是莫峰这种普通学生所能接近的吗？

当然，他也算是勇气可嘉，传说中的蹭热度，这哥们儿现在也算学院里的名人了。

到了食堂，这边叽叽喳喳的声音越发多起来了，议论莫峰的不少，倒并不带太多恶意，傻小子要追天鹅这种事，历来都是被当成滑稽的舞台剧来看的，大家看个开头，图个乐和就好，结果什么样，也就无所谓了。

胖子也是两眼放光，因为有不少女生都频频把视线往这边放，胖子一边唉声叹气，一边昂首挺胸，表情则是相当的忧郁和深沉，尽显沧桑，顺便还甩了甩额头上的刘海："现在的年轻人，太不懂得尊重前辈了！"

啪！

一个大大的银亮餐盘重重地放到了两人面前，一股淡淡的体香袭来，胖子的肉脸立刻堆满了笑容："班长早！"

"莫峰，你可真给我们班争光呀，现在可是闹得全校闻名、满城风雨了，让我说你点儿什么好！"

这大概是除了胖子和小妹外，莫峰在学院里最熟悉的声音了，质问中带着一些调侃，还有点儿恨铁不成钢。

他抬头看去，一个扎着马尾、穿着笔挺制服的清秀女孩出现在眼前。

孙小茹，这是他和胖子在军校里的死党、铁哥们儿，也是他们在军校这四年的同班班长。当初毕业后三人一起参军，优秀的军事素养和战斗能力，以及在对异族战争中的优异表现让她得以迅速晋升，成为当时军部最年轻的一批太空战舰舰长之一，只可惜天妒红颜，太阳湖战役，地球联邦的太空舰队近乎全军覆没，孙小茹战死。

这是个很爽朗的北方姑娘，智慧、大气，他和胖子最初那几年一直混迹于军部底层，没少受她关照，她是典型的刀子嘴豆腐心，据说太阳湖之战时她本是有逃生机会的，可最后却选择了和她的战舰共存亡，得知消息的莫峰和张五雷喝得烂醉，随着战争的持续，基本上没什么好消息。

"干吗，看着我干吗？"孙小茹瞪大了眼睛，一屁股在莫峰旁边挤了下来，"我说的难道不对吗？瞧瞧你那尿样，追个女人都搞不定，真是不够给我丢人的！"

莫峰笑着说道："对，班长大人说的当然对，你看我已经够糗的了。"

"是呀，老大被嘲笑得好惨，"胖子在旁边赶紧补充，"我觉得他已经完全认识到了自己的错误，并且经过了深刻的反省！"

"有多深刻？"孙小茹眨了眨眼睛，"三顿大餐总有吧？"

"帮我洗一周的袜子！"

"打住，打住，"莫峰摆了摆手，被这俩货套路了，"这是安慰吗？你们两个是来补刀下套的吧？"

"本来是想安慰你来着，可看你这嬉皮笑脸的样子我突然就觉得用不着了。"孙小茹也笑了起来，"……你该不会受了内伤，命不久矣吧？"

"老大，银行卡密码多少，我会帮你好好保管的！"一旁的胖子含混不清地说道。

莫峰默默地吃着自己的饭，前世这个阶段的自己确实备受打击，无脑的表白给自己和对方都带来了很多困扰，相比周紫宸，自己的消沉更可笑，现在嘛……这种感觉真棒，完全不一样的体会。

"我的财产只有宿舍里的那些袜子和内裤，你看着用吧。"莫峰笑道。

胖子捂住了自己的嘴，这也太恶心了吧。

"话说回来，你们两个真该收收心了，都三年级了，还泡妞呢？好歹关注一下自己的 EM 分数呀，有段时间没过问，你们冲分了没呀？要想毕业证不留什么遗憾，至少也得到五百分才行。"

"反正都是毕业，管他毕业证上盖的那个戳是'优秀'还是'普通'呢，都能混饭吃的啦。"胖子没心没肺地说道，"其实我挺羡慕峰哥的，不管什么结果也总算男人了一回。"

莫峰无奈地摆摆手："这个梗你们就痛快地遗忘了吧！"

孙小茹恶狠狠地瞪了一眼张五雷："就见不得你这死猪不怕开水烫的德行，毕业证上那个钢戳可关系着你们进入军队后的起点，起点稍微低上一截，以后花十倍、百倍的努力都追不回来。"

"这不是还有班长你吗？"胖子嬉皮笑脸地说道，"我们两个多半是没戏了，以后就靠大姐你罩了。"

"行呀，姐已经预定铁鹰舰队了，你们只要能考进去，下半辈子姐管了，反正我的战舰里免不了会缺少个端茶送水的！"孙小茹笑道。

"铁鹰？我说姐，亲姐，您可真敢说。"胖子翻着白眼，"那可是王牌部队，就您这EM一千二百分的估计都悬，我和莫峰去报名扫厕所呀？"

"没出息！"孙小茹白了他一眼，正色道，"你们两个的EM积分现在到底多少了？过七百没？如果过了，这几天好好努力下，我这里有几个A级考核的心得，可以给你们去搏一把，争取上八百分，如果能得到这次EM精英赛的资格，不管输赢，只要去露个脸，毕业后的证书上也是浓重的一笔呀，随便考什么部队都绝对加分。"

"哈……今儿天气不错！"胖子打着哈哈，紧跟着就是桌子底下一脚，踢得他龇牙咧嘴。

旁边的莫峰笑了笑："班长大人说得对，我还差点儿，不过一定会努力的，争取参加这次EM大赛！"

"这才对嘛，态度要端正，胖子你呢？"

"喀喀，努力，努力！"一旁的张五雷开始埋头吃，他就想混混日子到毕业，根本没打算出人头地。

莫峰嘴里正塞着一大块面包，军校里的小麦面包又香又甜，自从去了火星，他有好几年没尝到了，灌了一大口水，把嘴里的面包吞到肚子里："对了，距离精英赛还有多久？"

"一个多月吧，咦……"

孙小茹这才注意到莫峰面前的餐盘，她刚才坐下来的时候，记得这家伙的餐盘还是满满的，他点的是最大份的"大肚汉套餐"，光半斤重的小麦面包就有五个，这才聊了几分钟，居然就已经空了。

莫峰点了点头，把餐盘里最后半口面包塞进嘴里，然后又过去端了一份过来。味道真是好呀，只有经历过战争的人才明白能安安静静地吃个饭、不用担心异族的突然攻击是多么幸福的事。虽然补给一直还行，可品质越来越差，跟和平年代的食物比起来真是差太远了。

美味，香！

半斤的小麦面包只要三四口，三升的超大杯牛奶那根本都不是在喝，是直接往喉咙里倒，吃相那叫一个生猛。

不单孙小茹瞠目结舌，就连旁边自称"大胃王"的胖子都看得张大了嘴

巴，小麦面包放在嘴边愣是忘了咬下去。莫峰又解决了一份，看样子准备去端第三份了，高强度训练需要大量的能量补充，光是吃饱是肯定不够的，胃这东西越撑越大，到火星去多待两个月，保证你就能学会用胃来储存食物和能量。

"嗯？"他突然发现孙小茹和胖子都在看他，"看我干什么？你们两个怎么不吃呀？"

"光是看着你吃，我就已经饱了。"孙小茹也是好半晌才把张大的嘴巴合拢，这哪里是人吃饭呀，简直就是猪拱食，"你这、你这都已经是第几份了？"

莫峰意识到自己又被误解了，失恋导致食欲暴增吗？他真的不能解释了，越抹越黑，不过这倒是应对一些变化的很好借口，他虽说长相没变化，可细节上和习惯上还是有不小的差距的。

第四章

宿命·火葬

军校的课程相对来说是比较自由的，尤其是三年级，除了每个星期固定的几门主修课程外，其他时间大多都是由学生自由安排的。毕业时除了 EM 积分是一个重要考核标准，还需要达到学院的所有主修科目"优良"，并至少有十门选修科目达到及格成绩才行。

胖子最近就在死啃"后勤规划"，就是一堆背书、记规则的事，在军校的那些副科难度中绝对属于"弱智"级别。对他来说，选择十项最简单的副科，然后顺利毕业就已经是人生最大的目标了，他唯一拿手的就是射击，这还是因为他的梦中情人"露露"是个神枪手。

孙小茹则对舰船非常感兴趣，选修的十项副科基本都是和舰船有关的，从舰队指挥到虫洞穿梭、亚光速曲线引擎，乃至最底层的基舰维修，聊天时偶尔在莫峰和胖子面前卖弄几句术语，都能把这俩货唬得一愣一愣的。

孙小茹是大忙人，坦白说，每次看到班长大人，以前的莫峰都觉得自己在浪费人生，这是一个很有规划的女孩，对自己的未来，想要的、不想要的都很清楚，清爽利索。

"峰哥，你不会是认真的吧，我们这两块料就不要搅和 EM 大赛了吧。"胖子说道，他真不想增加人生负担，尤其是万众瞩目的 EM 大赛，四年一届

的各大军校最关注的赛事，不但可以成为明星，积累声望，还可以为进入军队奠定基础。据说在军方高层，常常以第几届第几届 EM 大赛的参赛选手来划分派系，人类社会，有个共同经历往往比较容易交流。

莫峰看着胖子，看得胖子有点儿心虚："我是认真的呀，一个月的时间也差不多了，我都能到八百分的话，你肯定也没问题的。"

"我不行的。"张五雷连忙摆手……难道被发现了？不会呀，像他这样的，基本都是隐形人。

"我不管，如果报名的时候你不到八百分，我就把你的手办放到网上拍卖掉，你看着办吧！"莫峰无所谓地说道，对付张五雷不需要讲道理，只要告诉他必须做就行了。

胖子一脸委屈，肉都快堆到一起了："你……是不是觊觎我的露露很久了，就算你失恋了也不能抢……"

莫峰受不了，连忙闪人，吃个饭，惨遭各种重击，这两个没人性的损友呀。

望着莫峰离去的背影，张五雷挠挠头，看来峰哥受到的打击很沉重，以前他是那么的鄙视 EM 大赛，现在竟然要冲分。唉，爱情呀，你就是一本看不懂的曲度跳跃原理，还是他的露露好。

莫峰在天讯上查了一下 EM 大赛的报名截止时间，还有一个月多一点儿，足够了。基因的力量一直都在他的身体里，这是每个人与生俱来的，正确的掌控方法是开启基因力量的关键。现在的他，可能是这个时代最擅长开启基因力量的人之一了，因为现实生活是无法复制的，未来战争中那种绝望和超越死亡的坚持，那时候强化力量都不是为了自己，尤其是第一线的战士，活着的，都有着不能死的理由，而人往往会在这种极端环境下爆发出最强的力量。

训练的目的是让身体适应强度，把实力发挥出来，他相当清楚这一点，这也是他的底气所在，而且自己年轻的时候也没什么不良嗜好，不抽烟、不喝酒，训练虽然不算特别努力，但愣头青的个性也并不少，只要有合理的训练，很快就可以重返身体的巅峰状态，甚至因为年轻，就算超越前世三十多岁时的巅峰极限也未尝不可。

一整天下来几乎就没有停歇的时候，跑步、肌肉训练、反射训练、重力训练更是必不可少的，使用重力变化是基因战士最基本也最能激发力量的方式。连续几天，莫峰都沉浸在兴奋的吃、练、睡的阶段，在胖子看来，莫峰已经完全患上了失恋症候群，好像也不算是坏事，至少孙小茹知道了之后很高兴。班长大人对他们两个拖后腿的总是很无奈，现在莫峰觉悟了，她就盯上了胖子，导致胖子最近的训练量也跟着直线增加，其实张五雷是个随大流的人，周围的朋友做什么，他就跟着做什么。

胖子有个秘密没好意思说，那就是他的分数其实有七百多。他的枪战能力其实非常强，只是他隐约记得莫峰说过自己才三四百分的样子，就隐藏了下来，不想让莫峰不开心。他也打定主意，如果莫峰真报名了，他也跟着报名。

至于莫峰，重生回来的他，更懂得如何去专注，这大概是以前的他完全无法做到的，想要认认真真、心无杂念基本没可能，可现在只需要一秒钟他就可以进入自己想要的状态。

上天有的时候也不太公平，基因战士固然需要百分之九十九的刻苦训练，但另外百分之一的天赋往往能决定高度。张五雷的天赋就是射击，他绝对不算勤快的，可是大二学期末，他的 EM 分数就稳定在七百多了，真要努力的话冲八百分，获得 EM 精英赛资格不是没可能，可问题是，一想到要跟那些两千分左右的变态去比，他就觉得浑身酸软。

这世界不怕努力的，不怕有天赋的，就怕比自己有天赋还比自己努力的，光是想想都觉得可怕，周紫宸那样的女孩子送给他都不敢要，还是露露好呀。

宿舍里，胖子正在看最新一期的"宇宙美少女"，莫峰则在学院的训练场完成了肌肉训练，感觉非常舒适。基因力量掌握的最佳时段其实就是二十岁左右，此阶段的人类生命力最旺盛、细胞活力惊人，激发基因力量再完美不过了。这果然是后期的他没法比的，才五天，就感觉恢复了七七八八，他也有点儿迫不及待地想试试了。不管怎么说，EM 八百分是必须有的，他现在才三百多分……怎一个惨字了得，以前的他性子有点儿愣，倒不是不认真，而是更加的痛快，更加的理想，也没怎么认真地冲分，可能骨子里有点儿叛逆，觉得分数并不能代表真正的战斗力。

或许他是对的，但有一点，社会是需要一个认证体系的，他确实因为任性错过了很多，这一次，不会了。

军校的 EM 训练系统是标配，尤其是龙图这样的知名军校更是如此，整整八层楼都是与 EM 大赛相关的设施，简单来说就是虚拟战境，可以模拟各种战场和生存环境，便于战士们训练。EM 测试分为两部分，一部分是能力测试，涉及速度、力量、反应等方面，另一部分就是对战，对战是随机匹配对手，对手都是地球联邦其他军校的学生，当然定期也链接地球和月球联邦的系统，月球战士和地球战士碰到一起肯定是火花四溅。

地球人喜欢叫月球人"月嫂"，月球人则喜欢叫地球人"土鳖"，这种称呼会从军校一直延续到军队里。

虽然是晚上了，但 EM 楼向来是非常热闹的，尤其是精英派更是抓紧 EM 大赛之前最后的冲分阶段，当然真正的顶尖高手是不用在意的，像周紫宸，人家超分太多了。

也不知道是不是冤家路窄，莫峰刚办好使用手续就看到了迎面走来的周紫宸，她身边还有一个殷勤的哥们儿，这人他也很熟悉，李威廉，龙图军事学院 EM 分数稳定在前五名的人，大四了，是她的有力追求者之一。李威廉的父亲是议员，家族还拥有一家上市公司，典型的高帅富，也是学校公认最有可能追到她的人，偏偏这个时候他不识趣地插进来。

她已经被李威廉缠得很头痛了，可是毕竟是一个学校的学长，她已经明着、暗着拒绝了很多次，可是这位学长的"缠"字诀练得很到位，永远是和蔼可亲的态度，用他的话说"你可以拒绝我，但不能剥夺我喜欢你的权利"。

看看，这境界、这套路，远远不是莫峰能比的。

当然莫峰并不知道，她……那只是他年轻时候的一个美好回忆，并不是要有什么结果。他之所以认识她，还是因为妹妹莫小星，她可能是看在莫小星的分儿上才对他的态度稍微好了一点儿，让年轻时的他有了错误的认识，秉着男人应该主动一点儿，就……

莫峰并没有打算纠缠，准备从一边进去，忽然一只手拉住了莫峰："威廉学长，其实我喜欢的是莫峰，对不起，我不想让我男朋友误会。"

李威廉的笑容凝固住了，他有一半的月球人血统，这让他非常自傲，秉承基因理论，月球人和地球人结合诞生出来的新生代会拥有更好的基因，这让他也颇有优越感，当然这是骨子里的，他不会傻到炫耀这一点。

但他很快便绽放出了更温和的微笑："紫宸，莫峰学弟我知道，你没必要用他做挡箭牌，前几天他闹的笑话已经尽人皆知了。"

"学长，你弄错了，我不是拒绝他的告白，而是不喜欢他的告白方式。哪儿有告白不送花，而是脱衣服的？"此时周紫宸的脸微微一红，这冰霜女神解冻的样子真是让周围的人都流露出了惊艳的神态。

就算是现在的莫峰也有点儿感慨，年轻时的自己真是个白痴，光想着要劲爆，所以就在胸口涂了一个红色大爱心……当时她的朋友都还在，坦白说，人家不打他一顿都算好的了。

莫峰轻轻一揽周紫宸："威廉学长，虽然说'靓女怕痴缠'，但过了线就有失绅士风度了，别说紫宸是我女朋友，就算不是，逼着一个女孩子做到这份儿上，你是不是应该反省一下？"

被莫峰半拥抱着的周紫宸咬着小银牙，以前怎么没觉得这小子这么能说会道？

李威廉看了看莫峰，又看看周紫宸乖巧的模样，眼神变得锐利，可是看到周围那么多看热闹的人，最终没有发作。

"紫宸，我相信你会做出正确的选择。"李威廉果然还是保持着风度，只是走的时候还是有点儿愤怒，看热闹的人在周紫宸犀利的眼神下也散了。

"可以放开了吧？"周紫宸淡淡地说道，有的时候她也不太理解，为什么莫小星这样的天才少女，会有这么放荡不羁、二愣子一样的哥哥。

"呀，忘了。"莫峰笑着松开手。上一世自从闹开了之后，他俩就再也没有单独相处了，这么近距离的接触还是第一次。不得不说，自己的眼光还是不错的，她细腻、洁白的肌肤上没有一丝瑕疵，柔和的脸上，微微一笑的时候会有一个小酒窝，身上散发着淡淡的香气。她不喜欢用香水，那应该是体香了。

"喀喀，刚才的事谢谢，我希望你……"她生怕莫峰有什么更深的误会，每隔一段时间都要为拒绝男生而头痛，尤其是在 EM 大赛临近，这是每个军校生只有一次的机会，她渴望星辰大海。

他笑着摆摆手："不用谢，我知道，挡箭牌嘛，其实也不亏，至少能如此近距离地接触女神，行了，以后有这种任务随时召唤，我很乐意的。"

她要去的是四楼的 EM 作战厅，他的力量全面爆发还是在战争期间，那个时候可没什么 EM 系统，不得不说，他也想知道量化评价会是什么样，毕竟战场只是一个实战效果和概念。

她呆在原地……就这么完了？

莫峰说的是没错，可问题是，那不是她的台词吗？他的眼神里充满了欣赏和赞美，却并没有丝毫的占有。就算是李威廉，虽然装得很绅士，可是不经意间还是会流露那种让她反感的眼神，不过不管怎么说，她都松了一口气，今天还有一个小时的课程。

他选了一个房间，这是他常用的 EM207，无论喜欢不喜欢，EM 测试是逃不过的，基本分数要有，EM 分数结合考试分数才能毕业，混也要混过去。

对战？

他真没什么兴趣去虐小学生，如果是正式比赛没办法也就罢了，好在获取 EM 积分的方式很多，基础测试就是其中的一部分，而且是深受学生喜欢的一部分。

千万别觉得基础训练容易，虽然美其名曰基础训练，但基本上可以理解为惨无人道，通过模拟各种残酷的战争环境来测验战士的某项或者几项能力，这可并非军校上课的那种。

上一世的莫峰也尝试过，恶心得不要不要的，可是他现在却有点儿想挑战了。

他打开系统，还是熟悉的声音、熟悉的味道。

"欢迎龙图军事学院莫峰，学员编号 TT9752，由于你缺战一个月，扣除十分，希望你能认真对待训练。"

他摸了摸鼻子，还是这么没人性，只是这一刻他却没有抱怨，更多的是亲切。

他的眼前飘浮着两块大大的虚影弹窗，其中一块上记载着莫峰的战网个人资料。

ID：莫峰。

积分：三百五十八。

实战胜率：百分之三十八。

基础训练最高纪录：B-。

成就：无。

一串久违而熟悉的数据，还是那么的低，唉，堂堂未来的"血狼"战队队长，在军校的时候竟然这么吊儿郎当，莫峰的老脸一红。或许，年轻不识愁滋味，如果时光倒流，大概每个人都会选择不一样的活法。

整个EM系统倒是非常的简单，额头上有一个感应大脑的环扣，虚拟战境的痛感也源自这个，一般系统设定为七成，毕竟过于逼真会造成精神创伤。不过他还是手动调整到了百分之百，对一个从血海中爬出来的人来说，痛是什么？

他打开基础测试的弹窗，林林总总有数十个，不得不说，人类的智慧真是强大，不知道设计者是抱着一种什么样的变态心理，一环扣一环，而且每一个训练都配备了几千个库，所以不要想着练熟练了碰运气。

莫峰活动了一下手腕，一般来说取得好成绩，尤其是能上排名的都会有额外加分，想当年毕业的时候孙小茹在战舰驾驶上终于如愿地得到了一个"A-"，开心了好久，而这个"A-"也让她最终走上了舰长之路。

A、B、C、D，成绩依次递减，当然只要成绩在地球联邦前十名就会出现排名，排名什么的可以冲击一下，但是A级应该是可以的。

在一排测试中，莫峰第一眼就相中了"反应训练"中的火星战场，这几天安逸的生活让他像是在梦中，不经意间，他甚至想，在这个时空，或许……异族不会来……但是闭上眼，那鲜血满地的场面就会彻底打碎他的幻想。

"火星战场·烟花绚烂"，以测试移动和反应为主，他进入战场，系统加载。

此时龙图军事学院的宿舍里，马可·波罗正拍着自己的脑袋。作为新闻系的一员，他的目标是成为星际舰队的战地记者，对于那些拍马屁的新闻，他实在是没兴趣。准确来说，这种采访女孩子有先天优势，像他是没什么希望了，所以他的报道方向以奇葩搞笑为主。人最怕的是没有特点，所以他必须出奇制胜。

只是最近临近EM大赛，大家都认真训练，每个人都很死板，搞得他没什么素材，这个月的作业怎么交呀，头痛。

打开天讯中的"EM围观"，他的好友在线量很大，可是前面都已经扫射一个多小时了，都是一板一眼的，很没劲，随手打开"陌生人围观"，别人都是找热门的，他就找最冷门的，忽然在最角落里发现了一个奇葩的训练测试。

"火星战场·烟花绚烂"，俗称"火葬"的训练测试，基本上处于冷冻中，这个训练是月球联邦开发的，以火星为战场，由于环境恶劣、干扰严重，只有顶尖高手愿意尝试，基本上，这些高手很快也就消失了。

这哥们儿是想碰运气混分？

马可摇摇头，太天真了，这样的训练不是分数的问题，而是根本不可能完成，这应该是哪个新生。由于双方是陌生人，他可以围观却不能了解更多的信息。他正准备离开，一个意外的因素让他的手停了下来。

痛感百分之百！

就算是新生也不会这么傻，一个高难度，本身就很容易陷入极限痛度的测试，还选了一个百分之百的痛感……这是要自残吗？

莫峰却没有注意这个，眼前出现了熟悉的火星战场，这天、石头、风、味道，都充满着荒凉和残酷，少了血的味道，却丝毫没有变化，一瞬间，莫峰仿佛回到了"真实"，耳边响起无数的喊杀声。

战场是一个峡谷通道，测试者要躲过各种炮火的攻击冲到尽头，除了时不时的冷枪，还有数不清的感应地雷。测试开始之前，会给予一分钟的快速演示，狙击的弹道，地面雷的位置，考验测试者瞬间的记忆力……除非拥有闪电记忆进化能力的基因战士，想要在这么短的时间记住这些，基本就是做梦。

马可撇撇嘴，他能看到的只是一个背影，这种训练的难度跟痛感直接挂钩，百分之百的痛感，也就意味着百分之百的难度，大概一秒？两秒？最多三秒，测试就会结束吧！

做一个搞笑片段也不错，开头这气场很像高手，哈哈。

马可做好准备了，虚拟战境中的莫峰已经认真地看完了赛前演练，眼前的一切都像是慢镜头一样被网格化地分割着，火星战场让他完全找到了真实的存在感。

下一秒，黑白色退掉，耳边响起震天动地的炮火声，莫峰启动了，闪电蹿出，身边不断地有感应地雷引爆，爆开的岩石跟子弹没什么两样，而时不时地从峡谷的高处还会有子弹射出，密集的火力打击之下，坦白说正常战士三秒之内必倒。

在强烈的环境压迫下，他的基因力量不断激化，强烈地要求身体的配合，只是训练并不足以彻底唤醒，最后一步一定是战斗。熟悉的场景，熟悉的力量，他的眼神里充满平静，是的，只有久经沙场的人才会有这样的感觉。

感应雷的爆破会有能量波动，带动空气反应，误差是零点三秒，就算没有判断，临时反应也足够了。他并没有复制性异能，他在一分钟内也只能记忆个八成，这已经足够了。

另外一边的马可，张大了嘴，眼睛完全被炮火爆炸中那个迅捷的身影惊呆了，一百米的通道，可谓是死亡一百米，能在七成难度时通过的已经足够骄傲了，这个测试者是鬼吗？

那幽灵一样的身影在赛场上不断地折返，有的时候手脚并用，并没有直线突进，所谓的最快、最狠、最准，死得也是最早的，这种火力的全封锁，必须折返移动，可是人的体力和韧性往往会在折返中直接完蛋。

一个感应雷就在他身边三米内爆炸，他反应很快却无法回避，但是面对这种爆炸有最减伤的闪避，侧斜扑、翻滚，但是右臂还是直接被炸伤，血肉模糊，但是对他几乎没有任何影响。他借着这股冲力又向前突进了六米多，刚一抬头，瞬间一个侧翻，一颗子弹擦着耳朵就过去了。

兴奋？刺激？庆幸？

没有，过强的精神反应，会让自己在这种环境下的洞察和警惕降低，因为你不知道异族怪物会在什么时候杀到，更不知道它们防不胜防的攻击手段，作为特种战士，必须做好一切准备。

侧翻的莫峰几乎全靠腰臀力量迅速弹起，不带一丝停留地冲锋。不知为什么，马可感觉到浑身战栗，测试者明明是一个人，却有一种千军万马作战的杀气。

不知什么时候莫峰已经冲过了大半，随着一声振聋发聩的爆炸声，整个地面都在震动，地面炸裂，一道道沟壑出现，与此同时，半空中巨大的碎石如同陨石一样落下，几乎是天罗地网，绝对的死地。绝望，无限的绝望，马可感觉自己都快窒息了，这是什么变态训练，根本就不是人能通过的。

而就在这时，那个测试者陡然蹿起，闪过巨石攻击的同时，竟然在巨石上借力，整个人缩成一团，猛然在另外一块巨石上摊开，双腿如同炮弹一样一蹬，整个人做出了三角形的位移，利用时间差躲过了所有攻击。一落地，几乎没有任何停留，身体再度蹿出，可是此时沟壑越来越大，这距离大概快有二十米了，就算是基因战士特别擅长跳跃的恐怕也难，何况他刚刚还做了这么激烈的动作。

然而短距离助跑之后，测试者没有任何犹豫地飞跃而出，恐怖的弹跳力，令马可的嘴都抽搐了，这是什么样的怪物，这弹跳力……

可是就在此时，砰的一声。

眼看莫峰就要跳到对岸了，狙击袭来，半空中的他听音辨位，头微微一侧，耳朵瞬间被打穿，但是他不能做更大的动作了，可是只是那么小的动作，他的跳跃距离瞬间缩短，差之毫厘……

那一刻，马可的心脏都要跳出来了，仿佛掉入万丈沟壑的是自己。

然而不到零点五秒，掉下沟壑的莫峰双手猛然抓住一个凸起，手指瞬间鲜血飞溅，双脚猛然一蹬，迅速攀爬了上来，刚一冒头，却又瞬间一矮，砰砰砰，连续三枪从头顶上扫过，下一秒，他一个矮身蹿了出去。

最后十米，体力和精神的极限，看到希望，也是最容易绝望的时候。

可是就在此时，他忽然从跑变为走，这瞬间的节奏变化，让围观的马可都有着一种吐血的感觉，然而让马可永生难忘的一幕出现了。

莫峰走了进去，一道接一道的激光擦身而过，这一段，靠速度是没用的，人类的速度只会被穿成马蜂窝，他整个人如同闲庭信步，各种翻转，重心转移，一道道激光都被间不容发地躲了过去。

当他最后一步迈了出去，整个虚拟训练场忽然之间暗了下来，下一秒又亮如白昼，这是过关的信号。

此时的马可感觉自己疯了，这可能是在做梦，上帝，上帝，这是百分之百难度的火星战场！

这人是谁？

他到底是谁？

或许是上帝听到了马可的呼唤，那个人转了个头，马可仿佛被那眼睛定住了，一瞬间身体都僵硬了……

等马可反应过来的时候，对方的围观已经结束了，不知不觉，马可全身湿透又凉透、接着又湿透，整个人都像是虚脱了，那最后一眼，仿佛死亡凝视一般。

他是谁？

像是恶魔的诱惑，无法抑制地从心底涌现，忽然之间马可连忙翻看天讯记录，宿舍里忽然爆发出一阵嘶吼，他录下来了！

这神一样的……不，与其说是神，不如说是恶魔，整个测试从头到尾都散发着无边的杀气，那杀气不是来自战场，而是那个人！

马可还在兴奋，周围的宿舍也传来了各种"惨叫"，这里是新闻系的宿舍，当然信息的传播也是最快的。

此时打开天讯，关于 EM 测试的消息中，突然一条特别通报：匿名选手闯过百分之百"火星战场·烟花绚烂"，获得 S 级评定，排名第一。

这条特别通报短短五分钟便传遍了各大军校，能使用 EM 系统的肯定是各大军校的学生，这是哪所学校的王牌？这是 EM 精英赛的宣战吗？

火星战场中的火葬测试竟然以"S"级评定闯过？

最高也就是"A-"，竟然提高了两个层级的评定？

龙图军事学院的 EM 楼，整个七层楼都陷入了疯狂，只有 EM207 很安静，莫峰静静地站着，回味着刚才的战斗。细节上的问题还有很多，不给"S+"是有道理的。两个大失误，如果节奏紧凑一点儿，右手就不会受伤，如果在飞跃的时候加点儿旋转，就不会差点儿掉下去，看样子这身体还是要锻炼。

这个测试直接加了一百分，倒是让莫峰有点儿开心，毕竟要够八百分，一场场打，天晓得要打到什么时候，还是破纪录来得痛快一点儿。他揉了揉脸，不能这么苦大仇深的，否则还没等到揭开真相，自己就先崩溃了。

周紫宸正在图书馆看书，忽然听到各种超分贝的惊呼声，不禁皱了皱眉，图书馆禁止喧哗，几个新生竟然夸张地手舞足蹈，指着天讯大声讨论，很快这种情况波及整个图书馆，什么破纪录、恐怖、不可思议、骗局……

周紫宸打开天讯中的校园分区，映入眼帘的消息直接让她呆住了，第一反应就是不可能。

这条消息以火箭般的速度上了热搜，来自地球的神秘学生破纪录地完成了"火星战场·烟花绚烂"测试，史无前例地获得了"S"评定，同时这也是目前月球联邦和地球联邦共同的最好成绩！

后面这一条无疑是最大程度地激发了地球学生的自豪感。虽然地球联邦EM系统和月球联邦会定期联网，但二者的分数评定并不相同，各自有自己的排名，只是谁都知道，真要统一，月球联邦会占据各大纪录的七成以上，而且月球联邦EM两千分的含金量要更高，这点在高尖端层面尤为突出。

而"S"级的"火葬"特训是无可争议的，双战区第一名。

"天哪，是谁这么厉害，太长脸了，真想看看'月嫂'是什么表情！"

"太给力了，谁有视频呀，真的假的？别最后是一场闹剧，为什么官方不给通关视频，S级的训练太有教育意义了，让我们学习学习至少混个'B'呀。"

周紫宸握紧了拳头，这……根本不可能，她尝试过百分之八十的"烟花绚烂"，感觉只有一个——绝望，百分之百……只有上帝能完成。

因为没有视频，反而让讨论更疯狂，甚至一些来自月球的留学生也加入了讨论，他们认为这根本不可能，还有人觉得，这会不会是留学生做的，在地球上也有来自月球的一些能力超强的交换生。

关键的是，对方还选择了匿名，会不会见不得人？

因为争议，关于神秘人的讨论随着时间的推移不但没有消减，反而愈演愈烈。

可问题是，上传视频，要么本尊自己，要么就是围观者录像，没有其他途径，这也涉及个人隐私和军事上的考量，也是地球联邦和月球联邦达成的共识。

龙图军事学院新闻系的宿舍楼呈爆炸态势。

"马可，你傻了呀？这消息太劲爆了！"

"我怎么感觉越来越玄乎了，会不会是假消息，如果是假的，这就丢大人了！"

"你们说得我有点儿发抖了，仔细想想，好像……真的不可能通过呀！"

宿舍里不知什么时候进来一堆人，因为马可是第一个叫的，也是叫得最惨烈的一个，新闻系的学生们都是闻风而动，真来了之后反而忘了马可。

"我有视频……"马可依然有点儿蒙。

"哦，你有视频，那有什么……你刚刚说什么？"和马可同宿舍的罗思南忽然顿住了，第一个惨叫的好像就是马可，顿时房间里死寂一片，每个人的眼珠子都瞪得能吃人一样。

"喀喀，马可，我们理一理，你刚刚说的视频……是？"罗思南咽了咽口水，其他人的呼吸仿佛都要停止了，所有人都眼巴巴地望着马可。

马可点点头，下一秒，寝室里传来各种惨叫，一群人疯狂了，马可拼命地保护自己的天讯。这群禽兽呀，他忽然反应了过来，他要出名了，别说这个月的作业，他的毕业作品都不成问题了，他宁可失去节操，也不能失去毕业作品！

然而，他低估了这群禽兽的无耻程度，人家不要他的节操，只要视频，一个个用尽方法，各种承诺，各种不平等条约统统答应下来。马可也没办法，小心翼翼地打开了视频，打开音箱直接透射出来，瞬间整个房间都安静了，只剩下虚拟战境的轰鸣声。

没人说话，每个人都紧张地握着拳头，身体不受控制地战栗着，整个视频看完，整个宿舍鸦雀无声，而那个人转身回眸的那一眼，有几个人竟然腿一软就坐在了地上。

整个宿舍只剩下大口喘气的声音，虽然是第二次看，马可依然觉得身在梦中，如果，如果那个人是地球人，那该多好呀！不，那个人一定是地球人，至少是地球的军校生！

十多分钟之后，龙图新闻系某宿舍十多个大男人抱在一起又唱又跳……

第五章

好运男孩

经过了一秒钟的纠结，众人决定把这个视频上传到校园网。这个机会太难得了，无论是马可，还是他的一干损友都无法抵挡，这样的极致战斗不跟大家分享，作为新闻系的学生恐怕连觉都睡不着。

一众人默默等待着第一个观看的人、第一个回复的人，术业有专攻，这就是他们的荣耀点，几分钟之后，整个宿舍再次沸腾了。不知不觉教室内外挤满了人，一个新闻系的好运男孩无意中旁观了神秘高手的闯关过程，并记录了下来。

龙图的学生陆陆续续地都观看了整个过程，不管真假都想点开看看，基本上的反应都是沉默……无边无际的沉默，沉默完了之后就是神经质的各种反应，有又蹦又跳的，有又吼又叫的，任何一个军校生都无法克制这种战斗的冲击。

如果说年青一代中存在这样的高手，将是何等的碾压？

孙小茹正在宿舍里做计划书，她是个很有条理的人，喜欢随时用录音笔记录自己的生活，并总结分析，同时这也是排解压力的方式。吐槽完了，这个困难的压力就算是放下了，然后继续上路，可是外面的吵闹让她无法静心。

一旁的卢娜一把搂住孙小茹："学霸班长，给你看个好东西！"

"我们的兴趣不同。"孙小茹一点儿也不想看，卢娜总喜欢找一些猛男视频，简直是欲壑难填。

"不，这是你的兴趣，也是我的兴趣，真正的猛男！"卢娜也不管孙小茹的想法，直接点开天讯，从标题上孙小茹就定住了。这么火热的消息她自然是听到了，却并没有太在意，因为噱头并没有什么用，过程才能显出真本事，对方选择匿名，就让可信度大大降低了，难道真有视频？

然而寝室里很快安静下来，除了影像中的身影，孙小茹和卢娜都能听到自己怦怦的心跳声，细节、无与伦比的反应能力、速度，以及那对周围的洞察，还有恐怖的隐忍，百分之百的痛感，可是他在受伤的时候竟然没有任何波动，难道他已经切除了痛觉神经？

可是真正的高手都知道，一旦失去痛觉神经，反应能力反而会下降好几个等级，更不可能闯过，这简直就是个悖论，经过何种训练才能做到这种自我控制？

说真的，孙小茹被吓到了，而一旁的卢娜则是兴奋，嘴里一直在喃喃自语，男神，真正的男人！

而最后那一个回眸，孙小茹感受到的是这个人眼神中蕴含着的无边杀气和战意，给任何人的感觉都是，没有什么能阻挡，如果……她是他的对手，她可能未战先怯了……

卢娜考虑的则是另外一个方向，那眼神，那霸气，她感觉自己浑身每个细胞都想投降，恋爱经验丰富的她，完全分得清什么是男人、什么是男孩，那眼神给她带来的是真正的电击的酥麻，这人到底长什么样儿？

同样的情况在龙图军事学院不断扩散，这个视频终于引起了各大军校的注意，本以为只是蹭热点的视频竟然是真的……

外界的喧闹丝毫没有影响到207的两位，就在整个地球联邦战网都为之疯狂和沸腾的时候，胖子已经穿戴整齐了。兴趣所致，再强的高手在他眼中都跟路人没什么差别。其实他最想报考的是动漫系，可惜太没前途了，用他自己的话说，人在江湖身不由己，能考入龙图，给他所在的孤儿院带来了很大的荣耀。

无名高手什么的……有克里斯丁娜的身材好吗？他有初音酱的声音嗲

吗？他有柳梦璃的胸……

今天是周末，也是柳梦璃的现场签名会，地点就在市中心的购物广场那边。想到大众情人柳梦璃，胖子的鼻血就有点儿止不住了。天天摸着人家的原型手办睡觉，现在终于能见到真人了，光是想想都感觉全身激动得要往外喷火。

再次检查了一遍追星四件套，口哨、喇叭、荧光棒和小彩旗，胖子的眼中已经投射出坚定夺目的光芒。他绝对是最忠实的铁粉，任何跟梦璃作对的人都是他的敌人。

莫峰已经完成了训练，经过一次测试他也做了几个部位的针对性训练，从淋浴房出来，叫住了胖子。胖子其实在孤儿院过得并不太好，所以也不太喜欢回去，最喜欢的就是去莫峰家蹭饭。很多时候莫家都把他当自己人了，莫峰去哪儿，他也去哪儿，参军也是如此。现在想想，其实是他太孤独了，可能他自己都没意识到。

难得周末，莫峰觉得拉胖子过去陪老爸喝几杯倒是不错："晚上有事没？去不去我家吃饭？"

"大哥，你看我这像没事的样子吗？"胖子抖擞了下手里的荧光棒和小彩旗，眼睛里全是亮闪闪的小星星，"今儿可是本胖的大日子！期待两个月了都！"

"又去追你的女神呀，我要是你就动真格的，像我一样，该表白就表白，就算被拒绝了至少也是一份经历。"莫峰笑道，如果不是知道未来的情况，他真无法相信胖子的执着，回头想想，胖子才是那个最坚定的人，从来没有改变过。

张五雷挠挠头："这个……还是算了，我只要默默地看着她就好，再说了，喜欢不一定要占有。"

莫峰也是哭笑不得，这家伙这个时候说什么哲理："那我就不管你了，我最近可是很努力地在冲分，你也别忘了，谁不够八百就要给对方洗一个月的袜子。"

"不是吧，认真的？你是不是故意破坏我今天的心情！"胖子也很无奈，奈何莫峰不搭理他，摆摆手背着包回家了。

莫峰的父亲是个退伍军人，当然并不是炊事班的，准确来说是排长，母亲则是量子电力公司的高级工程师，算是个相对高端的技术人员。这样的家庭虽然说不上大富大贵，可在 A 市也算是绝对的白领阶层，一儿一女都很争气，不用担心世界和平，又有稳定的收入，孩子又非常有前途，这样的家庭往往充满幸福和温馨。

回到家，刚进家门莫峰就已经闻到屋子里飘散着浓郁的鱼香味，那是老爸做的红烧鱼的味道。坦白说，老头子做鱼特别重口味，又咸又辣，总说是曾经在部队里养成的口味习惯。他和莫小星小时候没少抱怨，可当有一天突然吃不到了之后，他才常常在脑海中回想起那咸咸的味道。

尽管已经回到这个时代好几天了，他感觉心理上已经慢慢地适应了过来，可当闻到这屋子里飘散的咸咸鱼香味，他还是忍不住突然就感觉鼻子有点儿发酸。

"臭小子回来了？"厨房里老爸莫战山系着围裙，拿着锅铲探出个头来。

只是一眼，他就发现父亲的两鬓已经有了些许斑白，眼角的皱纹也长出来了，只有拿着锅铲的手还是那么粗壮，胳膊显得结实有力。

不等儿子发表一下内心的感慨，莫战山已经露出一脸古怪的笑容，悄悄冲儿子竖起大拇指，压低声音说道："臭小子眼光不错，那姑娘和你妈年轻时有一拼！"

"……"本来满心感慨的莫峰顿时一脸惊讶，印象中的老爸虽然并不死板，可还真没这么无厘头过，这傻乐的样子他以前真没见过。

"喀喀！"

不等莫峰搞清楚情况，母亲韩雪已经从旁边的客厅里走了出来，今天是周末，她竟然化了淡妆，知性美在老妈身上体现得淋漓尽致，显得高贵而典雅。

韩雪狠狠瞪了莫战山一眼，莫战山赶紧一头缩回厨房，然后莫峰就看到两个女孩子在母亲后面露出了身影。

一个一脸坏笑，冲他挤眉弄眼，那是他妹妹莫小星。

而另一个则穿着一件简单清爽的白 T 恤，长长的秀发用简单的发夹别了，收束在脑后，显得精神而干练，她冲他微微一笑，点点头和他打了个招呼。

周紫宸？

他微微一愣，她怎么会来他家，这个有点儿奇怪，很显然是他那鬼马精灵的妹妹搞的鬼。

莫小星和周紫宸虽然不同届，但都是联邦天才俱乐部的成员。周紫宸是俱乐部的部长，莫小星从某种意义也算是学妹，以莫小星出挑的性格走哪儿都是焦点，据说刚开始的时候周紫宸还挺头痛她的，不知怎么两个女孩子就成了朋友，连带莫峰也沾光和周紫宸熟悉了一些。只是周紫宸也没想到莫峰会误会，前一世的周紫宸可没来过他家，看来自己这只小蝴蝶改变了一些东西，真希望能扇动得大一点儿，把异族也扇走。

"怎么，不欢迎我吗，莫峰同学？"周紫宸俏皮地眨眨眼笑道。

"哪儿能呢，女神到访，荣幸之至。"

"不要油嘴滑舌的，去洗手，准备吃饭！"韩雪敲打了一下莫峰，这小子好像不知道哪里变了，反正是感觉又熟悉又陌生，都说军校锻炼人……这小子是沉稳了一些，要是以前还不知道殷勤成什么样。

"遵命，母亲大人，老爸，我来帮忙吧，今儿我也露一手！"莫峰说道。

"老哥，你就别丢脸了，你那狗不理的手艺会把紫宸姐吓跑的。"莫小星毫不客气地落井下石。

"莫小星，你肯定是捡来的！"

"妈，哥哥欺负我！"

看到老妈瞪眼，莫峰连忙走进厨房，从父亲手里抢过锅铲。他可不是为了周紫宸，而是真心想为父母做顿饭，在火星的那段时间，一群人实在是吃军粮吃腻了，就自己改善生活。

一旁的莫战山开始还有点儿担心，没想到儿子还挺熟练的，味道不错，看来这小子的军校没白念，总算是自立了。不知什么时候，儿子也长大了，比他还高还结实了，他很开心，拍了拍莫峰："一会儿咱们爷儿俩稍微喝点儿。"

一顿饭吃得温馨至极，莫小星还有点儿担心哥哥，实际却很意外，他只是把周紫宸当成了妹妹的朋友，很客气，却保持着距离，这手法很高明，难道他开窍了？

吃完饭，莫战山夫妻出去遛弯，让三个年轻人自由活动。夫妇俩对周紫宸是一万个满意，容貌没的说，举止得体，听说还是联邦天才俱乐部的部长，这意味着她的能力很强，这样才貌双全的女孩子配自己的儿子肯定是够了。没办法，这天下没有父母会觉得自己的孩子配不上别人。

曾经的莫峰年少轻狂不知少年愁，青春澎湃荷尔蒙飞扬，失恋确实让耿直男孩一度醉生梦死，感觉人生无望，可时间真的能很快治愈一切，而且随着时间的推移，莫峰也知道，周紫宸不是自己的另外一半。现在的她一样美丽，甚至说，现在的他更能发现她更多的优点，却已经无法动心。

莫小星借口有同学找，一个人躲进房间，给两人留下空间，这丫头也是费尽心思了，他也不好说什么，帮周紫宸削了个苹果。

"是不是很意外我会来？"她接过苹果微微一笑说道。

坦白说，这样的莫峰，让她有些意外。就在几天前，这个男孩在自己面前还是一副完全手足无措的样子，不要说如此自然地谈话以及得体的举止了，就算是正常说话都会结结巴巴的，还会脸红。这才不到一个星期的时间，竟然可以变得如此稳重？

之前他配合她在李威廉面前演戏时的表现就很让她意外了……感觉他像是完全换了一个人。

今天之所以会来，还是因为莫小星。莫小星戳中了周紫宸的要害，她大方地让周紫宸利用她的哥哥来摆脱那些追求者，而周紫宸想起莫峰面对李威廉时的表现，也动心了。

"还好，你和小星是朋友，来家里玩也正常的。"也是怕周紫宸尴尬，莫峰说道，"我爸妈大概是误会了什么，不过没事，我会解释的。"

"怎么会，叔叔阿姨人很好，我很喜欢他们。"

"哈哈，你不尴尬就好。"莫峰熟练地给自己削了一个苹果，刀子在他的手中翻飞，一会儿苹果皮就整个儿掉了下来。

周紫宸目不转睛地盯着莫峰的手，如果只是简单的削苹果也就罢了，他用的是普通的水果刀，几次旋转切割的难度非常大，最关键的是整个皮的厚度均匀、宽度均匀，这就不是单纯的炫技能做到的了。周紫宸知道男生喜欢张扬，她在等……

莫峰靠着沙发，三口两口就把苹果吃了，味道真不错，怀念呀，在鸟不

拉屎的火星待上几年，别说酸苹果，就是烂苹果也能吃一筐。

"其实我这次来是想请你帮忙的。"周紫宸说道，事到临头，她又不知道该怎么斟酌用词了。

"哦，该不会是想让我长期兼职挡箭牌吧？"莫峰笑道。

周紫宸连忙点点头："可以吗？我和小星是朋友，和你还是校友，你能帮忙吗？只要是合理的条件，我都答应，这次 EM 精英赛对我来说至关重要，我想全力以赴！"

"能转正吗？"以前面对周紫宸，莫峰大概会手足无措，这样的机会会沾沾自喜，但他现在完全是另外一种心态，对方只是一个认真可爱的小女生罢了。

面对目光灼灼又带着一丝调侃的莫峰，周紫宸呆了呆："这个，我不敢保证，或许吧，未来谁知道？"

话一出口，她立刻后悔了，今儿有点儿失态了，总觉得说话的节奏不在自己这里。

"喀喀，开玩笑，这话千万别让我妈听到，否则你以后周末就别想回自己家了，哈哈。"莫峰笑道，"小意思，我这人就喜欢行侠仗义，没事的时候请我吃顿饭就行，我最近胃口大增，饭票不够。"

"成交！"

开玩笑这种事，点到为止就好。

男人和女人对爱情的看法总是不同的，女人或许十八岁时喜欢的是这一款，到了八十岁她们仍旧还能坚持。可男人，哪怕只是二十岁和三十岁时对所谓"爱"的看法，往往都会有很大的不同。经历过了前世的沉浮，其实再看到她，他的心里早已经没有了当初青春期的那份懵懂和冲动，更多的还是一种对青春的怀念，让他感觉更像是在和一个老朋友相处。

一江春水向东流，却难回头。

打开了话匣子，感受到了莫峰的自然，两人倒像是陡然间拉近了不少距离。他们没有再去谈论那个默认了结果的话题，而是聊了些军校里的日常。联邦天才俱乐部是由龙图军校开办的，但平时和军校的普通班级并没有太多交集，开设的课程也大不相同，段位要比普通班级高出很多。

在周紫宸的印象里，莫峰在军校的成绩本就是属于比较差的那一类，可没想到刚才顺口和他聊到今天刚看到的一个战略案例分析时，他竟然只是听了个大概就已经找准了整个战略案例的重点和突破口，让她有点儿刮目相看的感觉。

运气？巧合？

她从来就不太信这些东西，军校的成绩一向都是由很多个部分组成，他的成绩差，她只是从莫小星那里有所耳闻，并不了解，此时想来，如此思维清晰、见解独特，还有莫小星那样有着出色天赋的亲妹妹，他的天赋应该不会差才对。

大概是没有找对使用自己力量的方法。

"说一点儿个人见解吧，实战的首要要求其实不是力量也不是别的，而是反应和速度。"周紫宸想了想，"最近战网上那位破了反应训练中'火星战场'纪录的无名高手，你听说了吗？"

"听说了一点儿。"

说到无名高手，周紫宸的眼中竟然透出了难得的佩服，不过稍纵即逝："他在'火星战场'上的各种神反应和应对就堪称教科书级别，之前新闻系有人弄了个视频出来放在战网论坛上，你可以去找来看看，观察高手的反应习惯和思维方式，其实就是提升自己的捷径。人类基因都有显性遗传，小星的天赋那么强，你这当哥哥的怎么都不会差，只要找准了提升自己的方法，我相信你可以变得很强。"

"你这……算是在夸我吗？"莫峰摸了摸鼻子。

"损你呢。"周紫宸笑道，忽然觉得这个人也挺有趣的，至少不像一般的男生那样黏人。

他也笑了起来："那我就当你是在夸我了。"

晚上把周紫宸送回家的任务自然就落到了莫峰的头上，可这家伙显然是个"不懂风情"的主儿，只送到小区门口就慢悠悠地溜达回来了。

结果房门刚一开，莫小星就一脸幽怨地凑过来："哥，你最伟大的妹妹好不容易才给你创造的机会，你竟然只送到小区门口就回来了？您老这到底是有多不解风情呀？好歹也送人家到家呀。"

"周末的时间多宝贵呀！"莫峰摸了摸她的脑袋，"有那空闲，我还想陪爸杀两盘象棋呢。"

"象、象棋？这都什么跟什么呀？"莫小星有点儿抓狂，"哎，我说老哥，你前几天喝醉酒的样子可没这么淡定呀，你喝酒喝晕头了？人家都答应让你当男朋友了！"

"好啦好啦，什么男朋友，就是偶尔替她当个挡箭牌而已。"莫峰笑着说道，"算是普通朋友吧，你就别这么上心了。话说，你好像又瘦了？我说小妹，你这都快成排骨了还减肥呢？"

"不要转移话题，不要嬉皮笑脸的！"莫小星被气得跺脚，哥哥这情商真的也是没谁了，"什么挡箭牌不挡箭牌的，近水楼台先得月，这道理懂不懂？而且我就是在帮你追上她，她做我嫂子也勉强凑合。"

莫峰摸了摸莫小星的脑袋："小丫头，别为你哥操心，其实，她不是我的菜。"

"那你还跟人家告白？"莫小星满脸的不信。

"我觉悟了好不好，我决定冲 EM 八百，男人要成就一番事业。"莫峰一脸的信念坚定。

莫小星摸了摸莫峰的额头："哥，你病了，要不要我给你介绍靠谱的精神内科医生？"

莫峰无奈："你肯定是充话费送的。"

兄妹两个一阵吵闹、折腾，回到家的莫战山夫妻两个也是哭笑不得，最后，莫峰被莫小星一顿蹂躏，似乎连天上的月亮都笑弯了腰……

第六章

因为爱情

一个轻松愉快的周末让莫峰能量满满。

虽然训练计划很紧，可莫峰更享受和家人待在一起的时间，回到这个时代后他第一次放松了一天，陪老爸下下棋，陪老妈唠唠嗑，当然，也少不了陪莫小星打打嘴仗。

对他而言这绝对是这几年来最开心的一天，可对莫战山、韩雪和莫小星来说，这个周末过得就有点儿诡异了。

最先郁闷的是莫战山，平时闭着眼睛聊着天，随手抖两步盲棋都能杀得莫峰丢盔卸甲的老莫，今儿是有生以来第一次栽在了儿子手上。这小子的棋路简直是突然间就变得惊天地泣鬼神，大开大合，挥斥方遒，愣是让莫战山体验了一把面对千军万马的感觉，下三盘输三盘，而且输得一塌糊涂。

韩雪也是感觉各种诡诈，平时听自己念叨上两句就会不耐烦的那个儿子不见了，取而代之的是一个可以全程保持微笑、听自己唠叨上足足两个钟头还倍儿有精神的神奇儿子！

而最郁闷的则是莫小星，以前她三两句话就可以把他欺负得无话可说，今儿他简直是战神附体，随随便便不咸不淡的几句话，总是能在她将战争升级之前就把源头直接消灭掉，反过来呛得她无话可说。那反应速度、语言艺术，以及沉稳的心态、超厚的脸皮，连聪明绝顶的莫小星都被他唬得一愣一愣的。

最后全家人得出了一个统一的结论——这绝对是因为爱情，爱情让男孩突然间长大了！只是这变化速度好像过于超前了？

对于这种误解，莫峰哭笑不得，不过倒成了他性格变化的借口。

他回到军校的第一天是军事观察课，作为军校中的主修课之一，这是必须到场的。

对一个优秀的现代战士来说，头脑简单四肢发达可不行，毕竟像龙图这样的军校主要是培养军官，基层军官、高层军官，当然也包含了舰队方面。

此时台上的卡布里洛教授就正在播放一组组幻灯片，只见在浩瀚的星空中，有一艘"幽灵舰船"正在漫无目的地飘荡，看舰体外形应该是军方最新型的铁鹰驱逐舰，却已经完全熄火，驾驶舱中一片漆黑，融入昏暗的宇宙背景，如果不是专门标注，还真不容易看出来。

但当幻灯片的镜头放大，就能看到舰船的外壳上有着锈迹斑斑的痕迹，大块的铁锈和青苔布满了舰身，好像经历了数百年的岁月一样。这很不可思议，铁鹰驱逐舰是军方最新的空舰型号之一，问世不过短短十来年，却在这里看到了历史岁月般的痕迹。而当镜头进一步放大时，隐隐还可以看到驱逐舰尾部有"辽 A505"的舰艇编号。

这就相当有意思了，"辽 A505"是半年前，前往冥王星附近执行探索任务的驱逐舰之一，当时整个舰队离奇失踪，和基地失去了联系信号，成为悬案，在联邦引起过不小的轰动，所有媒体都争相报道过，也一直没有找到任何有关线索，现在竟突然以幽灵舰船的形式出现，被拍到如此清晰的画面。

"这就是今天讨论的内容，这是军方半个月前在太阳系外无意中拍摄到的，但是这艘战舰很快再次失踪，幽灵舰在宇宙中并不罕见，目击报告很多，但像这样失踪半年就成为幽灵舰，并且舰体表面氧化腐蚀程度达到如此数百年级别的，很罕见。目前主流的说法有三种：原始虫洞说、时间隧道说、海市蜃楼说……"

卡布里洛教授滔滔不绝地讲解着，帮助启发学生的思维。人类进入星际大航海以来，不断有战舰派出去探索宇宙，除了官方，各大财团也喜欢冒险，毕竟未知的宇宙中蕴含着无限的宝藏，但是这些太空探险往往是有来无回，可是依然有无数的人前往，在这方面，地球联邦比较保守，失踪的船只相对较少。

台下的莫峰则是看着那幻灯片中的舰体有些出神，几个细节被放大，让莫峰感觉到有些熟悉，那种腐蚀的痕迹……并不是虫洞造成的，更不可能是什么时间隧道，现在人类的整体科学环境有点儿浮躁，各种奇葩说纵横，语不惊人死不休。

这更像是……异族怪物的体液造成的！

在战争中，人类的器械不免和异族的体液接触，时间久了就会出现这种腐蚀现象，很像，非常像，可惜只有图片，无法亲眼鉴定。

可是问题来了，现在距离异族怪物出现还有五年的时间，难道说异族怪物其实已经发现了人类，它们在捕猎人类的飞船进行研究？

如果真是这样的话，倒是能印证来自异族的突然袭击，它们是有备而来。只是主流的意见是，异族只有强大的繁殖力和单纯的破坏能力。可假设他的猜想是对的，细思恐极！

异族不但不是没有智慧的，相反是拥有和人类相当，甚至更高层级的智慧的。

"莫峰，看你的表情，是不是有什么想法？"卡布里洛教授讲得很痛快，可是有个家伙的脸一阵红一阵白，这是当他不存在吗？莫峰，上学期唯一挂科的家伙。

卡布里洛教授尽量控制着自己的情绪，为人师表，不能狂躁："来，跟大家分享一下你的思路。"

一旁的胖子推了推莫峰，心道，要完，大哥，明知道自己是教授的眼中钉，就算走神儿也要有点儿伪装呀。像他，早就练就了睁眼睡觉的功夫，唉，这个周末为他心爱的露露癫狂了，缺觉。

周围一阵讪笑，对着莫峰指指点点，一些不知道的人也知道了，哦，原来这就是跟周紫宸告白失败的那个家伙。

莫峰站了起来，琢磨了一下："教授，我认为三种说法都是无稽之谈。"

顿时全场爆笑，卡布里洛的老脸都在抽搐，这家伙是要砸场子呀："好，

那正好让我们大家一起听听你的高见！"

"高见"两个字他几乎是咬着牙说出来的，一旁的张五雷悄无声息地跟莫峰拉开了两个位置，坐在第一排的孙小茹也忍不住回头，这家伙能不闹事吗？！

只可惜莫峰并没有注意到她警告的眼神，微微一笑："教授，原始虫洞虽然具备破坏性传输功能，但图片2中锈迹的线性图案明显带有生物类腐蚀迹象，并不属于原始虫洞现象；而'时间隧道说'完全是科幻小说看多了，真要那样的话，整个机体的摧毁程度会更深，但实际上图片6中，说明机体可能还存在一定的性能；至于'海市蜃楼说'，相对接近一点儿，但也不是！"

"哦，在我们的视野中消失，各种情况都比较符合'海市蜃楼说'，你的理由呢？"卡布里洛皱了皱眉头，这种细节不注意真的会忽略，但被莫峰这么一说，虽然不能说绝对，但至少九成九的否定因素都具备了。

"从图片5的地理位置来看，那里是太阳系边缘的XD276区域，根据雷格斯多维投射理论，这边星域并不存在出现海市蜃楼的先天条件，当然万分之一的概率诞生的话，这艘战舰的功能不可能离开太阳系太远，它又从何处透射？要知道太阳系附近并没有具有这种功能的区域。"莫峰说道。

顿时整个小阶梯教室都安静了下来，最后一段就有意思了，仅仅根据图片就判断星域，多维投射理论又属于专业性超强的，基本上大家听说过，但没人真的明白，就跟以前的人都知道相对论，却并不知道它是什么一样。

卡布里洛没有说话，因为他是懂的，看似简单的道理却直指核心，但是教室里却有人笑了："莫峰，你不要搞笑了，你知道雷格斯多维投射理论是公是母吗？"

教室里顿时又是一阵大笑，不过也有一些学生没有笑，因为至少从表面上看莫峰说的是有道理的，莫峰耸耸肩没搭理他们坐了下来。意外的是卡布里洛并没有在这个问题上纠缠，而是简单一过渡，进行了后面的课程。

但下课之后卡布里洛又把莫峰叫了过去，他看了看莫峰："你刚才说的，是在哪儿看到的？"

显然教授并不相信这是莫峰自己的判断，他也没有辩解："教授，您觉不觉得这艘战舰是被某种生物占据了？"

卡布里洛皱了皱眉头："你这小子刚靠点儿谱又开始异想天开，你是想说外星人是吧，异形？"

"有可能。"莫峰点点头，从某个角度说，异族有点儿像异形，但比异形更有威胁力，他现在能做的是大胆猜测、小心验证。

砰……

卡布里洛忍不住用课本敲了敲莫峰的脑袋："你呀，别整天想这些有的没的，好好把你的课程看看，还以为你知耻而后勇！"

卡布里洛恨铁不成钢，莫峰也很无奈，望着教授愤愤不平的身影，莫峰也只能无奈地挠挠头，让和平年代的人接受外星人实在太难了。虽然人类的航天技术还不足以横行宇宙，但太空望远镜技术已经相当成熟了，在视线范围内，虽然存在合理外星人的可能，可这仅仅是可能，而且距离人类亿万光年……

没人知道异族是怎么来的，可是莫峰觉得这些都不是问题，不能用人类对于空间的理解来想象异族，说不定它们就可以制造直接抵达太阳系的虫洞呢？

甚至有可能是人类曾经朝着宇宙发出去的"问候"给异族定位了坐标呢？

这一切都有可能，可是，他的一切在别人看来都是疯狂的。

孙小茹和张五雷把莫峰拉走了，课上完了，饭还是要吃的。

他俩看到莫峰的食量之后，再次震惊了："兄弟，你这是化悲痛为食欲吗？这样下去……"胖子一脸的悲痛，欲言又止，"你会破产的！"

"莫峰，这么多你吃得下吗？"孙小茹也是无语了，这食量是一般人的三倍了。

"最近训练量有点儿大，大概是要二次发育了吧。"莫峰笑道，刚说完，食堂一阵闹腾，竟然是周紫宸来了。她虽然只是二年级生，但她的影响力在龙图军事学院实在太大。据说她在冲击地球联邦 EM 前十的排名，两千多分，那个级别，每次的战斗都是无比的艰难，因为不是你死就是我亡，谁也不肯让步的。

周紫宸看了一眼四周，端着餐盘朝着莫峰那里走了过去，周围的学生立刻瞪大了眼睛，有好戏要上演了！

孙小茹皱了皱眉头，这学妹是没完了吗？喜欢一个人算是罪吗？刚准备出头，忽然周紫宸笑了笑："学长，这边有人坐吗？"

刹那间，整个食堂都安静了……这是唱的哪一出？

莫峰耸耸肩："胖子，还不识相点儿，给学妹让个座位。"

"呀，好呀好呀好！"张五雷立刻端着餐盘和对面的孙小茹坐到一起，有意思了，今儿肯定有好戏，骨子里，胖子也是唯恐天下不乱的主儿。

"孙学姐，你们在聊什么呢？"周紫宸不仅仅是实力强，情商同样很高，她知道，要让关系融洽，竖起莫峰这个挡箭牌，需要这个小团体的配合，而孙小茹无疑是关键。

孙小茹饶有深意地瞪了莫峰一眼，刚想开口，一旁的胖子连忙把莫峰在课堂上的表现连说带比画地说了一遍。

"张五雷，你不去说书真是可惜了！"孙小茹真看不惯胖子那没出息的样子，男人呀，一见到美女就不知道自己姓什么了。

"哦，我觉得学长说得挺有道理的，这些年来，月球和地球都有很多失事的飞船，只不过星际航海利益诱人，总有人前仆后继。"周紫宸温柔地看着莫峰，"没想到学长对这样专业的理论还有研究。"

莫峰摸了摸鼻子，兄弟！学妹！你是演员吗？！

就算要演，能提前知会一声吗？还有，能不要挑食堂这样的大庭广众之地吗？

"蒙的蒙的，对了，你们觉得会不会是外星人搞的鬼？"莫峰边吃边问道。

三个人一起选择了无视他："紫宸，你看那个'火星战场'的闯关视频了吗，那个神秘人会不会是EM前十名里面的人？"

别说孙小茹了，现在整个地球联邦都被这个神秘人给吸引了，S级的闯关，不但打破了地球最高的"A+"纪录，也打破了月球的"S-"纪录，听说这几天月球掀起了挑战高潮，但目前还是无人可以复制这样的神迹。

"是呀，是呀，你接触的层面比较高，知不知道是谁？"胖子的八卦之火也是在看了视频之后燃烧起来的，哪怕不关心EM的他也被这身法和狠辣震住了，"这家伙绝对是个变态，对自己都那么狠！"

阿嚏！

莫峰连忙捂住鼻子："没事，你们继续。"

说到神秘人，周紫宸也认真起来："有可能，但又不太可能，EM 排在前二十名的我都交过手，可是感觉上都不是那个神秘人的风格。"

"他会不会苦练了十年'火葬'训练？"胖子的思维又飞跃了。

"不知道，他的资料太少，但能够做出那样的动作，水平足以进入 EM 前五十名，但到底多强，还是要实战。训练和战斗还是有不小的区别的。"周紫宸说道。

其实周紫宸的想法也代表了 EM 战网顶尖高手的想法，训练是死的，虽然有密集的攻击、恶劣的环境，但都是没有生命情绪的攻击，这跟高手之间的战斗还是有相当的差别的。

在顶尖高手里面，有擅长战斗的，但基础训练很差，也有基础训练很强，可是实战却没那么强的，这都很正常，当然这个训练本身还是很有教育意义的。

两个女孩子聊得很开心，主要是孙小茹在冲一千五百分，很需要周紫宸给一点儿建议，作为学姐，平时肯定不太好意思，这个机会孙小茹可不想错过，何况，明显周紫宸是想拿莫峰当"挡箭牌"。

莫峰则是非常专心地吃，一盘接一盘，连张五雷都着急了，哥，亲哥，女神就在你身旁，你这么吃真的合适吗？

"学姐，下午你要是没事的话我们可以一起训练，我正好有些地方想向学姐请教。"周紫宸说道。

孙小茹一直觉得周紫宸很高冷，难以靠近，可是接触下来觉得这学妹挺善解人意的呀："好呀，不过是学姐向你请教才对。"

"互相学习，莫峰学长、张学长也一起来吧。"

"我下午……"莫峰的第一反应就是拒绝，他忽然觉得自己太天真了，周紫宸需要时间，难道他就不需要了吗？他身上还肩负着整个人类的生死存……

一旁的胖子立刻捂住了他的嘴："没问题，当然好了，下午两点，就这么定了！"

看着莫峰和胖子两种不同的焦急，周紫宸和孙小茹都笑了，吃完饭两个

女孩子先回去了，显然是要准备准备，而莫峰还在吃，一旁的胖子就这么看着。

"哥，你这是朝着我的方向发展吗，留点儿余地行不，我也就体重比你厉害了。"张五雷有点儿搞不清楚状况，不过再怎么傻也能感觉出来这两人不是恋爱关系，很诡异。

莫峰解决了最后一盘，看来他是需要一些更高热量的食物，习惯了火星的那种军用食物，虽然难吃，但是能量十足，尤其适合他这种基因战士。

"吃完了，我下午有安排，你们去吧。"莫峰说道，反正刚才他又没答应。

"呀，这可不行，亲哥，一起行吗？毕竟学妹跟你熟呀，你不去，我就没办法去了！"胖子眼巴巴地望着莫峰，就差扑倒在他的怀里了。

"不去，我真有训练！"他不想跟小女生浪费时间。

"你要是不去，我就穿你的内裤！"胖子怒了！

"我就把你的露露送人！"他岂是这么好威胁的。

"你……好，一世人，两兄弟，扼杀我交女朋友的机会，信不信我到校园网发帖，说我们两个是弯的！"胖子豁出去了，如果能跟周紫宸混熟，那他在女生心目中的魅力值绝对直线飙升，说不定他也能在军校的末期勾搭一个小学妹什么的。

莫峰瞠目结舌，用颤抖着的手指着无耻的胖子："算你狠！"

"哈哈，我就说嘛，你不会抛弃我的！"

"别勾勾搭搭的，保持距离，一米开外！"

莫峰哭笑不得，这家伙……这是好现象，或许他并不能阻止未来，如果张五雷能有一段完美的军校生活，也不错呀，看着开心的胖子，莫峰露出了一丝淡淡的笑容。

兄弟，放开点儿，你很强，作为陆军第一神射，无冕之王，你应该拥有更好的人生！

第七章

射手是什么鬼

　　孙小茹和周紫宸选的是射击训练场，孙小茹主修的是远程攻击，当然对于周紫宸这样的 EM 两千分以上的高手，远程、近战都很凶猛，等莫峰和胖子到的时候，孙小茹和周紫宸已经练了一会儿了。

　　"莫峰，胖雷，你们怎么才到呀，知不知道让女士等是很不礼貌的！"孙小茹吼道。

　　"班长大人，你这么大声会找不到男朋友的。"莫峰笑道，直接怼得孙小茹无法反驳，这家伙的嘴上功夫什么时候这么厉害了？

　　"学姐要找男朋友，绝对可以从校内排到校外，莫峰学长、张学长，你们要不要试几枪？"周紫宸说道，她们练的是虎贲 A 型激光手枪，拥有很强的火力，只是掌控精度要高一些，是女战士偏爱的武器之一。

　　"我不行的……"胖子连忙摆手。

　　一旁的莫峰已经一脚把他踹了过去："不要尿，这是你向露露证明的时候了！"

　　"'露露'是谁？"两个女生有点儿好奇。

　　"喀喀，咒语，他的自我催眠之法，胖子的枪法还是可以的。"莫峰笑道，还别说，五十米远的靶子，胖子连续十枪打出了九点二的命中率，成绩

相当不错。

周紫宸和孙小茹都有点儿惊讶,这看起来是搞笑担当的胖子有两下子呀,这种手枪的后坐力有点儿大,很不好掌握。

莫峰无奈地摇摇头,这家伙还是有点儿紧张。到了与异族战争的后半段,胖子完全进入了盲射的境界,还自创了几套枪法,在第一线战场广为流传,他称其为"懒人枪法",非常厉害。

紧接着孙小茹和周紫宸也都露了一手,孙小茹打出了九点五,周紫宸打出了九点九,不但精准度惊人,而且出枪飞快,没有什么准备,这自如的动作就意味着实战性更强。

"莫峰,你来试试。"孙小茹招呼莫峰。

莫峰笑着摆摆手:"我修的是近战。"

不是他要装,而是现在的他应该尽可能避免接触武器,这个,会产生条件反射,目前这身体的控制度还有点儿差。

"近战也应该有一定的远程技术,现在又不是冷兵器时代,难道还要拿着刀、剑去砍吗?"不远处传来一阵大笑,两个人朝着这边走来,"不求上进可不配当龙图的学生。"

熟人,李威廉和庄哲,李威廉作为学生会会长是要注意形象的,但庄哲不用,作为学院的第一远程高手,EM 一千八百分的高手,自然有教训莫峰的资格。

莫峰笑了笑:"庄哲学长说得是,我会努力的。"

庄哲接不下去了,他是来帮李威廉出气的,作为龙图军事学院四年级的顶级高手,去针对一个三年级的……无名之辈实在没劲,尤其是对手还这么赅。

"莫峰,你是不是男人!"孙小茹看不过眼了,"庄学长是要找碴儿吗?"

庄哲呆了呆:"喀喀,小茹,我不是那个意思。"

"我们很熟吗?请叫我'孙小茹'!"

"小茹学妹,别生气,我不是那个意思。"庄哲有点儿着急,这李威廉,他怎么没早说孙小茹也在,掉坑里了。

"孙学妹,一个男人要靠一个女人出头,我觉得并不是什么值得大声的事。"李威廉面带笑容地说道，"何况，庄学长是想指点一下他，这样的机会可不多哦。"

就算是周紫宸和孙小茹也不得不承认，没毛病，李威廉连消带打根本没给他们反驳的机会，毕竟这是军校，还是要看实力的。

见占了上风，李威廉也就没有继续贬低莫峰了，毕竟他只是个挡箭牌，可惜，周紫宸找不到更好的，在龙图，是没人敢跟李威廉作对的。

"紫宸，我下午也没事，要不一起训练吧，这里够资格的，大概也就我了。"李威廉说道，倒没有夸张，他的最高战绩也有两千分，但最近竞争激烈，掉到了一千九百多，但级别还是在那里。

周紫宸是真想拒绝的，但凡李威廉给她一点儿机会，她一定会爆发，偏偏对方总是有无数充足的理由，伸手怎么打笑脸人，周紫宸真的很头痛，只能眼巴巴地看着莫峰。

莫峰是不想插手这事的，或许这也是个摆脱的机会，正准备认怂离开，李威廉忽然看了一眼张五雷："小胖子，你该减减肥了，这身材去了军队也只能当厨子。"

面对李威廉的高富帅气质，胖子下意识地低下了头，因为他们本身就不是一类人。

莫峰转动着的身体停了下来，无奈地叹了口气："李学长，我真是为你好，连我都不够资格当紫宸的陪练，你就不要勉强了，不在一个水平只会拖累她，紫宸可是我们学校的希望呀！"

全场鸦雀无声，紧接着周围看热闹的人都笑了，这绝对是装大了，连李威廉都气笑了："你的意思是我……不如你？"

周紫宸震住了，孙小茹张大了嘴……她怎么就没看出莫峰还有吹牛的天赋？

莫峰背对着众人，缓缓地拿起放在台子上的两把虎贲，随手在启动按钮上一拍，五十米处瞬间多了十个移动的靶子，而且是从三个层次出现、移动的，还带有一些旋转，属于这测试里最不好对付的那种，问题是，靶子都已经动了，一秒、两秒、三秒……

莫峰好像是卡壳了，就在众人的爆笑姿势已经完成了一半，虎贲轰鸣。

他的身体随风摆动，手中的双枪瞬间开了两个层面的交叠攻击，两把虎贲发出高频轰鸣，轰轰轰轰……

震爆声响彻全场，整个攻击也就用了三秒。

毫无疑问，虎贲Ａ最难练的高速射击，由于后坐力导致的不稳，让速射的精度更难掌握，尤其还是三个层次的复合移动靶子，这难度……

轰轰轰轰轰……

训练中的靶子一个接一个爆炸，爆靶只说明一件事，每一枪都是核心十环，在战场上，就是要害打击。

啪嗒……

两把有些发烫的虎贲被放回了桌上，莫峰缓缓地吐出一口气，控制着身上的杀意。武器这玩意儿容易唤醒他心底的恶魔，还需要控制，自己还是冲动了，一把年纪了竟然跟一些小屁孩较真儿。

全场一片死寂，空气都凝固了，庄哲的眼珠子都要迸出来了，这是什么枪法？

转过头的莫峰很是失望地耸耸肩："李学长，我练得不太好，还需要一些观察时间，这就是胖子教我的'露露点射'，您看着指点指点？"

李威廉看了看靶场，又看了看周围诡异的眼神，咽了咽唾沫，硬是挤出了一个笑容："哈，哈哈，好枪法，继续努力，紫宸，我还有事先走一步，回头联系。"

李威廉和庄哲一走，全场立刻爆发出热烈的掌声。

莫峰连忙四处作揖："运气，运气，感谢各位捧场，哥们儿一辈子的准星都交待在这里了。"

他们这边显然成了焦点，训练是进行不下去了，四人也只能暂时解散，回去的路上，张五雷一蹦三尺高，兴奋得简直像是娶了露露一样。

"老大，以后你就是我的真老大了！"胖子感动得稀里哗啦。

"以前不是吗？"

"呀，以前你只是年纪比我大，而且还能蹭饭票。"

"能不能不要这么实在！"

"老大，你要是不嫌我笨，教我吧，我想学你的枪法，真是太厉害了，太帅了！"胖子说道，至于什么"露露点射"他是不信的，这枪法他八辈子也做不到。

"你要是笨，这世界上就真没几个聪明人了。"莫峰说道，他刚才用的正是胖子在火星战场创造的"错位移动点射"，完整版是身体的移动和双枪形成多维弹道轨迹，也被人称为"华尔兹点射"，当然张五雷自己更喜欢将其称为"露露扭腰点射"。

望着雀跃的张五雷，谁能想到这是未来的"枪王"呢？

而且他最厉害的不是手枪，而是狙击，足以让任何生命体闻风丧胆，此时的他，只是个快乐的宅胖。

回到宿舍的周紫宸默默地坐在桌子前，很奇怪！

她是不是忽略了什么，印象中，莫峰是个很容易激动的人，尤其是在面对她的时候。天赋嘛，按照莫小星来算，应该会很强，可实际上，根本不是，可是今天这一手枪法非常非常的惊艳，如果实力是可以隐藏的，那一个人的态度怎么可能会有这么大的变化？

很显然，如果不是李威廉讽刺张五雷，莫峰是没打算出手的，也就是说他看穿了她的想法，并没有打算占便宜，而是真的在帮忙。

其实并不是每个女孩子都喜欢那种像斗鸡一样的男生的，莫峰显然更成熟、幽默，而关键时候又非常有男子气概！

周紫宸的想法切换，忽然想起了那个突然冒出来脱衣服露出大爱心的莫峰，傻得可爱，她扑哧一笑，天呀，这怎么会是一个人？

回到宿舍的孙小茹也是有点儿失神儿，其实从大一接触，她就对这个大大咧咧、有点儿愣头青的男生有好感，或许有点儿傻，但很仗义，又真实，只是有点儿懒，真是恨铁不成钢，没想到自己竟然看走眼了。

今天莫峰的爆发让孙小茹有点儿吃醋，毕竟他露了一手是因为周紫宸，女孩子嘛，心里总是有点儿纠结的。

忽然天讯的叮咚声响了。

"班长大人，明天帮我请个假，我肚子痛。"

孙小茹忍俊不禁，露出可爱的小白牙，这么可耻的理由都想得出来。

"每个月一次的那种？"

　　莫峰呆了呆，如果是以前的他可能还反应不过来，现在的他忍不住会心一笑："可能是最近吃撑了，我保证，一定在报名截止之前和胖子一起冲到八百分，不辜负班长大人的厚望，希望班长大人多多支持。"

　　"恩准，跪安吧。"

　　"喳！还是班长大人最靠谱！"

　　"那是，我什么时候说了不算了？"另外一头的孙小茹骄傲的小鼻子动了动。

　　莫峰对着胖子比画了一个成功的手势，班长大人一如既往地靠谱，忽然之间，莫峰脸色苍白如纸。

　　太阳湖战役，孙小茹的战舰负责支援陆军，但由于战局已经完全溃败，加上异族的空军凶猛，军部下令舰队撤退，但是她却告诉他们坚持住，她一定会来救援他们。

　　最后莫峰和胖子还是带着部队侥幸撤退了，可是她……

第八章

启示

对着镜子，莫峰的脸色有点儿苍白，这个顿悟让他的内心剧痛，孙小茹的战死至少有八成是他迫使的，第一次，他痛恨以前的自己，懒惰、无能、任性……

就在此时胸口一阵刺痛，像是刀子在割的感觉，莫峰愣了愣，肉眼可见，左胸心脏部位一点儿一点儿多了一道花瓣一样的疤痕，每一寸都让胸口有种割裂感，莫峰擦了擦眼睛，揉了揉胸口，不是幻觉，莫名其妙的、像是文身一样的东西，仔细摸上去有种类似软金属的材质。

感觉了一下身体状况，好像也没有什么反应，莫峰也只能暂时放下，他身上发生了太多不可思议的事情，这种变化已经让他无法惊讶。

"老大，你掉到厕所里了吗？我要打120了。"胖子在外面吼道，他的心情特别好，莫峰扬眉吐气就是他扬眉吐气。

莫峰深吸一口气，控制情绪对现在的他来说并不难，毕竟在战场上如果连情绪都控制不好，早就渣都不剩了，走出来的莫峰看着还在扬扬得意的胖子，说道："你确定要学枪法？"

"当然！"张五雷确实受了点儿刺激，而且在所有训练中他确实对枪法最感兴趣。

"很好！"莫峰点点头，接下来的几天里，张五雷深深地为自己的决定而后悔，这都是什么鬼？

莫峰为张五雷制订了专属的特训计划，没有谁比莫峰更了解如何激发基因力量了，张五雷的实力强一些在未来也会多一份保障，最重要的是，他既然已经回来了，就必然要改变这个历史的进程。他不懂"时间悖论"，也不知道蝴蝶效应会是什么样，但既然他回来了，就一定要想办法阻止灾难的发生，就算阻止不了异族入侵，也不能重复人类的大溃败，增强实力，至少让张五雷有更好的自保能力，或者进入高层，不会死得不明不白。

但是胖子并不能理解莫峰的良苦用心，在他看来莫峰真是疯了，这样的体能训练，简直比要他的命还难受，可问题是，莫峰自己的训练量至少是他的五倍……

每当看到莫峰训练的强度，胖子的心中有数万头神兽踏过，还挟带着万点暴击，可别说，虽然痛苦，但他还真能坚持下来。

只是到了餐桌上，两人都像是饿死鬼投胎一样狂吃起来。胖子以前为了体型还会收敛一点儿，自从特训以来，高蛋白、高脂肪就是他的最爱，莫峰也不遑多让。在掌握基因力量的早期，身体需要摄入大量的能量来应对这种变化，这是在战争时期的常识，但在这个阶段还没有普及。

胖子只认为莫峰是真的浪子回头，心中也为自己的哥们儿高兴，自己就当陪练了，莫峰的时间基本上都用在训练和观看时事新闻上了，甚至连周紫宸和孙小茹的几次召唤都拒绝了。

只是一头栽进信息海就更显得渺小，莫峰整理了思路，其实对他来说只有两种假定：第一种，异族和月球人没有关系，证据是月球在异族的入侵中同样遭受了惨重的损失，且月球人这样做没有任何好处。

异族的攻击具备一定的前瞻性，应该是有某种预测异能，也就是人类还没发现的高级异族，因为在三年的战争中并没有科幻电影中的寄生异形出现。

在这种情况下，莫峰只需要进入核心圈子，让自己的发言不至于太卑微，能够影响人类军队的决策，见招拆招。

这是最理想的状态，人类的失败源自实力不足和准备不足，至于基地的那声惨叫只是一个误会，也可能是月球出现了叛乱。

第二种，异族跟月球人有关系，那问题就严重了，这意味着战争是彻头彻尾的阴谋，月球的太空技术完全领先于地球，基本上现在的星际探险队九成都来自月球，剩下的一成，也不过是地球出资、月球出技术，引来异族不是没可能。

在大战的三年，月球军损失了大概四成，很严重，但相比地球的九成绝对算是保存了实力。如果是这样的话，那月球人肯定是可以和异族沟通的，普通人得到的只是错误的消息，误认为无法沟通。

如果是这样，一切皆有可能了，也能印证最后基地的消息，最后一战，地球战力如果得不到月球空军的支援的话，地球军全灭，月球绝对一家独大，至于他们如何摆平异族，这就是他无法想象的了。

如果是这样的话，他需要获得月球比较核心的情报，而不是市面上经过处理的信息，而这同样需要他达到一定的位置。

莫峰不想把事情复杂化，这两种推断其实同样存在硬伤，第一种过于天真、简单，第二种存在一些悖论，月球的损失太惨重了，以及如何摆平异族，但无论是什么情况，他都需要更进一步才能进行判断，胡思乱想只会让自己陷入泥潭。

清理完思想的莫峰深深地吐了一口气，说真的，能动手，他真不愿意动这脑，看着在一旁努力训练的胖子，他需要发泄一下，当然……不是找胖子。

离开体能训练室，莫峰前往 EM 楼，他现在是四百五十八分，还需要加把劲，他也没想到上一次竟然打出了一个"S"，不过莫峰却高兴不起来，他宁可成绩弱一点儿，这样会让他对军队的信心更足一些。

EM 楼热闹无比，自从神秘人打出"S"，加上 EM 大赛的临近，很多人都勤奋热身，战斗质量也比以往高了很多，一进入大厅就能听到各种加油声和呼喊声，尤其是 EM 排名前五十名的战斗，肯定是两千分以上的高手，在军校完全就是明星般的存在。

这一刻大厅大概有数百人在为战斗中的一方加油，因为她是龙图的骄傲，目前排名第五的周紫宸。莫峰刻苦训练的时候，人家也没闲着，又冲了一百多分，不但如此，还拿下了三个"A+"的战绩，只可惜距离冲击"S"就差一点点。

对于顶尖高手拿"A+"还好一些，但是"S"就很难，因为普通的训练是拿不到这么高的评分的，只有一些非常难且变态的基础训练存在拿高分的可能，而且想获得 S 级评定，必须百分之百真实度，这对于大多数学生来说都过于苛刻了，没有经历过战争的洗礼，没有亲眼见过血流成河，真的很难不受干扰。

毕竟是和平年代，即便是军校也不会过于苛刻地去要求。

周紫宸的对手是来自太平洋军事学院的安德鲁，排名第九，排名自然代表水平，但排名前五十的人之间的胜负并不是按照排名来的，既要看发挥和状态，还要看战斗的环境以及一系列偶然因素。

在军事学院，近战和远程是每个学生都要学习的，但一般的学生会有个侧重点，比如胖子就更喜欢远程，让他近战还不如让他死了算了，但对于 EM 两千分以上的怪物来说，显然不可能存在短板，当然在武器上，他们有更精确的定位。

从通晓到专、精，每个人都可以找到一个匹配灵魂的武器。

周紫宸最擅长的是狙击，恐怖的盲狙加飘逸步伐配合的狙击阵，常常让对手一照面就完蛋，而她的对手安德鲁则擅长双枪，非常华丽潇洒，颇有北美牛仔的范儿。他选用的是大火力的雷鹰九代，虽然同是手枪，雷鹰可比虎贲猛多了，相当的火力，但稳定性、准星都比虎贲高出一个级别，也是北美现在最流行的一款手枪，堪称完美。

显然周紫宸和安德鲁也是老对手了，双方的城战打得不亦乐乎，她虽然精准，可是他的卡位非常到位，根本不给她机会，而且就算有空隙，双枪出手怎么都比狙击快，他的准头并不差。

这样的局面安德鲁自然是逼近，他没打算在远程上终结战斗，这次随机的情况对他有些不利，他的火力和地形掩护只是为了逼近，他可是无差别搏击的高手，全身都是武器，周紫宸也发现了，这就是战斗。

二十米的距离，安德鲁靠着墙壁，嘴角露出一丝玩味而又兴奋的笑意，猛然冲了出去，瞬间，耳边响起爆裂声，轰轰轰轰……

瞬间四枪几乎封锁了安德鲁所有的路径，狄格思锁定攻击！

但是这个安德鲁却像猴子一样缩成一团硬生生从唯一的缝隙中蹿了出去，好像全身的骨头都可以折叠一样，人还没落地，双枪就已弹出，轰轰轰轰……

雷鹰倾泻火力，周紫宸就地一滚，轰……

拉法狙击枪潇洒甩出一枪，而几乎同时，安德鲁已经把手中的枪扔了出去，挡住了狙击的路径，整个人闪电一样冲了过去。

周紫宸面色冷峻，手中的拉法狙击枪不知道什么时候已经放下，双手一抬，两把小刀已经出手，双方展开了近身战。她的刀法也是一绝，占据武器之利，可是安德鲁丝毫不惧，在远程威力上，她是优于他的，可是近战，两把水果刀有什么用！

整个大厅热血沸腾，每个龙图的学生都在疯狂地为周紫宸呐喊，那感觉比自己上场还激动，莫峰微微一笑，她要输呀。

她的刀法确实不错，可是面对安德鲁这种无差别格斗的老手，看似不用武器，其实这帮家伙对各种武器的优劣点都有所了解，空手更容易针对武器的特点，而他对她的刀法并不陌生，应该是有过研究的，很容易被针对。

等莫峰走进自己的作战室时已经听到大厅中一阵失望的惋惜声。像这个级别的对战，一般是自由选择作战场景，有的时候环境将直接影响结果，当然对双方都是一种考验，劣势更容易学到东西。至少这一次她就应该明白，不要放弃自己的优势，如果对方想近战她就不应该给对手机会。

至于技巧……这个还是不要说了。

莫峰看着基础训练，对于手痒去吊打小学生的事还是不要做了，最近练枪需要给胖子弄个教科书，那就选个枪法训练好了，其实他的枪法从胖子那里学到了一些，但风格还是有不小的差别的，胖子……极致的猥琐，胖子的枪法还是很奔放的。

枪法的基础训练很多，莫峰还是选择了比较有特点的——天旋地转。

有的时候他真不知道这些设计师是怎么想的，不是说训练本身，每个训

练以他这样的过来人来看都有独到之处，只是这名字……能起得更二一点儿吗？

"天旋地转"这个测试在现在这个时段还是冷门，不是因为难，而是因为太简单了。百分之七十难度的通过率很高，基本上就是打飞碟，带一点点干扰，百分之百难度的有点儿挑战性，但那些枪法高手基本都可以闯过，所以这个测试很快就被抛弃了。毕竟，对于人类来说，征服过的就失去了吸引力。

只是这个测试有个隐藏属性，那就是拥有 S 级评定的人在选择这个测试的时候可以有百分之一百二十的难度设定，这个设定是在莫峰毕业两年之后才偶然被一个月球高手触发，一夜之间"天旋地转"鸟枪换炮，从低配训练变成了枪械类的第一名。

与此同时，龙图新闻系正处于非常严肃的状态，整栋楼，包括一些在自修的都时不时地看时间，每个人陆续传递着。

"12 组休息，13 组接手，21 组辅助。"

"收到！"

自从抓住一次神秘人之后，新闻系大出风头，尤其是马可更是成了小红人，所以他发起了这个计划，捕捉神秘人。别人都是一头雾水，但他分析了一下，这个神秘人一定会再出现。如果神秘人想出名早就出来认领了，如果不出来，说明不在意或者在憋大招。不管这个，神秘人绝对不会就此消失，所以他组织了兄弟轮班监管。排除了月球，排除了热门区，再排除简单的训练，把最高级别的训练，也就是有希望冲击 S 级的列出来，其实也没多少，但凡有人进入这样的训练，他们就会分组进去观察，要么别出去，只要神秘人出去，他们一定会第一时间捕捉到。

马可给这个行动起了个代号：狩魔。

之所以是"魔"，是因为马可在这个人身上感受到了惊人的杀气，真不像人类的感觉。

虽然魔一直没出现，但是马可的热情却丝毫没有降低，只是最近挑战难度的人还真不少，一堆堆的人铩羽而归，各种难看的躺。连续几天没碰上，大家的劲头已经降低了，监控的人其实也是有一搭无一搭，马可又从天讯最下面开始看。

换一个思路，这个人会不会去挑战一些低难度的呢？简单到没人会选择？

很快马可就笑了，这个普通人都觉得没难度，神秘人这样的怪物岂不是要无聊透顶？但下一秒马可就不笑了，为什么要以正常人的想法揣度一个怪物呢？

思想虽然是拒绝的，但是身体还是很听话地在往下翻，很快一个非常低级的训练出现在他的视野里，只有新人才会感兴趣的"天旋地转"，但问题是有几个人会因为这样的测试匿名呢？

下一秒，马可就点了进去，可以旁观！

马可的心扑通扑通地跳了起来，会是他吗？

很快，他看到了那个熟悉的背影。

是他！

虽然内心确定，可是马可却不敢说，因为匿名状态下，身材相近的人比比皆是，可能是，也可能不是，做新闻的都知道，直觉很重要，但也可以让人失业。

对待直觉要慎重。

这个人不紧不慢，选择了两把虎贲，很正常。这个训练很简单，用虎贲这种后坐力很猛、很带感的手枪过过瘾还是可以的。马可哭笑不得，自己这是怎么了，刚准备关掉，就发现测试者拿起一把虎贲，开始拆卸。

莫峰把虎贲拆开，他要重新调试一下，虎贲是一种很能带节奏的枪，不过常规款的调试太过松弛，还要更紧凑一些。强大的后坐力是相对的，说白了这是对腕力的要求。不同于现在的百花齐放，其实战争时期，尤其是地球陆军的一线战士，多数都喜欢用虎贲，简单来说，那感觉就算是战死也带着一种虎威。

马可的表情凝重起来，作为军校生，他当然看得懂对方在做什么——调试枪，这是很多高手的套路：老子要用属于自己的节奏，老子对于某类武器的理解是独一无二的！

但是，大哥，你把虎贲调试得这么紧，虽然提高了连贯性，但是这后坐力和颤抖，一旦连射会把手腕震废的。

找虐？

不可能，这手法不是一般的调试手法，即使是高手的套路，也要是高手才行！

马可从小的直觉就特别准，连他父母都说他可能是女孩子，这第六感准得要命，所以他选择了能把他能力发挥到极致的新闻系。尽管这个选择让他被老爹打了一顿，做什么不好，做狗仔，可是他骄傲呀。

一个大胆的念头从他的脑海里蹿出来，无法抑制。

他调出拨打界面："塞班老师，我有个直播想上一下学校的 EM 系统，给个方便呗？"

"小子，什么东西，有料吗？"塞班是 EM 楼的管理老师，和马可这机灵的小家伙关系不错，当然马可是想套取学校高手的情报来做校报。

"我的嗅觉您还不信？绝对有料，而且还是大料。"马可信誓旦旦地说道。

"行，给你个机会，但是要是没意思，我可是会在你的成绩单上加个'C-'的。"塞班调侃道。

"放心吧，绝对惊喜！"

这个时候龙图军事学院 EM 大厅的直播一换："现在直播一场由新闻系马可·波罗同学提供的精彩战斗。"

马可给出讯号，塞班这边迅速操作，正好周紫宸的战斗结束，众人有点儿垂头丧气，忽然间大屏幕上切换到一个背影，此时的莫峰正在调试第二把虎贲。

本来准备散去的人，在大厅看见直播内容后发出了叽叽喳喳的议论声。

"这是什么玩意儿？"

"竟然是'天旋地转'，这也能上直播，马可疯了吧？"

"这家伙是不是有后台呀，这种破玩意儿也能放？"

大厅里传来一阵阵笑声，以为是什么大牌登场，看来只是闹着玩的，学生们陆续散去。周紫宸也走了出来，看着大屏幕上的虎贲调试，本来准备走，停了下来。另外一边孙小茹也刚完成测试，两人都注意到了屏幕上调试的手法，相当的老到，虽然不知道测试者为什么选择这么一个测试，但都准备看一会儿。

塞班老师则是目瞪口呆，马可这小兔崽子是不是在涮他呀，搞什么飞机，"天旋地转"是什么鬼？

难道今天是愚人节？

此时莫峰已经把两把虎贲调试好，这才有那么点儿感觉，当他握住两把虎贲的时候，浑身的杀气已经无法压抑地外泄，百分之一百二十的难度有点儿意思，一般虎贲的效率肯定是不够的，好久没调试还有点儿手生。

一百米的测试通道，每五到十米一组，并不固定，最低通过标准：完整击溃目标，自身存活十分钟。

这一刻，测试开始，瞬间十个飞盘如同天女散花般散开，莫峰没有停住脚步，双手张开，双枪平移，砰砰砰……

连环的射击，飞盘全部爆裂，这一幕一出来，现场又走了几十个人，一群人傻了才在这里看这个，还不如回宿舍看个片。

下一秒十个飞盘以各种螺旋轨迹迸射而出，加入了诡异的旋转意味着轨迹更难判断，而空中的飞行时间也是错落的，从一秒到三秒不等，莫峰脚下没有丝毫的停顿，手中的虎贲上下平移、左右平移，如行云流水，目标全爆。

马可也有点儿失望，真的是"天旋地转"，这就没意思了，这是新生水准的，有没有搞错，难道真要拿个"C-"？

这不是这学期"A+"的美梦要破灭了？

不但如此，可以想象，明天他就会成为全校的笑柄，新闻系的学生放这么个大卫星，不知道会被那些家伙笑成什么样子，难道自己的第六感真的不灵了吗？

在这种速度下又是一组十个飞盘飞出，不是从正面，而是来自身体四周。一般来说，前两轮是很多人可以做到的，但从第三组开始就会出现问题了，移动会改变多方面的节奏和准星，尤其耽搁前进时间，还有最致命的攻击时间。只要有一个飞盘漏掉，测试就算失败。

准头好的人很多，可是来不来得及？

几乎是在飞盘飞出的瞬间，莫峰的身体一会儿做侧旋移动，紧跟着又做了一次侧旋移动，两把双枪交叠出手，砰砰砰……

两个半旋转，十个飞盘瞬间爆掉，出手不到一秒，甚至连移动速度都没有影响，整套动作行云流水一般顺畅，而且看攻击手法相当的压制！

龙图现场也就剩十几个人了，如果不是已经开始了，塞班真想关掉，他怎么就相信了马可，要给马可一个"D"！

留下来的还基本都是在看周紫宸和孙小茹，她俩交换了一个眼神，都看到了彼此的震撼。她们作为主修的射手，"天旋地转"肯定不陌生，百分之百难度都能拿到"A"，可是这个"天旋地转"跟她们的不一样，绝对不一样！

一个射手如果连这点儿敏感度都没有就太蠢了。

莫峰继续前进，又是十个飞盘出现，但是与此同时环境已经发生了变化，周围像是土黄色的岩壁，陡然在莫峰左右两侧出现了枪手，测试者除了要打掉飞盘，还要干掉枪手，同时自己还不能挂。

枪手已经率先攻击，莫峰身体旋转的同时，双枪分为上下，右手不断地点射空中的飞盘，左手则是两枪精准撂倒枪手，这个测试有个原则就是不能停，一旦陷入胶着，不能一击致命，那就等于结束了，毕竟只有五分钟时间。

但是莫峰两枪爆头，完全是要害打击，不给对手任何机会。

周紫宸目不转睛地看着，能走到这一步已经是顶级的射手了，寸步的防御规避，一心两用的射击方式，光是这一手，随随便便就能拿个 EM 一千五以上了，但是这在"天旋地转"的测试中，只是开胃小菜。

随着前进，四个枪手出现，三个手枪，一个狙击，最关键的是，这四个枪手已经穿上了迷彩服，在短时间内根本无法辨识，就算上帝也无法发现。与此同时，飞盘依然在不知疲倦地螺旋飞出，与此同时，其中有的飞盘竟然也发出激光攻击。

节奏突然变得有点儿失控，基本没人做过这个测试，大家都发现有点儿不对劲了，百分之百的难度只有两个枪手，也不会有迷彩效果，这是什么鬼？那个狙击手又是什么东东？

莫峰没有花时间去辨认枪手，那是不明智的，双枪全力扫射飞盘，飞盘的攻击倒是比较简单，可以轻松躲过，重点是那埋伏的四个枪手的攻击，手枪的节奏和狙击枪的节奏不一样。

前进！

子弹擦着脸颊划开一道口子，但是脚下螺旋的步伐夹杂着进退，硬生生躲开了攻击，与此同时，双枪那华丽的高频点射再度出现，砰砰砰……砰！

四枪！

三枪直接爆了三个枪手，听音辨位，太明显，唯一难的就是那个狙击手，距离要更远一点儿，声音也不同，但依然没有躲过一枪爆头的命运。

前进！

马可也在看着，好像有点儿意思了，枪法很准呀，但是好像还是不太过瘾，他有点儿担忧。但塞班已经安静了，他在刚才已经检查了系统，因为他以为是出问题了，因为这根本就不是"天旋地转"，可是名字却又没错，作为导师，他觉得这难度明显有点儿……可怕！

周紫宸瞳孔收缩，表情已经完全变得凝重，不仅仅是枪法，听音辨位、精准什么的不是重点，这家伙竟然在适应变频步伐的情况下保持如此恐怖的命中率，还能做到闪避和听音辨位。

这里面的难度，无法想象！

变频步，是通过改变加速度来影响对手的判断，依然在前进，但加速度一旦改变，会给对手一种倒退的错觉。

莫峰似乎没有感慨，稍微有些热身了，感觉到有点儿意思了，速度不变地往前冲击。这一刻狙击者变得更加犀利，飞碟飞出的同时，瞬间出现五个手持阿尔法突击激光枪的枪手。在这种情况下无论是谁都要发起最快捷的攻击，时间就是生命。

然而就在这五个人当中，有一个是"人质"，简单来说，就是不可攻击者，攻击错误，同样算失败。

在如此高强度，同时强调速度和反应的时候，突然来这么一手，反应都反应不过来，出手就是误伤，不出手，节奏全乱肯定是死。

周紫宸盘算，她或许能反应过来，但节奏一定会降下来，还是过不去，孙小茹感觉有点儿头痛了，就算停下来，可能也要陷入僵局。

但是那个神秘人却丝毫没有减速的意思，两把虎贲迅速点射，直接干掉四个枪手，枪枪爆头，身体旋转、侧移，另外一把虎贲高低起伏像是在画一幅画一样，流畅地把空中的飞碟全部点爆。

此时龙图 EM 楼大厅里的人多了一些，但也就三十多人的样子，他们是看到周紫宸和孙小茹在，也就凑热闹地看看，发现里面测试的家伙玩得还挺热闹的，枪法很准。

但枪法准的实在太多了，并不是每个人都能看到枪法里面的东西。

大概六七米的突进，这本来应该是喘息的机会，但是神秘人丝毫没有调息的意思，更凶猛的一轮开始了，飞碟从四周蹿起，四个狙击手就位。周紫宸的身体有点儿僵硬了，这还是人的身体吗，他不需要呼吸吗？

莫峰已经出手，高高举起的右手，让手臂形成一个支点，虎贲如同霰弹枪一样扫射起来，十个飞碟瞬间爆炸。与此同时，整个人边移动边摇摆，恍若幽灵的步伐，两个飞碟承受了攻击之后依然朝着地面落下，但是左手几乎没有任何动作，瞬间抖出两枪。

整套动作完成，他整个人失去了重心似的朝前方摔了出去，而在即将落地的时候，双手平伸，轰轰轰轰……

律动的四枪，四个狙击手瞬间爆头，但是他的身体眼看就要摔在地上了。任何奔跑的人都知道，在高速前进中陡然摔倒，心脏要承受多么大的压力。然而眼看就要摔倒的时候，他一个顺势的翻滚，不带一丝的凝滞，行云流水般蹿起，而且在蹿起的瞬间，双脚还给出了凶猛的发力，蹿出了五六米的距离。

这一次整个大厅都安静了，到了这个时候如果还看不出来的就真的可以退学了，这是什么枪法！

可是还没等众人感慨，在莫峰的前方出现了一个重型机关炮，地球联邦火力最猛的帕图猛禽八管高爆重机枪，每分钟五千发子弹。最关键的是，这几把玩意儿是带防护板的，枪手可以完全躲在后面，而在两侧各出现了四个枪手，与此同时十个飞碟升空……

一瞬间，所有的好奇、疑惑和潮涌一下子冰冻，剩下的只有绝望，这绝对不是"天旋地转"，简直就是鬼门关呀！

这根本就不是人类可以闯过去的，别说一个人了，这种火力拦截就是一支小队都会团灭于此。

高爆重机枪瞬间开火，狂暴的火力横扫而出，与此同时，莫峰的嘴角泛起一丝冷笑，总算有点儿意思了，身体整个儿朝着左侧飞去，身体在半空中翻滚，双枪螺旋发射，整个反应时间不到一秒。狙击手的组合攻击瞬间落空，而莫峰的攻击却像是有锁定一样，枪枪爆头。

但是他的身体落地的瞬间，猛禽重机枪也调整了角度，几乎是在落地的时候，疾风骤雨般的攻击轰来，而莫峰整个人在地面一点，身体瞬间做出了一个仰面的后空翻，半空中，双枪左右扫射，将十个即将落地的飞碟统统打爆。

电光石火一瞬间，完成了这一切，其中一个飞碟距离地面大概也就十多厘米了，但是即便如此，绝望还是降临了，连续做出了如此强度的攻防，落地的神秘人恐怕已经力竭，此时的猛禽高爆重机枪已经完成了预热，火力全开，雨点一样的子弹横扫过来。

绝境？

落地的莫峰并没有做任何试图起身的位移，而是整个人像纸片一样贴地，全场鸦雀无声，这……是猛禽唯一的死角……

绝对精准的唯一判断，但是这死角只是暂时的，枪手可以下压的，攻防一体的重机枪是防守大杀器，不能进攻只能等死！

然而贴地滑行的莫峰，他的胳膊和手腕做出了一个大弧度的甩动！

轰……

虎贲呼啸着轰出一枪，下一刻，躲在护板之后的枪手蓦然倒地，全场死一般的寂静，亮瞎了大家的眼，刚刚发生了什么？

子弹不应该是直线飞出去的吗？

它刚刚是拐弯了吗？子弹以一个小弧度绕过护板直接爆了后面的枪手？

周紫宸的心咯噔一下，那一瞬间，她感觉看到了另外一个世界！

而此时的莫峰早就已经蹿起，大踏步地从猛禽重机枪上面跳了过去，一

波接一波，所有人都觉得他应该加速冲击。

可是就在落地的瞬间，他不动了，所有人的心都如同坐过山车一样，还没从刚刚的一轮中缓过来，更恐怖的来了。

这次没有狙击手也没有什么阻挡了，从他的四周升起了一百只飞碟，尽管这次的高度要高一些，可是在战场上，这相当于一个人面对一百个不同轨迹的敌人。

沉默，作为北美第一枪手，兰德里·帕克真的是怀旧情绪发作，想要找一个基础训练，然后无意中看到有人在测试"天旋地转"，关键是竟然还有一百多个傻子在围观……

然后他就掉进去了，然后就出不来了，然后他的眼珠子快要掉出来了，他拼命地揉眼睛，这肯定是假的，在拍电影？

这是测验速射，考验眼力、精准和身体的承受力的，高手可以做到，可问题是，当经过了刚刚那种疯狂的消耗，人的精神都要崩溃了，瞬间出现了这么多飞碟，就算是机器人也累了。

莫峰终于停下了脚步，但此时的马可就像是打了过期鸡血一样，魔性，魔性，魔性呀！

就在此时，莫峰身体扭曲做了一个发力的动作，下一秒，整个人呈螺旋状，身体做着旋转，同时双脚高速交叠变换着位置，自转的同时，还在转着小圈，此时手中的双枪光芒四射。

一瞬间，仿佛出现了四把、八把枪，漫天的火光，一个螺旋移动发射炮台！

那漫天的飞碟不断地爆碎……所有绝望的心再度燃烧起了希望，有可能，是的，有可能，还有可能！

要死了？要死了？要死了！

所有人只有这个感觉，这是人吗，这都可以？虎贲还可以这样用，虎贲还能打出这样的杀伤力？就算虎贲的设计师看到了都要从坟墓里爬出来！

飞碟眨眼间就只剩下十个了，最简单的十个，只要干掉这十个！

恐怕也是最危险的时候了，体力、精力的极致，能坚持住吗？

神秘人没有让大家失望，旋转中精准的点射，八个……三个……一个！

轰……

当最后一个飞碟破碎的时候，世界仿佛都被点亮了，大家上涌的热血已经到了嗓子眼儿了，无法控制的力量正在咆哮，已经有人举起了双手，就是这样，无法阻挡！

然而就在此时，那最后一个爆碎的飞碟忽然弹出一个小飞碟，背对着莫峰飞了出去。

那感觉就如同溺水的人刚感觉自己抓住了可以救命的绳子，却发现只是一根稻草。

所有看到这一幕的人只有一个感觉——要不要脸了，把这个测试的设计者拖出去枪毙一百遍！

莫峰倒没有太多的意外，在火星战场上，意外是常态，没有意外才是变态。异族的攻击手段只有人类想不到的，没有它们做不到的，时刻保持警惕才能活下来，这是经历了无数场战斗之后得到的本能。

可是就当他准备攻击的时候，这个测试似乎响应了无数旁观者的想法，更不要脸的局面出现了。

周围的光线瞬间暗了下来，人的眼睛从光亮到黑暗的瞬间变化，几乎是必然致盲的情况，也就是说就算神秘人转身也找不到目标了。

变化太快，甚至连咒骂都来不及，这一刻，这个测试的设计者如果在旁观者的面前，绝对会发生最可怕的事。

可是莫峰心中有点儿失望，多此一举呀，设计者并没有理解枪法的境界，真正的枪手，靠的不是眼睛，是……手感！

他反手一枪。

轰……

那个卑微的小飞碟爆碎，他根本不需要回头。

下一秒光线恢复正常，他距离一百米的完成线只有一步。

他轻轻迈过这一步，测试完成。

他摘下身上的工具，这个测试只能算凑合。不是说设计不合理，只能说，设计者更多的是从人的角度考虑问题的，抓人类思维的漏洞，但问题是异族

的攻击方式更诡异，还有更多不合理的地方，它们违背惯性，违背地球生物的一些习性。

总体来说，还是一次不错的运动。

此时的大厅，所有人都静悄悄的。

测试者完成测试的时间：一分五十八秒。

大厅里的人望着大屏幕上的数据，整个世界都安静了，这个时间短吗？

不短，因为百分之七十难度下，有人可以做到更短。

可这是什么？就算是白痴也知道有问题。

系统很安静，整个大厅也很安静，天讯里面五百多的围观者也很安静，所有人都觉得看了一场假的 EM 测试。

系统陡然发出呜呜呜呜呜的声音，大厅的屏幕上出现超大字幕：恭喜匿名战士，拥有 S 级战绩触发并通过百分之一百二十难度"天旋地转"，获得首个"S++"评定！

所有人都呆了，百分之一百二十？这是什么东西，EM 测试还有这种操作？

"S++"又是什么？这是露臀狂怼六挡电风扇的触觉吗？！

周紫宸没有说话，也没有任何意外，整个测试的过程比大家看到的要可怕得多，而这人也绝对不仅仅是枪法准，这里面包含着极其高超的战斗素养。

而另外一边的孙小茹脸色很苍白，作为一个主修枪法的战士，看到这样的枪法，她只有一个感觉：绝望。

深深的无力感，刚开始很能跟得上，到了最后，她已经知道，那不是自己的领域，她知道这已经不是枪法准那么简单了，可是她都不知道问题在哪里。

这就是 EM 两千分以上，和两千分以下的差别。

兰德里·帕克深吸一口气，仰头躺在了地上，他快要窒息了，这世界上竟然有这样的怪物，哈哈哈哈……

战鹰学院的学生又听到了老大的招牌笑容，但没人敢打扰，因为这种时候都是队长非常疯狂的时候，不知道是什么把他刺激成了这样。

莫峰没有太在意这些，其实他可以更快，但根本没必要，联邦的测试设计是用心的，只要闯过一次，里面虽然会发生随机变化，但节奏和内容是定死的，对于高手来说并没有太大的意义。

莫峰回顾了一下刚才的过程，满分十分的话，这表现有个七八分吧，不是很兴奋。至于那一百个飞碟，实在很无聊，因为在火星战场上是没有这种靶子的。异族有一种被他们称为"毒蝇"的东西，比这恶心多了，飞行速度极快，能喷毒针，一旦接触人体就跟电钻一样往人身体里钻，成群结队飞行，人类一旦遇上，除了超级战士就只有火枪兵才能对付了。可是战争进行到第三年，这些变态竟然可以抵挡火焰喷射。异族的进化能力超乎想象。

甩了甩脑袋，收起心神，莫峰不想一直回顾这些，他要阻止战争，或者找到异族的根源，最好的结果就是切断，一旦开打，无论怎么打都难，就算两大会战赢了，人类不可避免损失惨重，而且也不一定能够彻底消灭异族，因为到最后也没弄清楚它们从何而来。

不过 EM 系统倒有意思，这个触发和闯关给他加了三百分，他是过瘾了，又发泄了一下战意，哼着小曲儿回宿舍洗澡去了，肚子也有点儿饿了，夜宵要多吃点儿。

可是今夜注定是个不眠夜。

第九章

奇迹

短短十多分钟，"S++"战绩彻底轰动了整个地球的各大军校，EM 测试的严谨和难度是它一直存在并不断完善的根基，可以说，代表着相当高的信用，这也是地球和月球联邦军校都愿意采用它作为学生成绩的重要原因。

"S++"？

这是什么？

这个成绩引起了各大军校的注意。

地球三大军校之一的骑士学院。

莫里斯校长带着学院的战略组，正在考察这一次学院选拔的人员，他对这个阵容还是相当满意的，这时学院的一个老师走了进来。

"莫里斯校长，我觉得您有必要立刻看看这个。"

莫里斯皱了皱眉头，其他老师也看着说话者，像看个白痴，这个时候来打扰是最不礼貌的。

莫里斯压住了情绪，点了点头，会议室里先是一阵嘲笑声，紧跟着就变得鸦雀无声了。中欧战略实验室。

"卡拉斯丁博士，晚上好，我是……"

"我不管你是谁，我希望你是真的有重要的事情，否则耽误我的宝贵时间是要付出代价的！"

"博士，你最近的研究课题，有人已经验证了。"

"什么课题，老子的……你是说'弧线射击'！"

同样的事情在世界各地发生着，"S++"只是个噱头，可以引起人们的注意，但使人们震撼的却是视频的内容。

这个波澜远比人们想象的大得多，而当解析视频出来之后，更是引起了地震般的震撼。

此时的莫峰已经吃完夜宵，舒服地洗了个澡，而胖子也已经训练回来正在全神贯注地模仿露露的动作，嘴上还配着台词。

莫峰看得实在无语："这东西真的有这么好？你今天的训练标准达到了？"

"达到了呀，好像也没那么难，你呀，没有情趣，露露的世界你不懂。"

莫峰翻了翻白眼，知道这胖子的天赋好，但好得有点儿过分了吧，他给胖子安排的训练任务并不轻松，可是胖子总能卡着时间完成……这只能说明，这家伙不是一般的懒，还有潜力可以挖的呀。

看着精力跟平时没什么两样的胖子，莫峰觉得不能心慈手软了。

只是他不知道，他的这个"S++"比起当年那个引起的波澜要大得多得多。

第二天一大早，莫峰把一把鼻涕一把泪的胖子硬生生从床上拖了下来，胖子那幽怨的眼神简直就像是被强暴了一样，但最终还是拗不过莫峰开始了日常的训练，胖子感觉这段时间是把以前几年的量都给补了上来。

晨练结束来到食堂，两人照例端了满满两大盘子的食物，周围人看他们的眼神都不太正常了，仿佛在说："这两人是饿死鬼投胎的吗？"

只是他俩可没心情管这个："胖子，看来现在的训练量你已经完全适应了，后面我们有必要加强呀。"

张胖子翻了翻白眼："老大，你没病吧，我们两个混子难道真要去什么EM大赛？"

"对呀，整天浑浑噩噩的有什么意思，你不觉得最近虽然辛苦了一点儿，但日子很充实吗？"莫峰笑道。

胖子果断地摇摇头，莫峰后续的心灵鸡汤也没了着落，这家伙简直是百

毒不侵。

"胖子，你就是太懒，这病得治。作为班长，我觉得我有责任监督你！"孙小茹也端着满满一盘子食物坐到了莫峰身边。

"班长大人，您大人大量，直接把我忽略了……咦，你不减肥了呀？"张胖子看到她餐盘里的这么多食物也有点儿惊讶。

军校的女生不用减肥，但食量还是会控制的，毕竟女战士也是女人。

"最近的训练量有点儿大，我已经冲到一千七百分了，你们情况怎么样，别忘了答应我的话！"孙小茹慢条斯理地叉起了一块牛肉，但这动作非常的犀利，胖子感觉有寒光插入了自己的肉中。

EM 五百分是一个分界点，八百分是一个分界点，下一个分界点就是一千六百分，然后就是区分顶尖高手的 EM 两千分，看得出来这段时间孙小茹也是爆发了。

莫峰和孙胖子纷纷竖起大拇指，班长永远都这么雷厉风行、说干就干。

"我们也差不多快到八百分了，一定会去参加的，你说是不是呀，胖子！"莫峰说道，但是胖子还是面带犹豫，他真的怕麻烦，哪儿还有自己找麻烦的，能毕业就行了呀。

"张五雷，你这次要是进了 EM 正赛，我送你一个露露环游月球限量版手办。"孙小茹忽然说道。

砰……

叉子插在了盘子上，张胖子眼冒绿光："银河系限量九十九的那个？"

"是的！"孙小茹淡定地说道。

胖子激动得肉都在颤抖，但是下一秒忽然又淡定下来了，慢条斯理地吃着东西，这……是不可能的，这种抢手货，孙小茹怎么可能会有？

她也不说话，点开天讯，一个手办的影像出现在张五雷面前，"第十九名"。

下一秒，胖子的脸如同百花盛开一样，完全沉浸在露露的流线型中，想摸一摸，但孙小茹已经关掉了影像。

"班长，班长大人，您放心，保证完成任务！"

莫峰也很无奈，跟这家伙讲道理完全没用，还是要威逼利诱才行。

三个人吃完后，孙小茹就催着大家一起去上课了。今天的课是热门大课——周宇哲教授的战技分析课，主要讲授目前地球联邦和月球联邦前沿的科技和战斗方式，而且他授课有趣，会结合实时信息，比如现在 EM 大赛临近，会花时间介绍地球各大军校的情况，以及月球的一些情况。对于年轻的战士来说，这样的课程显然比死板的课程有吸引力得多。

孙小茹肯定是要坐第一排的，她是标准的优等生，老师们也都喜欢这样的学生，莫峰则第一时间被胖子拖到了最后一排，睡觉方便，溜号方便，简直就是圣地。对于这两个家伙，孙小茹也实在没办法，其他的同学可不像她这么友好。

没过多久，嘈杂的教室安静下来，周宇哲教授来了。他今天有点儿不一样，在门口看了一下满满的教室，要知道不点名能吸引各年级学生的老师并不多，他就是其中一个，他的课程内容有趣，授课方式也很有特点，任何事情都讲究方式方法。

不过大家都感觉到周教授的气场不太一样，"夸张"也是他的授课方式，这也是青春激昂的年轻人喜欢的。

没有说话，周教授今天的表情有点儿沉默，黑框眼镜下的瞳孔似乎有点儿杀气。他走到了讲台上，依然没有说话，以往他都是要幽默一下活跃气氛的，但是这次却没有。他转过身，在黑板上开始写了起来，一副老学究的做派。

"昨天，上帝降临 EM 系统！"

笔在黑板上重重一顿，有人爆笑，有人却是一脸的激动，显然这里面出现了信息不对等，全场的气氛非常的怪异，爆笑的和激动的都觉得对方很愚蠢。

"有的同学可能已经看过了，甚至因此昨晚没睡好，有的同学可能不知道，但都没关系，我们再看一遍。"周教授的声音依然很稳，带着一种力量，显然他尽量在控制自己的心绪，而且他昨天肯定没怎么睡。

天讯投射到黑板上，整个教室里的学生反应不一，视频里正是昨天莫峰通过的百分之一百二十难度的"天旋地转"枪法测试。

安静的教室里传来几声笑声，但很快被周围诡异的范围压了下去。很快随着视频的播放，教室里越来越安静，即便是看过很多遍，依然有着恐怖级

的震撼，而且似乎每看一次，大家都会发现跟前一次的感觉完全不同，以为懂了，却发现是自己眼瞎。

当视频播放结束时，全场鸦雀无声，一些学生的眼圈已经赤红，像第一排的优等生则是陷入了沉思，显然发现了更多的东西，更多的他们无法理解的东西。

视频定格在一个稳定的背影上。

五分钟之后，周教授干咳几声："前一段时间出现了一个神秘人，以'S'的成绩闯过了'火星战场·烟花绚烂'，引起了一阵热潮。昨天他又出现了，就是大家刚才看到的，经过昨天的确认，拥有 S 级成绩的战士在使用'天旋地转'测试的时候会触发百分之一百二十难度，也是 EM 测试的最高难度，第一次触发，他获得了打破纪录的'S++'的成绩。今天我要说的不是成绩，也不是那些设计者哗众取宠的小伎俩。"

还别说，周教授说话就是这么夸张、傲气，却深受学生们喜欢。

周宇哲点了点黑板："我要说的是，在这个测试中神秘人展现出了很多现在没有的战斗技巧和一些升级的战斗技巧，是远程战士一次教科书级的范本，有些同学可能只是觉得很厉害、很夸张，但我要说的是，这完全是表象。孙小茹，说说你的感受。"

孙小茹站了起来："教授，昨天我在 EM 楼，观看了直播的过程，刚才已经是我第二十六遍观看视频了，依然有不懂的地方。"

"庄哲，你呢？"

"教授，我看了五十六遍，我已经快要丧失信心了。"看得出庄哲是有点儿疲惫不堪，熬夜根本不至于，新人类战士的体质都很好，但他显然是承受了巨大的压力和纠结。

周宇哲点点头，示意庄哲坐下："刚才我叫到的两个同学都是 EM 一千六百分以上的，在枪法方面有两千分以上的水准。"

瞬间全场议论纷纷，不少人觉得夸张，可是根本没有意识到会到这种恐怖的地步。

就在这个时候，周宇哲笑了："现在让我带领大家进入上帝视角，好好学，好好看！"

大家很少见到这么喜欢卖弄的教授，可是很带劲，前提是，要有这个水平。

黑板啪啪啪地响了起来：精准判断压制射击、强化毕艾尔组合射击、变频射击、弧线射击、盲射、神化狂风螺旋复合点射。

光是这一串名词写出来，全场的人就都有点儿傻眼了。

显然周宇哲是做了充足的功课的，视频被分成一段一段："所谓'精准判断压制射击'，是在物体移动轨迹没有完全展开前，进行预判压制，单个物体，非常简单，但是同时压制十个，而且还是不同轨迹，这就是第一个难点，在场有谁能做到，举举手。"

只有庄哲和孙小茹举起了手，但也有点儿勉强。

"如果再加上狙击干扰，谁还能做到？"周教授的问题非常犀利，话音一落，全场安静了。那种压制，谁也没有把握，有可能行，有可能会失败，但是谁都知道，周教授的意思是，百分之百的成功率。

接下来周教授进行了一波详细的分析，在分析细节的时候，他就不再夸张，而是从移动、抬手姿势、枪械调校，到移动以及身体承受进行分写。

一个节点分析完，全场就仿佛已经要爆炸了，因为这无疑是整套测试中最简单的一个环节。

"强化毕艾尔组合射击，我不知道他是否有借鉴毕艾尔的组合射击法，分层、交替流线，最大程度地节省空间，让有限的子弹形成无限的封锁。目标飞行是需要时间的，在特定时间内，可以认定为在一个固定范围内，所以存在所谓的绝对压制，这就是'毕艾尔射击理论'。但显然毕艾尔并没有指这么大的范围，但是他用双枪做到了升级版，难度在于左右互搏，不同的节奏、不同的判断如何在一个大脑、一个身体进行的协调，并保持绝对的命中率，看到没有，枪枪爆头！"

周教授将视频放慢，神秘人在做连续动作的时候，握着枪的手其实无比稳定，无论多么复杂的动作，眼神都不带任何的波动，动作是迅猛的，但是眼睛却像是慢镜头。

"变频步，这是远程对战中的王霸级步伐，拥有这样的步伐，意味着敢于正面硬干，具有压制级的杀伐。道理说起来很简单，只是一个加速度的改变造成视线上的错觉，但是难度在于训练本身，如何让身体适应这种变化而不完蛋，同时，如何保证这种变化下自己的命中率！"

变频步，每个战士都懂，但能做到的真没几个，运用到实战中的案例根本看不到，很多时候就是昙花一现，或者灵光一闪，而视频中的人却拿它当常规战技使用。

时间在一分一秒地过去，连张五雷都目不转睛了，骨子里他对射击是有爱的，这个视频给他打开了新世界的大门。新大陆就在眼前，别人可能接受得很慢，但是他的脑海里都在不断地重复这样的动作，挥之不去，完全像是着魔了一样。

一旁的莫峰笑了笑，他猜到了会这样，他在一步步地诱发张五雷的潜力，早点儿觉醒总是好的。

"下面一个可能是无数人为之疯狂的'弧线射击'，在重机枪的压制下，地形和时间的限制，做出的神奇一击，有些战士在偶然间做到过，所以各大学院都在研究量化的可行性，而这个人已经非常轻松地做到了。为什么说轻松，任何人在经过了这样的消耗，还能甩出这样一枪，并且爆头，我不相信这是偶然！"

镜头给到了重机枪护板身后的命中点，还是爆头，从太阳穴位置射入，到这一步，已经是强悍到令人毛骨悚然的地步了。

如果大家刚开始还在看热闹，这一刻，已经是绝望了。

"盲射，每个射手追求的最高境界，不是靠眼睛，而是靠手感，抬手命中，没有盲射的程度是完全无法应付多重夹击的。听音辨位之后，在有限的时间内击中飞碟，还要反击狙击手，只有盲射才有这个效率和杀伤力。但是能做到这种程度的盲射的，我敢说，地球和月球加起来不超过十个人。

"但是在这里面，弧线射击和盲射还不是最厉害的，最后一步，这个要比弧线射击难上百倍，这也是为什么要起这个标题。"周教授敲了敲黑板。

其实已经下课了，但是没人在意，根本没人听到下课铃声，也没人去管这一茬儿，视频正在播放那令人叹为观止的螺旋射击，爆射一百个飞碟。

"你们觉得这只是打得准、打得快、打得痛快吗？现在让我们揭开真面目，当速度放慢五十倍速，大家再看看，这一百个飞碟是分为十组的，每一组都有独特的组合和移动轨迹，而且十组和十组之间互相还是有布局的。这采用了古代的一些套路阵法，并不是用来给战士学习的，而是军方研发的一种新型集群攻击方式的缩小版。这种方式本身就是为了防止神枪手的压制性射击的，一百个，十组，设计师就没打算让被测试的同学闯过，因为这是用来测试一个战队的。"

全场彻底沉默了，如果大家刚才还是绝望，现在已经活了，因为不需要比较，他们看到的是神迹，连周教授的眼神都充满了狂热。

接下来就是解释莫峰的螺旋射击方式了。如果做到这种程度的压制，每一次旋转的身体步伐以及枪法的具体分析，这也是人类最大的强力，所有人都已经如痴如醉，要知其然，还要知其所以然。

所有人都是全神贯注的，而在最后一排，莫峰的表情无比的凝重，他是打掉了这些飞碟，当时他的脑海中确实闪过一丝丝的熟悉感，而经周教授这么一解析，一个可怕的念头冒了出来。

在火星战场的时候，异族的飞行怪物集群攻击的时候，采用的攻击方式跟这种很像、很像，不存在完全一样的事，但对于战士来说，这就是一种感觉，一种可怕的预感。

难道异族跟人类真的有关系？

莫峰感觉心脏一阵揪紧，下一刻，胸口又一次传来剧痛，莫峰捂着胸口从后门溜出，来到洗手间，揭开衣服，胸口处那个奇怪的疤痕一样的纹路侧下方又多了一瓣同样的疤痕。

望着镜子中的自己，莫峰知道这不是偶然，他身上发生了无法解释的事情。他回来了，现在他无比确定，他就是要阻止这场灾难的，这个伤痕是要提示什么呢？

它第一次出现是因为他想到孙小茹是因为他而战死，第二次出现是因为他想到飞行异族的攻击方式和 EM 测试有关，这是在提示他吗？

异族跟人类有关联，那就是一场彻头彻尾的阴谋，当然有可能是异族通过某种方式从系统里汲取的，但这种想法太科幻、太侥幸，而现在他必须做最坏的打算，那就是人类确实是有叛徒的。

信息依然片面、不确定，战场上的经验告诉他，听到的不一定是真的，看到的也不一定是真的，可是有一点是确定的，那就是这些事情必然是有关

联的。

莫峰不是个容易激动的人，也不是一个轻易就能被压力压倒的人，他所经历的早就超过了死亡，无论对手是谁，他都要让其付出代价！

人和事在不断地指向 EM 大赛，更进一步，如果通过这次 EM 大赛进入核心圈，他肯定可以获得更确切、更有用的情报。

不曝光也是手法，如果有需要，他不介意在合适的时候引起注意，但现在他需要更多的时间去思考，他想起那些炮火纷飞的日子、一个个倒下的战友、无数死去的无辜者。

下一刻，莫峰已经平静地走回了教室，没人会注意他，连胖子都在全神贯注地听周教授的分析，周教授在试图把每一个步骤拆解出来，形成一套训练方法，很难，非常难，可是却存在学习的可能。

这就是人类最可怕的能力——学习！

今天不可能，明天就成为可能，后天可能就可以推广，一段时间之后甚至可以习惯。

人类不应该惧怕任何挑战。

周教授的课程开始进入激昂的心灵鸡汤阶段，各种振奋、鼓舞，让全班都跟着呐喊起来，身为一名储备战士就要有这样的决心和心气！

孙小茹、张五雷等人都听得非常认真，这一堂课的收获太多太多了，对于远程战士来说，这简直是天翻地覆的一课，对未来的影响也非常大。远程战士的战斗素养和技巧得到了极大的提高，如果战争爆发，战争造成的惨重损失有可能被减少。

这也是莫峰无意识达成的一个效果。

这一堂课无疑又拖了很久，导致要上后面一堂课的人都站在走廊里，甚至后面一堂课的教授都在门口听得聚精会神。课程结束，全场响起热烈的掌声，这掌声是献给周教授的，也是献给那个神秘战士的。

作为老师，不会在意这个人是谁，他们在意的是技术本身，但是对于学生来说，他们更关心这个神秘人，这个近乎上帝演示的战士到底是谁。

他会在这次的 EM 大赛上出现吗？

第十章

"学长"不是白叫的

课是结束了，但是话题才刚开始，连张胖子都一路唠唠叨叨。两人当然是准备吃饭去的，后面的孙小茹跟几个同学道别，也赶了上来叫住他俩："中午一起吃饭。"

"班长大人最近很关注我们呀！"张五雷眨眨眼说道，那胖乎乎的肉都挤到了一起。

孙小茹眼睛一瞪，直接把胖子后面想说的话扼杀在了摇篮中。这招真的好用，张胖子似乎从学校到参军都一直挺怕孙小茹的，班长大人的威信深入人心呀。

"莫峰，你不觉得这神秘人的枪法有些地方和你那天有点儿像吗？"孙小茹说道，话虽这么说，但她并没有看他，显然还在思考，毕竟他用的那一套和人家比，还是小巫见大巫。

莫峰笑了笑，摆了个造型："其实我就是那传说中的神秘人，给你们个机会，赶快讨好我。"

孙小茹和张胖子同时翻了翻白眼："老大，别作，你是主修近战的。"

莫峰摸摸鼻子，很多时候真相更让人难以接受。

"莫峰最近的表现不错，看得出是用功了，近战容易被针对，强化远程是必须的，最近冲分应该很有进步吧？"孙小茹笑着问道。

"班长大人的吩咐总是要完成的，胖子，我是不会拖后腿的。"莫峰说道。

"老大，说真的，我一般不认真，认真起来，也就差不多那神秘人的水平吧。"张五雷得意扬扬地说道。

孙小茹笑了，这对活宝是典型的不吹会死星人，可是又很真实。莫峰只是淡淡一笑，这并不是个笑话，未来的张胖子确实有这个水平，单论枪法，在境界上，张胖子更高。

三个人一起吃完午饭，食堂里几乎所有人都在谈论神秘人，其实不仅仅是龙图军事学院，其他各大学院也是一样。龙图有周教授，其他学院的教授水平不会差，甚至有更强的，一些学院甚至已经做了针对性的模拟战，因为他们默认这是某个学院的大杀器，准备在这次 EM 大赛上一鸣惊人。

而且神秘人很可能是地球人。

这次 EM 大赛关系重大，不仅仅涉及各大学院的排名、联邦的经费。据说，两大联邦还要联合执行保密级任务，要挑选来自地球和月球最优秀的年轻战士，毫无疑问，被选中的人，就是未来的栋梁，拥有无上的荣誉。

张胖子在限量版手办的刺激下已经彻底燃烧了，而神秘人的这套攻击方式则起了锦上添花的作用，在跟爱好不冲突的情况下，胖子彻底陷入了对于这种攻击方式的思考。神秘人的枪法在别人看来非常难，非常不可思议，但胖子却相当有感觉，不是说立刻就能模仿出来，但存在可能性。

而莫峰则来到了图书馆，经过检索找了一堆关于时空的资料。时空是人类从没有停止过的探索，人类在短短两百年有如此迅猛的发展，彻底改造月球、开发火星，并不断派出星际探险队，必须提到一个关键人物，萨兰·达文西博士。他提出"曲度飞行"理论，主导的基因优化，让人类文明至少飞跃了一百年，毫无疑问是继爱因斯坦之后最伟大的科学家。

无论是在地球，还是在月球，他都是"神"一样的人物。在月球更是如此，达文西家族也是月球上最大的家族，两百年来，家族内英才辈出，都是月球的政治、经济、军事方面的佼佼者，引领着月球不断前进，在资源相对匮乏的情况下，却做到了对地球的反超，让月球在和地球的关系中占据了主导地位。

同样，这位伟大的科学家，在生命后期将研究主要投入在了时空方面。爱因斯坦提出了相对论，让人类进步了一百年，当物体速度超过光速，那时光就会倒流。然而实际上并不是如此，这个理论依然相当的原始，就像是早期人类虽然知道月球上荒芜一片，但对于如何穿越茫茫太空充满了无力感。

现在的人类在空间物理上有了长足的进步，航天技术更是产生了飞跃式的突破，对于虫洞的理解也更进了一步，其中对控制时间最大的问题在于，是把时间放在四维空间来看，还是更高的维度。

在四维空间，人类对于控制时间完全是异想天开，但是在更高维度看来，时间却并非不可逆转，最关键的是，人类作为宇宙的一部分，必然存在某种媒介，只是必须在特定的情况下触发，而这种可以在时间中穿行的媒介，就是"精神"，它也被称为"灵魂"。

以我们目前的科技还无法人为制造出这种环境，但宇宙已经给了我们提示，那就是虫洞，在虫洞核心就是一个超越四维度的世界，一切事物在这里面分解、重组，人类的肉体会被摧毁，但精神却会存在，只是失去凭依、太过脆弱的精神会瞬间消散。

只是在这个时候，其实是存在"移动可能"的，这个时候的移动并不是常规物理概念中的移动，其实就是时间移动，也就是四维移动。

而这个移动具备两个条件：一、足够稳定的精神。二、找到坐标。

所谓坐标，其实就是在时间长河中比较醒目的点，萨兰·达文西认为，最可能成功的坐标依然是本体的过去、现在和未来中某个精神或者灵魂特别亢奋的时间节点，同时相同的精神波段，在进入身体的时候也会比较契合，不会出现排斥反应，也最有可能完成这不可思议的"维度移动"。

莫峰看得很认真，内心对此也有相当的认可度，虽然有很多问题并没有解决，比如他根本没有见过黑洞，但核爆的力量或许偶然间形成了这样的一个机会，回到现在的自己，不得不说，那个时候受到的失恋的刺激还是非常大的，也算是说得通。

至于自己的精神力，对抗异族三年的他从不妄自菲薄，如果有这样机会的人，他绝对会算一个。

那自己改变这个时空，会影响到另外一个时空吗？

这是莫峰关心的，萨兰·达文西的理念是，不同的时空分岔是相互联系、相互影响的！

消失的不会再出现，比如在那个时空他已经战死，这种不会复活，但是如果他在这个时空阻止了异族入侵，运势会影响未来，连锁反应那个时空也会出现导致异族消失的契机。

而这正是他想要的！

当然这一切只是科学家的猜想，这是科学家创造的时光论调，只是科学家自己都没有遭遇过这样的事，而莫峰并不是科学家，他只是个战士，他不是圣人，他想要的只是阻止这场灾难，让家人平安。

"莫峰，你对这个也有兴趣？"周紫宸观察莫峰有一阵子了，他竟然在看《达文西时间假想》。

莫峰抬起头，露出微笑："随便看看。"

"过度谦虚就是骄傲了。"周紫宸微微一笑后说道，"你已经看了一个多小时了。"

莫峰点点头："紫宸，你相信时光回溯吗？"

"相比过去，我更愿意展望未来。"周紫宸说道，"听小茹学姐说，你也要参加 EM 大赛，正好周末我要加练，你要不要一起？"

莫峰愣了愣，这相当于是变相的邀请了，周紫宸这是唱的哪一出？

"别误会，这是小星拜托我的，而且前段时间给你添了不少麻烦……"周紫宸解释道。

莫峰点点头："可以呀，我也想切磋切磋。"

莫峰最近还真有点儿手痒，周紫宸算是龙图军事学院第一高手了，大概能给他起到热身效果，他也可以有效地评定一下 EM 两千分以上者的实际战力。

周紫宸走了之后，莫峰又找了一些关于 EM 训练方面的指导书，但是看了不少，却没有发现像"天旋地转"那种很熟悉的感觉。之所以能有熟悉感是那么复杂的格局有点儿相近，其他的战斗方式，基本上混淆太多，不足以作为参照。

如果能找到更多的证据证明异族跟人类有关系，那月球人叛变的消息就会变得可能，也就是说月球人跟异族有关，虽然他不知道月球人这种同归于尽的做法目的到底是什么，但将是一种非常接近的答案。

花了整整一个晚上的时间也没有找到更多的证据，莫峰倒没有气馁。发生了这么多事，如果被他轻易破解，无论结果是什么，这都将是一个惊人的阴谋。在莫峰的心底，他已经越来越倾向于异族的出现跟人类有一定关系了。

莫峰离开后，图书馆已经没剩下几个人了，但是有个人却出现在了莫峰刚才的位置上，进入自动检索仪前查阅了借阅记录。学生在这里借阅都会留有记录，这个人看了看莫峰刚才的位置，微微摇摇头，过了好一会儿才离开。

一周很快过去，胖子已经率先冲到了八百分，兴高采烈地得到了限量版手办，美得一整天嘴都合不拢。周六莫峰要和周紫宸对练，本来想让胖子一起，奈何胖子根本不愿当电灯泡，周六他正好有露露粉丝团的集体活动，他可是骨干老粉，绝对不会缺席，但是周末可以去莫峰家里蹭饭。

周末的时候还待在学院里训练的确实算是真爱了，用旧时代的话就是"三好学生"。莫峰下午到的时候，周紫宸已经在训练了，偌大的训练场只有几个人。不得不说，周紫宸强是有道理的，她比别人有天赋，还比别人努力，意志坚定，训练效率极高，不会出现那种出工不出力的情况，每一拳、每一脚的力量都灌实了。坦白说，以前的莫峰最讨厌的就是这种训练，既累又没意思，基本上也就五分钟的耐性。

周紫宸见莫峰来了示意他等等，坚持把剩下的五套动作做完，周紫宸穿着无袖的劲装，胸部大概 C 吧，不大不小，至少符合莫峰的审美观，不然大学时也不会被她迷得神魂颠倒颓废了很长时间。现在想想，她不仅仅是美，还有身上的那种认真劲儿，认真的男人很帅，认真的女孩子同样带着无比的魅力，她很优秀却并不咄咄逼人。

周紫宸做了一套难度极高的七百二十度连续翻转踢腿，一套踢腿不断发出嗖嗖的破空声，杀气十足，修长、笔直的美腿踢起来很有艺术感，赏心悦目，一套动作行云流水，但要是被踢到了，断胳膊断腿都是轻的。周紫宸对于基因力量的掌握已经很到位了，收放自如。

从学院派的角度来看，她绝对是优秀学生的代表，而且莫峰看得出，她的动作还留有余地。这个余地很有讲究，一般的高手攻七守三，精英攻九守一，而顶尖高手，则是在压制期全攻，但在杀招的衔接和过渡期，才会变幻这个比例。比如周紫宸，每套动作衔接的时候，她大概是留了两分力，既保证自己的安全，又有极大的杀伤力。

说起来理论很容易，但在实际控制当中，需要付出相当多的汗水和思考，闷头苦练最多成为精英，想要成为顶尖高手，还需要点儿天赋和头脑。

当然，这个时候，莫峰更多的是欣赏她这优美的身姿，坦白说，上一世的他忽略了太多美好的东西，也不知道那个时候脑子是怎么长的，整天在意一些不值一提的东西，却忽略了太多美好和值得珍惜的事物。

周紫宸全部训练完成，深吸一口气，呼吸非常的平稳，胸口微微起伏，脸色微红，带着汗水，说真的，别说小男生了，就连莫峰这种穿越时空的老司机都是怦然心动，充满了旺盛的生命力和青春活力，这是一个女孩子最美好的时光。

啪啪啪啪……

莫峰并不吝啬掌声："拿训练当实战，在龙图军事学院算是独一份儿了。"

周紫宸微微一笑："看来你以前真的是扮猪吃老虎，我就说莫小星的哥哥怎么会那么差！"莫峰这番话说得有水准，并不是单纯的吹捧，她就是拿训练当实战，每次做动作的时候都会设定假想敌。

"有那么差吗？"

周紫宸耸耸肩："你说呢，装得太久会忘了自己老虎的本性，在 EM 大赛之前给你做一次针对性的对练，以你的枪法，如果努力一下，说不定有机会闯过两轮。"

莫峰看着认真的周紫宸，这种感觉确实对他有极大的吸引力，又或是对自己两世的灵魂都有吸引力。

"我们来个正式对抗赛怎么样，三局两胜？"莫峰笑着说道。

周紫宸看了看莫峰："你确定？虽然不知道你的自信何来，但我战斗之时向来认真，如果造成什么后果我可不负责哦。"

战斗碾压是最容易让人沮丧的，这在军校里不是偶然事件了，想要成为高手不但实力要强，脸皮还要厚。就像周紫宸丝毫不怕失败，她认真对待每一场战斗，相比胜利，她更喜欢失败，因为那会告诉她，她有哪些不足。

或许她不是天赋最好的，但一定是那个最努力的，也是会走到最后的。

　　莫峰摸了摸鼻子："没事，你觉得我是扛不住打击的人吗？初告白失败已经是我人生最大的打击了。"

　　提到那事，周紫宸也不禁莞尔，那时的莫峰真不知道是怎么想的，竟然在大庭广众之下毫无征兆地告白，说是告白，更像是孤注一掷。

　　莫峰自己也有些感慨，那个时候自己确实是有些着魔，睁开眼睛想她，闭着眼睛也想她。胖子至少可以从手办上得到满足，可她是活生生的人。那一世，他的想法就是早死早超生，其实他不是不知道会被拒绝，可是这样断了念头会少受点儿折磨，事实上他的反应大了些，颓废的时间长了点儿，但应了老人的话，没有什么是时间带不走的。

　　可是就算是上帝也想不到，他又回来了，他有了弥补遗憾的机会，而且他以为已经心若磐石的自己完全可以控制情绪，但是看着目光灼灼的周紫宸，莫峰依然能感觉到自己的心跳。

　　"既然要认真，那加点儿赌注如何？"莫峰问道。

　　周紫宸挑了挑眉，可爱的小鼻子皱了皱，显然识破了莫峰的伎俩，其实女孩子并不喜欢男生这种自以为是的想法。

　　莫峰倒没有卖关子："我赢了的话，你明天去我家玩，自从你上次去了之后，我老妈一天十八个天讯严刑逼供，哦，张五雷也去。"

　　"就这个？"周紫宸愣了愣。

　　"不然呢，你以为我赢了你，就要做我女朋友吗？"莫峰笑道，他又不是当年的那个愣头青，男人早晚都会成熟的。

　　周紫宸有点儿不好意思了："我也喜欢叔叔的手艺。我不占你便宜，赢一局就算你赢，不过如果三局你都输了，你就要继续当一段时间的挡箭牌，而且要尽职尽责，不能偷懒。"

　　"成交！"

　　作战室里，武器是现成的，战士的常规武器都有，周紫宸显然知道莫峰主修的是近战："武器随便选，不用担心。"

　　练习武器都是没开锋的，但它们仍然很危险，周紫宸是让莫峰放手施为，他看着兵器架上的武器，对他来说，还是不选武器的好，哪怕是这种没开锋的，也容易出问题。

"我空手好了。"

周紫宸无所谓地耸耸肩，男人总是骄傲自大。

两人都没有选择武器，站定，莫峰还是那么随意，而周紫宸已经进入状态，她对待训练都很认真，就更不用说是切磋了。

噌……

她的肩膀微微一晃，这是一个非常有迷惑性的动作，下一刻她已经闪电出击，柔韧性被发挥到极致，脚尖弹踢他的头部，这是一个非常惊人的迅猛直线杀招，这一招，整个学院能够抵挡的不超过十个人。

破空声响起，下一秒两人就定住了。

她的腿扛在他的肩膀上，但是他的手指着她白皙的脖子，指尖触碰到了她的肌肤，有一点凉凉的感觉。

这个姿势有点儿不文雅，周紫宸收腿，后退几步，表情有点儿凝重。刚才这一击她用了七成力，可是出手的突然性毋庸置疑，而且还用了晃肩，迷惑对手的判断……难道是歪打正着？

莫峰是有名的一根筋，或许应该更猛烈一些。

他笑了笑："一比零，再来。"

周紫宸点点头，这一次她谨慎多了，同样的错误不能犯两次，一声娇叱后她再次攻击，但这次不像刚才那么不留手了。女战士的特点在于柔韧性、敏捷性，只有把这个发挥出来才有杀伤力。一般情况下跟男战士拼力量和凶狠是不明智的，保持冷静也是女战士的特点。

然而她的攻击还没到位，只感觉眼前一晃，腿已经被抓住，莫峰的右手在她的脖子上轻轻一切，然后松开手，后退两步。

"紫宸，训练的时候掌握自己，战斗的时候更重要的是洞察对手。"莫峰说道，她的训练没有问题，攻击方式也没有问题，最大的问题是，这只是训练，实战完全是另外一回事。

生死战，又是和比赛完全不同的概念，在面对死亡的时候，人往往能看到很多平时看不见的东西。

一种强烈的无力感从她的体内涌出，从来没有这种感觉，她都不知道自己输在了哪里，为什么那一瞬间有一种对手消失了的感觉，而且对手抓住自己的腿，正常情况下身体都会有反弹，而且可以发力挣脱，可是在他抓住她的腿的一瞬间，身体像是失去了警惕性。

这种情况从未出现过，简直……

冷静，周紫宸已经忘记了赌约什么的，她第一次遇到这种情况，自己的身体状况没问题，也没有吃什么奇怪的东西，精神状态也是正常的。环顾四周，让自己的视线放远一点儿，周围有几个学生也在看他俩的战斗，那几个学生显然也搞不清楚状况，还以为他俩在闹着玩。

周围的一切映入脑海，思维、判断都正常，可是她感觉自己慢了好多。

她收摄住心神，目光定在莫峰身上，他还是那副样子，面带微笑，饶有兴趣地看着她，这种感觉不怎么好，他似乎很笃定。

"深藏不露的莫峰学长，我输了。"愿赌服输，虽然不甘心，甚至有些莫名其妙，但是她不是个赖账的人，而且他赢得光明正大，也赢得了尊重。

这还是她第一次这么认真地称呼莫峰为"学长"。

"还没完，既然是三局，无论结果如何总要打完，如何？"莫峰问道。

周紫宸微微一愣，脸上露出一丝笑容："那我就不客气了，我要用武器了。"

她没有问他，选不选武器都是他的事，失败者没必要多啰唆，尤其这种输得莫名其妙的情况。

女孩子多数是用匕首，周紫宸也不例外，能把敏捷和灵活发挥到极致的就是匕首。虽然她不是主修近战的战士，可是她毕竟是军校中的佼佼者，碰到的近战高手也很多，眼光是有的，可从没碰上莫峰这样的对手。

双匕首到手，她的心一下子就平静了下来，眼神专注，将刚才的一切都抛诸脑后，连莫峰也不由得称赞，在这种温室的环境下，竟然能靠自己的领悟培养出这样的状态，真的很罕见。

"请指教！"周紫宸的态度无比端正，这一刻，她已经知道，自己碰到高手。莫峰绝对不是混子，他要是混子，这世界上就真没高手了。她第一次输可能是侥幸，连续输两次，肯定就是必然了！

"请！"

话音一落，杀气骤然出现，她也像是变了一个人，武器确实能带来完全不一样的感觉。她不再用腿，脚下的步伐始终保留着余地，而手中的两把匕首幻化出一片片的刀光杀向莫峰。

她的刀法可是得到过名师的指点的，作为龙图军事学院的招牌人物，远程方面自是不用说，近战是唯一的弱项，所以她也是下了苦功。两把匕首相互照应，在没有武器的情况下，完全封锁了他的出招方向，逼迫得他只有闪避的份儿。

他表情不变，身体顺着她的刀法飘动。她的犀利攻击总觉得差了那么一点点，看似全面笼罩，具有极强的压制性，但是连她自己都感觉到了一种很难受的感觉。她的刀怎么都杀不到他，最近的一次，匕首眼看就要扫到他的衣服了，可是还是没碰到。

陡然间，一股澎湃的气势从她身上爆发出来，他的眼神微微一动，她的基因力量完全爆发，手中的刀速快了一倍多，不光是刀速，脚下的步伐也变得迅猛快捷，整个人如同陀螺一样旋转着杀向他……噜噜噜噜……

——阿克力螺旋百斩！

作战室外，有那么几个学生已经看得瞠目结舌，这是连男人的体力都很难支撑的瞬间爆发匕首战技，周紫宸竟然练成了？

进入战斗状态的她完全忘了这是一场切磋，恐怖的必杀战技完全涌出，从没有这样顺畅过。在他的压力下，她终于掌握了这螺旋杀招，整个过程如同行云流水一般，刀刀杀向对手的要害。在这种疾风骤雨的攻击下，任何人都只有招架的份儿，但是面对双匕首的砍杀，就算穿着护甲都没有用。

然而就在这时，一只手准确无误地抓住了她的手腕，同时控制住她的左手，一刀挡在她右手的刀上，同时一旋、一转、一拉，噜……

匕首激射出去，直接插入了墙上，而另外一只匕首已经到了莫峰的手中。

"不要练这个了，这在战场上除了送死，没什么用。"他掂量着匕首，熟悉的重量，匕首确实是战场上比较实用的武器，也是他的最爱，简单、直接，又最有效。

最重要的是，他喜欢这种近距离刺杀的感觉，只有这样才能稍稍缓解心中的痛，可以感觉到自己还活着。

周紫宸浑身战栗，眼前的男人的目光根本不在她身上，他只是看着那匕首，可是浑身上下却散发着恐怖的气息，仿佛空气都要凝固了一样。

很快他意识到自己失神了，连忙收起匕首，微微一笑："不好意思。"

周紫宸下意识地接过匕首，有点儿茫然。真的，就这一会儿，她的自信真是遭受了重击。他简直推翻了她好不容易设定的目标，虽然在 EM 大赛中会有失利，但那是她故意锤炼近战的。什么是学习？不是为了无聊的胜利，而是从战斗中进步，和擅长近战的对手打，一定要用近战才能得到最宝贵的经验。她自认为近战水平虽然进不了前十，但怎么也有两千分左右的水平了，可是这都是怎么了？

"为什么？"周紫宸喃喃地问道。

莫峰觉得自己又笨了，和一个女孩子战斗怎么能这样，意思到了就可以了，老毛病呀，活了这么多年都没活明白。

"运气好，可能你不在状态，又或是我太想让你去我家吃饭了……你该不会是故意给我机会的吧？"莫峰打趣着说道。

这是以前的莫峰绝对做不到的，但凝重的气氛一下子化解了，周紫宸忍不住笑了出来："油嘴滑舌……不要转移话题，我今天状态很好，虽然我的近战水平不是一流的，可是也不至于输得这么惨，我就没见过有人敢在阿克力螺旋百斩中火中取栗，你到底是怎么做到的，还有你竟然诋毁军校的一级战技！"

莫峰摸了摸鼻子："我哪儿有？"

"哼，我的记忆力可是很好的，你刚才说了'在战场上除了送死，没什么用'。你可知道，这可是各届 EM 大赛中获胜的必杀级战技？"周紫宸认真地打量着眼前这个略微慵懒的男人，和刚才那杀气冲天的人像是两个人。

"喀喀，这个，其实你想想，这样的招儿多累呀，一旦使用，注意力会全面下降，有狙击手怎么办？万一对手是一百个呢，上帝都累死了。"莫峰无奈地耸耸肩说道。

周紫宸显然不能接受这样的答案，可是看到窗外很多人探头探脑的，显然不适合继续讨论，忽然之间挽着莫峰的胳膊："不着急，学长，明天我穿什么衣服比较好？"

莫峰忽然感觉到有点儿不妙，看着周紫宸狡黠的眼神，貌似自己掉进坑里了。

"阿姨和叔叔喜欢什么礼物呀，我这次要正式一点儿，我相信明天你一定会知无不言的。"周紫宸笑得跟小魔女一样，她不信明天当着家人的面他敢打太极。

虽然只去过他家里一次，但她相信他父母，甚至莫小星的话对他也绝对有威力。

她就这么亲热地挽着他的胳膊出来，门口几个围观的学生目瞪口呆，是听说周紫宸有男朋友了，可是都说是挡箭牌呀，也就是说现在周紫宸根本不想谈恋爱，她要专心准备 EM 大赛。可是不像呀，刚才两人在里面哪儿是切磋呀，简直就是打情骂俏，一会儿摸摸小腿，一会儿摸摸小手的，这会儿又这么贴着……

在场的单身狗瞬间承受了一万点的暴击、刀伤。

莫峰总觉得自己好像不是赢的那个……什么鬼……如果能假戏真做……也不错呀，周紫宸身上淡淡的香气，让他的心一下子平静了下来。

第十一章
无形卖弄

周日，莫峰家里像是过节一样，得知周紫宸要来，莫峰的爸妈可是大张旗鼓好好地准备了一番，搞得莫小星这个亲生的都有点儿吃醋了。

"哥，老实交代吧，你给紫宸姐灌了什么迷魂汤？还有，干吗又把这吃货带过来，家里的米都被他吃光了！"莫小星丝毫不客气地吐槽着张五雷。

张胖子肉嘟嘟的脸上则是堆满笑容："小星同学，你这么厉害，将来会嫁不出去的。"

莫峰在莫小星的脑袋上敲了一下："这是你胖子哥，你要有点儿礼貌，虽然你说的是事实，但我们怎么能跟他一般计较呢？"

"老哥，英明！"

果然是亲兄妹，损起人来都一模一样："老大，我也很好奇，你怎么做到的。周学妹你不能这样，他会得意的。"

周紫宸的脸微微有些红："你们误会了，今天不是见家长，是我们打赌，我输了。"

"哦，就我哥这智商，不是吧，紫宸姐，你不会是故意放水了吧？"莫小星夸张地叫道，整个人都要从沙发上弹起来了。

"没有，我用全力了，但是感觉在他手中，三招都撑不住。莫峰，你

是不是该说点儿什么？你在龙图待了三年了，你的实力应该在 EM 两千分以
上！"

这是周紫宸来的主要目的，昨天晚上她琢磨了很久，如果说战斗的时候
还存在一定的其他想法，但经过一番认真思考，她确定，莫峰的近战水平非
常非常可怕，而且不似常规套路。她把最近十年最优秀的 EM 测试视频都看
过了，而且经过仔细的分析，根本没有莫峰这种套路，而且他还把阿克力螺
旋百斩批评得一无是处。

这一次轮到莫小星和张五雷吃惊了，莫小星跳了起来，在莫峰的脸上一
顿揉搓："不像是人皮面具，那么接下来的问题，莫峰同志请你认真回答，
如果回答错误，你将接受军事法庭的审判，或者送到怪物解剖实验室！"

莫峰无奈地耸耸肩，这妹妹真是唯恐天下不乱。

"我七岁的时候掉进水里，是谁救的我，三秒快速回答！"

莫峰哭笑不得："不是七岁，是五岁，没人救你，你自己会游泳。"

"莫峰同志，你第一次被我抓住偷偷看小电影是什么时候？"

"不知道……我什么时候偷偷看小电影了？莫小星，你是不是找打！"
这丫头，简直是唯恐天下不乱。

"妈，哥要打我。"莫小星立刻吼了一嗓子。

厨房里，立刻传来莫妈的声音："一会儿不许他吃饭。"

莫小星得意地龇着小白牙，哼，跟我斗是没可能的。

"看来这哥哥是真的了，不过他好像没这么厉害吧，胖子，你跟我哥好
得都穿一条裤子了，你发现什么蛛丝马迹没有？"

张胖子笑得跟弥勒佛一样："自从失恋之后，老大发愤图强，我觉得这
就是知耻而后勇，浪子回头金不换，大彻大悟，立地成佛！"

"喀喀，我说你们几个，今儿不是我的批斗大会。还有胖子，不会用成
语就不要乱用！"

很显然到了家里，莫同学的地位并不高，没什么话语权，胖子也完全把
他当空气了。

"莫峰，你昨天说的，我想了一下，还是很有道理的。阿克力螺旋百斩
的消耗很大，其实除了个人战，问题是很多，可是 EM 的对战效果很好呀。

你怎么能直接切入，这样的刀阵，一不小心手就没了。"周紫宸关心的还是这个，这是她百思不得其解的地方。

莫峰笑了笑："其实招式一旦固定下来就会破绽百出，只要冷静一点儿，就很容易找到节奏，只要手快一点儿就好。"

周紫宸若有所思地点点头，莫小星则有点儿看不惯自己哥哥这么装，用白嫩的小脚丫踢了踢莫峰："老哥，说重点，别这么飘，螺旋百斩那么快，你说下手就下手，这不是搞笑吗？别打马虎眼儿，不然我就告诉妈你欺负紫宸姐姐。"

莫峰无语望苍天，这到底是谁的妹妹呀？

"这样吧，说起来比较麻烦，我演示给你们看看。"他拿起桌上的水果刀，"刀速是很重要，可是单纯的快不一定有用，重要的还是掌握节奏。"

一个苹果轻轻抛了起来，水果刀瞬间绽放出炫目的刀光，还伴随着嗖的一声破空刺响，苹果落到了莫峰的左手，苹果皮如同百花盛开一样绽放，露出里面鲜嫩的果肉。

"刀法、手腕很重要，螺旋百斩，手腕用太多，就是猛砍，猛是够猛的，但战斗并不是匹夫之勇，要讲究细节、技巧，有的时候慢才是更高的境界。"

周紫宸、莫小星、张五雷目瞪口呆地望着苹果，他们感觉眼前一花，这是什么刀速？三人之中，周紫宸是看得最清楚的："五十八刀，其中有十三刀带弧度，必须放慢速度，可是整体却融入其中，并不会有慢的感觉。"

"不对，四十八刀，有十刀其实是一刀，看似断，其实并未断，只是节奏改变了。"张五雷喃喃地说道，他在那一瞬间本能地被刀光吸引了。

莫峰点点头，张五雷的天赋毋庸置疑，这家伙除了懒真的没什么毛病了，甚至他觉得，如果张五雷勤奋点儿，要比他还厉害。

"胖子说的是对的，紫宸，你的能力毋庸置疑，但太守规矩，受学院体系的影响过深。其实在实战中，没那么多规矩，只要能杀死目标，招式的形态、用不用完都无所谓。"

水果刀在莫峰的手指间恍若有生命一样翻转，灵动得像个小精灵。

好一会儿，莫小星才从震撼中反应过来："哥，我有点儿怀疑你是不是我哥了。"

"这点毋庸置疑，不过现在的我其实是从未来回来的。"莫峰说道。

三人大笑，莫小星还嘲讽了莫峰的幽默细胞。

即便是这个科技暴走的时代依然不会有人信，他们仨都认为以前的莫峰只是低调，或者看不上学院派的做法，可能是上次告白失败，使他整个人有了变化。

"来来，先吃饭，吃完你们再慢慢聊。"

莫峰的爸妈开始张罗，显然周紫宸的到来让这个家庭充满了欢乐，莫峰的爸妈当真是喜欢她喜欢得不得了，如果儿子能有这样优秀的女朋友简直是祖坟冒青烟了。她彬彬有礼，听小星说成绩又好，虽然不知道她具体的家庭情况，但肯定很不错，看穿着，多少就能感觉到。自己儿子是个什么样儿，这两位当然知道，也不知道人家看中了他什么。

对此莫峰也是无能为力，他有那么差吗？再过一些年，他在陆军中也是有名的杀神呀。不过想想也是，也就是个高级点儿的炮灰，周紫宸他们最差的也是大校了。

一晚上欢声笑语不断，莫峰人在其中，心中暖暖的，这就是他要守护的，谁也不能夺走。

回去的路上，这次莫峰要送送周紫宸，不能像上次那样，两人肩并肩，还真有点儿情侣的感觉："莫峰，你真的很爱你的家人。"

"哦，每个人不都是如此吗？"莫峰微微一愣。

"我不是这个意思，你可能没有注意到自己的眼神，你看父母、看莫小星时很温柔、很温暖，我觉得你会用生命保护他们。"周紫宸能感觉到，这不是浮夸的小男生，更像是一个经历了很多的成熟男人才有的眼神，可是他偏偏又是这样的年轻。她想起他以前痞痞的，甚至有些古怪的行为，忽然觉得也不那么幼稚了，这可能就是他的表达方式，在外面一个样子，和家人在一起的时候又是一个样子。

"哈哈，是吗，看样子女孩子喜欢这一款，我以后要多装深沉。"莫峰说道。

"我的车就在前面，你回去吧，不然张五雷要被小星欺负死了。"

"小星命令我一定送你上车，否则不给开门，对了，你要在这里叫车吗？"

说话间，一辆黑色的奔驰SR99悄然行驶过来，这是今年刚出的顶级豪车，外在材质用的都是太空材料，不仅如此，还拥有海陆空三栖能力，全太阳系限量九十九台。

"那我走了，谢谢叔叔阿姨的款待，那……下周见了。"

"下周见。"

无论是莫峰还是莫小星都低估了周紫宸的家境，周紫宸的家庭情况不是一般的好，她是周家大小姐，地球联邦有名的周氏星际航运公司的大小姐。

周紫宸一直隐藏着这个身份，今天她也是想悄悄离开的，但是不可能，家里人不会允许，司机和保镖必须跟着，否则她就出不来。

望着车的影子，莫峰微微一笑，或许，上一世她的拒绝是对的，现在想想甚至要感谢。年轻的时候或许认为爱情可以对抗一切，但到了一定的年纪才会明白，爱情只是一部分，实际的因素是客观存在的。不能负担的爱情同样是一场灾难，尤其是情商不对等的情况下。一般女孩子都要比男孩子早熟七年，男生还是下半身思考的动物的时候，女孩子早就已经很感性了。

虽然不可避免地受到了一定的吸引，但他总体还是非常克制的，没有更进一步。不仅仅是因为他的未来充满危险，甚至，他都不知道自己的这种存在是不是稳定的，会不会突然消失。

如果可能，他不想给身边的人带来更多的伤痛，哪怕不能改变，也要笑着面对这个世界，无论是家人、张五雷、孙小茹，还是周紫宸。

坐在车里的周紫宸，透过后视镜还能看到那个大男生，触动她的不是莫峰的本身，也不是他突然的风格变化，更不是他变得有多帅，而是那笑容深处一丝无法形容的悲伤。

此时地球联邦的EM组委会会议室里烟雾缭绕，来自联邦议会的五位议员和来自军部的七位将军的表情都很难看。

"'月嫂'是什么意思，原来不是说了，这个计划中我们有一个名额吗，怎么现在变成了按成绩排？！"

"这个绝对不行，我们的投入也很大，结果全部由他们的人来执行，这算什么事，当我们是后勤吗？"

"议会是绝对不会通过这个决定的，这是你们军方的责任，月球人这是赤裸裸的看不起我们！"

会场气氛很不好，外部有压力，内部并不统一，但是谁也不愿意看着月球人就这么一路向前把地球远远抛到后面。现在最要紧的是跟随，但凡这类能改变历史的项目，一定要参与，哪怕没有主导权，也不能被排除在外！

良久，右边的一位上将说话了："月球那边给的理由非常充分，这个计划需要派出人类最优秀的战士，实力是检验战士优秀与否的唯一标准，任何不足都有可能导致整个计划功亏一篑。这是人类划时代的一步，想要见证可以理解，但不能为了这个而让计划有任何的差池。"

会议室里又是一阵鸦雀无声，这个理由很伤人。当初地球和月球同时开启基因改造计划，月球的危险变革在当时看来是激进的，但不得不承认，他们在经历了伤痛、适应了恶劣环境之后，确实取得了更好的成果，这些年的发展，也确实让月球从各方面超越了地球。这绝对不是表面上能够呈现的，但是高层一清二楚，在很多事情的决策上，地球联邦正在不断失去话语权。

能力，这是硬伤，很多事情让你做，你也做不了，但这样下去又不甘心。

大屏幕上，这次 EM 积分前十名的详细档案全在，这已经是地球联邦最优秀的军校战士了。可是在右侧的大屏幕上，则是月球联邦这一届的精锐，说真的，那里面的战绩和一些片段节选让人看得胆战心惊，在座的几位将军的脸色都有点儿难看。如果说地球战士在前两年还可以勉强跟着月球战士，但现在月球战士有些大踏步前进的意思，这一届 EM 大赛如果处理不好，很可能是拉开差距的耻辱一战。

"马绍尔将军，军部推荐的人选有没有把握？"

"只能尽力而为，毕竟有严格的年龄限制。"

"今天找大家来是想办法的，如果照这样下去，我觉得我们应该取消参加这一届 EM 大赛了。"

"不战而降，真亏你说得出口。"

"呵呵，真要打起来，绝对比你们能想象的还难看，难道实力对比还不够明显吗？你们还抱着什么不切实际的幻想？"

"我们前五十名的水平和他们的差距有点儿大，但不是没有机会，战斗本身就存在不确定性。"

"又想撞大运是吗？上一届，我们四强一个都没有，今年呢，如果连八强都进不去，你觉得这 EM 大赛还有什么意义吗？"

会议室里的人又争吵了起来，这次 EM 大赛涉及的东西太多，不仅仅是面子问题，还关系着整个地球的军校体系改革、基因技术、两大联邦的影响力博弈，更关系着一个重大计划的人选。

砰砰砰……

坐在左侧第二个位置的古玉上将敲了敲桌子："该面对的必须要面对，我们没有退路，现在要讨论的是，即将公布的选拔方式，如果按照往常的 EM 积分前五十名外加推荐，没有胜算。"

"古将军，这已经是最好的办法了，而且沿用了很多年，其他的更不行。"

古玉摇摇头："提案已经给大家了，等死不是办法，这次 EM 大赛一定要尝试新的选拔方式，能力，比 EM 分数更重要！"

"古玉将军，你这话有失偏颇，我知道你们亚洲区的成绩不尽如人意，但这也是实力使然。"

"罗德兰将军，刚刚大家已经有共识了，沿用以往，没有结果，如果你能给出更好的方案，我愿意洗耳恭听。"古玉淡淡地说道，变革名额肯定会分散各大区的未来名额，要知道 EM 大赛的参赛名额同样关系着军方的未来势力划分。

这一次如果不是有外力，这样的方案更是一点儿机会都没有。

会场又是一阵争执，但是无论如何必须给出结果，在没有更好办法的情况下，古玉的提案被通过。当然如果结果更惨的话，那古玉就要背锅，这也是另外一方愿意妥协的原因，饭可以乱吃，话不能乱说。

会议结束，古玉却在空荡荡的会议室里陷入了沉思，月球这几年有一些动作很奇怪，地球的情报部门也一直在调查，可是并没有查到什么蛛丝马迹。

"将军，您为什么不把视频给他们看看？这样更有说服力，您的立场也不至于这么为难。"矗立在一旁的参谋武勇山忍不住问道。

古玉沉思了一会儿，显然想的是别的问题，良久，他说道："他现在需要的是保护，而不是曝光，该我们承担的压力一样也不能少，这事你负责处理好。"

　　武勇山点点头，想想也是，毕竟是个年轻人，不确定性太多，但确实给现在的地球联邦带来了一丝希望，只是面对月球的顶尖高手，他能杀出重围吗？

　　古玉真没有把握，他从不妄自菲薄，但也不会过高估计，那个奇怪的小子能取得什么名次也不好说。月球的起势有点儿无法阻挡，那个计划看似很完善，可是他总觉得哪里有问题，四个人，总要有一个地球人才行呀。

　　至少这次新的选拔方式通过了。

第十二章

震惊龙图

新一周开始，龙图军事学院的学生们自动进入沸腾状态，地球联邦和月球联邦军校生最盛大的 EM 大赛即将拉开帷幕。今年的 EM 总决赛将在月球举行，来自两大联邦最优秀的一百二十八名战士会在月球首都卡萨布兰萨斯聚集，为自己而战，为荣誉而战。到时候会有来自全太阳系五十多亿目光的关注，对于渴望在未来建功立业、成就一番作为的年轻人来说，这是一生一次的最大的舞台，也是最宝贵的机会。

在过往，但凡抓住机会的佼佼者，基本上都会成为议会和军方的栋梁，机会是平等的，剩下的只看能力和坚持了。

正式名额公布，地球联邦获得五十八个名额，月球联邦获得七十个名额，名额是根据上一届的战绩以及其他综合因素评定划分的。月球联邦已经领先地球这边很多届了，这也是个明显趋势，从 EM 大赛的水准上就可以看出来。

而在地球联邦，在时间截止期，EM 分数到达八百分的学生总数为一万多人，在这里面只有五十八人有资格参加在月球首都举办的总决赛，毫无疑问这场竞争是惨烈的，无论是参与的还是旁观的，都能感觉到一股子战栗。

EM 八百分是入选的最基本标准，但想进入总决赛，这显然是远远不够的，这次在选拔方式上也作了调整。

在达到 EM 八百分之后，第一阶梯，直接晋级总决赛的名额，由 EM 总

分前十、半年内获得 S 级战略评定、地球 EM 大赛组委会特别推荐、军方特别推荐组成。

总分前十自是不用说，代表了目前地球联邦的最高水平，至少足够稳定。

半年内获得 S 级评定，说明此战士在某些领域拥有绝对统治力，这也是实战中相当重要的。

至于地球 EM 大赛组委会特别推荐和军方特别推荐则是针对一些拥有实力但因为各方面原因无法参加大赛的，给予特别的推荐，说白了就是保送人物。当然这是一份荣耀，可是被保送者如果表现得不好，保送者所承受的压力也是相当巨大的。

如果这些人选不满名额，接下来就是第二阶梯的淘汰赛选拔，在 EM 分数一千六百分以上和拥有 A 级战略评定的战士之间进行。

据说这一套选拔规则也是经过深思熟虑而制定的，主要是地球联邦的一些战士很擅长冲分，但是到实战对抗的时候，完全打不出与成绩相匹配甚至更强的战斗力，这也是军部最头痛的地方，也经常被"月嫂"嘲笑。

现在这一套选拔，既保证了基本战斗力，又兼顾了那些不太喜欢冲分、却拥有相当挑战能力的战士获得机会，冲分的多半是远近均衡的战士，可实际上一些偏科的战士往往能在战斗中发挥出极强的战斗力。

大家上课的时候都有些心不在焉，无论是直接晋级，还是参加选拔赛，又或是落选，都会收到通知，感觉就像是等待告白答复一样的心情。

中午吃饭的时候，孙小茹叫上了莫峰和张胖子一起。等到了食堂，周紫宸远远地就在朝他们招手，已经占好了地方。食堂里学生不少，同学们看向周紫宸的眼神里有崇拜、羡慕，也有爱慕的。大家平时只是觉得她成绩好，可谁都知道经过 EM 总决赛之后，周紫宸会更上一层楼。如果能取得一定的成绩，必然会成为地球联邦的栋梁，最差的程度也会是一名舰长。

这几乎是每个军校女生的梦想，可以指挥自己的战舰遨游太空，那是何等的英姿飒爽！

望着端着小山一样满满一大盘子食物的莫峰和张胖子，周紫宸和孙小茹也是哭笑不得，只能说，这两个没心没肺的家伙太没上进心了。

"你们也真的吃得下，让我说你们什么好！"孙小茹咬着小银牙恨铁不成钢地说道。

"人是铁，饭是钢，我最近被峰哥搞得真饿呀。"张五雷很诚实地说道，一双水汪汪的大眼睛幽怨地盯着莫峰。

莫峰的脸一黑："说人话，说清楚，是'训练'！"

周紫宸和孙小茹都忍俊不禁，这两个活宝。周紫宸自是不用说了，虽然通知还没来，但 EM 积分第八的最终排名让她成为龙图军事学院第一个进入总决赛的，绝对是龙图军事学院最大的明星。其实从她一进入学院那一刻就成了龙图的骄傲，也是核心培养对象，龙图军事学院这个老牌军事学院能否重现辉煌就看她的了。

成绩才是硬道理。

孙小茹很忐忑，因为她的分数是一千八百多点儿，同时拥有 A 级评定，也就是说应该是有资格参加淘汰赛的。第一阶梯的条件非常苛刻，哪怕是特招的也不会超过三个人，这点组委会和军部都是有数的。这些特招选手在往年都是地球这边最主要的战力，说白了就是用来保住颜面的，但即便是这样，最终想要突出重围，击败月球的核心人物依然很难。

"班长大人，吃吧，不用担心，你一定可以的。"莫峰笑道。他是真的知道，因为在上一世的时候，孙小茹就是在 EM 大赛绽放光彩的，好像突然开窍了一样，和周紫宸一起，成为龙图军事学院复兴的"绝代双娇"。孙小茹战死之后，莫峰和张胖子都有点儿不敢打听其他人的消息了。

"喂，喂，莫峰，你这是什么眼神，好像我要挂了一样，不要沮丧，就算这次没能进入淘汰赛，可是你也冲到八百分了，这就证明你有潜力。放心，等我当了舰长，一定把你们两个招进来当跟班！"孙小茹拍着自己略显丰满的胸脯说道，一旁的张胖子贼眉鼠眼地瞄着。

"莫峰学长，小茹姐说得有道理，以你的实力一定会有机会的。"周紫宸肯定地说道。感觉到孙小茹疑惑的眼神，她笑了笑继续说道："周末的时候我跟学长切磋过，学长的近战能力非常强！"

"是的，其实我是冲着 EM 大赛的冠军去的！"莫峰笑着说道。

这时，旁边的桌子传来扑哧的笑声，一大桌子十几个人，笑声最大的一个人留着板寸头，两侧刻着张扬的花纹："莫峰，你不吹会死吗？就你那两下子，别人不知道，我们还不知道？小茹，你就别管他了，这种家伙让他自生自灭算了。"

说话的是吴一鸣，从一年级开始就在追孙小茹，奈何两人的恋爱观根本不在一条线上，孙小茹已经把他列入黑名单了。

"嫂子，你这样，鸣哥会伤心得跳楼的。"吴一鸣周围的死党也跟着起哄。军校里的同学之间的关系要么特别好，要么就特别差，吴一鸣这家伙也是狠角色，打架斗殴绝对是冲在最前面的，虽然有点儿无脑，但为人还是很仗义的。

"你们几个少给我起哄，吴一鸣，不要说我不给你机会，你要是能进EM总决赛，我就当你女朋友，我孙小茹说话绝对算话！"

顿时吴一鸣周围的一帮哥们儿起哄得就更厉害了，不过他们现在是嘲讽。吴一鸣水平不错，但若说进入五十八人大名单，那完全是做梦。吴一鸣自己也有点儿蔫儿，他倒不觉得孙小茹是在为难他，毕竟人家就有参加淘汰赛的机会，他就差了一点儿。他拼命冲分，但最终只冲到了一千五百六十分，就差一点点，可是差之毫厘，谬之千里。

"小茹，我知道我不配，可是莫峰这小子还不如我，我不服！"吴一鸣梗着脖子说道，"这家伙长得没我帅，成绩没我好，人缘也差，除了有能吃的胖子，一无所有！"吴一鸣的话让周围的人纷纷点头，都为孙小茹不值。

胖子握着拳头，很想为莫峰出头，不过他还是忍住了，对面人多呀，再说，基本上也都是事实。

莫峰则是面带笑容，以前在学校的时候，他是真不喜欢吴一鸣，因为孙小茹的关系，他俩打过很多次，最关键每次开战都是莫名其妙。孙小茹不喜欢吴一鸣，关他什么事？不过作为班长大人的朋友，他也觉得远离吴一鸣好一点儿。

只是在火星战场的时候，这家伙成了莫峰手下的一个队长，作战勇猛，大会战的时候，本来能撤退，可是他的队员都死了，他自己也没打算回去，扛着小核弹和异族同归于尽了。据说，他自始至终都对孙小茹情有独钟。

可是现在的他们如何懂得这些？

"莫峰，你那是什么眼神？是爷们儿的就出来单练，我让你一只手，你要输了，以后离小茹远点儿！"吴一鸣有点儿汗毛竖立，这家伙的眼神好古怪，不是愤怒，不是胆怯，好像是……怜爱……是不是撞邪了？

"你们是不是弄错了，莫峰学长是我的男朋友呀，小茹姐和他只是好朋友。还有，女孩子喜欢一个人，并不是看这些的。"周紫宸敲了敲桌子说道。

她虽然是学妹，可是在看实力说话的军校，她的分量是独一无二的，哪怕是角色扮演，她也不能袖手旁观。

众人张了张嘴，一个个目瞪口呆地看着周紫宸和莫峰，这简直是天鹅和癞蛤蟆呀。虽然都在传他俩是情侣的事，可是基本上大家都觉得，他只是周紫宸的一个挡箭牌，反正莫峰这种烂人脸皮厚，可是看现在这架势，该不会……

"周学妹，是不是莫峰这家伙用了下三烂的招儿？如果是，你告诉师兄们，我们绝对把他的三条腿都打断！"吴一鸣一带头，一群人立刻跟着起哄了。

"这里是食堂，吴一鸣，你老实一点儿。"一个优雅的声音响起，这段时间没怎么出现的李威廉又露面了。众人虽然想嚎叫一下，可是李威廉作为学生会会长，对他们可是有压力的，在生活评估上做点儿手脚，他们的日子就不会好过了。

"紫宸，其实你没必要这样，我知道你现在的精力都在 EM 大赛上，我们可以等总决赛结束再好好聊聊未来，跟这家伙在一起平白降低了你的身份。"李威廉淡淡地说道。

"哎哟，李大会长，您什么身份呀，李将军？李舰长？能不装吗？"吴一鸣跳了出来，他还真不怕事，相比莫峰，他更看不惯李威廉。

李威廉当然不会跟吴一鸣一般见识，但是周紫宸却挽着莫峰的胳膊："李学长，我觉得我和莫峰的事没必要和你解释。"

事态升级，食堂的看客们纷纷放下筷子，都在关注龙图的最大八卦，基本上谁都知道周紫宸是李威廉的目标，谁要跟他抢，就是跟他过不去，所以平时周紫宸身边还真没什么人敢，也就出了莫峰这个白痴敢在大庭广众之下告白，没想到还真有抱得美人归的架势。

莫峰轻轻一拉周紫宸白皙的手，认真地看着李威廉："李师兄，希望你以后不要总围着女人转，你是军人，要有点儿骨气。"

龙图军事学院的学生在火星战场上涌现出了不少英雄，那些英雄或许没有什么名气，或许军衔不高，但在莫峰眼中都是响当当的汉子。可是李威廉这位龙图的代表人物之一，在大会战中竟然自己跑了，丢下了战友和阵地，虽然不知道用了什么手段最终没上军事法庭，但也离开了军队。这事被莫峰和张胖子吐槽了好一阵子，幸亏周紫宸当初没被他追上，否则她真要气死了。

周围的人都是一愣，因为谁也没想到莫峰会说出这么一番话，紧跟着一阵爆笑，连吴一鸣都指着莫峰说不出话来，这都是些什么乱七八糟的呀？李威廉真是被莫峰气到了："我围着女人转？我已经得到了淘汰赛的资格，你呢？你要是有这资格，以后我就再也不出现在紫宸面前，如果你没有，那以后有多远给我滚多远！"

李威廉再好的涵养也忍不住了，什么阿猫阿狗都敢教育他了。

"李威廉，别太过分！"孙小茹沉声道。

"看看吧，谁只能躲在女人后面，莫峰，你才是个娘儿们！"李威廉笑道。

莫峰耸耸肩："我确实没有参加淘汰赛的资格。"

周围的人都忍不住翻白眼，这不是屁话吗？李威廉的嘴角露出不屑："你要是能进淘汰赛，母猪都能上树！"

莫峰的嘴角露出一丝微笑："母猪怎么上树我不知道，但总决赛的资格可以吗？"

"总决赛资格……总决赛资格？"李威廉看着莫峰，周围的人也都看着他，孙小茹在桌子下面死命地踹他，这家伙是疯了吗？说话是要负责的，军人最忌讳言而无信了。

紧接着，众人一阵爆笑，不过这笑声却很快停止了，因为莫峰点开天讯，出现的是一张 EM 总决赛通知书，"龙图军事学院莫峰入选第一梯队，直接晋级"。

那金灿灿的军部印章是绝对不会错的，整个食堂鸦雀无声，连周紫宸和孙小茹都惊呆了，倒是胖子愣了一下很快恢复正常。

"这……这不可能！"李威廉喃喃地说道，这可是 EM 总决赛，他拼了命都只获得了一个淘汰赛资格，为什么，为什么，这样的垃圾可以直接晋级？

所有人都感觉世界有些颠倒，大一的时候莫峰似乎还不错，但很快就泯然众人矣，可是就算是精英，也不可能，龙图军事学院没这实力呀！

"东西是真的吧？行了，满足了你的好奇心，可以走了，饭菜都凉了。"莫峰摆摆手，"好了，别看热闹了，没什么好看的。"

如果以往他说这话大概没人搭理他，还要引起一阵嘲笑，但这一次，所有人都默默地坐在座位上，整个食堂还是安安静静的，充斥着一种古怪的氛围。

下一秒，莫峰就传来惨叫，孙小茹狠狠踩了他一脚，他的刚猛形象瞬间垮塌。

"班长，你要踩死我呀！"

"让你装，进入总决赛了不起吗？你想造反吗？怎么不早说？看我笑话呀！"

"没呀，没呀，哪儿敢呀，我这不也是刚刚才收到通知吗？你们应该也都收到了吧？"莫峰有点儿头大，班长大人真是他的克星。

周紫宸倒是很快清醒了过来："恭喜学长，看来我们要并肩作战了。"莫峰显然没进入 EM 积分前十名，可是那天她已经感觉到了他的近战实力，也不可能是组委会和军部的推荐，那就是某个测试的 S 级成绩。

"喀喀，班长大人，我坦白，我也有淘汰赛资格，不过能不能进入总决赛我就不知道了，反正我已经完成任务了。"张胖子看莫峰的惨样连忙说道。

又一颗重磅炸弹扔了出来，食堂里的学生都被炸得外焦里嫩，这是什么鬼？

这个整天看动漫的死宅胖，每次分数垫底的家伙，难道 EM 考的是动漫项目？

这时学校的广播响起："周紫宸、莫峰、李威廉、庄哲、孙小茹、张五雷，立刻到校长办公室。同时在这里向大家宣布一个好消息，周紫宸和莫峰同学已经晋级 EM 总决赛，其他四位同学获得了淘汰赛资格。"

学生们吃饭的、走在路上的、教室里的、躺在宿舍里的，都呆住了……

莫峰是谁？直接晋级 EM 总决赛？

难道今天是愚人节？

可是此时在食堂外的一个角落，一个人狠狠地握住了拳头，一切正在朝着他的推断前进！

第十三章

收获一枚命运小弟

校长办公室。

莫峰等六人很快又碰头了，如果是以往的情况，李威廉难免要风光一番，指点一下江山，摆摆老大的谱，但这次他目不斜视，完全没看到其他人的样子。

龙图军事学院校长王正阳是真的高兴，本以为只有两个好苗子，却没想到却有这么大的惊喜，关键是有两个直接晋级的名额，这简直是他做梦都没想到的，以至于老王头儿的皱纹都舒展了。

"周紫宸，莫峰，你们两个是学院的骄傲，也希望你们戒骄戒躁，在这次大赛上取得优异的成绩，不仅仅为你们自己、为学院，也为我们地球人争口气！"老王斗志昂扬地说道，莫峰这小子他听说过，但并非什么好名声，可是这小子却神奇地获得了直接晋级的资格，也让老王大跌眼镜。

"是，校长！"

周紫宸和莫峰还是非常标准的敬礼，上一世的莫峰在学校的时候可对校长没什么印象，更别提尊敬是什么东西了，那个时候的他总认为校长就是官僚，还是个不怎么称职的官僚，学生们都称其为"和稀泥老王"，把龙图搞得节节败退。但战争开始后，王正阳进入军部，那个和稀泥的校长变成了雷厉风行的军人，或许军队才是他真正渴望的地方。在火星战场上，王正阳的大名无人不知无人不晓，他指挥的局部战役是火星战场上最优异的，而且大量提拔了一线的战士，这也是火星战场在那么不利的情况下还能坚持这么久的原因，哪怕看不起地球人的"月嫂"，见了王正阳也只能闭嘴老实地待在一边。

但王正阳并没有撑到最后，在太阳湖战役中，他所在的军团被异族团团包围，这种情况下他也没有走，最终战死沙场，却也为其他人争取了撤退时间，也是莫峰他们能活下来的关键原因。

莫峰敬的这个礼，是发自内心的，哪怕在上一世的火星战场上，他也只见过王正阳一面。

王正阳从莫峰的眼神中看到了不一样的气场，虽然隐藏得很深，但是在同样上过战场的王正阳面前却无法隐瞒，久经沙场的人都有一种掩饰不住的气息。

老王也在想自己是不是出现错觉了，因为这种气息是不可能出现在一个学生身上的。

"你们虽然获得了淘汰赛的资格，却不能掉以轻心，这一次各大学院倾巢出动，后面的比赛认真打，打出自己的风采！"

李威廉等人也是信心十足，只是李威廉对于这个校长并没有太多的尊敬。很显然在其看来，这就是权谋不行的主儿，上头已经考虑要换掉他了，他坐在这个位置上，有大把的政治资源却不知道利用。

王正阳并没有废话，这大概是龙图军事学院的学生们唯一喜欢他的一点，但凡涉及校长的事绝对直接，一句话说明白的就不会用两句。

再次回到校园，人还是原来的人，但感觉完全不一样了，所有人看莫峰和张五雷都跟看怪物一样。这两个是典型的校园无名氏，在学校完全没有存在感，如果不是莫峰和周紫宸搅和在一起，大概都没人知道他，可是他俩竟然一个直接杀入了 EM 总决赛，一个获得了淘汰赛资格。

确认了消息，大家各自分开，这也是喜事，无论晋级的还是有淘汰赛资格的，履历上都会有一笔，当然也有像是没事人一样的，比如莫峰和张五雷。

很快，莫峰的天讯就响了。

"老哥，我终于感觉到你是爸妈亲生的了！"莫峰的耳朵快要炸了，一旁的张五雷笑得快要躺倒了，这种话只有莫小星说得出来。

"有这么跟你哥说话的吗？就算是捡来的也不可能是我！"莫峰忍不住调侃了一下，心情还是很不错的。

"嘁，看我这智商就知道是亲生的了。老哥，我发现你自从和紫宸姐在一起之后就开始咸鱼翻身了，加油，继续保持，我是你坚实的后盾。"天讯里的莫小星做了个鬼脸，视频里还有一群女孩子嬉嬉闹闹的声音，看来莫小星的同学们对这位"英雄哥哥"也非常有兴趣。

莫峰摸了摸鼻子，EM大赛的影响力堪比以前的奥运会，在年轻人心目中的影响力甚至更大。

"看来不拿点儿成绩是不行了，这丫头。胖子，你也别尿，一定要闯过淘汰赛。"

张五雷翻了翻白眼："这是不可能的，就我这两下子到这里已经是极限了。"

"是吗，你能在射击上拿到A级的评定，闯过淘汰赛就一定有机会，距离正式分组还有几天，我给你加练！"莫峰说道。

"不是吧，还要早起？"

"不仅仅是早起，'加练'的意思是动真格的，伤筋动骨什么的是正常的，所以今天抓紧时间享受一下喜悦，明天可能就没这力气了。"莫峰笑道。

张五雷一声惨叫，但是莫峰已经走了。张五雷这家伙是属牙膏的，挤一挤就一定有力量可挖。

闹腾完了，张五雷也认命了，他是个随遇而安的主儿，只要有人做伴就行，惨归惨，但说有多难，他真没觉得。他的"A+"评定就是看着那个神秘人的视频学的，那些在别人看来不可思议的射击节奏和方法，他一看就会。哪怕是从技巧上很难折腾的"弧线枪"，在练习了一段时间后也有点儿体悟，只是不太稳定。怎么说呢，就像是开窍了一样，感觉就是露露的祝福。

至于莫峰的入选，别人觉得奇怪，张五雷并不觉得，他都有这么大的进步了，莫峰肯定更强，在训练时他有这种感觉，打出S级的近战测试也不是什么天大的事。

不管怎么说，发掘出了自己除了动漫之外的能力，张五雷还是非常开心的，哼着小曲儿，心里也在盘算，杀入总决赛也不错，和莫峰一起组成哼哈二将，大杀四方。

从下午一直到晚上，莫峰都在图书馆里查资料，异族的入侵中，第一波定点打击，就是针对月球和地球的主要城市，这要说它们一点儿了解都没有，全靠运气，他真不信。当时有一个说法是，异族的攻击点只是人口密集区，这也算不上什么稀奇，可是在了解了异族的智慧，准确来说，是异族统治阶层的智慧之后，他绝对相信这是有预谋的，只是他无法判断到底是以什么方式。

看了很多的资料，尽可能地搜集了关于星际方面的资料，却一无所获，他揉了揉脑袋，也没打算能找到什么直接破绽，先记录信息，等进入核心层，肯定会有不一样的情报，如果有帮手就好了，可是身边并没有这样合适的人。

离开图书馆的时候已经是晚上十点了，走在校园里，莫峰渐渐地朝着人少的地方走，而在他的身后渐渐出现了一个鬼鬼祟祟的身影。

好不容易跟到小树林，人怎么不见了，明明就在这里？

"你是在找我吗？"莫峰的声音响起。

跟踪的人吓了一跳，但眼珠子立刻一转："没，我只是尿急。"

莫峰走了过来，打量着跟踪者，这段时间他已感觉到了有暗中观察者，像他这样的战士对于这种目光是非常敏感的，只是以自己的情况应该是不会被人暗中观察的，除非是跟异族有关的。

莫峰不是看小说看疯了，而是身上发生这样的事，难保不存在这种不合理的事情，可是看这人的样子像是学生。

"你是龙图的？干吗跟踪我，给我一个不揍你的理由。"莫峰淡淡地说道。

"看在都是校友的分儿上，不打脸行吗？"马可·波罗苦着脸说道。

莫峰也乐了，还真是冲着自己来的，身形一晃，已经来到了马可的面前，直接来了个"树咚"："我这人脾气不太好，理由！"

马可倒不是很害怕，反而还极为兴奋，被发现也不是什么坏事，他觉得自己已经非常非常接近真相了。

"你是不是神秘人？"马可小声问道。

"神秘人？"莫峰皱了皱眉头，"那是什么东西？"

"喀喀，我是说创造出'S++'成绩的超级强者，是不是你？一定是你，默默无闻，突然晋级总决赛，肯定需要 S 级的成绩，可是这半年里打出 S 级成绩的人并不多。"

莫峰微微一笑，放开了马可："我当是什么事呢，我确实有 S 级成绩，不过是近战成绩，你误会了。"

"不，不会！"马可的眼神中带着狂热，"我的预感非常准确，我第一次发现神秘人的时候就怀疑他离我很近。我的超能力有范围限制，参加 EM 测试的十有八九是龙图的学生，'S++'的那场，我又直接找到的时候，我就更确定这一点了。"

莫峰无所谓地耸耸肩："那又如何，这就是你一直跟踪我的理由？"

马可显然抓住了关键信息，对方早就发现他了，他相当小心，只能说明，莫峰很强。越来越接近真相，马可兴奋了："我相信感觉，但也知道这不是理由，我是新闻系的，大胆猜测，小心验证。既然我觉得龙图的学生可能性最大，那就用排除法，能做出这种动作的是高手，但不会是已经成名的。周紫宸性别不对，李威廉、庄哲等人不是低调的人，那就是学院里隐藏的高手。一个人突然选择在 EM 测试里大放光彩，无论是否匿名，都说明他的日常生活出现了巨大的变故。"

说着马可小心翼翼地看了一眼莫峰，莫峰哭笑不得，最近生活里发生大变故，还非常出名的就只有他了。他向周紫宸告白失败，闹得满城风雨，只是这也能算理由的话，只能说，马可歪打正着了。

"继续，你的故事很有意思。"

"嘿嘿，兄弟，我的预感真的很强，我觉得这可能是我的基因能力，就是有点儿飘忽，可是加上我超绝的智商，就不一样了。我圈定了几个人，你是其中之一，而这时，你在射击场上让李威廉等人丢脸的事又传了出来，虽然难度不像 EM 测试上那么大，可是节奏很像，如果你是我，你会怎么想？"马可得意扬扬地说道，"再加上你现在又直接晋级 EM 总决赛，天下哪儿有这么多的巧合！"

莫峰看着马可，他没想到对方能从这么多支离破碎的信息中直指本质，当然马可的那个预感也是匪夷所思，那么多人里面直接就能找到他……

等等，这是不是意味着什么？

"你叫什么名字？"

"马可·波罗，新闻系的天才，注定成为名动联邦的人物！"马可太爽了，太爽了，现在他只等莫峰亲口承认了，对于做新闻的人来说，还有什么比这更爽的事？从一开始的猜测，到一步步的认证，最终把这个神秘人给挖出来了，本以为要毕业才能出名，看来现在就要成为大名人了！

马可·波罗……莫峰记起来了，在研究异族的过程中，有一个轰动了一段时间的人类组织，首领好像就叫马可，绰号"未来掌控者"，说是拥有神奇的预感，他当时公开说知道异族的来历，引起了一阵轰动，然后……就没了。

小道消息，人是疯子，组织是邪教，被取缔了。

莫峰笑了，笑得非常灿烂："马可是吧，你真聪明，你的预感也非常准确。那么，现在问题来了，你说，我是灭口呢，灭口呢，还是灭口呢？"

莫峰稍微把杀气放出来一点儿，马可瞬间全身冰凉，一种恐惧感笼罩全身，他本身就比女人还敏感，这一刻他真的感受到了强烈的杀气。

"大……大哥，不至于吧，我可以保密，真的，我用我的下辈子发誓，绝对不说出去！"马可嘴唇哆嗦着说道，难怪前辈都说，干这种事一定要小心，惨了。

"呵呵，你也是学新闻的，应该知道只有死人才能保守秘密，你看这里环境不错，一会儿我会挖个坑把你埋了。"莫峰的眼神变得更加阴冷，那冰冷的气息让周围的温度都降低了几度。

这时莫峰的脸色有点儿扭曲，他的胸口非常非常的痛，能感觉到一道疤痕正在形成。这一次他也抓住了点儿规律，这个马可对未来有很大影响，也绝对和发现异族有关系，孙小茹、群攻阵容、马可，三个因，会指向什么样的果？

强忍着剧痛，莫峰深深吐了一口气，不知道为什么这样，但至少老天爷还是给了他一些启示，他不是在孤身作战。

马可抖得更厉害了，莫峰的手一抖，加上那沉重的喘息声，就是最后的死亡宣告了。马可死死地咬着嘴唇，闭上了眼睛，耳边传来一个声音："你还有什么没完成的心愿？"

"如果有一天你曝光了，能告诉大家第一个发现你的人是我吗？"马可喃喃地说道，出师未捷身先死，下一次一定不当出头鸟了。

忽然马可的耳边传来大笑，莫峰松开手："马可同学，重新认识一下，莫峰，你的学长。你小子真的挺厉害，我真以为自己隐藏得很好，却被你这么轻易地就找了出来。"

马可缓缓睁开眼，呆呆地看着莫峰："不，不杀我了？"

莫峰翻了翻白眼："你觉得我有那么蠢吗？曝光也好，不曝光也罢，多大点儿事？"

马可呆呆地看着莫峰："我就说嘛，好歹我们还是校友，多大点儿事……那你干吗吓我？"

"你卖弄聪明的样子让我很不爽，再说了，你还偷偷跟踪我，你若要是个大美女也就罢了，现在咱们扯平了。不过我现在不想曝光，你别乱说，否则打你一顿是少不了的。"莫峰笑着说道。

一看真的没事了，马可的眼珠子滴溜溜地转："师兄，你一看就是要做大事的人，这次的 EM 大赛得到了两大联邦前所未有的重视，你一定打算来个一鸣惊人，让我跟着你吧。虽然师兄很强，可是问鼎还是有不小的挑战的，我很有用的！"

莫峰笑眯眯地盯着马可："哦，你有什么用？"

马可不乐意了："师兄，不是我吹，我这预感能力真没谁了，就跟女人的那个一样准，喀喀，那个好像也不太准。这个不是重点，我从小对一些奇怪的事情都会有预感，而且我搜集情报、分析战局的能力也是一流的，再厉害的人物也都是需要辅助的，再说了，我们捆绑了，以后还不是你说什么就是什么，我决无二话！"

莫峰皱着眉头似乎在考虑可能性，马可一看有戏，连忙鼓动自己的三寸不烂之舌，抓住这来之不易的机会。莫峰是一定会在 EM 大赛上大放异彩的，一飞冲天都不是没可能，这可是天上掉下来的大腿，一定要死死抱住。基本上，照马可的意思，他上能搜集情报侦察敌情，下能洗衣做饭晒袜子，简直是居家旅行、杀人放火之必备辅助。

可惜，天真的马可同学完全不知道自己正在往莫峰挖好的坑里掉，刚才他还在琢磨怎么说服马可帮他的忙，现在好了，自己送上门来了。

见马可说得口干舌燥，莫峰叹了一口气："好吧，这个秘密现在只有你我知道，暂时保密。我这次是打算在 EM 大赛上冲击一下，保守目标是前三名，但愿你能帮上忙。"

马可的屁股马上弹了起来："师兄，你放心，我以后就是你的人了，你说东，我绝对不往西！"

莫峰哭笑不得，什么乱七八糟的呀："行吧，就这样吧，别太兴奋了，我们后面还有很多大事要做。"

一听"大事"一词，马可真的是美得不要不要的，只是他完全没理解"大事"的真正含义。如果早知道，天真的小马可肯定会好好思考一下自己今天的决定。

送走了活蹦乱跳美滋滋的马可，莫峰看着天上的月亮，命运似乎正在把一些上一世与他不相干的人往他身边送，是好，是坏？

他不知道，但既然活着，就一定要笑着面对。

折腾了这么久，回到宿舍，张五雷已经是鼾声轰鸣，看得出这家伙晚上又加练了，这家伙嘴上懒，但该做的事总是能做完，这家伙……这大裤衩怎么这么眼熟……呀，这小子，又穿他的裤衩！

同样的，女生宿舍更不会消停，周紫宸正在接受几个闺密的严刑逼供。

"紫宸，你就坦白吧，大家都这么熟了，那小子是不是很强？"说话的是拥有一双大长腿的蓝心月，边说还边眨眼睛，弄得其他三个女孩子也跟着起哄。

"是呀，开始我们都以为是烟幕弹，现在看来有内幕呀，别说你什么都不知道！"

"我也是今天才知道的，还有，真的是请他帮个忙，不是那种关系。"

"真的假的？这么优秀的学长你不下手，我们可要下手了！"

"你们随意，谁想要谁拿走。"周紫宸无奈地说道，这群损友口无遮拦，甚至连床上功夫都问，她怎么会知道？

周紫宸入选也就罢了，莫峰的意外入选在整个学院都掀起了热潮，大家纷纷打听这个莫峰是何方神圣，不过在了解详细的情况后却有些失望。在这

次入选之前，他完全是路人甲的状态，仅有的一次大出风头还是因为向周紫宸告白失败，可这是什么鬼？

没听说过告白失败就能进入 EM 总决赛的。

人们的想象力是丰富的、复杂的，莫峰自己都不知道的各种段子横飞，有的甚至夸张到非常接近真实情况了。

至于莫峰所在的班级更是彻底疯狂了，同班三年，不少女生都记不住莫峰和张五雷的名字，隐约记得是自己班上的，结果……真的是自己班上的。班上好像只有班长孙小茹和他们俩关系好一点儿，但大家都觉得这是孙小茹担心他俩拖后腿，毕竟班级的整体成绩也会进入总评，对于班长的影响会很大。实际上也是如此，如果不是他俩拖后腿，孙小茹的带班能力可以进入龙图前三名，结果在同年级中一直在七八名徘徊，他俩被人们戏称为两个"拖油瓶"。谁能想到，进入最关键的三年级阶段，这两个"拖油瓶"像是把之前积攒的人品一起爆发了，一个直接晋级，一个获得淘汰赛资格，毫无疑问，今年的带班能力第一名就是孙小茹的了，不仅如此，如果三人都能进入总决赛，那她甚至可能拿到毕业生的第一名。

寝室里的几个女生兴奋得像是见到了自己的梦中情人，可孙小茹早就冷静下来了，这还是那个莫峰吗？

她从没有觉得他俩不行，这两个人……是有点儿不太主流，但天赋毋庸置疑，这她在一年级的时候就感觉到了，可是没想到这两人都这么强，自己这个班长要努力呀，不能掉队！

本来孙小茹还对能不能进入总决赛有些担心，但莫峰的进入，让她有了一种动力，她也要去！

她一定要去！

男生宿舍反而安静，一群来闹事的同学发现莫峰和张五雷不在也就走了。莫峰对着镜子，看着自己的第三条奇怪的疤痕……或者说是文身一样的东西，似乎正在组成某个形状。他用手摸了摸，很奇怪，有一种特别的质感，不像是他任何一种认识里的东西，可是每次碰触都像是有一种很奇妙的东西想要传递给他一样。

他洗了把脸，马可的加入让他多了一份信心，在基因战士里面，确实存在一些特别的基因，比如无法用科学解释的预知能力。这种能力极其罕见，据说月球联邦在这方面有更好的研究，但最终因为这种预知的不稳定性而并没有什么实际的作用。

可是马可不同，在当时的情况下，马可既然能跟异族事件发生关系，说明他感觉到了什么，那他就属于契机因子之一，让他一起去月球说不定有什么收获。而实际上，莫峰确实需要一个情报员辅助，哪怕是重生了，他也不敢说一定能拿到冠军。这一届的 EM 大赛在当年的情况是，八强全部是月球人，十六强里面，地球人也只有三个，惨到了无法见人的地步。

月球的三大高手更是风光无限，"月嫂"称他们是汲取了地球和月球的精华诞生的超级天才，可引领人类未来的"三剑客"。三人在后来的战场上的表现也是可圈可点的，只是局部无法影响大会战的失利，在战场上，个人和局部总是显得那么渺小。

这是真相吗？

上一世，别说交手了，哪怕是到了火星战场后期，他都没资格站在这三人面前，但是现在，他有这样一个机会，称量称量这三人到底是否货真价实。

虽然发生了一些事，但丝毫没有影响他的睡眠，他似乎跟现在的身体越来越融合了，而在战场上，一个不懂得如何快速睡眠的人也是死得很快的人。

随着夜深，龙图军事学院也渐渐安静了下来……

莫峰感觉有点儿冷，他对自己的体质很有信心，这种突然的变化几乎瞬间引起了他的注意，他睁开眼睛，天空一片昏暗，周围带着一种刺鼻的气味。

只是一刹那，莫峰就彻底惊醒了，身体剧烈地酸痛，拨开身上的碎石和尘土，他挣扎着站了起来，可能是动作有点儿大，立刻引起一阵咳嗽，血不断往下流，身上伤痕累累。

他看着天、看着地，满目疮痍的大地上只剩下他一个人，这里是火星！

难道一切都只是梦，他还在火星？

身体的一切都是真实的，正是他引爆核弹的地方，甚至小型核弹发射划出的沟壑都还在，但是他怎么没死？

莫峰狠狠地掐了自己一下，非常非常痛，身上的伤口似乎都在提醒着这一点，饶是他钢铁一样的意志都被这一情况惊呆了，这是上帝的游戏吗？

给了他一点点希望，然后又全部拿走？

那一瞬间，环境的孤寂远远无法和内心的孤寂相比，人怕的不是死亡，也不是看不到希望，而是看到希望又被拿走！

他的拳头紧紧地握着，剧烈的精神波动让他忍不住又是一阵咳嗽，一大口血喷了出来，但是剧烈咳嗽中，他的眼神里却燃烧起了希望！

不对，身上的三道奇怪的疤痕还在！

他的脑子迅速恢复冷静，幻觉？空间穿越？又或是某种状态？

就在这时，四面八方，渐渐出现了异族怪物的踪迹，这些怪物正在打扫战场……

这是什么鬼？

他每次见到异族怪物，它们都是疯狂战斗的状态，可是现在它们却在平静地清扫着障碍物……

突然，一只异族怪物似乎注意到了他，紧跟着发出刺耳的嗡嗡声，而这时他胸口的疤痕也引发了剧烈的痛楚，下一秒，他一声闷哼坐了起来。

一身冷汗。

不远处，正在偷偷穿莫峰运动服的胖子动作凝固，胖子有点儿尴尬："喀喀，我的衣服还没干……"

莫峰擦了擦汗，摆摆手："没事，我穿其他的。"

莫峰以前不太理解，还以为胖子有什么特别的癖好，其实他确实很拮据，衣服很少，这几天训练得又勤，一时没洗就没的换了。包括他的唯一爱好，其实都是去粉丝团打工，那些手办都是人家送的，还有一些还是二手的，他把自己的生活费用降到最低，一有点儿联邦补助还会寄给孤儿院。

他为什么考军校？免学费，补助高！

"咦，你的脸色有点儿难看，别那么大压力，我们有这表现就不错了，管他什么结果，都无所谓。"胖子笑着穿上衣服说道。

莫峰坐了起来，心情迅速地恢复过来，他刚刚愣神儿是在思考梦中的场景，说是梦，可是太真实，太真实了。异族怪物在做什么，可惜没有更多的信息，一开始他并不想把胖子牵扯进来，可是命运似乎并不是区区个人就能够改变的。他太天真了，面对异族，必须全人类全力以赴，否则只是重复一次悲剧！

"胖子，我需要你进入总决赛，帮我！"莫峰认真地说道。

张五雷呆了呆，因为莫峰的语气不是在开玩笑，他第一次真切地感受到莫峰是需要他的帮助的，张五雷笑了笑："好呀。"

这世界上有两种人，一种是为自己活的，一种是为被需要而活的。

只是吃完早餐以后，张五雷就后悔了，莫峰绝对是故意的，他俩对练，莫峰下手那叫一个狠，虽然不会受什么严重的伤，可是却非常非常痛。

"老大，老大，我把衣服还给你，咱们不打了行吗？"

"不行，你已经穿了！"

"我帮你洗一周的袜子？"

"不行！"

"我不练了，你打吧，我不还手！"胖子开始耍赖了，充英雄用嘴很容易，真要身体力行实在太可怕了。他真不是当英雄的料，什么EM总决赛？！他真是太天真了，想想那都是些什么怪物，他竟然还想要去参加。上帝呀，如果再给他一次机会，他绝对不会过八百分。

莫峰并没有继续动手，只是笑眯眯地看着张五雷："胖子呀，你说咱们是兄弟，我实在不想动撒手铜，只要抵挡我五分钟的攻击，咱们的晨练就算结束。"

胖子的脑袋摇得跟拨浪鼓一样："说什么都没用，我不行了！"

说着他便四仰八叉地躺在地上，一副"我是滚刀肉，你奈我何"的样子。

"呵呵，有人做梦说喜欢孙小茹，你说我该不该把这个事告诉给班长大人呢？"莫峰笑了笑说道。

下一秒,刚刚还半死不活的胖子已经来到了莫峰面前:"哥，亲哥，千万别，以后你说什么就是什么，区区一个EM总决赛小意思了！"

"你不是很累吗？"

"累？你肯定听错了，刚刚是在热身呢！"胖子恨不得抽自己两巴掌，这什么嘴，做梦都管不住。

"很好，在淘汰赛之前你要接受我的全方位特训，一定要晋级，不要给班长丢脸。如果你敢偷懒，我就让班长大人亲自管教你！"莫峰笑得跟个恶魔似的，胖子喜欢孙小茹这事吧，其实是他分析出来的。在火星的时候，他每次去找胖子聊天的时候，胖子都要有意无意地问一下孙小茹的情况，胖子在前线消息不那么灵通，孙小茹战死的时候，胖子更是生无可恋，没想到一诈就诈出来了。

"哈哈，好说，喀喀，老大，我真的说梦话了？"胖子小心翼翼地问道。

"没呀，不过现在说没说都一样了。"莫峰贼笑道，胖子瞬间有一种处于零下三十度没穿衣服的感觉，北风那个吹，大雪那个飘，此生已经掉进了冰窟窿……

多重打击之下，张五雷还真的带了一点儿斗志，如果不是打不过，他打算跟莫峰拼个你死我活。

第十四章

强势晋级

一周很快过去，这段时间没人打扰莫峰等人。谁都知道，毕竟只有莫峰和周紫宸是确定的，其他几个都是待定，而实际上，待定的有几百人，这里面就挑二十多个，依然是杀机四伏。

上午十点，第一轮开始，张五雷、孙小茹、李威廉、庄哲同时出战，使用的就是学校的 EM 楼。淘汰赛三轮，失败了的话立刻失去资格。这三战并不容易，对手基本上都是与他们差不多水准的战士，坦白说，亚洲区这边的水平，在整个地球联邦中只属于中下游，四个人出战，龙图这边觉得能有一个人选就不错了。

不少人都在等待，选拔赛并不对外公开，莫峰和周紫宸也只能在外面等着。这一周对莫峰也同样重要，他没有再做那个奇怪的梦，他对现在身体的运用也逐渐纯熟，尤其是对于杀气的控制好多了。当然了，周末肯定是要回家的，他现在很珍惜与家人相处的每一刻，因为他对未来也只能全力以赴。

周紫宸也忙于训练，她有更专业的特训团队，她与莫峰一周没有联系，其实她本以为他会找她的，只是进入训练也就忘了。现在她同样需要全神贯注，还别说，对于这点，她挺欣赏他，他知道轻重缓急。如果现在他来追求她，她不会反感，但终究会有点儿减分。

几天不见的莫峰，似乎没什么变化，可是她又觉得变化很大，不是容貌，而是气质，似乎进入 EM 总决赛之后，他完成了某种蜕变。

虽然听说过成功会让一个男人绽放魅力，可这也太剧烈了吧？

"你觉得他们希望大吗？"周紫宸拨弄了一下头发，这个动作很美。

莫峰微微一笑："不出意外，胖子和班长都会晋级。"

上一世孙小茹是晋级了的，只是现在多了胖子这个变数。他的水平真的很高，这家伙看似懒，其实对于课程的吸收一点儿都不少，只是他并不愿意出头，被莫峰这么软硬兼施一下子暴走了，实力绝对是很强的。

至于李威廉和庄哲，庄哲是淘汰的，李威廉是晋级的，但这一次就不知道他还有没有这个运气了。

半个多小时之后，庄哲出来了，这个时候出来只意味着一种情况——第一轮被淘汰。

庄哲也非常沮丧，但凡是一个战士，没有不想站上最高舞台证明自己的，但实力不足丝毫没办法，对方比他强上一线，可是这一线就要了命。

差不多一个小时的时候，李威廉出来了，脸色非常非常难看。在第二轮，他遭遇了强横的近战对手，竟然躲过了他的攻击，活生生地把他砍死了。其实双方的实力并没有太大差距，很多时候都是临场那一瞬间的反应，可是在那一刻，他戾了，而来自南美洲的战士更凶残一些，自然获得了胜利。

李威廉本想说几句场面话，可是他只看到了庄哲，孙小茹和那个愚蠢的胖子竟然还没出来，没出来就说明还有机会。

李威廉又看到了莫峰和周紫宸，这两人并排坐着，他简直就像吃了一记暴击。没有理会学生会的工作人员，他就匆匆离去了。

这次失利，意味着他在大四最后阶段的冲击失败，军方的评估会下降一个层次，如果其他人走得更远的话，会更加影响他的评估。

已经快要进入第三轮了，竞争也更加激烈了。

前两把对胖子来说，真不算太难，这一周他过的才是生不如死的生活，感觉这些家伙似乎没有莫峰那么难缠、狡猾。胖子的战斗风格相当猥琐，他说是从动漫里学的，他是一个善于思考的胖子，但这些招式对莫峰统统没用，可是到了淘汰赛的战场上，他忽然发现自己的招式还是不错的。

胖子不是没考虑故意输的事，他实在不想折腾，出风头不是他的个性，只是莫峰那天说需要他的帮助确实让他没法那么果断，再加上莫峰总是拿孙小茹来威胁他，他完全是上了贼船。

不管最后一场的对手是哪个鬼，他都要打爆才行！

或许是命运的阻碍，或许是运气用光了，当胖子看到对手的时候，确实有点儿牙疼。

交手的双方是看得到彼此的名字和战绩的，胖子的对手叫克里斯·汤比森，北美阿尔法军事学院的知名高手，今年上四年级，在 EM 战网上排第五十九名。谁都知道这个段位的人，最后一段时间的分数完全是看运气了，第三十名至第六十名之间的战力基本是互有胜负。

对手也看到了胖子的战绩，汤比森有点儿吃惊，一个 EM 八百多分的人竟然进入了第三轮淘汰赛，还匹配到了自己，如果这都不足以引起警惕的话，汤比森就太菜了。

光靠运气是走不到这里的，这个……长相有点儿猥琐的胖子大概是特长型，要小心。

汤比森是近战高手，他俩的战斗场景又是城战，对近战有六成的优势，为什么联邦以前偏爱均衡型战士，就是因为复杂的作战环境，偏科的一旦遇到不利的作战环境，马上就会被秒成渣渣。

对方的强项是远程，汤比森更加谨慎，一个精准的狙击手是很令人头疼的，但像他这样的老手显然是有准备的。他前一段时间训练受伤，身体恢复之后加速冲分但已经来不及了，毕竟谁也不会松懈，结果就悲催地进入了淘汰赛，但他也不觉得是什么大事。

汤比森也带着手枪，只不过只是为了点儿火力掩护，一旦遇上超级射手，对射就是班门弄斧。他可以利用地形谨慎接近，反正是最后一个回合，时间足够。

汤比森的谨慎让胖子也有点儿头痛，前面的对手多好，看到他的分数基本上就美滋滋了，然后他就可以美滋滋地爆对方的头，眼前这家伙显然狡猾得像狐狸。

开战之后，两人不断交火，汤比森很显然跟胖子前面的对手完全不同，

他对于角度把握得非常好，根本不会给胖子空隙，而且任由胖子变换位置，他也能精准掌握。

不过这也基本在胖子的意料之中，上周他和莫峰打训练战，那个怪物闭着眼睛都能找到他，对此他很是怀疑那个怪物是不是花钱买了开图外挂。

当然这只是个笑话。

经过一轮的试探，汤比森大约掌握了对手的情况，这死胖子的抬手速度和精准度真是罕见，如果不是环境好，自己真会被他活活折腾死，但在足够遮挡物和复杂地形的帮助下，一个灵活的战士对付他的办法还是挺多的。

双方不断地交替压制，胖子也在不断地更换掩体，可是说真的，他这移动速度真不够看，他做一次位移，汤比森抓住机会能做五六次。在这种地形下，复杂的点射技巧是用不了的，更关键的是，汤比森的每一次位移都把时间卡得死死的。

在 EM 对战中，这就叫活活磨死，有的时候"月嫂"为什么瞧不起"土鳖"，就是因为"土鳖"太在意分数，为了胜利，采取这种赖招，而错过了积累经验应对突变的机会。

但在地球人来说，这叫稳，甚至很多军校都是这么教的，毕竟学生毕业的分数对学校的声誉有很大的影响，至于其他的，谁在乎？

双方只剩一个转弯了，距离十米多点儿，对于狙击手来说，已经不是最佳距离了，只要一击不中，等待他的就是结束。

汤比森调整呼吸，观察着对手的状态，很稳。他刚刚晃了一下，对方没有开枪，看得出还没放弃。他也不着急，因为只要他不出手，对方压力绝对比他大，人的精神集中度是有限的，相比他的轻松，对方肯定高度紧张。这种时候人的注意力看似集中，其实会出现僵硬状况，这不是人力可以控制的，是人类的生物反应。

而那时，就是他出手的机会了，只要等个几分钟。

然而就在这时，枪声响了，汤比森的嘴角泛起一丝冷笑，脱手了，果然……噌……

汤比森身体一抖，然后就看到胸口漏了个洞，红色的液体哗啦啦地流，身体一歪，头部歪到建筑之外。

轰……

一枪爆头！

不远处，胖子甩了甩胳膊："你以为躲在墙后面你胖爷就打不着了吗？！"

时间一分一秒地过去，第三轮的选手也相继结束战斗，虽然不对外公布成绩，可是组委会可是一场不落地监控着，一旦发现特别优秀的战士会及时向上面汇报。

谁能想到，这次改革之后还真的出现了不少分数比较低、但战斗力超强的战士，而且其中一个，竟然在第三轮作战中打出了"弧线枪"，虽然没有"S++"那个震撼，可是在EM淘汰赛中，还是第一次出现。

等张五雷出来的时候，莫峰、周紫宸、孙小茹已经在等他了，看孙小茹的轻松表情肯定是顺利过关了。

"怎么样？"孙小茹略显着急地问道。

胖子脸一红："运气运气。"

两个女生立刻高兴得跳了起来，莫峰也毫不犹豫地把胖子抱了起来："我就知道你一定可以！"

EM大厅在短暂的震惊之后，也是欢声雷动，太阳真的是要从西边出来了，母猪也绝对可以上树了，因为张胖子都进EM总决赛了，这世界还有什么是不能发生的？

"老大，放我下来，我太重了。"胖子有点儿不好意思了，他骨子里真的是一个非常害羞的人，最怕出风头。"嗯，你是要减肥了，尽管我知道这是不可能的。"莫峰笑道，这跟基因组有关系，胖子是怎么都减不下来的。

"我建议，今天暂时休假，我们一起庆祝一下！"周紫宸开心地说道，这一刻她不是那个冰冷的校花，而是与大家敞开心扉的朋友。

"其实也没什么的，运气好。"胖子有点儿不好意思地挠挠头。

孙小茹拍了一把胖子："别自恋，是为我庆祝好不好！"

"好，好，怎么都好！"

莫峰也冲着胖子眨眨眼，胖子的脸更红了，战斗的时候胖子跟喝凉水一样，但这个时候他的心跳跟跑火车一样。

学校方面也第一时间公布了这个消息，龙图军事学院竟然史无前例地出现了四个晋级总决赛的学生。要知道整个亚洲区才八个，十多家一流学院，他们独占一半，实在是太厉害了。整个学院也是欢声雷动，这是共同的荣誉。

晚上的庆祝只是小范围的，莫峰、周紫宸、孙小茹、张五雷，外加一个新人马可·波罗，马可同学可是激动得不行，他也是周紫宸的忠实粉丝。

"给大家介绍一下，新闻系的马可·波罗，在情报方面相当厉害，而且他有号称比女人还灵的直觉，月球的总决赛他也会去。"莫峰笑着介绍道。

"紫宸同学好，我是你的铁粉！"

"孙学姐好，张学长好，预祝你们在大赛上取得好成绩，我先干为敬！"马可相当爽快，一升的豪爽杯硬是被他灌了下去。

张胖子大概没这么被人尊敬过，胖乎乎的脸上只剩下傻笑了，原来当学长的感觉这么好。

酒一喝，气氛自然高涨了，毕竟能够晋级总决赛是一件很开心的事，论嘴皮子功夫马可还真没怵过谁，何况这次莫峰把他叫过来就是给他机会。

"马可，虚的就不用说了，来点儿干货，有什么是我们不知道、我们应该注意的？"莫峰说道，虽然有上一世的一些碎片信息，可是他也不知道马可究竟有什么本事。

"嘿嘿，老大，我办事你放心，先抛一个大的，这次 EM 大赛除了常规意义，还有一个特殊的目的，那就是进入四强的战士将会获得一次特别的机会，去执行一个事关人类未来的任务！"马可神秘兮兮地说道。

周紫宸看了一眼马可："哦，还有这说法，我怎么不知道？"

马可显然有点儿得意："都是自己人，那我就直说了，紫宸同学虽然拥有很强大的渠道，可是有一些东西却是官方得不到的，小道消息有的时候更准确。"

周紫宸的眼睛眨了眨，说到这里，显然马可是知道她的身份的，作为大财团，周家肯定会关注各方面的消息，尤其是周紫宸关心的。

"别卖关子，什么任务？"对于任何节外生枝的事，莫峰都感兴趣，甚至直觉告诉他会是他想要的。

马可一下子卡壳了："这个，真不知道，我隶属一个黑客联盟，专门弄一下乱七八糟的消息，但有一些是很靠谱的。这事是一个月球的黑客无意中发现的，但就没下文了，而这家伙也没有再露面，说不定被'月嫂'的特情局请去喝茶了，不过越是这样越证明事情的真实性。"

莫峰点点头，他是相信马可的，上一世的新闻中虽然没有具体报道，可是四强也没有公开露过面。

"继续，来点儿硬菜。"莫峰说道，其他人也非常关注，已经晋级总决赛，考虑的就是如何绽放光彩，而不是当陪衬。

"这次我们和'月嫂'斗得非常厉害，两大联邦都是铆足了劲儿。根据最新资料，双方都放大招了！"马可很兴奋，有种英雄有用武之地的感觉，以前他就算知道一些有的没的，可是没地方发挥呀。

以他的个性来说，不是为了自己爽，而是要把自己的情报和感觉用上，那种成就感才是最强烈的。

"月球的整体水平不说了，在 EM 大赛上一直领先，上一届包揽四强，上上届和上上上届则是一次冠亚、一次四强，基本处在一种碾压状态。今年月球的'三剑客'更是有点儿独领风骚的意思，基本上一届出一个，冠军就稳了，他们现在有三个。"马可有点儿感慨，这三个怪物是真的强。

"'三贱客'？还有人好这一口？"胖子非常认真、诧异地问道。

其他人一呆，望着呆萌的胖子都放声大笑："是'剑客'，你动漫看太多了。"孙小茹解释道，也就都是熟人，让外人听到，肯定会怀疑 EM 大赛的水平，这样的货色都能混进去。

"艺术家"阿兰·道尔，"苍穹之光"弗洛伊斯，"圣天女"克丽丝·达文西，基本上月球和地球没什么人不知道了，这三人在年青一代中独占鳌头，引领风潮。

提到这三人，明显的像周紫宸就感受到了巨大的压力，因为她是四人中最接近这个级别的，也是最有可能与他们交手的，他们自然是她的假想敌，而假想的过程并不怎么好。

"阿兰·道尔，21岁，属于能靠脸吃几辈子的，可是飘逸战法堪称艺术，才有了'艺术家'这个称号。前一段时间很多人都怀疑他是那个创造'S++'战绩的神秘人，因为他与神秘人的风格有点儿像，体型也相似。"马可说道。

阿兰·道尔，号称"月嫂"第一远程战士，当然近战水平也不弱，粉丝

众多，颜值特别高。

周紫宸摇摇头："不是他，虽然他与神秘人的技术有的一拼，细节还是不同。"

在这一点上，周紫宸是有发言权的，马可也笑着看了看莫峰，他当然也知道不是："这家伙的远程能力出神入化，据说属于'特别进化者'，还有神秘能力。'苍穹之光'弗洛伊斯，公认的月球这一代第一高手，'三剑客'之首，未尝一败，外界没有资料，但在月球内部的口径却非常统一。"

"那阿兰和弗洛伊斯谁厉害？"胖子好奇地问道。

"这个级别，胜负只是概率问题，谁都有机会胜，但真要比较，弗洛伊斯更强，到底强到什么地步，无人知道。一年前，我看过一次他出手……坦白说，让我有点儿怀疑人生。"周紫宸无奈地说道。

周紫宸是个不会夸张的人，大家都感觉到压力山大，当然莫峰则是没什么感觉的，压力这东西对于成熟的战士来说是不存在的。

"喀喀，另外一个人气最高，月球公认的第一美女，算是月球的公主了，第一大家族达文西家族的继承人，克丽丝·达文西被誉为'拥有最完美血统和基因的人类'。"马可笑道，眼神中带着一丝神往，"据说照片和视频根本不足以表现她的美，那种气质是任何见到她的人都无法抵挡的，女神级的人物。"

"我不信，紫宸学妹和我们班长大人就够美了。'月嫂'就喜欢吹！"胖子摇头说道。

"别，胖子，这锅我可不背，虽然没见过真人，但克丽丝确实很美。"孙小茹连忙摆手。

"萝卜青菜各有所爱，再说，情人眼里出西施，美是一种个性感官，别太在意，我就觉得班长大人很美！"莫峰调侃道。

"莫峰，别以为进入总决赛就可以飞了，老实点儿！"孙小茹嗔道。

"就是，峰哥，你竟然当众调戏班长大人，真是活腻了！"一旁的张五雷非常诡媚地开始站队了。

莫峰摸了摸鼻子："扯远了，马可你继续。"

马可笑了笑："这三个人基本上可以代表目前的最高水平，跟其他人拉开了一个段位。月球 EM 系统第四名到第二十名者的水平都很强，排名几乎是不断交替的，这就意味着这些人的水平都高得可怕，竞争也很激烈。月球的战斗风格不像地球为分数而战，他们是为战而战，一旦到了实战，这种情况就更可怕了。"

这让大家都很无奈，一些所谓稳的战术，月球人不会不懂，但他们只有在实战中才会做选择，不会在 EM 测试中浪费宝贵的机会。而在地球上，大环境的问题，有心无力。这两年有不一样的声音，但冰冻三尺非一日之寒，想要一下子扭转过来真的挺难。

"照你这么说，我们岂不是一点儿希望都没有了？"孙小茹皱了皱眉头，班长大人还是很有情怀的。

马可无奈地摆摆手："学姐，虽然话难听，但这是实情，我们 EM 积分前十名的人心里都有数。为了让面子上好看一点儿，军方还从军队中派了年纪合适的战士参加。战士实战经验丰富，战斗风格跟学院派有很大差别，但坦白来说，实战经验丰富并不能代表决斗战力强，只是留个希望。"

这个也不是什么秘密，月球方面也没有在意，因为他们已经独占鳌头了，不能把地球方面往死里压，那 EM 大赛就真没什么比的必要了。

"我们这边哪几个人比较有竞争力？"莫峰问道，地球这边的整体水平虽然差了点儿，但他还真不信没有高手。在火星战场上，其实陆军中涌现出了不少强大的战士，也奇了怪了，多年来一直落后的地球军，在面对真正残酷的战争时，地球涌现出来的英雄要比月球多很多。

后来也有人总结，月球的基因战士更容易出成绩，他们的训练系统也确实更好，地球人上手慢，也有体制问题，可是在艰苦环境下，地球战士的适应能力超乎想象，而月球一些优秀的战士更容易崩溃，不是战斗力不强，而是怎么说呢，大概是"任性"，战死容易，活着坚持才难。

就像莫峰和张五雷这样的不少，虽然战局一直很艰难，可是想要搞死他们真不容易，最后的大会战是没办法，上面下的是死命令，坚守阵地，死而后已。

"这个紫宸同学更清楚吧，EM 排名前十的人她都很熟。"马可说道。

能力级别是个圈子，尤其是周紫宸的身份所致，不得不说，这也是她稳定排在前十名的原因。美女、周氏航运的公主，谁也不差那么点儿分，多少都会给点儿面子，尤其是周紫宸的水平也确实在那里。

面子这种东西在地球盛行，这是文化习惯，月球人当然也有，可是一码归一码，一旦在 EM 大赛中碰面，他们深信全力以赴才是最大的尊重，无论对方是谁，哪怕是克丽丝·达文西也是一样。只是达文西家族实在太厉害了，不但出了划时代的伟大科学家，每一代中各个行业都会有精英，什么优秀不过三代，不存在的，还有人传说，"三剑客"里面最强的其实是克丽丝。

月球人自己都很好奇，这三人究竟谁最强。文无第一，武无第二，这次的 EM 总决赛，月球人基本上认为地球人就是重在参与，其他的不要想了。他们关心的是，"三剑客"谁才是老大，三人是好友，年龄相差不大，恐怕他们自己也渴望这样一个舞台。

有人要说，私下里比一下不就得了？这本身就不是强者的想法，只有一个最合适的舞台、合适的时机，才配得上这样的战斗，同时更能激发出自己都无法想象的潜力。

蓄势，为的是突破。

"我个人觉得，我们这边，有几个还是有冲击八强的实力的，"周紫宸说道，虽然她也进了，但她的目标只是十六强，就这个，都很难，越到后面越恐怖，"巴德、西维拉、李启阳、萨克洛夫斯基、达拉奥差不多是我们这一代里最强的五个人。"

"'铁男'巴德、'太空堡垒'西维拉、'剑圣'李启阳、'暗影'萨克洛夫斯基、'黄金狮子'达拉奥，差不多代表了我们冲击八强的希望。"马可边说边看向莫峰，"其实我觉得我们地球还是有隐藏高手的，说不定可以创造奇迹。"

周紫宸微微摇头："这次的选拔是优化了，但问题是，想要进入八强，偏科的战士是没可能的。几轮的选拔之后，所有的特点战法甚至作战思路都会被研究得透透的，高手之战只争一线，偏科最容易被针对，表演容易，但人是有思考能力的，会针对，尤其是战术更是防不胜防！"

这方面周紫宸是非常有发言权的，地球就真没有高手吗？不见得，只是月球的战术体系更加优化，她是见过有高手被战术针对得活活憋死的，完全发挥不出来。

另外就是战士对于战术的执行力，坦白说，月球是真的强。

莫峰感觉气氛有点儿压抑，笑着举起了酒杯："兄弟姐妹们，不要这么忧愁，这可不是我们要担心的事。对于我们来说，享受这次的 EM 大赛就好，今天我们应该为自己的胜利庆祝一下！"

"对，莫峰总算说了一句人话，为了我们的美梦，不怕跌倒！"孙小茹也举起了酒杯，当然不忘欺负一下莫峰。

"张学长，你也说两句吧，我也觉得你比莫峰更有内涵。"周紫宸也开始带节奏了。

张五雷胖脸通红，他今天和女孩子说的话，比以前三年加起来还多："这个……如果为了美梦的话，以我的经验，最好的方法就是别醒，一直睡……"

众人一呆，哄堂大笑，心情开释，别管以后，今朝有酒今朝醉！

第十五章

卡萨布兰萨斯

第二天，地球联邦正式确定了大名单，中欧第一高手"铁男"巴德、北美第一高手"太空堡垒"西维拉、亚洲区第一高手"剑圣"李启阳、北欧第一高手"暗影"萨克洛夫斯基、南美第一高手"黄金狮子"达拉奥·席尔瓦这五大天王领衔地球精英，对战由月球"三剑客"领衔的月球精英。

大战一触即发，这次大赛同样受到了全太阳系的关注，地球和月球都会给予实况转播。选手们有一周的时间抵达月球首都卡萨布兰萨斯集合，经过全面体检之后备战象征着至高荣耀的 EM 总决赛。

拉横幅是传统，龙图军事学院也不能免俗。在龙图军事学院各个主要建筑上，祝福莫峰等四人的标语随处可见，可以说，这四人现在无论做什么都是一路绿灯。EM 之战关系着学院的荣誉，也是为地球人而战，地球已经不能再输了。

各战区的选手并不是统一前往，而是以学校为单位直接前往月球的，但一般情况下都会提早出发，这次最难的在于对方不仅实力强，还是主场作战。

不过有一点可以放心，月球人可能有些地方很让人不爽，但在这样的公开大赛上，公正度是绝对可以保证的，或许月球人已经不需要用其他的手段了，也正因此，地球人更是全力以赴。

这次大赛，地球方面由古玉上将带队，由于他提了很多的建议，理所当然他也被推举为这一届 EM 大赛的负责人。负责的意思是，如果弄不好，锅要背起来，不要找任何理由。

出发的前一天，莫峰的父母可是好一顿叮嘱，月球上有很多免税商品，老妈要化妆品，还有一个光谱美白仪，老爸则是挑了几种烟，至于莫小星直接扔出一张清单，大约就是一个意思，人可以不回来，但东西必须买回来。

这一刻，莫峰倒觉得自己是充话费送的了。

不是都说，可怜天下父母心吗？

不是都说，儿行千里母担忧吗？

难道老话没有道理了？

他的心情很轻松，毕竟也不算什么大场面，可是家人的心情为什么更轻松呢？

临走的时候，莫小星可能是感觉到了老哥的失落，说了真话："反正'一轮游'，重在参与。"

望着莫小星认真的小脸，和快要笑断气的胖子，莫峰幽怨地上路了。

到了航天站，周紫宸和孙小茹已经到了，周紫宸的随行人员非要等她上了太空船才肯走。到了这一步，她自然不会隐瞒身份，周家肯定是要照顾好她的，如果不是她强烈要求，还不知道要夸张成什么样。

她很反感这样，搞得像是她生活不能自理一样，而且月球的治安非常好，根本不会有问题，没听说克丽丝出门还带保镖什么的，好歹她也是来参加 EM 大赛的，就更不能留话柄了。

一见面，胖子连忙把笑话分享了一下，周紫宸和孙小茹也大笑了三分钟，如果不是看某人的脸黑得快出油了，大家可能会笑昏过去。

作为参赛选手，他们的护照早就录入档案了，整个安检过程非常便捷，一路贵宾通道。周紫宸显然是已经轻车熟路了，她两岁的时候就来过月球，长大之后，星际旅行什么的就是洒洒水的事。张五雷则是第一次，真的是乡下人进城的感觉，他以为自己这辈子都不会离开地球的。

莫峰曾经在卡萨布兰萨斯待过半年，进行培训，那个时候也学了不少东西，后来就被送到了火星，现在还是有点儿期待的。

四人进入太空桥贵宾休息室的时候，发现里面已经有人了。里面的四个人穿着不同的校服，看到莫峰等人的时候脸色都有点儿古怪。为首的一个人表情平静，长相有点儿普通，身材中等，可是双目炯炯有神，整体上非常耐看，他看到周紫宸的时候微微点点头。

这人就是亚洲区第一高手，"剑圣"李启阳，更有"人类联邦第一剑"的绰号，当然这是地球人自己称呼的，是骡子是马就看这一次了。

胖子还没从兴奋度里面出来，四下打量着有点儿奢华的贵宾休息室："这里的东西都是免费的？"

莫峰点点头："应该是，随便吃，反正有人买单。"

他也没享用过，但八成应该是免费的。

先来的四个人皱了皱眉头，其中一个长得非常敦实的人，他的嘴角露出不屑："不知道你们是怎么混进来的，但是请记住自己的身份，出去别给地球人丢脸。"

张五雷伸向食物的手一下子僵住了，脸上火辣辣的，其实他心里在想，如果免费，是不是能外带？不过理智还是控制了他的嘴。

莫峰笑着看了看对方，看校服应该是南瀚军事学院的代表，头梳得油光水滑的："丢不丢人要看赛场表现，还有，自卑的人才会在意这些。"

对方突然站了起来，李启阳摇摇头："东国，他的话不中听，但没错。这胖子在淘汰赛上打出过'弧线枪'，有两下子。"

朴东国不说话了，他对胖子的轻视主要是因为胖子的形象，但身为战士，最终还是要靠实力说话的，胖子的一手"弧线枪"足以为自己赢得尊重。

"我是李启阳，大家都是一个团体的成员，毕竟我们代表的是亚洲区，希望大家能互相帮助。"他笑着伸出手，显然他对参赛者都有一番了解，既要了解对手，也要了解自己团体的成员。

莫峰伸出手，对方的手非常有力，有点儿试探的意思，他有点儿无语，小孩子的脾气一个都不少，难怪地球这几年没好成绩。

李启阳见莫峰不为所动，也就放弃了试探，微微一笑："紫宸这次代表着龙图的希望，加油。"

"启阳学长也是，你可是我们亚洲区的希望呢。"

李启阳耸耸肩："希望能进八强吧。"

换成以往的莫峰肯定要逗逗对方，但现在逗一些小屁孩实在没什么意思，周紫宸显然是想听一下李启阳对战局的看法。

莫峰和张五雷则是放开了吃，免费的，为什么不吃？

张五雷本来还有点儿拘谨，但看到莫峰毫无形象地胡吃海塞后，他也不客气了，填饱肚子才有力气生气呀。

其他几个人直接忽略了这两人，任何时候总会有混子的存在。

飞船启动，第一次坐太空飞船的胖子有点儿晕船，紧紧地抓着扶手，生怕自己飞起来。超过第三宇宙速度的时候，胖子吐了，刚刚吃得多，而他又不太喜欢这种感觉，吐得那叫一个稀里哗啦，用了好几个呕吐袋。到达目的地时，胖子的脸都小了，惨白惨白的。

月球组委会已经派来了接选手的人员——来自月球首都卡萨布兰萨斯的银河军事学院的学生。这所学院是号称帅哥、美女云集的圣地级学院，接待人员肯定都是美女。三个身穿银河军事学院校服的学生举着"欢迎 EM 选手"的牌子，绝对醒目，任何出站的人的目光肯定都会在她们身上停留。

虽然李启阳等人装作自在，但心跳明显过速，人是感官动物，尤其是年轻气盛时，这样洋溢着青春和美丽的女孩子在自己面前，没点儿反应才是不正常的。就算同是美女的周紫宸和孙小茹都有感觉，月球女生和地球女生从容貌、风格和气质上都是不同的，一眼就能看出区别，不同类型的美。

不过对于人类来说，一般都是外面的月亮比较圆，当然李启阳等人好歹是地球的精英，不至于那么没见识，他们看女孩子不仅看外貌，还要看实力。

胖子是已经没力气了，莫峰深深吸了一口气，月球的空气非常好，甚至比森林资源丰富的地球还要好很多。在环境治理方面，月球联邦是下了大功夫的，月球人类居住区的绿化高达百分之五十以上，一个字，服。

他的心，猛然跳了一下，一种很奇怪的感觉，好像被什么东西敲了一下。

如果说是第一次出现这种感觉，他肯定就直接忽略了，但是同样的情况，在他上一世来月球的时候也出现过，而这一次又出现了，这显然并不是偶然。对于情绪的控制，他是完全可以做到的，这里并没有什么能影响到他的。

他的嘴角露出一丝微笑，看来这次月球之行会有收获。

银河军事学院的小姑娘嘴很甜，学长、学姐的前前后后叫着，立刻让人心生好感，不管是不是竞争关系，至少人家的表面功夫做到位了。

他们将直接前往银河军事学院和地球联邦其他战区的选手会合，当然像马可他们这些其他方面的工作人员会自行前往，这些组委会是不安排的。

一路上景色如画，卡萨布兰萨斯号称"人类史上最美的堡垒城市"，拥有第一战力的城市三百六十度立体防御体系的同时，风景美如画。

整个城市的建筑布局都是统一规划的，遵循太空力学，是力与美完美结合的艺术品，这也是月球人的骄傲。经过几代月球人的不断改善，卡萨布兰萨斯更加完善了，任何第一次来这里的人都会被震撼到。

就算李启阳等人控制着情绪，但眼神中还是充满了羡慕。大家参加 EM 大赛还有另外一个好处，如果能在 EM 大赛上取得好成绩，就等于得到了申请加入月球联邦的资格。两大联邦对于吸引人才也都是下了血本的，只是从这些年来看，地球联邦一直处于亏损状态。虽然政策很给力，但肯来的月球人真不多。

或许是火星的经历太过残酷，繁荣、和平的卡萨布兰萨斯对莫峰的冲击更大。如果异族的入侵真的跟月球人有关，那么究竟是什么人竟然愿意放弃这么好的发展环境，非要走向毁灭呢？

这是正常人的思维吗？

"是不是有些感慨？"孙小茹笑着说道，"这里与地球的差距还真不是一星半点。"

莫峰笑了笑："人活着是为了什么？"

孙小茹呆了呆，他忽然冒出这么一句话让她有点儿无言以对。他耸耸肩："这次我们要让这个城市为我们欢呼。"

孙小茹会心一笑，但是李启阳等人还是听到了，他们每个人的脸上都露出无语的表情，这都是什么人，装都装到这里来了，连他们都要低调的。

磁浮车抵达银河军事学院，众人再次被震撼了一下。银河军事学院是一所综合性大学，也是整个人类联邦排名第一的大学，它领先于其他大学的领域不是一个两个，可以说是无数学生魂牵梦萦的学府。

校门口最显著的雕塑就是达文西博士——划时代的伟大科学家，又被称为光明的使者。负责接待的银河军事学院的学生一路上都在用清脆的声音为大家介绍着。

紧接着就是安排宿舍，每个人得到一份地图检索，剩下的时间都是自由活动、等待着比赛的开始。莫峰等人一起签到，他们来得算早的，还有一些大区的选手因为转机等各方面问题还需要一两天才能全部抵达。

接下来的时间里，大家可以熟悉一下环境，也可以训练以保持状态。银河军事学院的硬件设施更是无敌的，也为选手们专门给出了特权。这是两大联邦的盛大节日，其他的一切都要让路。

哪怕是认真的周紫宸和孙小茹也决定好好逛逛，临阵磨枪的事她们并不需要，而胖子则要在宿舍里好好休养。上一世他也是最讨厌坐飞船的，只是这一世好像更夸张了，他也有自己的打算，那就是看一眼"露露"真人秀的扮演者的演唱会。她是目前月球当红的演员，只是这个计划只能往后延了。

莫峰没有跟其他人一起，而是打算一个人走走。他在卡萨布兰萨斯待过半年，其中一个月就是在使用银河军事学院的训练设施，毕竟这里是最好的。月球在这方面还真的非常开放，尤其是银河军事学院主张人类共享，所以始终让莫峰觉得月球跟异族不应该有联系。

银河军事学院还是他印象中的样子，这里的每个人都洋溢着自傲，不得不承认，只要是银河军事学院的毕业生，未来都不会太差。当然总会有个例，可是真正毕业之后的几年，再回头看，这样顶尖的学院，百分之八十的学生都会成为社会各行业的主力，百分之十可能因为各种问题而变得很普通，还有百分之十成为行业主宰者。这绝对不是其他学院能比的，因为别的学院只有百分之五会成为各行业的主力，至于主宰者，一个学院能出一两个就不错了。

他在银河军事学院特训的时候也交到了一些月球朋友，尽管多数月球人骨子里是高傲的，但也会有志同道合的人。他拐着弯走，他想去的地方是当初办训练营的地方，在相对偏僻的位置，不知道现在那里是做什么的。

这个区域人员相对较少，远不如外面热闹，偶尔有进出的学生，看样子是备用的特训区域。他走了进去，还是熟悉的样子，训练室是开放的，他逛了一会儿，物是人非，或者说，该出现的人还没出现的时候，是他提前到了。

看到了重力特训室，莫峰下意识地输入密码，其实他并没有抱太大的希望，但是门开了……月球人难道不知道密码应该不断更换吗？

既然来了，他也就脱掉了外衣，他对月球本身并没有兴趣，热热身也好。这里的重力特训室的条件可不是别处能比的，需要稳定的重力层次，同时还要配备全面的安全监控。后者是比较难的，所以一些军校为了避免麻烦根本不提供，或者只提供比较低倍数的。这点龙图也不行，所以他们不得不做负重训练。

莫峰边走边适应，压力正在不断唤醒沉积在体内的力量，他感觉到细胞在跳跃、灵魂在活跃、大脑也越来越清醒，这种空灵的状态一般只有在实战中才会出现，但在压力的压迫下，开始觉醒。尤其是他自从回来之后并没有经历有挑战性的战斗，常规的训练只不过是让身体熟悉，而不是真正能发挥出来。

超级战士的特点在于把身体完全运用成武器，极限控制。

没多久莫峰来到十倍重力区，这种压力之下就非常有感觉了，身体开始冒汗，但毫无疑问是非常爽的。如果有个合适的对手，他还真想好好切磋一场，不过这也只能想想罢了。

可是很快耳边传来了声音，在十倍重力区一侧的格斗区有人在训练。他也有点儿好奇，要知道承受十倍重力训练，和在恒定重力下训练完全是两个概念，难道银河军事学院的水平已经到这个程度了？

普通学生就有这样的战斗力的话，地球人真可以打道回府了。

透过玻璃窗，莫峰看到一个白色的背影，一身劲装正在做连续的弹踢动作，非常迅捷且华丽的招式，而且拳脚到位、衔接得体，移动并没有受到重力的影响。

训练者显然也是全神贯注，忽然一个大力回旋飞踢，一声娇吃，轰的一声，巨大的沙袋直接被踢飞，猛烈回弹的沙袋被训练者轻轻一搋就停了下来，肩膀都不带晃一下的。

这个时候训练者转过身，虽有一段距离，还隔着墙，她依然感觉到了有人在观察她。

相当敏锐的感觉，莫峰都要给她个大拇指。但是她转身的一瞬间，他不可克制地露出了惊艳的表情，她肌肤胜雪，双目若一汪清泉，长发用一根粉红色的丝带系住，一身白衣使大好身材显露无遗。

她看到莫峰显然也很惊讶，不过这个表情转瞬即逝，她走了过来，打开门，灿烂一笑，露出洁白晶莹的牙齿，这笑容有些炫目。

"同学，你是不是迷路了？"女孩问道，不经意地也打量着莫峰。他的气质明显是地球人，而且如果是月球人也不会来这里。

莫峰笑了笑："不好意思，打扰到你训练了，这里不是训练室吗？"

女孩微微一笑："这里是特别训练场，并不对学生开放。"

"是吗？那我出去了。"就算是沉稳的莫峰也有些异样的感觉，千万别觉得自己有多厉害、多镇定，那是因为你没有碰上这样美丽的女孩子。

"这个，同学，出口在后面，那里是更衣室。"

"呀，喀喀，这俩门肯定是亲兄弟。"莫峰也有点儿郁闷，太丢人了，堂堂莫上校竟然也有进退失据的一天，以后不再嘲笑张五雷了。

女孩也是扑哧一笑："开放的训练室在 B 区，校园网上有导航。"

"谢谢……你身材真棒……哦，我的意思是说，你刚刚的攻击动作很不错。"莫峰愣了愣，自己都在说什么蠢话呀，赶紧走吧。

女孩也是微微一笑，她平时听到的赞美不少，但被这样赤裸裸夸身材还是第一次。

离开训练室后，莫峰也有些感慨，从火星战场回来的一段时间内，他确实有点儿"自大"了，可实际上除了战斗经验，其他方面他何尝不是坐井观天？活着，总能体会到一些无法想象的事，遇到一些美好的人。

两天之后，所有来自地球的队员到齐，在古玉上将的召唤下，集合到会议大厅。明天 EM 总决赛就要正式开始了，想来是要进行一场动员大会了。

可容纳一百人的会议厅里已经坐得整整齐齐了，大家都很自觉，巴德、西维拉、李启阳、萨克洛夫斯基、达拉奥·席尔瓦坐在第一排，其他人都坐在后面。人的名，树的影，这就是影响力。

这五人也是老相识了，可以说他们一直就在等这一次的 EM 大赛，通过这次大赛，就能奠定他们未来的统治地位。不光是和月球人竞争，可能更重要的是他们五人之间的对抗。简单来说，没有对比就没有伤害，谁的成绩更

好，谁就有可能最早成为将军。

有个故事很像现在的状况，两人在森林里遇到了一只发狂的熊，这个时候跑得多快不重要，只要跑得比另外一个人快就足够了。

五人有一搭没一搭地聊着，却没人愿意说干货。相比之下，身后的人确实议论着自己的一些收获，毕竟不像这五个人这么名声显赫，也需要通过介绍让自己觉得有身份、有重量，谁也不想被别人看扁。

当然，人群中的两个例外就是莫峰和张五雷，他们俩霸占了一排，没办法，所有人都在往前挤。

在月球的这两天没人闲着，大家一方面关注着月球精英的准备情况，另一方面也了解了这次的分组情况，并不是月球人对地球人，而是混排，也就是说大家都有可能碰上"自己人"，也有可能碰上月球人。

这种匹配方式让所有人都松了一口气，一下子感觉到有了晋级的希望，甚至对"月嫂"有了很大的好感。

这让很多人欣喜的事，却让莫峰觉得有点儿悲哀。真的，在火星的时候很多地球战士是多么的勇猛，没把魔鬼一样的异族怪物放在眼里，更不用说"月嫂"了，但是这些所谓的"精英"让人觉得有点儿悲哀。

他们的骨头呢？脊梁呢？

古玉到了，会议室里一下子安静下来了，所有选手一起起立，敬礼！

大家平时或许没有太强的军人荣誉感，可是这一刻，站在月球人的地盘上，那种感觉无法控制地往上涌。能站在这里，绝对不仅是为了个人，集体荣誉也不需要唤醒。

换谁看到这一幕大概都会立刻心潮澎湃，觉得眼前是战无不胜的战士！

古玉敬礼，示意众人坐下，表情很平静，仪式上的激动和表象并不足以打动身经百战的军人。

古玉的目光从下面的五十八人脸上扫过，每个人似乎都能感觉到将军在看着自己，都坐得笔直。尤其是第一排的五人，更是明白他们所肩负的责任，就连最后一排的张五雷都感觉到热血上涌，恨不得立刻上赛场，当然……至于上了赛场之后，热血会不会冷却就是另外一回事了。

"你们为什么来这里？"古玉的声音不响亮，甚至有点儿低沉，却清晰地传到了每个人的心底。

看着这些充满希望的年轻人，他的表情有点儿沉重："我不想跟你们客套，上一届我们输得很惨，上上一届，我们也不好看，再往前推也是一样。"

会议厅里的气氛有点儿压抑，大家这几天都自动地忽略了这一点。毕竟还没开打，没开打，就算结果不好也暂时不用去想，这就是人类的"自我保护"思维方式。别看这些都是精英，但同样擅长这一点。

"我听说有人为分组方式感到庆幸。"在古玉的注视下，所有人都低下了头，第一排的五个人的表情也有点儿沉重，一般情况下这种时候都是说些冠冕堂皇的话，但他却一上来就撕破了伪装，让大家暴露在耻辱的战绩之下。

"作为你们的领队，我感到羞耻。或许我们的实力不如现在的月球人，但，那又算什么？人类的战斗中从来都不存在必胜，什么叫战斗，那就是不管对手是谁、对手有多强，你们要做的就是打爆他们的头，告诉他们，你们是地球人，你们是军人，你们是无所畏惧的战士，宁可站着死，也绝不躺着生！"

古玉的声音响彻大厅，同样震撼着每个参赛的选手，胜利，从来不以纸面的强弱决定！

狭路相逢，勇者胜！

撕掉遮羞布，让我们跟月球人，死战！

第十六章

拉开大幕

古玉的动员能起多大作用，只有天知道，热血是一阵子的，接下来大家依然是该做什么做什么。

总体来说，能够参加这次总决赛的选手都是带着梦想来的，古玉说不说，差别不大。谁也不想输，但是技不如人能怎么样？

当然，古玉的提醒会让那些散漫或者还沉浸在晋级滋味中的选手稍微清醒一些。现在面对的是残酷的淘汰赛，这让一些本来计划出来好好玩玩的选手收心做持续性的训练，保持良好的状态，同时隔绝外界的一些信息。

来自地球的上百家媒体，和月球资深的数百家网络、电视媒体都云集于银河军事学院，记者们也是无孔不入，各种情绪上的煽动，比较两大星球这一届 EM 大赛上的战斗力。

地球这次的主要目标是进入决赛，最低目标是占据一个四强名额，否则明年将进行大改革，地球方面的媒体也对于选手们的不给力非常愤懑，希望这一届能够力挽狂澜，毕竟这一届的"五大天王"还是相当有实力的。

莫峰和马可在学校外面的一个咖啡厅碰面。看到马可的时候，他觉得这家伙好像不在状态。

"你这是怎么了？"

马可无奈地耸耸肩："自从来了卡萨布兰萨斯就一直做噩梦，很真实的噩梦，太奇怪了，我的睡眠质量一向很好的。"

莫峰倒是微微一动："哦，什么噩梦，我给你解一解。"

马可乐了："老大，你还懂这个？也不是什么奇怪的梦，就是无边无际的黑暗笼罩着我，什么也看不到，有东西想要抓我一样，吓醒了也没什么，只是一晚上反复这么几次也难受了。"

莫峰点点头："看来这次的 EM 挑战不小。"

马可非常认真地点点头："我觉得我们不能太乐观，我这边得到的可靠消息，月球这一届的力量也是这些年以来最强的，只是月球人一贯低调。"

"这个你不需要过多关注，我想知道的是这届 EM 还有什么其他的目的。"莫峰说道。马可他们这个群体也是非常特别的，可以说是这个时代的自由黑客组织，这些人的目的就是追求极致的挖掘，也可以说是一种疯子群体，对于其他的事情倒不是很在意。

"其他的目的？"马可愣了愣，他以为莫峰让他打听的是选手的情况，EM 还有什么别的目的？

"对，这次 EM 不仅仅是常规的比赛，似乎还涉及一些名额的问题，月球有一个很庞大的计划。"

这件事，在未来有一定解密，只是具体情况莫峰却没有在意，未来的马可似乎发现了什么，希望现在的他还能找到。

"老大，我们是不是应该关心一下眼前的比赛？就算有什么目的也跟我们没关系呀。"现在的马可显然相对于八卦更关心眼前的荣誉。

"战斗方面，资料是有限的，看了也没有太多的用处，还是要靠实战经验，这件事你帮我留意一下，我想知道。"莫峰说道。

马可思索了一会儿："行吧，交给我，只要这个计划是有备案的，我想就应该有办法知道一点儿。"

看着马可离开，莫峰整理了一下思路，其实这些天他也在思考，异族的入侵和人类到底有没有关系。

还别说，有一件事他还真的是突然有点儿明悟，那就是月球的立场问题。一直以来，他都把月球当成一个整体，可实际上，月球是由几大垄断家族控

制着的，比如达文西家族。也就是说，月球整体背叛人类是不可能的，不可能达成一致，也不存在这个动机，但如果是某一个，或者几个家族背叛人类呢？

疯狂，或者某种不可告人的目的，是可能存在的。

一个比较危险的情况，应该就是这样，而且莫峰内心深处越来越觉得这个可能性极大，因为雷同点太多。异族隐藏的进攻方式，它们如何在入侵之前精准打击月球和地球的主要城市，可以放大为异族拥有某种先知能力。但这个太夸张，如果真是这样，那无论如何，人类也难免失败。既然这样，这个假设干脆不考虑。

当连续几个偶然凑到一起，那其实就是必然了。莫峰驱散了侥幸心理，地球全面溃败，而且损失严重，作为地球战士，整个军队命令方面，并没有出现什么问题，倒是月球在会战中屡屡失败，完全没有展现实际的实力，这才是问题。

所以如果有内奸，那最大可能还是出现在月球内部。

这个明悟，是莫峰在看到"圣天女"克丽丝·达文西之后产生的。虽然当时没有认出她来，但回去之后他还是想起来了，毕竟达文西家族太惹眼了。

大胆猜测，小心验证。月球其实是在三大家族的统治之下的，可以说没什么计划能逃过他们的眼睛。如果月球人有问题，那就是三大家族有问题。

克丽丝·达文西所在的达文西家族，阿兰·道尔所在的道尔家族，还有兰德斯·沃尔特所在的沃尔特家族，三大家族影响着月球的军政两界，或许就是三大家族中的某个家族出了问题。

从三大家族的风格来看，道尔家族主张地球和月球的融合，达文西家族主张保持特性各自协同发展，而沃尔特家族则是比较偏激的，认为月球人更优秀，凡是加大地球的关税、减少援助的政策出来，一定是沃尔特派系的策划。

从敌意上看，沃尔特家族的嫌疑最大。

跟地球上的保守不同，月球在统治阶层年轻化方面确实比地球先进太多，所以各大家族年青一代中的佼佼者都会很早介入政务，以便在全盛时期进入统治阶层。

也就意味着，他可以从三大家族在参加这次大赛中的人身上找到一些蛛丝马迹。

他的思路变得清晰起来，至少这是他目前唯一的方向，"圣天女"克丽丝，"艺术家"阿兰，"黑暗王子"兰德斯。

之后，银河军事学院热闹非凡，集中了来自地球和月球无数人的目光。EM淘汰赛正式开始，来自地球和月球的一百二十八名参赛选手，根据成绩划分为种子选手和一般选手。

种子选手两边各五人，这十个人并不会在前三轮中互相碰到，这也是种子选手的权利，其他人则随机进入决战。地球这边的五位种子选手自然是"铁男"巴德、"太空堡垒"西维拉、"剑圣"李启阳、"暗影"萨克洛夫斯基、"黄金狮子"达拉奥·席尔瓦；月球那边则是"艺术家"阿兰·道尔、"苍穹之光"弗洛伊斯、"圣天女"克丽丝·达文西、"黑暗王子"兰德斯、"幻影"奥利维亚。这十个人无疑代表了太阳系的最强者，年青一代中当之无愧的偶像级人物，而对他们来说，这次的EM大赛也是让他们从偶像走向统治阶层的捷径。

开幕式非常盛大，银河军事学院的校长蒂凡尼·达文西作了开幕致辞，揭开了这一届EM大赛的序幕，所有选手按序列号随机排序抽取对手。

抽取一个合适的对手，无疑是晋级的最大保障，毕竟种子选手只有十个。

整个抽签过程是太阳系直播，无论是地球还是月球都没必要在这里做什么手脚，紧张的是每个参赛选手，而那些知名选手一登场都会引来无数的欢呼声，天讯直播上更是火爆异常，像"圣天女"这样的超级偶像更是会引起来自宇宙各地支持者的欢呼。

当然作为偶然参赛的龙图军事学院的四个人，只有周紫宸稍微有点儿名气，她登场选择的时候也得到了相当热烈的掌声，毕竟当能力与智慧结合的时候，女性是占优势的……

这句话也不太绝对，还有一个跟克丽丝人气相当的人。如果说克丽丝得到了来自两大联邦绝大多数男性的支持，那么"艺术家"阿兰·道尔就获得了来自两大联邦无数女粉丝的支持。不得不说，这家伙真是帅出了天际，三百六十度无死角的完美脸庞，关键他还没谈过恋爱。

一个没谈过恋爱的完美贵族，就像是丘比特的箭开启散射模式一样，杀

伤力太凶猛了。

周紫宸的对手还好，应该处于月球选手中游的水平，这让她也松了一口气，毕竟第一轮谁也不想硬碰硬。这不是胜负，而是消耗计算，她也是冲击八强的有力选手。

孙小茹的情况也一样，但并不代表就可以赢，因为对手大概更庆幸。在"月嫂"看来，地球无强者，尤其是排除了种子选手之后。

张五雷也选好了，当看到对手的时候，张五雷的小胖脸立刻黑了下来。多隆·安索，这家伙虽然是个月球人，但很喜欢到地球战区"虐菜"。一旦两大区联通的时候，必然有他的身影，制造过一场又一场"惨案"，绝对是地球上不受欢迎名单里的。他还有个绰号叫"刽子手"。他是月球排名前十名的射手，据说也可以打出"弧线枪"，射手遇射手那就叫针对了。

孙小茹无奈地拍了拍胖子的肩膀："祝你好运。"

"班长，都这样了，哪儿还有什么好运，我能投降吗？"胖子惨兮兮地说道，多隆·安索这家伙很喜欢凌辱、践踏对手，这还是当着全世界的面，岂不是丢人丢到太空里了？

"呵呵，你觉得古玉将军会不会把你扔到鸟不拉屎的火星去开荒呢？"孙小茹说道，"怕什么，跟他拼！"

胖子无奈，拼？怎么拼？他就不应该来呀，好运果然不会一直眷顾他，他这一路怎么就迷迷糊糊地来了呢？

此时的龙图军事学院也发出了一声哀叹，天哪，这一次龙图人品超爆去了四个人，可问题是，占据了四个名额千万别来个"一轮游"呀。尤其是在众人看来，莫峰和张五雷运气成分居多，孙小茹有一半的可能性过第一轮，唯一有希望的周紫宸毕竟是新人，爆冷的可能也极大，如果全军覆没，那光荣可就成笑柄了。

所有人都开始为莫峰祈祷，他前面的运气真只能算一般，这次来个人品爆发吧，最好碰上总决赛中最弱的选手！

莫峰无所谓地按下了选择键，理清了思路，他倒是想遇到有意思的对手，如果能直接碰上目标中的三人之一，说不定还能给他一些线索。

要是知道他心目中的想法，班长大人绝对会把他摁在地上摩擦。当然他的运气没他想象中的那么好，种子选手也没那么好碰。

但是当他的对手出现时，周紫宸苦笑，孙小茹捂着额头，张胖子则很开心，果然是难兄难弟呀。

卓塔雷斯，月球武宗第三十九代传人，月球 EM 积分第十九名，关键在于，他是一年级生，第一年就杀入了 EM 积分前二十名，手中握有两个近战"S-"的纪录。

武宗，月球最大的格斗流派，号称近代格斗集大成者，融合了地球古格斗派系的精华，加入月球的优秀理解，形成的最强格斗艺术。

武宗的修炼讲究浑身都是武器，万物皆为武器，也就是无限流格斗。

被抽中的卓塔雷斯登场，月球人自然给了很高的欢呼，毕竟年轻，也被称为"'三剑客'未来的接班人"。莫峰走上前去，按照礼貌应该是要和对手握握手的，只是对手看都没看他，只是跟周围的观众挥了挥手。

莫峰摸了摸鼻子，年纪大了果然脾气就好了一些。

卓塔雷斯这时才淡淡地看了一眼尴尬的莫峰："明天我会让你明白什么是真正的战斗艺术。"

他说完就走了下去，全场掌声雷动，帅气、痛快、给力的武宗少主！

年轻、英俊、家室，无从哪方面都碾压莫峰这个排名几近垫底的老学长。

莫峰无奈地耸耸肩，现在的年轻人实在太没风度了，撂完狠话就走，好歹让他也装一轮呀。

"真想揍这个小子一顿。"莫峰走下来后说道。

孙小茹瞪了他一眼："你是想被直接取消资格吗？"

根据 EM 大赛的传统，赛前可以各种嘲讽，火药味也是对抗的一部分，当然底线就是不能动手，那是一个超级战士的基本素养，如果连情绪都不能控制，就不配参加总决赛了。

"什么？这样可以直接取消资格吗？"一旁的张胖子仿佛发现了新大陆，与其丢人，不如找个方法……

"想都别想！"孙小茹挥舞着拳头说道。

抽签仪式陆续完成，吊足了胃口，接下来是卡萨布兰萨斯政府精心准备的表演，来自月球的各路明星登场，同样是盛况空前，其中张胖子最爱的"露

露"也登场演唱了一首歌。见到真人，莫峰也不能再质疑胖子的眼光了。怎么说呢？虽然不是他这种成熟眼光的胃口，但对于宅男来说，确实属于极品萌物。那声音更是软得让人骨头发酥，可是又不讨厌，确实可爱。

本来还有点儿幽怨的张五雷立刻兴奋得不要不要的，显然觉得就算明天被吊打一顿，能听一次现场也赚大了，而且还是如此近的距离，回去可以跟粉丝团的小伙伴们狠狠地吹嘘一番了。

看着没心没肺的莫峰和张五雷完全沉浸其中，周紫宸和孙小茹对视一眼，只能无奈苦笑。

回到选手驻地，周紫宸和孙小茹都回到自己的房间认真地分析对手去了，至少要把对手以前的视频都找出来，而莫峰则是洗了个澡吃着零食看电视，至于张五雷已经到露露粉丝团中吹嘘去了。

一夜转眼就过去了，月球的白天和黑夜是人工控制的，这也是达文西的天幕工程为月球人带来的福利。同时，提供这项技术的卫星环也是月球引以为傲的太空防御体系。

众人一起吃早饭，看得出来周紫宸和孙小茹都有些紧张，毕竟都是第一次参加这样规模的大赛，能睡着就不错了。至于莫峰和张五雷，那睡眠质量好得不要不要的，一个根本不在意，一个根本没想赢。

为了避免过度的伤亡，以及保证决赛的高质量，EM 总决赛八强战之前的比赛采用 EM 系统，八强战之后则将是真人对战。第一轮分为两天，比较幸运的是莫峰等四人都将在第二天出战，也就是说他们有一天的观察时间，适应氛围。

周紫宸是上午出战，孙小茹和张胖子是下午出战，莫峰是晚上出战。其实胖子更想第一个出战，伸头是一刀，缩头也是一刀，早死早超生。

第十七章

截然不同

　　银河军事学院的竞技场已经座无虚席，虽然使用的是 EM 系统，但现场的气氛仍是无比紧张。

　　"来自地球联邦、月球联邦以及火星地区的观众们，大家好，再过半个小时，第二十七届 EM 总决赛就将打响。我是主持人米拉，今天特别荣幸地邀请到了联盟特别作战部的张扬博士和帕图雅博士作为比赛的解说嘉宾。"

　　米拉，二十一岁，银河军事学院学生会副主席，月球 EM 系统第一人气解说员，从业两年，粉丝数高达两千多万，控场能力极强。如此重要的赛事，主持人的选拔自然是万人过独木桥，米拉以绝对票数当选，被誉为"EM 精灵"。

　　而张扬博士和帕图雅博士则分别是地球和月球作战部的专业人士，是由官方推选出来的，两人立场鲜明，免不了要针锋相对一番，而且上一届的 EM 大赛就是他俩解说的。

　　张扬……真不愿意来，真的，上一届地球联邦无人进入四强，最后的半决赛和决赛完全成了帕图雅的独角戏，那滋味如坐针毡。今年，地球联邦也是铆足了劲儿要进入四强，甚至最终的决赛，张扬对这一届也是充满了信心，选手的实力确实比往年强得多。古玉将军的选拔方式也是他给出的建议，地球必须改变，战力是唯一标准！

"张博士，我们又见面了，真是怀念，放心，这一次你依然不会太劳累的。"帕图雅笑道，一身黑西装配上梳理得整整齐齐的银发，绝对是老帅哥一位。

张扬微微一笑："帕图雅博士，盛极必衰，风水轮流转，今年会很热闹的。"

两人一上来就已经开始夹枪带棒地针对起来了，此时天讯的直播人数已经突破了一个亿。为什么说这是大舞台？就是因为这无与伦比的关注度，要知道这才是第一轮就吸引了这么多人，而且还是在上午。

在这个舞台上，可能一鸣惊人、一飞冲天，也可能瞬间堕入十八层地狱、永世不得翻身，但不得说，这就是EM大赛的魅力，每一个有梦想的战士都无法抵挡它的诱惑，都想在整个人类面前展现自己的天赋、能力，去告诉这个世界，"我"的存在！

"各位观众，揭幕战由来自地球孟菲斯学院的卓一男选手，对战银河军事学院的阿兰·道尔，我们的男神，我们的'艺术家'！"在米拉的大声介绍中，第一战的两位选手登场，阿兰·道尔的出场立刻掀起了欢呼的浪潮，他的人气无与伦比。

阿兰·道尔，号称月球联邦第一帅哥，他也是银河军事学院学生会主席，拥有无法匹敌的贵族气质、扎实的实力。最关键的是，他没有女朋友，也没有交过女朋友，这让他的女粉丝数量横扫两大联邦。

天讯上的战前支持率对比，阿兰·道尔百分之九十一碾爆对手。要知道这是月球人和地球人一起投的，就知道这人的人气恐怖到了什么程度。

地球选手区的其他人都在认真地看着，张五雷在吃零食，这里为选手提供了免费的食物，莫峰在发信息，他让马可调查克丽丝·达文西、阿兰·道尔、兰德斯·沃尔特这三个人最近几年的动态，希望可以找到什么蛛丝马迹。

"你们两个不要开小差，要好好看、好好学，要是表现不好，看我回去怎么收拾你们！"孙小茹第一时间发现了两个不务正业的家伙。

"班长……喀喀，"张胖子连忙喝了一口蓝宝石葡萄汁，这葡萄六千一串，竟然用来榨果汁，月球这帮家伙是有多奢侈，"吃饱了才有力气。"

不远处地球联邦的其他选手都露出了一副不愿与之为伍的表情，真不知道龙图是走了什么狗屎运，周紫宸也就罢了，孙小茹也算是有点儿知名度，这两个货是怎么混进来的，简直就是坐实了地球人"土鳖"的例子，真丢人。

莫峰耸耸肩，关掉天讯："其实前面是看不出什么东西的。"

孙小茹瞪了两人一眼，也感觉到了周围不善的眼光，没办法多说，此时战斗已经开始了。

台上的两位选手在实力上确实有绝对的差距，阿兰·道尔能代表月球最高一级的水平，他的对手只具有地球这边的中游水平，或许在平时是风云人物，但到了这里就真是不够看了。

他们随机的战场是竞技场模式，没有什么回旋余地。阿兰·道尔不费吹灰之力拿下了第一场，用时二分钟多一点儿，这还是故意放了点儿水的，从各方面碾压对手。

当然这在意料之中，两位解说员虽然针锋相对，却也没在这样悬殊的差距上过多地嘲讽，虽然会有火药味，但水准和层次摆在那里。

张扬对阿兰·道尔当然是无比了解的，也做了详细的分析，可是再多的数据和资料也要战士在战场上发挥，遇到势均力敌的对手之前，都不作数。

不但张扬如此，来自地球的其他选手，包括所有的观众也是如此。这才第一场而已，上一届的惨败，这一届绝对会痛定思痛，所有民众也相信，地球联邦一定会给予强有力的反击。

然而现实是骨感的，在阿兰·道尔带来开门红之后，后面的比赛中，月球这边接二连三地赢得了胜利。虽然说抽签是混排，但优先的依然是地球对月球，因为月球人数多，才会出现内战的情况。

当月球选手连胜五场之后，地球选手的激情确实被压制了。有一些是实力不济，有的实力差不多的，却在关键时候的决断上出现了问题。地球选手要么瞻前顾后，要么想赢怕输，而反观月球选手，他们在处理关键决策的时候，基本上可以给出理智分析的最优选择。

尽管张扬是地球联邦的人，依然只能给出称赞。赛前他是抱有希望的，可是他最怕的就是这种情况，节奏被带偏。

哪怕水平相当，如果气势被压住，尤其是在客场的情况下，那会更惨。

"张博士，这一届的水平还不错吧？"帕图雅笑眯眯地说道，"刚刚那一场堪称反败为胜的经典，你们的选手在关键时刻手软了，看来心理教育还要加强呀。"

张扬笑了笑："帕图雅博士，这才刚开始，你们是主场嘛，客随主便，这点儿面子还是要给的，接下来是李启阳出场了，你们的节奏到此为止！"

"那我们就拭目以待吧。"

李启阳登场，连选手区都给出了一阵掌声，作为亚洲区第一高手、种子选手，李启阳要扭转被阿兰·道尔带起的节奏，最好用一场霸气的胜利开启地球选手的连胜之旅，不能让月球人再这么搞下去了。

作为自己人，周紫宸等人也纷纷站起来鼓掌。李启阳在走的过程中不断和其他选手击掌，这也是仪式。但是经过龙图这边的时候，只是和周紫宸击了掌，其他人直接被忽略了，尤其是对莫峰和张五雷，他都没拿正眼看了。

平时他还是会有点儿气度的，但这个时候，他深知压力巨大，看到莫峰和张五雷这种吊儿郎当的样子就烦。大家都在认真地准备，承受压力，他们倒好，一个不停地吃，一个不停地东张西望玩天讯，哪儿像是比赛，根本就像是来旅游的。

李启阳特别能理解，对于这种人，来这里就是"一轮游"，反正已经够本了，可是他不同。

他要扬名，他要捍卫地球联邦的荣誉。

站在入口处，李启阳停了下来，挥舞着拳头："为了地球的荣誉，死战！"

身后一片加油的吼声，莫峰和张五雷两个另类也知道大家都不太喜欢他们，如果不是顾及周紫宸的面子，恐怕早就被孤立了，地球人太喜欢分片划圈子了。

莫峰拍了拍张五雷的肩膀，他知道这胖子其实小心肝很脆弱，只是每个人对紧张压力的表达不同，不断地吃其实就说明胖子心里是有想法的，这种众志成城的气氛能感染人的。

"胖子，给我拿两杯葡萄汁。"

张五雷一愣，胖嘟嘟的脸上堆满了笑容："好嘞。"

莫峰看着大屏幕，这个时候并不适合说教，道理谁都明白，如果讲道理有用，人类早就称霸宇宙了。

李启阳出场，点燃了地球的人类，尤其是亚洲区的各大学院。李启阳可是当之无愧的偶像人物，这是逆转时刻！

连米拉都认为这一场李启阳的赢面非常大，李启阳的支持率更是高达百分之八十九，正是种子选手的人气。

然而现实往往不按照剧本发展，全场李启阳压制对手，月球 EM 积分第十八名、来自银河军事学院的一年级生一诺，明显经验不足，在面对高手的时候束手束脚，这彻底点燃了地球人，剧情总算翻转了，前面被压得想吐血，而现在应了张扬那句话，风水轮流转！

李启阳掌控全场，压力也放下了，他在表演，他很清楚这是一个多大的舞台，他更清楚吊打一个月球精英战士能给他带来什么，明知道他的绰号是"剑圣"，竟然敢主动拼挑战，这不是欠教育吗？！

解说席上，帕图雅也在被米拉调侃，作为主持人，可以有一定的立场，这是全人类的大赛，同样的也要给地球联邦这边加油。

"帕图雅博士，看来真要被张扬博士说中了，转折点来了！"

"小米拉，你到底是哪边的？就算这一场赢了，转折点也不会来的，我赌一包辣条！"

米拉吐了吐舌头："我是人类这边的。"

但是优势方的张扬却意外地没有接话，相反眉头微皱。他理解李启阳的心思，从某方面来说，这对调整地球方的士气有好处，可问题是，银河军事学院的代表、月球 EM 积分第十八名的高手，至于这么膨胀和无脑吗？

放弃优势，去跟李启阳拼劣势，这是银河军事学院的学生吗？

小心驶得万年船，张扬见过太多太多这样的案例了，也说过无数次，越是这种时候越要小心。

可显然赛场上的李启阳正在忘记这一点，选手区里，地球联邦的选手全部站起来为李启阳加油，哪怕是其他种子选手也希望李启阳扳回气势，莫峰和胖子也被孙小茹拖起来了。本就不受待见，如果这个时候还不融入，岂不是更被讨厌？这不单单是一次比赛，这些人，在未来，将会是地球联邦的中坚力量、统治阶层，被这些人讨厌，那莫峰和张五雷还有未来吗？

莫峰和张五雷哭笑不得，他俩实在喊不出来，别说莫峰了，连张五雷都感觉到不太对劲儿了，可问题是，为什么其他人就那么乐观呢？

就因为场面和排名的碾压？

现场，一诺似乎也明白了自己的"幼稚"，想要撤出战场，可哪儿有那么容易，他被李启阳抓住一个空隙，狠狠地一脚正中臀部。一诺以一个狗吃屎的姿势摔了出去，全场爆笑，天讯上，来自地球人的弹幕更是铺天盖地。

然而就在这一刻，李启阳最松懈的时候，被踢飞出去的一诺瞬间出枪。李启阳毕竟是顶尖高手，心中一惊，立刻做出反应。作为一个顶尖的近战高手，"剑圣"这个绰号并非浪得虚名，无论对方的枪法有多好，他都能躲……

砰……

全场一片死寂，李启阳躲了，看得出他是想用非常厉害的三角折步来闪避的，这对于手枪类的攻击最为有效。

但问题是，一诺打出的是"弧线枪"，直接爆头。

从头到尾，一诺只有这么一记像样的反击，而就这一击就终结了比赛。刹那间，整个地球联邦的观众都蔫儿了，而现场的月球人爆发出震耳欲聋的欢呼声。

一诺一个跟头轻巧落地，非常有礼貌地向四周鞠躬，睿智精明的眼睛中哪里有愣头青的样子！

张扬的心咯噔一下，他最担心的事情发生了，在对这场大赛的预计和准备上，月球人做得更充分。

选手区彻底傻眼了，李启阳输了！

一个会"弧线枪"的高手，为什么要上来打近战？

这一刻要再反应不过来就是猪了，人家是故意的，就是示敌以弱，让你嚣张，让你放松，然后送你上西天！

月球人的强大从来不限于硬实力，在战术执行和表演上，也是顶尖的。

一诺用一场奥斯卡级别的表演逆袭了来自地球的种子选手李启阳。

外面振聋发聩的欢呼声就像一个一个的耳光扇在地球选手的脸上，火辣辣的，最关键的是，李启阳的失败对地球的士气是个打击。

这是地球选手的第五场失败，五连败可不是什么好现象。

"哎呀，这都能赢，真是不好意思呀，老张。"心情大好的帕图雅都开始调侃张扬了，他当然看得出战术安排，但就算安排了也不一定有效，谁能想到地球人喜欢得意的毛病一万年都改不了？

张扬心里叹了口气，就他的心思真应该赞扬一番一诺，这种胜利才是艺术，但立场不容呀。

张扬微微一笑，丝毫看不出失望："亚洲区是我们最弱的一个区，但因为规则必须给一个名额，所以你也不用高兴得太早。"

"哈哈，老张，你就是死鸭子嘴硬，敢不敢和我打个赌，今年，我们月球选手将垄断八强！"帕图雅放大招了。

张扬在心中暗骂这个老不要脸的，这是不给他留活路呀："帕娘，给你点儿颜色你就敢开染坊呀，做梦是不是？"

"老张，不要搞人身攻击，你就说敢不敢吧，你们要是有一个人进了八强，以后我就改名叫'帕娘'，要是没进，你怎么办？"

"我就叫'张鳖'！"

这两人的"斗气"毫无疑问也极大地激起了观众的情绪，米拉也是哭笑不得，这个……斗得有点儿狠呀，不过历届都是如此，有控制得住的，也有控制不住的，毕竟这是最热血的事。

"好，那我就为两位做个见证，我想无数的观众也很期待，现在地球的战士要加油了！"

对于帕图雅地图炮的嘲讽，可是彻底激怒了地球人。地球选手上一届一个都没进四强都郁闷得要死，这一届要是一个都没进八强的话，真不用参加了，月球联邦自己玩吧。

张扬不是不知道，帕图雅这也是在"激怒"地球战士，要打出点儿血性，一边倒也真没意思，李启阳的错误不能再犯，到了 EM 总决赛的赛场还能轻敌，何来的自信？

李启阳回到选手区，脸色黑得像是要滴出墨汁一样，他等了这么久，无数个日日夜夜的努力，一切都是为了这一天，结果，他不但输了，还成了彻底的反面教材。

直播上，两个嘉宾的打赌，更像是一巴掌狠狠扇在了他的脸上，这一切都是他带来的，古玉将军赛前还专门动员，结果……

其他战士看李启阳的眼神也不怎么样，但是还不至于敢挑衅，其他四名种子选手就没搭理他了，占了种子选手的名额，就应该贡献出种子选手的水平。

轰……

李启阳一拳砸在桌子上，坚硬的桌子瞬间垮塌，来自南美的种子选手"黄金狮子"达拉奥·席尔瓦皱了皱眉头："李启阳，控制你的情绪，别在这儿丢人现眼。"

南美人的脾气向来直，可不会考虑李启阳的感受。

"亚洲区真不应该浪费一个种子选手的名额。"

"上一届也是这样，亚洲区每次都拖后腿，这次竟然还来了一堆，绝对有黑幕！"

"喂喂，说话别跟放屁一样，有劲儿要在场上用，才输了几场就开始内讧了。"莫峰是什么人，那可是从底层混上来的老兵油子，而且这节奏可不能这么下去。

"你闭嘴，老子就感觉哪里不对劲，就是你们两个倒胃口的破坏了气氛！"李启阳忽然把矛头转向莫峰，"所有人都在专心准备，你们一个不停地吃，像是饿死鬼投胎一样。看看这胖子，穷鬼转世对吧，那破鞋都掉色了，穿了多少年了。还有你，不停地玩天讯，不知道的还以为你是总统！"

李启阳彻底爆发了，他需要发泄口，不然会活活气死，对，都是这两个人分散了大家的精神，如果每个人都很认真，说不定就不会出现这样的情况。

张五雷胖乎乎的脸惨白惨白的，下意识地缩了缩脚，那鞋子是他最好的一双，平时都舍不得穿。

莫峰笑了："别像个娘儿们一样推卸责任，刚刚你要是有这么睿智就不会输了。"

李启阳如同炸了毛的刺猬："我输了，你们两个废物更没希望！"

"是吗？我怎么觉得，我们两个能够为地球带来两场胜利呢？"莫峰笑眯眯地搂着胖子说道。

胖子打了个哆嗦，虽然丢人，可是他真……赢不了。

看到胖子的尿样，所有人都笑了："就你们？有一个赢的，我就在银河军事学院裸奔一圈。"

"我们输了，我们两个一起裸奔，怎么你都不亏，哈哈。"莫峰满不在乎地笑道。

"李启阳，适可而止，都是自己人……"周紫宸劝道，局面完全失控，这场面闹下去对谁都没有好处。

"没你什么事，就这么定了，我等着两位大神的表演！"李启阳愤愤离开，但从他轻松的步伐来看，他已经成功甩锅，自从砸碎桌子那一刻他就已经醒了，如何体面地离开成了一个问题，谁想到刚想睡觉就有人递枕头。

地球选手区的气氛并不怎么样，局面是内忧外患，显然这不是支持者们认为的知耻而后勇的节奏。

同样的在对面的月球选手区，一诺受到了英雄式的欢迎，此时的一诺面带微笑不断鞠躬，感谢师兄、师姐的鼓励。

"各位，好的开局是成功的一半，军部给我们的目标非常明确，四强都是我们的，一个都不能让，但我们要提出更高的要求，那就是八强都是我们的，甚至十六强，一个都不能让！"说话的是"黑暗王子"兰德斯，他的气势也带动了整个选手区，每个月球人都睁大了眼睛，这一次 EM，就是月球全面超越地球的转折点！

第十八章

真相

地球选手区彻底安静了，周紫宸和孙小茹无可奈何，一般情况下，像李启阳的身份发泄两句也就完了，谁想到莫峰会反击，孙小茹也知道莫峰的脾气，这种事他肯定不会忍。

背锅？

在场的哪个是傻子？可问题是，弱者给强者背锅不是应该的吗？

莫峰就反击了，他和张五雷彻底被孤立了，连带周紫宸和孙小茹都有点儿尴尬，但他却跟个没事的人一样。

他的心真大呀。

当然在别人看来，他这就是破罐子破摔。

这种氛围下，地球选手怎么赢？

第六战输，第七战输，直到第八战种子选手"太空堡垒"西维拉用稳固的防守终于获得了一场久违的胜利。

可是堂堂地球五大高手之一，面对一个月球 EM 积分第五十五名的对手，竟然被拖了二十多分钟，差点儿就被逼入白刃战了。

比赛结束，总共三十二场，地球选手总共只赢了三场，西维拉、达拉奥·席尔瓦、萨克洛夫斯基，没错，五位种子选手，只有三位取得了胜利，其他出战的地球战士全军覆没。

在开战之前，地球选手也知道实力可能有点儿差距，但这种差距肯定要到四强赛才会出现。赛制有利，对手的两位种子选手对上了月球自己人，可是谁能想到，第一天就是地狱般的惨状。

天讯上各大学院的支持者都呈现爆炸态势，如果不是还有一天，还有希望，恐怕已经彻底爆炸了。

但是冷静下来看看，其实第一天地球联邦中排名较好的选手更多一些，可是结果这个样儿，明天会有奇迹吗？

人类之所以不肯放弃，就是因为相信奇迹，当然也可以称之为侥幸心理，是奇迹还是侥幸，就要看明天的战斗了。

比赛结束，大家纷纷离开，莫峰也被孙小茹等人拉着急忙走了，这气氛实在太压抑了，明天他们怎么办？

莫峰则在看马可提供的最新消息，这家伙还真是有两下子，竟然能搞到对面选手区的视频，有点儿厉害呀。

那个什么黑乎乎王子相当有问题，如果月球内部有叛徒，这家伙和他所在的家族嫌疑最大。因为月球方面的家族传承一直很明确，他这么明目张胆的主张肯定是得到家族的认可了，而实际上沃尔特家族也确实靠这种主张得到了相当一部分月球人的支持。

莫峰将视频看完后，便删除了。

孙小茹看着莫峰嘴角的微笑，这家伙越来越不像她认识的那个莫峰了。

这一晚，对很多地球人来说大概都有些辗转反侧，但再难熬的夜晚都会过去，黎明终究会来。

莫峰睡得并不好，因为他又做梦了，那个奇怪又真实的梦。他回到了未来的火星上，熟悉的土地、熟悉的味道，还有那让他瞬间清醒的仇恨。

他不知道身处何处，可是赤红泛着臭味的土地说明他在异族的统治范围。远处的迷雾在逐渐消散，那是一个个巨大的、奇形怪状的异族怪物环绕着某个东西。他潜意识里知道自己处在诡异的梦境当中，他想让自己清醒起来，明天就要比赛了，怎么偏偏这个时候做梦，他可不知道这梦境的时长。

就在莫峰挣扎的时候，异族怪物似乎感应到了他，它们拥有超乎想象的

洞察力，就跟地球上某些生物的第六感一样，不少异族怪物都露出了奇怪的表情，显然它们迷糊了。

在火星那么多年，和异族交手过无数次，他每次看到的异族怪物都是狰狞的表情，这还是第一次看到它们有其他的情绪。但这一切都被忽略了，莫峰感觉整个人都要沸腾了，是的，内心的愤怒瞬间暴涨到了极点。

穿过重重高大的异族怪物的身躯，他看到了一个……人类的背影，是的，是人类！

这一切一切的灾难，父母、妹妹的无助，张胖子临死时的眼神，孙小茹的无助，还有那一个个死在眼前的战友，竟然真的是人类造成的。

叛徒！

莫峰的牙齿都咬出了血，他要看看，这个人到底是谁，为什么，为什么，为什么！

他不顾一切地冲了过去，他的身体穿过了异族，看得出这种奇妙的情况下他是类似幽灵的存在。离那个身影越来越近，越来越近，但是就在这时，胸口开始出现灼烧般的剧痛感。

他拼命地跑，心中怒骂，坚持，再坚持，让他看一眼，看一眼……

黑暗，无边无际的黑暗……

当光透进来的时候，莫峰已经泪流满面，他醒了，床的钢制把手已经被他掰弯了。

沉默了许久，他起床，洗了个澡，情绪已经控制住，本以为泪已干，对着镜子莫峰才发现自己的眼神却无比明亮，他越来越接近真相了，复仇！

这个仇不共戴天！

他相信梦境中的提示，太真实，自己的能力肯定跟时空有关系，整个灾难最终还是指向了人类，出现了叛徒！

而看那个身影的从容、异族的静默，可以判断，叛徒在异族中的地位相当高，甚至是处于主宰位置的，也就可以推断，那个人并非半路叛变，结合异族对地球和月球主要城市的攻击，应该是战争开始前就叛变了。

他深吸一口气，他要面对的绝对是一个恐怖而且盘根错节的组织，某个人或一般的力量根本不足以支撑这么大的阴谋，毁灭人类吗？

自古以来，这种极端组织从来不缺，但都缺乏力量，现在他怀疑的最大对象就是月球的沃尔特家族。从叫嚣的方针，到他们的行动，极有可能，而且作为月球三大家族之一，他们也有这样的能力。

　　问题是，他怎么接近？他是地球人，是对方要消灭的对象，这样的阴谋，保密度可想而知，除非他有利用价值。

　　他有什么利用价值？

　　莫峰深呼吸几次，让自己彻底冷静下来。EM大赛要选拔四个人，据说是一次太空探险，而一系列事情就是这次探险之后发生的，也就是说，他想知道真相无论如何都要成为这四个人中的一个。

　　当走出宿舍的时候，他已经恢复正常，愤怒、急躁没有任何用处，相反，越是接近真相，就越要平稳，越像个没事的人。

　　碰到张五雷，他看得出胖子昨天晚上也没睡好，这对胖子来说是极为难得的事。

　　张五雷确实挺忐忑的，他何曾担过这样的事，裸奔倒不怕，反正他是小人物，可是因此连累整个学院丢脸，那就惨了。他也是个人，也有自尊和底线。

　　周紫宸和孙小茹已经在等他们了，两个女孩子倒是大气得多，看得出精神状态非常好，她俩看到莫峰和张五雷的时候都愣住了。

　　"你们两个不会都没睡吧？"孙小茹问道。

　　张五雷无奈地摆摆手："大概是以前睡太多了。"

　　周紫宸有点儿担心莫峰，她觉得莫峰有极大的把握可以过第一轮，可是心理层面跟实力不一样，而实战中，心理层面往往直接决定胜负。

　　"别有什么压力，反正都已经这样了，我们只要表现出自己的力量就可以了。"孙小茹说道，她知道这个时候可不适合再加压了。

　　莫峰笑了笑，没有解释。这种比赛对他来说不算什么，照样吃，照样喝，但是地球这边整体的氛围不怎么好。媒体分化成两派，一派唱衰，说什么地球的黑色星期五，军校应该解散，不要浪费纳税人的钱，一派认为还有希望，第一天只是对方的主场优势造成的节奏失常，地球战士还是很有实力的，第二天一定会缓过劲来。

　　孙小茹和周紫宸先战，而张胖子和莫峰被排到了最后，也就是说他们要

煎熬一整天。胖子听到这个消息时真是死的心都有了，但是现实是没法改变的。

经过一晚上的调整，地球选手区虽然依然很沉默，但显然已经做好了血拼的准备。第一天的悲惨节奏是绝对不能延续的，大家也都受到了各自学院的压力，必须赛出地球人的威风。

天讯上的观众可真不会客气，有些战士喜欢看看天讯上的评论，但今天没人会去看，基本上都是"输了就别回来了"。

"还船票，自己在太空飞吧！"

"这些失败者就应该被送到火星去开荒，那里能治愈懦夫！"

……

如果喷子有用就好了，可惜并没有，第二天地球联邦一开场就是开门黑，比开门黑更惨的就是再附送一个三连败。

与月球的疯狂欢呼相比，地球这边真的哀号遍地，月球和地球各方面的竞争一直很激烈，但至少有一战之力，从没有像今年这样惨，本以为上一届就是最差战绩，恐怕这一届真要创造纪录了。

这倒不是月球突然之间就这么强，而是厚积薄发，从基因调整方面，教育体制以及训练机制，包括财力等的一次爆发。

月球要崛起，绝对压制性的战绩也能形成一种气势，让月球在太阳系的事务中真正占据统治地位。因为地球母星的特权，地球无论怎么衰落都无法影响地球人的地位，除非来一次彻底的、完整的痛击。

莫峰是过来人，他知道，这次 EM 大赛的惨败拉开了月球主宰太阳系的序幕，地球渐渐沦为月球的附庸，正是这种不对等，导致了人类未来在火星战场上的全面溃败。

所以无论如何都要阻止这件事的发生，像古玉将军这样的铁血军人肯定不会允许，从大局上他也需要同一立场的人。他知道该怎么做了，第一步就是要阻止这种气势成形。月球人不能占据绝对的统治地位，那月球就不可能完全掩盖异族的入侵，至少没那么容易。

龙图军事学院已经停课，今天所有的老师、学生都会为四个龙图选手加油助威，虽然……形势严峻，但只要还没打，就有机会。紧张是不言而喻的，黑压压的广场上，学生们都没有说话，没办法，被打得太惨了。月球选手越战越勇，地球选手心态失衡，越谨慎越怕犯错误，就越容易失误，而且这样的战斗很多时候就需要灵感一现的勇气和判断，要敢打敢拼，保守就是等死。

有几场其实地球选手是有机会赢的，他们在实力上也略占优势，然而对手就这样敢打敢拼，不怕输的反而赢了。

随着"圣天女"克丽丝·达文西的登场，月球人取得了六连胜，盛况空前，整个卡萨布兰萨斯都成了欢呼的海洋。月球人一直在等，等待有一天天之骄子的他们真正击败地球人，告诉地球人，他们才是最优秀的。

莫峰看着克丽丝，还真是自己在训练场遇到的那个，不过这个时候的她光芒万丈，穿着银河军事学院军服的她堪称女神，哪怕是他这种从死亡线上爬出来的都是这样认为的。

这一刻月球人的气势到达巅峰，轮到周紫宸登场了，她深吸一口气，压力如山。

莫峰笑了笑："紫宸，盛极必衰，这是你的机会。"

周紫宸愣了愣，聪慧如她，显然听懂了莫峰的意思。前面的失利并非完全没有机会，就是一口气被压住了，地球这边从自负到自卑，而现在月球人在如此大好局面下必然"膨胀"，因为月球人……也是人。

第七场周紫宸力挽狂澜，双方实力相当，她还要稍微好一点儿，对方知道她擅长远程，想尽办法逼入近战，她则是步步为营，让对手认为她很畏惧近战，尽管在 EM 系统上她练习了近战，可是大赛中那种程度够看吗？

大多数人还是会选择自己最擅长的，对手也是这么认为的，而且前面的胜利已经让月球人膨胀了，好不容易近身，对方也略显得意的时候，体力和意志都在巅峰的周紫宸毫不客气地给了他一套阿克力螺旋百斩，在第八十九刀的时候干掉了对手。

当裁判宣布胜负的那一刻，整个地球都疯狂了，天讯上呈现爆炸的态势，龙图军事学院的所有人都挥舞着双手跳了起来。无论是对学生还是老师来说，这一场胜利他们都等了太久太久。

周紫宸回到地球选手区，得到了英雄式的欢迎，女人在控制情绪上确实要比男人好一点儿，像达拉奥·席尔瓦这样直爽的人直接竖起大拇指，赢了

就是实力最好的体现。

李启阳坐在后面纹丝不动，一脸沉默，无论是失败的，还是没打的，都需要在此等到比赛最终结束，这大概也是最煎熬的地方。

周紫宸的胜利也确实带来了一些变化，前十五场地球这边总算拿下了三场。

有毛就不算秃子，但问题是还是难看呀，六十四强过了大半，地球这边总共才六个人进入，简直惨不忍睹，当然后面还有希望。如果能有十几个人的话，至少还能看。

第十六场孙小茹即将登场，没人对她抱什么希望。这一届的月球人确实强悍，主场优势状态奇佳，而孙小茹的实力一般，赶上末班车的，纸面实力就不如对手。

孙小茹自己也知道，但是她向来不服输，周紫宸用力握了握她的手："学姐，加油！"

这两人已经成了闺密，深入了解后发现了莫名的亲切。

"班长，加油，你一定能赢！"张五雷也连忙说道，他自己赢不赢不要紧，班长一定要赢呀。

莫峰笑着勾勾手，孙小茹走了过来，不知道他要干什么。莫峰神秘兮兮地凑到孙小茹耳边，嘀嘀咕咕地说了一些话，周围的人都无语了，这是菜鸟要指点高手吗？

孙小茹虽然排名中游，但怎么都比他强太多了。

她愣愣地看着他，莫峰耸耸肩："相信我。"

她的脑子里有点儿蒙，但不容她多想，战斗开始了。比尔森，她将他的视频已经看了数十遍，但视频看再多也没用，对手比她强，技术层面的压制，这一交手就感觉得出来。而且月球人调整得非常快，看得出他是不打算给她翻盘的机会的，而城战战场是战士们最熟悉的普通战场，也最难翻出什么新套路。

对方是压制型远程战士，这就意味着他对于闪避对手远程攻击非常有心得，战场上最强的也是这种。他的远程水平在月球可以进入前十名，而这是她所不具备的，她只能不断地后撤，局面难看，也没有任何获胜的希望。

周紫宸和张五雷都着急得握着拳头，张胖子比自己上场还着急。虽然局面被动，但孙小茹却异常冷静，这是她的性格。她知道没有机会，脑海里只剩下莫峰的话，比尔森的组合射击有习惯性的毛病，一旦有一枪命中，会立刻打出矩阵点射，而他打矩阵点射的时候，一定要先落枪蓄势再一气呵成，而这个时间差就是机会。问题是，一般人中枪之后的第一反应就是闪避，摆脱困境，怎么还会有其他的想法，但如果是故意的呢？

孙小茹不知道莫峰是怎么知道的，也不知道他是怎么判断的，她看了那么多遍视频都不知道比尔森有这个毛病，但是她选择相信。

选手区的莫峰很淡定，他太了解孙小茹了，班长大人是个果决的人。

就在这时，被逼入死角的孙小茹冲了出来，瞬间所有人都叹气了，这是送死呀，人家就等着你跳出来呢。

砰……

一枪精准的命中，半空中的孙小茹爆出血花，就在此时比尔森落枪，准备打出他最得意的矩阵点射，除非对手会瞬移，否则必死。

然而就在零点几秒的时间里，半空中受伤的孙小茹却猛然轰出一枪，而这时比尔森的枪刚刚抬起来。他想动，但是完全攻击的意识根本无法立刻换成防御。

扑通……

孙小茹重重地摔在了地上，时间仿佛静止了。

一秒、两秒、三秒……

比尔森额头的血点变大，龙图军事学院孙小茹胜！

全场寂静一片，月球人都蔫儿了，这是什么情况？

这都能翻盘？！

下一秒，整个天讯上都爆炸了，还有什么比这样的翻盘更激动人心？

"小茹女神万岁！"

"我的天，龙图竟然有两个人晋级，以后我就是龙图粉了！"

"两个女神，喀喀，阴盛阳衰呀！"

"衰你一脸，无论女人，还是男人，都是地球人！"

这个突如其来的胜利就像是天上掉下来的馅饼，如果说周紫宸的胜利是

可以期待的，那这场胜利让龙图的师生感受到了上帝的眷顾。这运气，好到爆炸呀！

而月球选手区却非常的平静，没有因失利而沮丧，阿兰·道尔让工作人员回放。

"给个孙小茹的正面镜头。"阿兰·道尔温和地说道，一旁的工作人员立刻调着视频。

视频中，孙小茹冲了出去，姿势有问题，是平扑，如果要反击，肯定是侧扑面对对方才好反击，平扑会减少受攻击面积，但不利于反击，而且说真的，也躲不过高手的射击。

如果不是为了躲避，那就只有一种可能，就是为了避免要害部位受伤。

果然孙小茹的胳膊中了一枪，但很明显这在她的意料之中，而在扑出的一瞬间就打算先挨一枪，再反击，而这个时候偏偏比尔森习惯性地落枪了。

阿兰·道尔笑了："看来对手那边有高人呀。"

"哦，你觉得不是孙小茹的判断？"克丽丝笑着问道。

"你信吗？"

克丽丝微微一笑："这种小习惯没人会注意，而这样的战斗选择也不是一般战士会给出的。"

"但愿如你所说，对手水平太差的话很无聊。"弗洛伊斯淡淡地说道，他是银河军事学院四年级生，没什么背景，但实力却是顶尖的，所以才能挤掉兰德斯成为三大高手之一。

阿兰点点头："学长，瘦死的骆驼比马大，我们实现理想的过程不会太轻松。"

"这才是生命的趣味所在。"克丽丝说道。

月球的战士们纷纷点头，团结、强大、目标明确，这就是地球选手所面对的对手，同时，非常关键的一点，月球选手有睿智的领袖！

第十九章

你鞋带开了

孙小茹的胜利确实是意外，回到地球选手区的她开心得像个孩子，说真的，这个结果她都没敢想，而这一切都是莫峰带来的。

这家伙，简直神了！

一些人送上祝福，一些人漠视，这是地球的情况。

"老大，老大，你给班长说了什么奥义，教教我呗！"张五雷急了，"赢不赢不要紧，我怎么才能不丢人呀？"

莫峰搂着张五雷的肩膀："胖子，你知道吗？你是史上最灵活的胖子，你的强大超乎自己的想象，你要做的就是认清自己，然后干掉对手！"

张五雷瞠目结舌地望着莫峰，这家伙是想催眠吗？

这也算奥义？

如果催眠有用，人人都是王者了。

张胖子又陷入了纠结，这个时候他的天讯响了，他小心翼翼地看了看周围，说了句"我要上厕所"，然后一溜烟跑了。

望着胖子的背影，莫峰陷入了思索，他不是不想帮忙，而是针对孙小茹的战术是有效的，她能判断和执行，但胖子现在处于开窍的边缘，对于基因力量的运用只能靠自己的觉悟，只要有火星一半的战力，分分钟打爆这些月

173

球选手。

躲到男厕所的胖子看没有人，这才打开天讯，天讯的另外一头出现了一群小朋友。

"胖子哥哥，加油呀，我们知道你一定会赢的！"

"胖子哥哥，我要吃好吃的，你能给我带好吃的吗？他们说月球上到处都是好吃的……"

"五雷呀，这些小家伙一定要给你加油，我也没办法。"

张五雷一脸纠结："院长，唉，我就是个凑数的，别让他们看了吧。"

"不要妄自菲薄，你能站在那个舞台上就是我们的骄傲，你已经是所有小朋友的偶像了。"孤儿院院长拉住了乱跑的小朋友，"好了，你们五雷哥哥要备战，你们最后一起跟他说一句话。"

"胖子哥哥是最棒的……"

随着赛场的欢呼声，胖子回到了选手区。

"你怎么才回来？下一场就是你了，快点儿准备一下！"孙小茹一把拉过胖子。

李启阳冷冷一笑："不会是吓得尿裤子了吧，放心，裸奔的时候可以穿个裤衩，省得露出你的小鸟。"

孙小茹是什么脾气，一忍再忍，胖子马上就要上场了他竟然还说风凉话，莫峰拉住了她，摇摇头，让胖子把脑袋凑过来，然后对胖子耳语了几句。

果然刚刚还蔫蔫的胖子竟然恢复了生机，罕见地有了求胜的欲望。

等张五雷登场，周紫宸和孙小茹忍不住问莫峰："你到底和他说了什么？"

莫峰耸耸肩，并没有避讳什么："我跟他说，赢了军部会奖励十万块。"

周紫宸和孙小茹面面相觑，这也行？够资格来这里的，谁在乎这个？

周围几个不小心听到的都忍不住笑了出来，这是在开国际玩笑吗？十万块，这简直是侮辱他们。

胖子确实有点儿紧张，越是大场面他越是如此，宅属性全面爆发，他必须让自己集中精神，十万块呀！

十万块……十万块……十万……十……

"老张，你们的队员在念咒语吗？亚洲区的战士，据说那里盛行巫术？"

帕图雅调侃道，他的心情非常好，整体局面比预计的还要好，看来封锁四强的目标已经完成，现在就看能不能封锁八强了。只要垄断八强，那月球的声望肯定大涨，太阳系联盟议会的话语权必然进一步扩大，因为在经济和技术方面已经毋庸置疑了，军力是最后的一块堡垒。

张扬忍不住暗骂这个老家伙："巫术什么的是一种古文化，即便是现在的科技也无法证明它不存在，反正你肯定不会懂。"

如果说月球人有什么一定不如地球的，那就是悠久的历史和多元文化的融合，以及数不清的传承。

帕图雅没有在这个问题上纠缠："哦，那我就拭目以待了。"

张五雷的对手多隆·安索，是典型的沃尔特派，也就是激进派，所以喜欢到地球区去"虐菜"，彰显武力，当然他不是傻子，有绝对的实力。

龙图军事学院的学生们谈笑风生，对于这场就当是看热闹了，没人在意胜负。就几个人晋级，龙图军事学院已经有两个了，堪称神迹，他们都不敢奢望更多。

地球上其他学院的人也是莫名其妙，这哆哆嗦嗦的胖子是怎么混进来的，难道军部的人都瞎了吗？

走后门？

看他的穷酸样子，卖肉吗？

不得不说，穷也是一种标签，可能平时莫峰等人不觉得，大家都太熟悉了，也知道张五雷的状况不太好，可是谁在意呢？

可是在这样的舞台上，一切都被放大了，尤其是张五雷自己也没底气。

双方进入作战室，登场。

多隆盯着那个猥琐的小胖子，完全就像看肥羊一样，他根本不在乎对手的强弱，他只在乎怎么把来自地球的"土鳖"打回原形。

双方随机的战斗环境是城战。

两个人都是远程战士，多隆用双枪，月球产轻骑兵短冲锋，火力凶猛，后坐力小，便于控制，在多隆这样的人手中，一个人可以打出一个小队的效果。

胖子选择的是雷蛇重狙，重型远程狙击步枪，听着名字很响亮，这款重狙在诞生的时候也被地球联邦寄予厚望，但随着基因战士的身体素质越来越好，再加上现在的地形环境，这种远程重狙儿乎无用武之地，至少在 EM 大赛中很难用出来。

胖子一选出这武器，所有人的心就凉了一半。谁都知道，在当今的节奏中，越是高手越用近程的，追求火力，精准和距离什么的，靠技术就能把控，越自如越好，背着这么个大玩意儿，一旦进入中短距离就是鸡肋。

狭路相逢勇者胜，越是这种时候越要玩命一搏，这胖子倒好，直接就尿了。

要是多隆能被胖子狙死，那他还真不配站在这个地方，作为任何一个能进入 EM 总决赛的战士，躲避远程狙击，这是最基本的素养。

李启阳冷哼一声，其实到现在为止，他已经冷静得差不多了，也知道输的最大原因还是自己，只是说出去的话，泼出去的水，收是不会收的，只是这家伙比自己想的还不争气。

孙小茹真想揪着这胖子打一顿，就算拿着短狙拼一把输了也算是豪迈了一下，这个猥琐的胖子。

"你还笑！"孙小茹忍不住掐了莫峰一把。

他痛得龇牙咧嘴："班长大人，我一会儿还要压轴呢！"

他是最后一场，这……好像也算是压轴吧。

赛场上，张五雷和多隆的战斗已经打响，多隆的节奏很简单，拉近和张五雷的距离，在这之前不要被狙死。

在全息作战场景中，三百六十度无死角，甚至连身体的数据都会给个表格，所以说 EM 总决赛是天堂和地狱的选择，一念天堂，一念地狱。

两人的身体状况对比相当的明显，张五雷这边红色爆表，表明他非常紧张，紧张得有点儿不像是总决赛选手，手也在哆嗦。

天讯上炸锅，一些地球人都忍不住看过来。

"这么下去会被紧张窒息呀！"

"我只想知道，他是怎么被选上的！"

"唉，这胖子还不如直接投降算了。"

张五雷知道不能让对手过于逼近，城战的范围并不大，所以他出枪的机会不会多过两次。

十万，十万呀，省着点儿用够孤儿院半年的伙食费了，原来赢了是有钱的！

张五雷无法控制情绪，他也不擅长控制情绪。狙击枪的瞄准镜已经锁定多隆，他不打算两组攻击，一轮打死。多隆的视频他已经看过了，那是一个非常自信且强大的对手，自身主修的是远程，所以对于远程的攻击方式非常了解，只能拼一下最近的特训效果。

多隆并没有藏身，什么叫远程战士的顶尖水平，那就是练就"绝闪"能力。

这是月球最著名的远程战士巴斯特·达文西提出的。在现代战争中，远程战士的身体条件和反应必须达到这样的瞬间回避，达到的就会在对战中拥有绝对的优势。这要求战士的五感必须敏锐到极限，同时还必须拥有一定程度的第六感——对危机的洞察力。

人类基因进化之后，一些消失的属于动物的危机感也在逐渐复活，作为人类，肯定优于动物，就必须掌握这种不确定的能力。

能掌握吗？

可以！

多隆做过几万次这样的训练，百分之五十的仿真度，被爆头两万多次，才能做到八成的"绝闪"，当然他指的是面对顶级高手时，比如他面对阿兰·道尔的时候。

多隆张开双臂："来呀，我就在这里！"

月球人彻底沸腾了，月球人太谨慎缜密了，缺乏一点儿激情，显然多隆满足了他们，狂妄也好，自信也好，他就在那里。

地球人这边恨得要死，恨不得一米之内拿机枪突突了他。

张五雷咬着牙，"绝闪"？这么厉害？

十万呀，轰死他，钱就是我的了！

砰！

张五雷出手了，但是就在这一瞬间，多隆把握到了，太多的情绪在里面，这不是一个优秀的狙击手。准确来说，比他想象中还要菜得多，连他都疑惑这种货色是怎么来这里的。

轰轰轰轰……

连续四枪，多隆原地闪避，完全掌握轨迹，整个竞技场都沸腾了。多隆像是灵活的猴子一样快速朝着张五雷藏身的地方逼近，张五雷也连忙跑，但是这气息已经被锁定，轻骑兵短冲火力倾泻，战斗到这个地步，胖子已经凉了。

龙图军事学院虽然料定胖子会输，但哪怕是他们都感觉得出来，这差距有点儿大呀。

胖子可不管别人怎么想，他很认真地跑，跑了才有机会。

多隆也没想到，还有这么不要脸的人，当着全太阳系观众的面，一点儿也不在乎荣誉和形象，说真的，他就没遇到过这么菜的对手。

一轮攻击，胖子的腰部被扫了一枪，血喷了出来。他一个鱼跃躲过了更致命的攻击，但受伤就意味着终结只是时间问题，他不能跑了，跑也会跑死的。

腰部有个触目惊心的豁口，他靠在墙上大口喘息，敌人就在转角，但是他更恨的是自己，这都是什么东西，打的什么玩意儿！

地球的选手区，所有人都不知道该说什么了，嘲讽？真没必要，他已经超过了嘲讽的下限，现在大家只希望这该死的闹剧赶快结束。

他知道不能坐以待毙，刚准备探头，拐角处就是一阵火力倾泻，一击"弧线枪"更是在他的头皮上炸开，吓得他连忙往里躲，很显然多隆虽然嚣张，但依然非常谨慎。

胖子的业余动作引起了一阵哄笑，关键是拉扯了伤口，他的脸上冷汗直流。

低着头，胖子看着血一直在流，流到了自己的鞋子上。这双半旧的鞋子是孤儿院的小朋友用仅有的零花钱在网上给他买的礼物，参加这次 EM 大赛让他成了所有小朋友的英雄，这一刻，他们肯定都在看着他。

这一瞬间，胖子的脑袋像是炸开了一样……

而此时的孤儿院，一片死寂，一个三岁的小女孩躲在院长的怀里，院长遮住了她的眼睛。

胖子的身体剧烈摆动，足足有三秒多，这让所有人怀疑这家伙是不是吓尿了。

而莫峰的嘴角却勾起一个弧度，张五雷是两度基因觉醒者，第一次是在和异族的遭遇战中，第二次是得到孙小茹战死的消息。人类的力量来源于基因，但莫峰认为一半是基因，一半是灵魂，这家伙的天赋绝对是万里挑一的，只是需要一些能够触动他灵魂的契机。

胖子走了出去，由于这个动作太过夸张，导致多隆竟然举着枪都没有攻击，这胖子是疯了吗？

但是只迟钝了一秒钟，他要的效果已经达到，他可不想阴沟里翻船，毕竟可是有前车之鉴的。

两把轻骑兵短冲火力全开，这个时候，哪怕是个小学生都能把胖子打成筛子。

所有人的耳边都只有哒哒哒哒哒……的声音……脑海里是一个血肉模糊的胖子。

孤儿院里已经是哭声一片了，因为院长的手捂不住那么多的眼睛，而这些小朋友又死活不肯走。

"院长，院长……胖子哥没事呀！"

多隆揉了揉眼睛，他是瞎了吗，虽然很随意，两梭子攻击竟然全空？

哒哒哒哒哒哒……

随着多隆的攻击，胖子的身体反向横移，移动的感觉非常诡异，那胖乎乎的身体像是钟摆一样不断地颤动，重心不断变化，但又像一个不倒翁。

甚至有一轮攻击，多隆为了打预判，一轮攻击全空。

在远程对战中，超越"绝闪"的境界，是"洞察"！

也就是说对手的攻击方式完全被洞悉，并破解。

这一刻，整个世界都安静了，死寂一片，这是什么情况？

没人知道！

这是肯定的，因为这套独属于胖子的"露露的蝴蝶步"，是在六年后才出现的，哪怕在一线战场，能够用出来的战士不超过十个人。虽然现在还不成熟，但真的足够了。

莫峰下意识地摸了摸口袋，可惜并没有烟，有一次他抽烟被孙小茹看到，差点儿被打死。

战斗还没结束，张五雷完全进入了状态，以至于竟然忘了还击，但是在对方一梭子攻击打空时，他忽然反应过来，老子又不是来当靶子的。

他手中的雷蛇随手就是砰砰砰砰的四枪。

论闪避，多隆同样有自信，他的"绝闪"可不是白练的，但是下一刻，

179

就感觉灵魂要离开身体了。

弧线矩阵射击!

矩阵之上的弧线组合,其实再过几年,"弧线枪"并不稀奇,再难的技巧只要出来,总有办法找到学习的方式,弧线矩阵应运而生。

胖子让这个超级战技提早了两年出现。

多隆四枪全中,这是重狙,赠送给他的是四个血窟窿。

扑通……

多隆立毙,直接倒地。

这里是银河军事学院的竞技场,见过无数的大场面,各种英雄的诞生地,但是这一刻,所有人都张大了嘴。

天讯上,不知什么时候,观众数量从六千多万飙升到了两亿,没水平的比赛,地球人不愿意看,月球人也不愿意看。

胖子似乎察觉到自己赢了,对面的战士已经消失。

"龙图军事学院张五雷,胜!"

胖子肉乎乎的脸抽搐了一下:"赢了?我赢了!十万呀,十万呀!"

这一刻所有人都听清了。

帕图雅看了看张扬,情绪依然没从刚才的战斗中出来:"十万……是什么巫术?"

张扬同样在回味,下意识地回答:"过第一轮,军部奖励十万……"

望着场上开心的胖子,所有人都瞠目结舌。

天讯上,土豪闻言完全不能忍呀!

"胖哥,兄弟追加一百万!"

"小样儿,一百万你也好意思嚷嚷,我出一千万!"

是不是嘴炮不知道,但是天讯爆炸,整个世界似乎都不太一样了。

另外一边的多隆还没出来,百分之百的真实度,哪怕是基因战士也需要一些时间恢复精神,但是胖子倒没什么事,懵懵懂懂地回到地球的选手区。

周紫宸和孙小茹已经尖叫着冲向了胖子,高兴地蹦蹦跳跳,其他人则是五味杂陈。他们又不是猪,当然看得到张五雷最后的变化,准确来说,各频道的解说和专家都爆炸了,慢镜头反复地回放。

"峰哥，我能有十万块的奖励吗，后面输了会不会就不给了呀？"张五雷关切地问道。

"瞧你那点儿出息！"莫峰也有点儿恨铁不成钢，这家伙无论哪个时空都这样，当年以他的实力和成绩，做个军团长也是够的，可是他偏偏就喜欢在第一线，那样轻松。或许，孙小茹死了，他也没什么其他的念想了。

李启阳把目光从屏幕上收回，看着略显呆萌的胖子，还有那双半旧的鞋，站了起来。

所有人都看着李启阳，他已经输了，按照赌约，他要裸奔的。

张五雷连忙摆手："学长，那是开玩笑的，不当真的。"

在军人的世界里，只有实力才能赢得尊重，所有人都望着李启阳。

李启阳走到张五雷面前，慢慢地蹲下："你鞋带开了。"

李启阳解开张五雷系得很凌乱的鞋带，认认真真地系好："我会遵守约定，只要你们能赢，我裸奔一百次也行！"

这一切，古玉将军都通过监视器看着，他知道无论后面结果如何，地球战士的士气回来了。

"别急呀，"莫峰阻止了正脱衣服的李启阳，"我还没打，再说，你又不是美女，没人愿意看你光屁股的样子。"

莫峰不说话，李启阳咬着牙也要跑完，男人说出去的话，泼出去的水，含着泪也要跑完。

"莫峰，加油！"

"哥们儿，给力呀，压轴大戏，干死他们！"

地球选手区里一阵呼喊，这么一折腾，大家的距离一下子拉近了，那种隔阂、那种鄙视链都消失了。

莫峰笑了笑，战斗这才开始，谁说地球人弱了？

第二十章

压轴

月球选手区的氛围不怎么好，准确来说，相当不好，兰德斯看多隆的眼神就跟看个死人一样。

明明是月球人全面占优，怎么一场下来就感觉是地球人赢了一样？

"卓塔雷斯，下一场看你的了，狠狠地虐一下，把气势拉回来。"兰德斯丝毫不给面子地说道。

月球人等级森严，学长兼种子选手，其实就相当于这个团体的领导阶层。

卓塔雷斯自信一笑："请学长放心，我会教他做人。"

"卓塔雷斯，不要轻敌。"一直不太参与的克丽丝忽然笑着说道。

卓塔雷斯毕竟是年轻人，还是有点儿激动："学姐，请您放一万个心，我仔细调查了他的资料，他主修的是近战。"

说到这个就够了，近战，谁能和武宗传人相比，不然刚上一年级的他就不能站在这里了。

因为张五雷的胜利，一边倒的局面突然出现了悬念，地球的支持者一下子也复活了。很神奇的是，龙图军事学院来了四个人，三个人获胜，到目前为止，地球的五十六名战士只有九名晋级，他们占了三分之一。

龙图军事学院五分钟名动天下，一个两个还可以忽略，三个呢？

龙图军事学院的搜索直接飙升到全太阳系第二，第一是 EM 总决赛。人们把视线聚焦到现场，莫峰登场了，这就是压轴的那个。

……这个人，走路怎么不太像军人，摇摇晃晃的，很松散。

但凡正规军校出来的，走姿、坐姿都是严格训练过的，无论成绩好不好，这是基础，否则就不配称为军校生，可是这个莫峰……

莫峰也不想呀，灵魂回来了，改不了呀，火星那个鬼地方是最能改造人的，何况他本来就不喜欢一板一眼。

当然，他只是个无名小卒，没人过多在意他。

而对手登场，则是得到了全场起立的欢呼，这欢呼不仅仅是给卓塔雷斯的，也是给武宗的。

是个人都知道，月球什么都好，就是文化底蕴不够，所以拼命形成传统，武宗就是最著名的传统。研究各个流派的格斗技巧，融会贯通，成立武宗，一百多年了，武宗已经成了月球人的骄傲，号称格斗第一。

卓塔雷斯，武宗少主，天才格斗家，掌握十几种格斗技巧，一进入银河军事学院就名声大噪。简单来说，想要赢他唯一的机会就是枪战，但一般格斗不错的人，枪法都不会太差，所有人预言，卓塔雷斯将成为"三剑客"这样顶尖的高手。

月球这边的人才传承序列非常完整，不会出现统治力的断档。

大屏幕上，回放着对武宗的介绍，还有关于卓塔雷斯的集锦，他的每一个击杀镜头都能引起一阵阵热烈的掌声，上一场带来的意外已经过去。

双方选手登场，不巧的是，战场随机到了竞技场。

地球的观众忍不住感到惋惜，这是不给活路呀，竞技场最不适合枪械，而是冷兵器的世界，可以说是卓塔雷斯最擅长的，他的竞技场战绩为百分之百胜率。

系统会给出双方的战绩对比，莫峰的……喀喀，真没什么参考价值。

会不会还有奇迹呢？

你当奇迹是卖大白菜的吗，还带批发的呀？！

卓塔雷斯选择了剑，这是武宗最推崇的兵器，紧跟着全场一片哗然。

因为那个叫莫峰的对手，竟然空手上场！

在月球主场，在竞技场，面对武宗少主，他竟然选择了空手！

这世界上最大的嘲讽莫过于此，所有的直播渠道都重现一种爆炸态势。

膨胀了，这绝对是膨胀了，问题是，你，莫峰有什么资格膨胀？

莫峰当然不知道别人怎么想，他真没有嘲讽的意思，只是比赛而已，要什么武器？

帕图雅已经感受到了观众的怒气："老张呀，这是你们地球的'秘密武器'吗，他是不是觉得自己已经拿到冠军了？"

张扬哭笑不得："别说笑了，或许他只是忘了，或许他不擅长武器。"

这个锅张博士可不敢背，他是看了莫峰的资料，惨……应该是通过S级的纪录进来的，可是什么纪录又查阅不到，显示权限不够，应该是放大招的类型，这种人往往是要么成神，要么成鬼，但无论哪一种都不稳定。

"张博士，我怎么感觉这人有点儿吊儿郎当的，不太像是军校生。"米拉笑着说道。

"喀喀，米拉，莫峰是龙图三年级生，如假包换。"张扬心想，你小子最好有两下子，否则好不容易起来的士气一下子都没了。

周紫宸等三人都有些紧张，他们知道莫峰有两下子，可是没有对比就没有伤害，在地球比和在EM总决赛上比是两回事。

整个世界上，大概只有一个键盘侠等得黄花菜都凉了，那就是马可同学。他就等着峰哥一战，峰哥果然不同凡响，这嘲讽，真是奥斯卡效果。

阿嚏，阿嚏，阿嚏……

莫峰揉了揉鼻子，什么情况，谁这么想他？

战斗开始，认定莫峰是嘲讽的卓塔雷斯已经被激发了最强的斗志。

真的，他长这么大，就没见过有人敢在武宗传人面前秀拳脚。

他今天一定要让这个莫什么知道，花儿为什么这样红！

直播前，龙图天才少年班的一帮傲气的小家伙也聚集一堂，因为今天是大姐头哥哥的登场局，坦白说，这些小家伙各有专业，有些是非常不屑这种头脑简单四肢发达的战斗的。

就连刚才胖子的超级逆袭在他们看来都不屑一顾，简单来说，赢得这么艰难，还是有点儿惨，强者就应该摧枯拉朽。

"小星姐，我听说过这个武宗，是月球最强的打架专业，你哥行吗？我听说你哥挺赖的。"一个戴眼镜的小帅哥忍不住说道，"我还有作业没写完……呀……"

"甲米，你要造反吗，敢说我哥，什么五宗六宗，我哥是莫家拳的唯一传人，打败他是分分钟的事！"莫小星霸气十足。"女魔头"在天才班是有名的，谁都不敢惹她，其他人都忍不住偷笑，只是担心万一她哥哥输了，"女魔头"要发飙。

莫小星说得刚猛，其实心里一点儿底都没有，她带着一群小伙伴本来期待满满，可是看着地球联邦一步步滑向深渊都看不下去了，很多人都说打死也不进军校，太丢人了。

此时，莫峰和卓塔雷斯登场，卓塔雷斯手中的剑显得格外扎眼，作为战士当然是百无禁忌，干掉对手就行，但作为武宗传人，从没有对手赤手空拳、而他们手里用武器的传统。

卓塔雷斯没有说话，手中的剑瞬间出鞘，一声清脆的剑鸣，瞬间亮出六个炫目的剑花，紧跟着就见一道银光射了出去。

莫峰没有动，因为剑不是朝着他去的，长剑精准地插在了莫峰身后的立柱上。

一剑六花，这在武宗也是极为罕见的，紧跟着单腿空中一个多段连踢，别人是踢腿，卓塔雷斯的腿法如同甩刀，很多人都看不清出腿收腿的过程，只能听到嗤嗤的破空声。

他的右腿猛然踏下，整个比武台都一声闷哼，发生剧烈的震动，地面炸开！

卓塔雷斯一拳轰出，他和莫峰之间隔着十多米，莫峰的脸颊竟然被划破了。

拳脚双绝卓塔雷斯！

"小星，你哥是不是傻呀，卓塔雷斯这水平简直就是大佬了。""小眼镜"这么小的年纪就已经展现出直男的执着了，也不知道是找虐，还是想吸引小星的注意，但这次小星没有理他。

这破空劲，说明对方的基因觉醒度非常高，加上世界上最专业的训练和培养，莫峰，你这个大笨蛋呀！

赛场上的莫峰却丝毫没有这个觉悟，忍不住捏了捏鼻子："好了没，一会儿要吃饭了。"

此时地球选手区的人已经捂住了脸，这货是从哪儿冒出来的，这口气连自己人都看不下去了。

似乎有风吹过，全场一片死寂，都被莫峰成功地镇住了，无论怎么个死法，他都会小红一波的，而卓塔雷斯的眼睛里冒出精光："你已经成功激怒我了，杀！"

一声暴吼，蕴含着狮吼内震，一般人光是正面听到就会脑袋轰鸣，而卓塔雷斯踏着迅猛的步伐杀向莫峰，很显然这里面有变频，但要比军方的变频更高深一点儿，毕竟是从小打下的底子，变频的同时，移动的距离和角度也在发生细微的变化。光是这一手就足以让绝大多数高手错乱，这可不是用来好看的，近战的预判是第一位的，对手这种招式等于占据了绝对的优势。

十多米的距离瞬间消失，卓塔雷斯也是怒极了，一出手就是武宗成名杀招——弓斩！

整个人斜着跃起，右腿如同死神镰刀一样切向莫峰的脖子，在 EM 测试中，他用过一次，直接把一个 EM 两千分的战士的脖子踢了下来，那一幕刚刚的视频里放过了。

轰……

月球人已经起立欢呼了，但刚刚站起一半的人愣住了，他们不敢相信自己的眼睛。

卓塔雷斯的脖子以一种奇怪的方式翻转，身体也螺旋着倒下……

莫峰擦了擦手："磨叽。"

这一刻，其实各大直播频道的人都在准备结束语，而且都已经准备好了，但这一秒，所有的话都硬生生地被咽了下去，最惨的是米拉，年轻人嘴就是比较快："恭喜卓塔雷斯……"

然后卡住了，恭喜什么，恭喜他的脑袋掉了吗？

所有人都傻眼了，但裁判在愣了十多秒之后反应过来了："六十四强战最后一场结束，龙图军事学院莫峰，胜。"

所有人都听得出裁判的声音有些哑，可是没人在意这一点，全场都议论纷纷，没人鼓掌，没人叫喊，因为大家根本不知道发生了什么！

这是什么鬼，明明卓塔雷斯已经掌控全局，为什么断头的是他？

他可是武宗少主呀，不可能呀，难道这人使用了巫术？

好在大屏幕上已经给出了慢镜头回放，渐渐地全场的议论声开始减弱，很快彻底死寂一片。

卓塔雷斯的攻击是没错的，角度、力道、节奏堪称一流，被激怒的他状态前所未有地好，然而就在弓斩刚好到巅峰的时候，那个莫峰，是的，那个吊儿郎当、仿佛没睡醒的家伙，像是突然睁开了眼，这感觉像是，兔子转眼变雄狮！

没有咆哮，甚至没有很大的动作，只是以最快的速度在最恰当的时机切入弓斩唯一的破绽，弓满的瞬间，一拳打向卓塔雷斯。

只是一拳，那一刻，几乎所有人都看到了卓塔雷斯眼神中的绝望，是的，他是最能清楚感受到那一刻危机的人，可是他完全想不到，也动不了，他的身体跟不上自己的洞察。

战败只是一瞬之间。

这个时候，全场才响起了掌声，而天讯上更是彻底爆炸，谁能想到，一跌到底的地球战士在最后的时刻竟然触底反弹了。

龙图军事学院，这是什么神奇的地方，竟然出了四个强者！

龙图军事学院的欢呼声能把空中的云彩都震散，他们是彻底地疯狂了，真是太太太太厉害了。

这一拳真是把前面所有的委屈都轰了出去。

莫峰没当回事，打完就走了，说真的，如果不是为了调查真相，这种比赛他真不愿意打。到了他这个年纪，又有那种经历，对这种事真没太大兴趣了。

他是没什么兴趣，可是这种态度在别人看来就更是霸气。

这一刻，张扬明白了，难怪有权限限制，敢情这家伙是秘密武器呀。

帕图雅的表情也有些难看，输是一方面，输得这么惨，着实是任何人都没想到的，大意？轻敌？

或许有点儿，但对手的实力是摆在那里的，他可不是菜鸟，这节奏、这气势，感觉出手一瞬间像是面对千军万马一样。

莫峰……

"老张，看来你们是有所准备呀。"

"老帕呀，你说笑了，运气运气！再说了，我们总共才十人杀入六十四强，创造了历史最差战绩，我觉得所有地球战士都应该以此为鉴，努力提高自己。"张扬严肃地说道，到了这个时候他可不会傻吧唧地去引起对手的注意。

虽然整体成绩很差，可是最后两场的胜利似乎将之前的失败冲淡了不少，地球上的人又有希望了。

但这只是六十四强，说白了，都只是练练手，EM的残酷征程才刚刚开始。比赛休整一天，隔一天之后，三十二强开打。

别人怎么样不知道，但是龙图这边所有未参赛的人的情绪已经彻底高涨了，超额完成任务，据说议会那边已经发来贺电了，整个上京都沸腾了。

莫峰等人第一次有了绰号"龙图四杰"。

天讯上更有人大喊，龙腾四海，图霸天下！

当然这只是乐观的，对于选手来说已经恢复平静，经过这一轮之后也就不存在什么秘密和轻视了。

其他种子选手被调查得很清楚，视频也很多，龙图这边，周紫宸的资料很多，孙小茹的胜利带着很大的侥幸，只有莫峰和张五雷，一个擅长近战，一个擅长远程，需要在后面的战斗中给予一定的战术针对。

校内的一处咖啡厅，马可滔滔不绝得像个加农小喷菇。

"峰哥，你知道那一拳有多帅吗？我要是个女的，一定嫁给你！"

莫峰敲了敲桌子："你要是个女的，我就打死你，别说些没用的，你不是说有进展吗？"

"嘿嘿，那是，我马可出马一定有收获，你还别说，三大家族最近几年都在做一件事情——星际探险。"马可神秘兮兮地说道。

"呵呵，你是在逗我，这事全世界都知道！"

马可神秘一笑："峰哥，论战斗你厉害，但若论对怪事的嗅觉，还真没谁比得上我的第六感。商人追逐利益无可厚非，诚然，星际探险的利润很丰厚，值得冒险，但问题是，你知道他们这十多年来派出了多少探险船吗？"

莫峰眼神一凛："数目很大？"

"何止是大？粗略估计，各种类型加起来有几万艘，有回来的，有没回来的，有以商业名义的，但是我发现其中的航线都存在问题，因为利润和舰队规模不成正比。这里面肯定有猫腻！"马可信誓旦旦地说道。

"然后呢？"莫峰皱了皱眉头，这在他的意料之中，十有八九是他们发现了什么，又不想让地球人知道，所以不通过联邦，还是通过三大家族掌控的私人运输队。

一个全新的世界、全新的文明，很可能意味着一个比地球、月球更宜居的行星，这里面所蕴含的意义可就不是一星半点了。

"然后……没了，我怎么知道，他们又不会告诉我。"马可耸耸肩说道，"再这么调查下去，特情局肯定会请我去喝茶。"

莫峰点点头，今天的情报也很重要，很可能是月球人有了发现，想自己单干，但可能某些事情泄露了，可地球方面没有更确切的情报，只能强行塞人，所以才会有这次的选拔。如果四个人全是月球人，地球方面还会被蒙在鼓里。

这一次他一定要去，虽然去了之后不知道会怎么样，但不去就完全改变不了什么。退一万步说，就算再死一次，他也希望当个明白鬼。

"小心是对的，这帮家伙下了这么大的本钱一定是大事，你让你的那些朋友也小心点儿。"

马可愣了愣，微微一笑："放心吧，我们知道分寸的，峰哥，是不是有什么危险的事？"

莫峰笑了笑："你想太多了，我只是好奇而已。行，先这样，你没事就去逛逛，卡萨布兰萨斯很美，美女也很多。"

另外一边，胖子正在宿舍里和家里的小朋友视频，一个个快活得跟小精灵一样，胜利带来的不仅仅是十万块钱，还有希望和信念。

但是作为总负责人的古玉却丝毫也高兴不起来，观众可以乐和松懈一阵子，甚至可以抱着不切实际的幻想，但他不行。

他是军人，这次的情况前所未有地严峻。会议室里，刚刚联邦的大佬们

狂喷了一通，他们可不管过程，只知道六十四强总共才十人杀入，丢人都丢到火星去了。

古玉则在琢磨，事情有点儿不对味呀，月球强吗？这个毋庸置疑。基因方面决定了概率，这些年月球人一直默默地成长，只是一直以来从政治角度上，月球一贯采取平衡态度，赢要赢，但多少给地球留点儿面子，这么撕破脸对吗？

压倒性的优势确实是会有武力的彰显，但问题是，政治是一门平衡艺术，一贯很聪明的月球人怎么突然就跟吃了枪药一样？

外界普通人的猜测和一些所谓月球制霸论太幼稚了，这里面应该还有其他的。

这次 EM 触动了什么吗？

如果说有的话，就是那四个名额。执行了这么多年的探险计划，据说月球人是有收获的，但月球人只是有点儿眉目，牺牲了不少战舰依然无法穿越太空磁暴区域。嘴上这么说，却一直加大投入，地球联邦也不傻，也忍不住了。虽然不能干预，但要把自己人放进去，就有了这次的名额之争，这也是故意的打草惊蛇。

只要有人进去了，这事就有了结果，无论这个人能不能活着回来。

活着固然好，死了问题更大。

现在看来，极大的可能，月球人是真发现了什么。

古玉静静地抽了一根烟，这些只是猜测，对局面于事无补，到了他这个年纪更清楚没有证据的揣测是没有任何价值的，现在就看这一届里面有没有争气的人能够打进去了。

而着急一点儿用都没有。

会议室的昏暗状态似乎也昭示着地球的状况和未来。

第二十一章

神经病症候群

　　莫峰很希望再做一个梦能够看到那个人类的长相，但梦境没有再出现。三十二强争夺战开打了，仅有的十名地球选手要杀出重围，而月球方面已经预定了二十二个席位，这种情况前所未有，这十名选手的情况也不乐观。

　　四名种子选手依然是被寄予厚望的巴德、达拉奥、萨克洛夫斯基、西维拉，上午的重头戏毫无疑问是"太空堡垒"西维拉对战"圣天女"克丽丝·达文西，"龙图四杰"的对手也都是比较厉害的选手。

　　周紫宸的对手是迪马里奥，迪马里奥是来自月球五行军事学院的高手，月球EM，均衡战士，这是一场没有回旋的硬仗。孙小茹的情况差不多，其实以孙小茹的实力过第一轮都是超常发挥了，后面的对手每一个的实力都比她强。

　　张五雷的对手是罗西，罗西被誉为月球五大射手之一。月球人第一场如果还有点儿轻敌，那这一场就是验证成绩的时候了，是偶然的爆发，还是真正拥有实力。

　　莫峰同学的对手就更有意思了，是卓塔雷斯的大师兄帕奎奥，他是银河军事学院四年级生，他最后一次参加EM。基本上大家的焦点都在卓塔雷斯身上，但帕奎奥位于仅次于种子选手的梯队。跟卓塔雷斯的稚嫩和缺乏经验不同，帕奎奥身经百战。四年级意味着他是银河军事学院给出的"保险"，或许这种人的名气没那么大，但绝对是洞察力和经验最丰富的。

而上一战，莫峰几乎狠狠地敲了武宗一记闷棍，今天，武宗一定要将颜面讨回来。月球人不是不允许失败，年轻的时候谁都会遭遇挫折，这样才能成长，才能变得更强，但那是针对个人。对于一个门派、一种文化、一份信仰，决不允许亵渎！

是个人都知道，武宗肯定给帕奎奥下了死命令，对武宗来说，这是超越EM本身的意义。

开始的五场都是月球人的内战，虽然缺乏一些竞争性，但月球人热情高涨，人家可以自娱自乐，这同样是强大的体现。而在场的地球人比较尴尬，必须展现一点儿风度，点评一下交手双方的优劣，最可怜的就是老张，那是一路被调侃，还有什么比解说这样的比赛更可怜的。

幸好地球还有十个人，不然张扬就算拼着被骂死也不干了，真没法说呀。

第五场，重头戏来了，"圣天女"克丽丝·达文西对战"太空堡垒"西维拉，无论谁获胜，都能带起士气，同时这也是双方种子选手的第一次碰撞，非常能够检验水平。

西维拉是以防守著称的，堪称防守反击的专家，这意味着技术全面，能够应对各种局面，在战斗过程中找到对手的破绽，然后一击定胜负。

克丽丝……实力很优秀，武器是非常独特的"皿月刃"，一种半环状武器，近战可作小弯刀，远程有回旋镖的效果，只不过克丽丝的名气更多的是来自她的家族和自身的美丽。坦白说，看到克丽丝都很难把她和战士联系在一起，明明可以靠脸、靠才华、靠背景，却非要靠实力。

两人的赛前集锦非常丰富，毕竟是月球和地球的代表人物。经过了一天的舒缓，从选手到观众的精神状态都调整好了。虽然地球选手少了点儿，但如果十个人都进入了三十二强，比例就不同了，真有不少乐观的人这么想。

克丽丝一登场就引起了全场的尖叫，全息影像之下，所有人都可以看到她银色作战服之下凹凸有致的身材，笔直的长腿穿着小银靴，她大概就是宅男们必然舔屏的人物。

赛前很多评论都认为克丽丝是偶像意义大于实战意义，当然这是对比种子选手的级别。然而战斗一开始局面就不太一样了，克丽丝一上来就占据主动，一直压制西维拉，西维拉几次尝试性的反击都被打了回去。

李启阳等人也在议论纷纷，失败的战士就成了参谋，毕竟大家都代表地球。他们都觉得西维拉应该打得更凶一点儿，不应该这么客气，周紫宸她们也这么觉得，在战场上不分男女，管她长得多好看。

胖子还在吃，但这次没人说他了，还有人主动给他拿，这待遇天翻地覆。莫峰则是笑眯眯地看着比赛，两位选手的实力不对等呀。

年轻人总会被外表迷惑，这个女人是可以在十倍重力场中训练自如的人，这绝对不是极限。据他所知，这是远超过地球这边的训练极限，西维拉只是看起来壮，他在几次硬接之后肯定发现了对方的力量超过他，不得已才陷入防守。

莫峰打了个哈欠，刚起身就被孙小茹拉住了："你要去哪儿？比赛还没结束。"

"班长，我上个厕所，这也要和你打报告呀！"莫峰无奈地摊着手。

一旁的周紫宸忍不住笑了，孙小茹却毫不在乎："就你事多，快去快回，说不定你后面会对上她。"

"嘿嘿，凭我的魅力，她会腿软的。"

场上，克丽丝一个帅气的踢腿把西维拉踢出十多米，引起全场的欢呼，莫峰的调侃引来一片白眼。

兄弟，要脸吗？

连张胖子都嘻嘻地笑："大家别介意，莫峰受过打击，大概觉得全世界的女人都会因为他太帅而拒绝他。"

众人一愣，紧跟着爆笑，没想到胖子还有这幽默细胞，气得莫峰差点儿把张五雷勒死。这浑蛋，平时话不多，这个时候这么多屁话。

走向厕所的莫峰摇摇头，气氛太紧张、凝重了，缓解一下也好。莫峰在厕所门口点了根烟，顺便挡住禁止吸烟的招牌。

破局，有点儿难，光靠他的力量太有限，他始终只是个战士，如果高层有人就好了，但谁会相信他说的？

搞不好会被切片的，这一点儿都不夸张，别说人类安全了，国家安全面前，什么都是扯淡。

"同学，这里禁止吸烟。"

就在莫峰吞云吐雾的时候，一个温柔的声音响起，莫峰下意识地把烟藏了起来。这都是被孙小茹吓的，每次碰面，只要他抽烟，孙小茹肯定会掐掉，可又有什么用，最后还是都死了。

来人似乎并没打算就这么结束："你似乎想到了很美好的事情。"

莫峰擤了擤鼻涕："阿兰·道尔，你好像很闲呀。"说着他又把烟点上了，除了孙小茹，其他人可别想管他。

阿兰·道尔没有再阻止："还有吗？我也想试试，不知道为什么那么多人喜欢？"

莫峰扔出一根，阿兰·道尔接过，大拇指和食指一捻，烟就被点燃了，莫峰微微一愣，嘴角泛起一个弧度，有意思。

喀喀喀……

阿兰·道尔学着莫峰那样吸了一口，显然被呛到了，不过他并没有停止。两人就这么一边一个靠着男厕所，也没有再说话。不得不说，莫峰一抽烟就是个老烟枪，而阿兰·道尔抽烟时竟然也有一种艺术气息扑面而来。

"莫峰，我就知道！"

莫峰一个哆嗦，连忙把烟踩掉，她跑来这里干什么？

"喀喀，班长大人，不关我的事……是他，对，他给我的……"莫峰立刻甩锅，反正他和对方又不熟，而且对方还抽了他一根烟。

"你当我……呀，阿兰·道尔！"孙小茹也是一脸的震惊，刚才大大咧咧的样子立刻没了，脸竟然红了。

"对不起，我上洗手间。"说着她就一溜烟跑进了女厕所。

莫峰忍不住笑了，原来班长大人也会脸红，帅哥真占优势呀。

"听克丽丝提起过你，EM结束后有没有兴趣来月球发展？"一旁的阿兰·道尔微微一笑说道。

言简意赅，莫峰则是打量着无论前世还是今生都名动太阳系的年轻人，帅气得无与伦比，性格更是好，没有月球人肤浅的自傲，得到EM冠军之后依旧延续了这种状况。对于莫峰来说，印象最深的就是太阳湖战役中，只有他所在的舰队取得了接二连三的胜利，可最终无法挽救大局。

虽然莫峰的打量有点儿过分，但是阿兰·道尔似乎并不在意。

怎么说呢，无论在什么时候，地球人和月球人都可以协作，但真的很难融入，这个时候的阿兰·道尔虽然优秀，可并没有未来的火候和压迫力。

"如果你们缺带头大哥可以来找我。"莫峰笑着挥挥手。他要先走，不然孙大班长会被熏死的。

阿兰一愣，笑了笑，看来对方很自信，也好，再看看。

莫同学没走一会儿，他的天讯就响了："敢瞎咧咧，我会灭了你的！"

莫峰不禁莞尔，看来班长大人也有小女生的一面，长得帅真吃香呀，貌似他长得也不错呀。莫峰下意识地摸了摸光滑的下巴，他自认有个性的胡楂儿还在萌芽当中……

莫峰一回到选手区，就发现气氛显得格外压抑了。没办法，西维拉败局已定，要不是克丽丝打得很"文艺"，他应该早就落败了。他在速度、力量、技术、经验上，全面被碾压，这是一场稳定的胜利，最终皿月刃，切到了他的脖子上。

锋利的刃风划破了他脖子处的皮肤，出现了一道血痕，却并没有切下去。

西维拉紧紧握着拳头，但是面色苍白，这位地球区的铁闸，防守专家，在第二轮被"降伏"了，这意味着对手稳压他一个级别。

月球人的疯狂就不用提了，美貌、力量与智慧的完美结合，为什么还要加上智慧？因为克丽丝在大一就提交了关于基因和灵魂方面的一篇论文，提出灵魂烙印说，也就是生命体的宇宙存在论。反正莫峰和张五雷是傲娇地看了一下，除了识字之外，里面大量的公式和理论他们完全不懂，这篇论文在生物学和物理学界引起了极大的争议。

西维拉其实宁可战死，那还壮烈点儿，可对手并没有给他这个机会，他连搏命的机会都没找到，皿月刃最强的地方是远程攻击，然而对方竟然一次都没用。

这不得不说是对西维拉的一个打击，他回到选手区之后便抱着头坐在了角落里。

地球人期待的节奏没出来，却被月球人直接敲了一记闷棍，闷得众人鸦雀无声。克丽丝还不是最强的，这样水平的人月球上还有四个，怎么争？

没人怪西维拉，他也真的尽力了，不能说超水平发挥，却也是很好的状态了，奈何，打不过就是打不过。

难道地球人真的要被历史淘汰？

西维拉之后，月球人连着两场内战，紧跟着达拉奥·席尔瓦拿下了一场胜利，对手的排名跟他有一定差距，这让获胜的达拉奥也不怎么高兴。地球联邦的另外一名种子选手萨克洛夫斯基也赢了，情况与达拉奥的胜利类似，只能说缓解了一点儿尴尬。

天讯上基本上是月球人的天下了，地球人被彻底打蔫儿了，有一部分地球人甚至开始倒戈了。这才是三十二强争夺战，难道今年的八强会全是月球人？

下午第一场就是莫峰对战帕奎奥，帕奎奥的名气显然不如地球联邦的五大种子选手，但在月球联邦这边，他却是中流砥柱，可以说是稳稳的月球十大高手之一。他和弗洛伊斯都是平民代表，能够走到今天，绝对要付出比其他人更多的努力。

帕奎奥的父母在星际冒险中丧生，他从小被武宗收养，可以说，武宗就是他的家，他不允许任何事情玷污武宗的荣耀。当他知道对手是莫峰的时候，心中的喜悦是无法形容的，这是上帝的恩赐，给了他报恩的机会。

还别说，莫同学虽然没什么名气，可是由于压轴一场的意外，让很多月球人记住了他，风水轮流转，现在武宗的带头大哥来复仇了。

媒体也把这一战定义为"复仇之战"！

加上上午月球选手的恐怖节奏，这一场的压力更大，至于莫同学……中午吃得很饱，以至于吃饭的时候所有人看他的眼神都充满了怪异。

……这家伙难道不怕剧烈运动之后都吐出来吗？

吐？

显然都是些幸福的孩子，在火星战场，哪儿有这么多矫情的事，有的吃、有时间吃、有命吃就不错了。补给线一断，什么都要吃，因为要活着，活着才能报仇。

比较庆幸的是，莫峰现在的身体似乎很适应未来的灵魂。

周紫宸和孙小茹比他还紧张，她俩似乎已经提前进入了节奏，不停地在莫峰耳边唠叨。帕奎奥的资料相当丰富，可以说是无死角的战士，不像卓塔雷斯般稚嫩，他在远程上的水平很高，当然近战更是到了顶级。据说此人可以使用任何器械、任何武器，适应能力超强，属于军队最爱的那种超级战士。

其实已上大四的他，已经被月球第一太空陆战队，号称王牌中的王牌的"月影特别大队"录取了。

"千万别把他当成普通学生，大三的时候他已经在军队服役半年，拥有实战经验，据说剿灭海盗的时候，杀过人。"孙小茹说道，作为战士，都知道这层膜的区别，差不多的情况下，战气比起杀气还是略有不同的。

"莫峰，你能不能不要傻笑，认真点儿！"孙小茹刚想掐他，最终还是忍住了，万一掐坏了，这家伙绝对会把锅甩到她头上。

"班长，你这期待搞得我跟阿兰·道尔一样。"莫峰无奈地笑道。

"阿兰·道尔，这跟他有什么关系？"周紫宸好奇地问道。

"没什么，这家伙就是狗嘴里吐不出象牙，反正输赢不要紧，不能堕了我们龙图的气势，去吧！"孙小茹踢了莫峰一脚。

莫峰走进选手通道，但是进入通道之后，他就收起了吊儿郎当的表情，这个对手有点儿实力。

能让在火星纵横沙场的莫峰给出这个评价，帕奎奥应该觉得荣耀了。

两位选手登场，帕奎奥面对全场观众直冲云霄的欢呼声，行军礼，同时转向莫峰，对手侵犯了武宗的荣耀，但对手是堂堂正正的，他要给予对手足够的尊重。

进过军队的就是不一样，这不仅仅是姿势，只有上过战场的人才明白这简单的姿势意味着什么。

莫峰缓缓地举起手，回了一个地球军人的军礼。这一瞬间无数的记忆涌入他的心头，那一个个模糊的身影变得清晰起来，他活着回来了，并不孤单，那些灵魂都陪伴着他。

大屏幕前，古玉愣住了，作为一名老军人，他在那一瞬间仿佛看到了自己，这是一种灵魂共鸣，久经沙场的战士都懂，他们是一类人，而这在一个军校生身上出现让他意外。

战斗场地：丛林。

这无疑是最考验战士综合素养的环境之一，帕奎奥没有犹豫，他选择了适合丛林作战的飞鹰V形轻狙、双比首，这就是一个军人和一个军校生的区别，成熟的判断和理智。他要为武宗赢得一场胜利，但一定是以军人的态度。

不存在轻敌什么的，甚至他根本就没有思索这个问题，对付敌人，就要全力以赴！

这点让帕图雅连连称赞，才是成熟的战士，能够克制无妄的虚荣心，帕奎奥毕竟是帕奎奥。

然而莫峰的选择却让全世界的观众为之一静。大家见过狂妄的，但是真没见过这么狂妄的，继上一场之后，莫峰再次选择了空手登场。

武宗是有全身皆武器的说法，但那是一种武学概念，概念是一种信仰，坦白说这跟实际作战完全是两回事。整个银河军事学院竞技场人声鼎沸，也就是月球人不太喜欢喷，否则真能把莫峰喷成筛子。

地球的选手区，所有人面面相觑，都不知道该说什么，孙小茹气得直接踢了椅子："这个臭小子，等他比完了看我怎么治他！"

她刚刚苦口婆心唠叨了一个小时都白费了，这比自己的战斗还上心呀。

"嗯，班长大人，峰哥是需要管教管教，不然他能飞起来！"一旁的胖子不忘"落井下石"。

"你可不要学他，否则连你一起收拾！"孙小茹一副恨铁不成钢的样子。

胖子憨憨地一笑，他是老实人，肯定全力以赴……只是班长发火的时候好可爱。

莫峰的这一选择可让龙图军事学院的伙伴们惊呆了，他们知道这家伙狂，但你在龙图狂就罢了，竟然狂到了月球人的地盘，到了EM总决赛还敢这样？

"小星姐，我打赌你哥这次要完。我黑了'月嫂'的资料库，查到了帕奎奥的资料，他在去年的海盗清剿行动中荣立个人三等功，这意味着他至少干掉了十个海盗，你哥……"

砰……

眼镜小哥抱着脑袋蹲在了地上，莫小星掐着腰，恶狠狠地看着"小眼镜"："小磊子，我告诉你，我哥赢了，我打你一顿，我哥要是输了，我一天打你一顿！"

可怜的小磊子眼巴巴地望着莫小星，但心里却是美滋滋的，打吧，打吧，只要不是不理我就行。

万众瞩目中，莫峰和帕奎奥出现在丛林战场，两人都选择了"丛林迷彩"。莫峰看了看天讯上的地图方位，对手的位置倒不难猜，出现的地方是对称的，大体方向是有的，这个级别，没必要"赖皮"。如果双方五分钟内没有交手，双方的位置就会直接出现。

所有人都以为帕奎奥会主动出击，而实际上是帕奎奥迅速移动，找好了伏击地点，似乎判断莫峰会主动找他？

一个手无寸铁的人，去找一个狙击手？

然而剧本像是写好的，那个莫峰真的就跟旅游一样在树林里慢悠悠地逛着，朝着帕奎奥的伏击地点走去。

地球的职业喷子终于还是憋不住了："见过膨胀的，没见过这么膨胀的，赢了一场就不知道自己姓什么了！"短短一分钟，如果喷可以计算战斗力的话，莫峰应该被灭了。

但是月球选手区这边却非常安静，所有的选手都静静地看着。克丽丝已经说了，这个人很强，那就必须引起足够的重视。她不会随便评价一个人，这已经带着明显提醒的意思了。这也是帕奎奥无比认真的一个理由，只是没想到这个人的自负超出想象。

莫峰走得"很认真"，外在表现不能代表什么，在实战中看，没人天天板着个脸，那不用敌人来打，累都能累死。

至于不选武器，基本上能不用就不用，他用了武器……非常危险。

对于月球选手，莫峰没有仇恨，在保卫人类的战斗中，勇敢的月球战士其实也很多，牺牲也不小，出问题的肯定是高层，军人只是执行命令。虽然地球人嘴上调侃"月嫂""月嫂"，但那只是一种表达方式。

不得不说，这个帕奎奥，有点儿月球军人的样子。

莫峰离伏击圈越来越近了，再有个七八米，就是他毙命的时候了，全场都安静了，都在等着这个晃晃悠悠的莫峰走进去。

周紫宸的手心都出汗了，分不清是关心胜负，还是关心莫峰，难道她对

他真的假戏真做了？

莫峰就像一个无知小鹌鹑一样走了进去，距离埋伏圈还有半米。帕奎奥一动不动，他虽然不是军队顶尖的狙击手，但也学到了不少。控制情绪和气息、掩盖杀气、耐心，是一个狙击手最基本的素质，而作为武宗传人，这方面也是基础，所以武宗弟子在军队很受欢迎。

然而，在所有人屏息以待的时候，莫峰突然停下了脚步……挖……鼻孔……

这……他是笨蛋吗？这个时候还有心思挖鼻孔！

难道他是发现了什么？

就在所有人疑惑的时候，莫峰的好运似乎并没有降临，也不存在女神的眷顾，他还是踏出了死神召唤的一步。

而帕奎奥等待已久，在莫峰这一步踏出的瞬间，帕奎奥的枪响了，这是个提前量，他对自己的枪法很有信心。

可是就这样志在必得的一击……空了。

因为莫峰抬起脚，却并没有迈出去，而是原地一踏，下一秒，莫峰如同离弦之箭蹿了出去，对手的位置已经暴露。

帕奎奥汗毛乍立，出枪的一瞬间他就知道不妙了，对手给了一个假动作，问题是他竟然还信了。但是他经验丰富，在对手靠近之前，他依然有连续进攻的机会。

砰砰砰砰……

飞鹰咆哮，帕奎奥也亮出身形不断移动点射。但这是丛林，树木很多，而莫峰的身形非常快，帕奎奥连续几枪都打空了，而对手却像是离弦之箭一样，气势十足。

他果断扔掉狙击枪，他不能等对手冲到危险距离再准备，那个时候气势就落了下风。

他将两把匕首从靴子中抽了出来，隐藏的杀气完全被释放了出来，如同猎豹一样冲了过去，明明只有两个人，所有的观众却都被这气势镇住了。

短短五秒，两人正面交手了，帕奎奥的匕首带着寒光直指莫峰的各处要害。但凡有过军队经历的人，都喜欢匕首，它一寸短一寸险，而且便捷，只有卓塔雷斯这样的年轻人才喜欢用剑。

嚓嚓嚓嚓……

匕首连连发出破空声，武宗的步伐肯定无比扎实，步伐的移动让帕奎奥的匕首显得更加危险。莫峰想要用周围的树木作为障碍物，但是帕奎奥的攻击更恐怖，匕首一扫，周围的树木一根根地被斩断，匕首锋利无比，而且基本上没有形成什么延迟。

而莫峰赖以生存的依仗越来越少，就在莫峰又想用一棵树做遮掩的时候，帕奎奥没有再斩断，而是陡然一个托马斯回旋，闪电般绕了半圈，两把匕首一上一下杀向莫峰。

这绝对是粗中有细、打破惯性思维的一击，莫峰一个滑步让开了，但这一让，等于给了帕奎奥最好的攻击节奏和距离。

帕奎奥整个人发出一声闷吼，一步踏出，精气神瞬间到达巅峰，两把匕首如同毒龙一样杀出，一把取咽喉，一把取心脏，最可怕的是迅猛的攻击节奏却不同。与此同时，他的左脚探入中区，完全卡住位置。

面对这样的攻击，莫峰只能退让，面对这样的对手退让，所有人的心都凉了。此消彼长，帕奎奥一直等待的机会来了，获得先机的左脚猛然发力，两人之间的距离像是突然消失了一段，整个人猱身而上，完全切入。

到这一步，所有人都看出来了，这就是武宗为了应对战斗而不是武艺切磋研发出来的战技，融合了七星魁步和左右变奏互搏的大杀招——七步杀！

简单明确，七步必杀！

一旦进入节奏，就没人能挡得住，帕奎奥脚踏七星，两把匕首招招致命，如同亮出獠牙的沙罗曼蛇。然而莫峰虽然失去了先机，整个人随时可能被一击致命，却每次都能闪过。好几次匕首都擦着他的喉咙过去，感觉再多一分一毫就能进去，可是差之毫厘，又让莫峰躲了过去。

月球人着急了，这家伙摇摇摆摆的像个喝醉的鸭子，怎么就是砍不中呢？

两把匕首有着不同的节奏，最是难以判断，可是莫峰都能有精准的预判。第七击杀出，帕奎奥整个人是翻滚着从下方出手的，这种招式很少见，他在翻滚中隐藏自己的意图和方位，两把匕首杀出。

莫峰几乎第一时间倒下，整个人直接朝地面砸去，躲过致命一击，倒地

的瞬间双手一撑，向后面翻去，拉开距离，而帕奎奥的攻击则招式用到底，电光石火的七步杀连击竟然被这毫无章法的闪避给全部让了过去。

就在所有月球人惋惜的时候，帕奎奥的身体没动，手腕猛然抖出，这才是七步杀的精髓，只不过见过的人都死了。

飞刀！

匕首闪电般掷出，全场发出惊呼，这一刻莫峰的动作也做死，没有任何改变回旋的余地，所有人都瞪大了眼睛。

噌……

一声闷哼，莫峰直接滚了出去，趴在地上一动不动。全场欢呼，月球人终于舒爽了，这就是地球人的臭毛病，没实力还敢装，这次让你装，射不死你！

只是这欢呼声很快戛然而止，场中的帕奎奥皱了皱眉头，依然没有放松，作为老手，他没有听到刀子入体的声音，觉得不对劲。

"起来吧，别装了。"帕奎奥淡淡地说道，当然带着一点儿试探。

但是趴尸的莫峰却一下子弹了起来，嘴里叼着一把匕首，拿下匕首，嘴角露出微笑："调节一下紧张气氛，现在我也有武器了。"

帕奎奥的表情更加凝重，对手轻松，他却丝毫不敢放松，这应变已经到了极致，说明对方对于身体的控制非常恐怖，用牙咬刀，这可真不是靠勇气就可以做到的。

月球人一阵哗然，这都弄不死他？

"这家伙平时怎么没见他屁话这么多！"孙小茹说道，这种时候竟然还有心情开玩笑，这得要有多放松？只是刚刚一轮攻击确实把她紧张得一手汗："不知道他匕首用得怎么样。"

"应该没问题吧！"周紫宸见过莫峰玩水果刀，虽然不一样，却也可以窥豹一斑，唯一的差别，这次的对手不是苹果，而是帕奎奥。

"这也要看你会不会用，用得好不好！"帕奎奥说道，接着将手中的匕首紧了紧，一把还是两把对他来说差别不大。

莫峰笑了，对付这家伙不用武器有点儿麻烦。这不是那种可以降伏的对手，上过战场的都一样，一旦经历过生死，只有死亡，没有失败。

莫峰握紧了匕首，这种螺纹、这种触感真的让他很怀念。其实地球人也愿意用"月嫂"的装备，为什么？好用呀，扎实呀，砍起来不容易坏呀。

这种感觉开始刺激着莫峰的血液，那一瞬间，对面的帕奎奥竟然产生了一种错觉，眼前的家伙像是换了一个人……准确来说，不是人，而是像个从黑暗和血中走出来的怪物。

而就这一刹那的恍惚，莫峰出手了，左手化掌配合右手的匕首杀出。

这一出手，全场就一阵哗然，这……不是七步杀的起手吗？

这家伙是要班门弄斧？

这是要多大的脸，多么的狂妄，敢如此班门弄斧？

现场所有的武宗的拥趸都疯狂了，这七步杀帕奎奥不知道多熟悉，当然知道这招的优劣，立刻后退，控制距离，不一样的是，他有更大幅度的判断余地，掌握更精妙。

莫峰的攻击真的跟七步杀一模一样，相当凛冽，导致帕奎奥也不得不步步后退，七步杀这种连招一旦得了先手必须避让，他想要反击也必须等七步杀用完。

莫峰不仅仅像，连贯和气势都一模一样，帕奎奥咬着牙见招拆招，到了最后一步，莫峰竟然非要滚一下……

其实根本没必要的，招数是死的，七步杀主要是形成最佳距离和压迫感，可以滚，也可以不滚，帕奎奥刚才是最佳选择，而莫峰这个滚……就有点儿鹦鹉学舌了。

帕奎奥有足够的余地闪避，心中也是无语，当然他还要防飞刀，对方不会……真的会扔吧？

莫峰不会这么蠢吧？地球选手区的所有人其实对他都是抱着点儿希望的，可这家伙的脑子有点儿不正常呀。

……真的扔了！

莫峰滚起来就是一记飞刀，飞刀很凛冽，可是帕奎奥这样的高手不可能躲不过去的。

当然虽然是模仿，可是莫峰飞刀的威力却丝毫不差，真要被射中，这比赛也就完了，思考归思考，飞刀位置靠左，帕奎奥猛然向右一闪。

噌……

飞刀空了……

扑……

血顺着帕奎奥的嘴往下流，这个武宗的大师兄，银河军事学院的定海神针，呆呆地看着自己的胸口，它被一根尖锐的、带着斜切口的树杈刺了个通透。

时间仿佛静止了，整个世界都安静了，鹦鹉学舌？

真的懂吗？

莫峰的嘴角带着一丝若有若无的笑意，这个对手还算有那么点儿意思，见过血，有点儿杀气，可是……那算什么？

他所经历的，比对方看过的都多。

短暂的震惊之后，全场开始窃窃私语，裁判给出了判决，大家都不是瞎子，谁都知道结果，问题是，为什么会这样？

莫峰拍拍屁股闪人了，身后的大屏幕给出了最后一幕的慢镜头回放。从上帝视角，再把速度放慢，大家总算看出来了。首先莫峰的七步杀绝对是有威力的，否则帕奎奥早就反击了，正因为没有机会，才不得不避让。为什么会滚一下？这个时候所有人都看清楚了，因为位置的问题。

这一滚是为了把帕奎奥逼到那个"暗器"的附近，而沉稳的帕奎奥确实按照剧本来了，因为他想要得到更好的出手机会，同时防飞刀。

而当飞刀出手的瞬间，帕奎奥就完全相信了自己的判断，对手的飞刀似乎不太精准，稍微有点儿偏，闪避反应完全是本能。

相比杀气十足的飞刀，那死物一样的尖锐树杈完全没有存在感，在这种对峙下又有几个人能反应过来？

甚至连观众都没有注意。

这全力一闪的冲量有多恐怖？看那滴着血的树杈就知道了。

装吗？

对的，谁不服？！

月球选手区鸦雀无声，这里的人比帕奎奥水平更高，这只说明一件事，莫峰的实力更胜他们一筹，所以才有如此大局观，而帕奎奥没有给他足够的压力。

回到地球选手休息室的莫峰，迎面就看到一个人影扑了过来，一把摁住莫峰的肩膀，死命地揉莫峰的脑袋。

"你这家伙什么时候这么厉害了？说，是不是修炼什么绝世神功了？"

敢这么做的肯定是孙小茹了。

班长大人一直如此，从大学里，莫峰和张五雷就赖着她了，毕业之后赖得更严重，借钱、托关系找工作、请客不掏钱，反正什么事都干了，但孙小茹从来没说什么，就这么一直默默地帮他们。

男人的头碰不得，但莫峰的头孙小茹可以碰。

只是……班长大人，你的胸能不能不要再蹭了……还是有点儿分量的呀。

众人也是瞠目结舌，但凡高手的脾气都不会太好，可是莫峰被踩蹒了竟然都不敢反抗。忽然之间，孙小茹的身影高大起来，而且连带着对莫峰也多了一点儿亲切。

高冷产生距离，随和产生亲近。

众人掌声一片，这场赢得漂亮、精彩，哪怕是他们这个级别也要竖起大拇指！

张五雷和周紫宸也冲了过来，不过他们可不敢像孙小茹这样，莫峰的脑袋已经被弄成了鸡窝头，但是孙小茹才不在乎。

周紫宸的大眼睛里闪烁着崇拜和欣赏，这是曾经跟自己告白的那个大男孩吗？或者说只有这样的舞台才能绽放他属于男人的光彩？

"学长，祝贺你！"周紫宸伸出手，她的心情确实激动。

看着周紫宸发自内心的笑容和亲切，莫峰也忍不住冲动了一下，直接给了周紫宸一个拥抱："祝贺就要给力一点儿。"

无论前世还是今生，周紫宸都是他的女神，不同的是，这一刻他不再是女神影子里的人。

这……拥抱的时间有点儿长呀，一旁的胖子竖起大拇指，看来峰哥吃豆腐的功夫也有点儿见长呀。

周紫宸俏脸微红，她哪儿能不知道，可是却又不忍推开，毕竟人家是替身男友呀，就当是福利了吧。

莫峰则是见好就收，看着一脸贱笑的胖子勾了勾手："过来，你刚刚是不是也摸了我一把？"

张五雷一呆："这你都能察觉得到？"

"你肥嘟嘟的手能跟班长大人的手比吗？小兔崽子，你要翻天呀，别跑，你给我过来！"

全场一阵大笑，气氛变得轻松起来，连萨克洛夫斯基这样基本不说话的人都露出了一丝微笑，在场的没有白痴，知道莫峰是故意的，心底都升起了一阵暖意。

是的，战斗还未结束，有什么好紧张的，干！

接下来登场的萨克洛夫斯基再下一城，地球人总算松了口气，连败的颓势止住了。

神奇的龙图，神奇的莫峰，这家伙的近战水平真的很强！

三十二强争夺战第一天结束。前面的战斗中，多数是月球选手的内战，不过关系到个人的荣耀，每个月球选手也都打出了自己的水平，精彩比赛接连不断。比较利好的消息是阿兰·道尔、弗洛伊斯这样代表月球顶尖水平的种子选手被分配到了月球自己人，算是给了地球选手一些潜在的希望。

最后一场，也是第一天的重头戏，月球的种子选手兰德斯对战地球的种子选手巴德，双方都希望有一个好的结果。

巴德来自拥有悠久历史和传统的圆桌骑士军事学院，也是学院的骄傲，一直以来稳居 EM 前十名，今年是第四年，算是地球这边的"保险"，而他的对手来自月球三大家族之一的沃尔特家族，今年上二年级的兰德斯。兰德斯展现出了极强的攻击性和表现欲，即便是公开场合也宣扬"月球人种优秀论"，贬低地球人。

这种高调当然也让地球人极为反感，这一战地球人是绝对站在巴德这一边的，希望巴德狠狠地教育这个不知天高地厚的小兔崽子。

然而就是这个满嘴乱喷的小兔崽子却在战斗中把巴德给教育了。虽然他的嘴不带闸门，可是战斗的时候却展现了诡异阴狠的风格，极为老辣，耗时二十分钟，在近战中击败巴德，最后一击也是上演了极为惊人的滞空螺旋飞斩。

这让地球人只能把这口闷气咽下去，技不如人真的没办法。

第一天比赛的结果对地球人来说不能算乐观，总共三人晋级，莫峰、萨克洛夫斯基、达拉奥·席尔瓦。而且，比较有希望晋级的人，在第一天基本上都出场了，第二天的形势更加严峻。

没有出场的选手们还在研究对手的视频，思考自己的战术思路，同时祈祷自己可以随机到一个对自己有利的、自己擅长的战斗环境。

宿舍里，张五雷和莫峰却展开了激烈的讨论。

"峰哥，信我的，以我阅片无数的经验，紫宸学妹绝对对你有意思，这个时候只要趁热打铁，说不定真能把女神拿下！"张五雷有些幽怨，"天呀，怎么好白菜都被猪拱了。"

莫峰翻了翻白眼，难得没跟胖子计较，莫峰真的是怦然心动，那种感觉几乎让人忘记了一切，但依然嘴硬："那只是个礼节性的拥抱。"

"哥，亲哥，你骗谁呢，瞎子都看得出来你们两个不对劲。你以前胆子不是很大吗？就算失败过一次也不能气馁呀，再接再厉，我支持你把女神拿下，顺便问问她有没有妹妹！"张五雷不忘记给自己争取一点儿福利。

莫峰也有点儿心动，既然都重生了，难道不应该弥补一些遗憾吗？

想到这里，他重重地拍了拍胖子，认真地说道："就算她有妹妹也不会介绍给你的。"

宿舍里一阵鬼哭狼嚎……

等张五雷走后，莫峰在宿舍里完成自己的日常热能训练后很快就进入了梦乡。他对身体的掌握度越来越好，甚至比以往更好了，睡眠对他来说从来不是问题，他只是期待能够再次进入那个奇怪的梦。有的时候，他也有些分不清到底未来是真实的，还是现在是真实的，在梦中的时候，他没有恐惧，而是亲切，因为经历过的不会消失。

这一次，莫峰如愿了。

不知道是什么时间，他在混沌中进入梦乡，熟悉的味道，无论多怪的味道，只要融入灵魂，就是记忆。

他深深地吸入一口气，还是悲伤的味道，望向四周，一艘艘坠落的战舰残骸，正前方那艘是地球最强大也最引以为傲的星际航母"战神号"，现在只剩下了一部分，这一部分也腐蚀不堪，完全没了曾经的荣耀。

其实直到现在莫峰都搞不明白，为什么人类空军会打不过异族，号称无

坚不摧的"战神号"，在战争中都没起什么作用。

莫峰朝着战舰走去，他期待的是看到那个人类的身影，足以揭开战争失败的真正原因，哪怕是死，他也想知道原因。

或许是他的执念起作用了，那残破的战舰的舱门开了，他停下脚步，控制着情绪，生怕再在关键时候醒来，一定要坚持住。

门开了，只是这节奏，他就知道绝对不是异族，异族根本不会开门，它们只会撞门。

莫峰的眼睛瞪得滚圆滚圆，他不会错过任何一个细节，他要将这一切深深地刻在脑子里，他要知道这些背弃人类、背弃整个种族的浑蛋到底是谁！

那个人的步伐有点儿重，看得出那个人的情绪很复杂，那个人走了出来，火星昏暗的光线并不能阻挡莫峰的视线。

那个人完全从阴影中出来了，抬起头望着天空……

这一瞬间，莫峰如遭五雷轰顶。

一声咆哮，他整个人坐了起来，紧紧地捂着心脏，那心脏像是要裂开一样，为什么？为什么？为什么？

他的右手猛然一拳砸在墙上，整个墙壁轰然炸裂。隔壁是张胖子，胖子正在流口水，他的任务已经完成，睡得特别香，天塌下来有大个子顶着，反正轮不到他了，梦中他正和露露一起在海边吹风，忽然之间滔天大浪砸了下来。

莫峰已经冲进了浴室，撕开衣服，眼睛赤红，胸口又是一道疤痕在逐渐形成，那剧痛清晰地提醒着这绝对的噩梦！

轰……

整个洗手台被他砸得稀烂，为什么？

为什么？

是他疯了，还是这个世界疯了？

莫峰看着破碎镜子里的自己，他怀疑了，这一切是不是都是他的臆想，是不是他得神经病了？什么异族，什么火星生活全都是幻觉！

莫峰紧紧地捂着自己的头，一般的事情是打击不到他的，可是他偏偏看到了最不可能出现的人，这个人否定了他前面所有的判断。

"峰哥，你怎么了？"张五雷也是头破血流，任谁睡着睡着忽然被墙压了也不会更好，只是莫峰的房间像是被飓风肆虐过一样。

莫峰像是魔怔了一样，没有动，现在他怀疑的不是别人，而是自己了。

臆想症？疯病？

每个神经病都觉得自己是清醒的，而他这种情况跟神经病真没什么差别了，异族？人类毁灭？时空穿越？

全部都是神经病的自我设定。

这么大动静也引起了周围宿舍的关注，不过大多数人都没怎么在意，这段时间随着比赛的进行，各种奇葩的行为都有，大家已经见怪不怪了。

张五雷是从洞里钻过来的，一下就看到了一脸绝望的莫峰。他从没在莫峰身上看到过这种表情，甚至也不知道发生了什么，因为莫峰已经闯入三十二强，天讯上不知道多少人为他疯狂，他被誉为"最大的黑马""地球的终极兵器""近战之王"等。张五雷虽嘴上没说，但在天讯的群里已经吹翻天了，他觉得自己这辈子最幸运的事就是遇上莫峰。

可，什么事能把他刺激成这样？

莫峰缓缓抬起头，用赤红的眼睛看着张五雷："胖子，我是不是疯了？"

第二十二章

我的眼里只有你

胖子把浑浑噩噩的莫峰从洗手间拖了出来，至少不能任由他破坏公物了，再这么下去，不知道卖身能不能赔得起。

"老大，到底发生了什么，是不是你又向周紫宸表白了？"对于这件事胖子有自己的理解，基本上，能让他这样的十有八九是失恋，上次也是这么惊天动地。见他的眼神中有了点儿颜色，胖子继续发挥自己情感大哥哥的能力："喀喀，其实呀，喜欢一个人不一定要占有，能默默地守护着也是一件很幸福的事。"

莫峰呆呆地望着张五雷熟悉呆萌的脸，看得出他说的是真的，在对待感情上，张五雷一直很被动，上一世直到死都憋在心里，他俩有着截然相反的性格。

梦境中的那张脸确实给了他极大的刺激，因为那人的模样简直跟周紫宸一模一样。上一世周紫宸所在的舰队，所有成员皆是英勇战死的，可是为什么在梦境中却看到她活着，还是在敌占区，身上的衣服也绝对不是人类的战服。

"老大，冷静，有的时候听到的不一定是真的，看到的也不一定是真的，用心感受，说不定是你表达方式有问题，这方面你还没有我经验丰富！"胖子越说越得意，尽管他没有什么实战经验，可是他动漫看得多呀，动漫上有各种表白套路，没吃过猪肉，还没见过猪跑吗？！

莫峰随手捡起一个枕头扔到胖子的脸上："安静点儿，让我先理一理。"

胖子抱着枕头坐到一边，看来自己猜的是对的，肯定是莫峰最近表现太好，膨胀了，又去告白，结果二次受伤，唉，惨，啧啧，真惨！

莫峰揉着额头，胖子说得对，看到的也不一定是真的，他要保持理智，好歹经历了那么多，怎么这么轻易被混乱。相比周紫宸是内奸，更大的可能是被异族控制了，或者梦境是反的，因为如果连地球人都有问题，那整个人类岂不是腐朽一片。最关键的是，他前面的推论全错了。

还有一点，周紫宸只是一个舰长，也没那么大的能力。等等，周氏航运集团是地球最大的航运公司！

他有一万个理由为周紫宸辩解，但理智告诉他，一定要重视这个问题，从现在来看，他每次出现疤痕的提示都是正确的。

哪怕是被控制的，恐怕周紫宸的周围也有敌人，如果她真的是……

一想到未来将要经历的无数灾难，一个个战死的战友，莫峰的心渐渐地硬了起来。

看着莫峰的表情平静下来，胖子继续对着他傻笑："老大，其实呀，这个世界上除了爱情，还有其他很多美好的事物，比如说荣耀、梦想等。你不知道，你现在在天讯上人气爆炸呀，好多人都是你的粉丝，说你是地球的希望、超级黑马。真的，有时间你不妨去看看，跟粉丝互动一下，哪怕下一场输了，将来也能混个好职位，到时候别忘了罩着我。"

莫峰淡淡地点点头，这些并不是他想要的，甚至……他属不属于这里都不知道。

胖子一直看着莫峰，看到他恢复正常也就放心了。

"胖子呀，今天的比赛准备好了吗？"莫峰忽然问道，有些事情他也想开了，命运是躲不过去的，既然这样，不如面对，如果没有搞清楚真相，胖子也难逃一死，那还不如跟他一起战！

"比赛？哦，你说我的那场呀，嗨，开什么玩笑，我第一场完全是靠运气赢的，千万别指望我！"胖子连忙摆手说道。

莫峰笑了，在胖子看来，这笑容很诡异、很邪恶，果然他接下来的话更邪恶。

"你要是输了，我就跟班长说你喜欢她！"

胖子怒了："莫峰，你不能老拿这个威胁我，再这样，再这样……我要跟你断交！"

望着色厉内荏的胖子，莫峰擦了擦手上的血，他刚刚一冲动差点儿骨折："是吗，你确定？要不要我再加点儿料？"

"我……我要跟你拼了！"

"你打不过我的，所以还是琢磨一下怎么干掉你的对手吧。其实他没有你想的那么强，仔细琢磨琢磨，你当时的攻击是怎么打出来的。"说着莫峰看了看时间，又看了看一脸委屈的胖子，"要不要吃饭，一会儿要过饭点了。"

"呀，要，当然要！"胖子忽然觉得自己太没原则了，咬着牙说道，"那个，你那块牛排要让给我，算是对我心灵的补偿！"

"行，都让给你，胖不死你，快走吧！"莫峰搂着胖子的肩膀，"记得吃了牛排一定要赢呀！"

"可以商量吗？"望着莫峰"你懂的"的眼神，胖子无奈地叹了口气，他是真不想出风头。不过嘛，再赢一场也不是不行，因为大家都很高兴，班长大人也很开心。

好像自己也没什么损失，还白赚一块牛排。其他的食物都是自助，这5A菲力牛排是限一人一份，那肉质，那汁水，明明都是瘦肉，却那么香嫩，怎么就能那么好吃呢？

食堂里的气氛有点儿压抑，不是输了就是还没战的，见到莫峰和张五雷进来都自动让出一条路，尤其是看莫峰的眼神竟然带了一丝崇拜和尊敬。如果第一场是侥幸，那第二场就是真正的实力了。据说月球那边已经开了专门针对莫峰的战术研讨会，到处搜集莫峰的资料，祖宗八代都要查清楚，并有专门的战术分析师寻找他招式中的破绽和他的习惯性动作。

这世界没有最强的战士，只有最强的针对。

在这种氛围下，三十二强争夺战的第二天开始了，也是对地球战士最严峻的考验。

战斗开始了，还是以月球人的内战开局，基本上是月球人自娱自乐，地球人只能干瞪眼。莫峰看着身边的周紫宸，这个要强且认真的女孩子，会是人类的叛徒？无论如何，需要她更多的展现，说不定会露出蛛丝马迹。

周紫宸的脸微微红了，身为一名战士，对于目光特别敏感，何况是莫峰的注目："我脸上有灰吗？"女孩子还是很在意形象的。

莫峰笑了笑："不是，你今天的对手研究过了吗？"

周紫宸点点头，表情变得认真起来："对方远程跟我差不多，近战还要强一点儿，说真的，我机会不大。"跟莫峰说话，周紫宸还是实话实说，再怎么样也是有压力的，可以说，这是周紫宸的第一场硬仗。

"我昨天看了一点儿，她的战斗风格很有特点，思维缜密、虚实结合，只是，每当她出实招的时候右眼眉毛都会挑一下。"莫峰说道，"不要跟她远程，想办法引入近战，想必对方研究过你，肯定也很乐意，然后找机会用阿克力螺旋百斩，在第十二刀的时候换成三段刀。"

莫峰说着，周紫宸听得非常认真，不断地点头，笼罩一天的阴云一下子散开了，如果莫峰说的是真的，那她至少有七成胜算了。

在周围的战士也听到了，莫峰并没有刻意隐藏什么，有些人皱着眉头，有些人则是一脸的不信，从没有听说过还有这样布置战术的，也从没听说还有这样水准的人。但是毕竟人家是晋级者，连达拉奥和萨克洛夫斯基都不说话，其他人也只能抱着自己好奇的小心肝做闷声葫芦了。

上午的尾声时轮到周紫宸登场了，至于前面的比赛，不提也罢，仅有的两场地球和月球对决都没引起什么波澜，而且从 EM 排名上地球选手还是优于对手的，只能说地球 EM 的含金量越来越低了。虽然大家也有过衡量，地球 EM 两千分大约相当于月球 EM 的一千六百分，可是怎么也没想到在正式比赛中会输得这么难看。

可以说，这一届的月球选手将创造历史，不，已经创造了历史，他们极有可能包揽八强，给予地球人一记重拳，彻底打破那些不切实际的幻想。

"哦，这位周紫宸选手来自龙图军事学院，让人印象深刻的学院，不知道这次她能否创造奇迹。"帕图雅笑得合不拢嘴，强就是强，没必要藏着掖着。

张扬可是一点儿也张扬不起来，基本上每场战斗他都是如坐针毡，月球选手从专业水平角度、硬实力，到作战素质，都碾压了地球选手。枪法、格斗什么的是可以通过努力弥补的，可是看看人家这临场反应，这精准的判断，这代表着月球人在教育体系上领先地球至少十年。

"这一战对周紫宸是个不小的考验，对手的排名比她高，是一场硬仗！"塞米对战周紫宸。

塞米，月球 EM 两千八百一十分，周紫宸，地球 EM 两千六百五十分，更多的就不用讲了。如果不是龙图军事学院奇迹般的胜利，这一场对战都属于可以直接略过去的。

天讯上的支持率对比也是塞米八成碾压周紫宸，只是这一场依然吸引了不少的观众，因为这是两位美女的战斗。

战场是城战，周紫宸的水平绝对是有的，在她自己没有清晰战术的情况下，决定严格执行莫峰的判断。台下，孙小茹和张胖子都很紧张，整个龙图军事学院的学生也是鸦雀无声，莫峰的胜利已经是昨天，还能再有一人晋级吗？

这是每个人的问题。

双方一交火就展现出了强悍的远程攻击能力，周紫宸和塞米都选择了轻狙，可以把精准和移动力发挥出来。这种轻狙对战非常考验水平，一旦交手，周紫宸的紧张完全消失了，而对面的塞米更是兴奋。紧张？月球人从不紧张。

远程考验的是精准度的压制，谁更准，谁就能占优势，而在每个人都熟悉的城战地形中，两人都不会留下明显的破绽，直到塞米打出"弧线枪"。

"弧线枪"只是一种技巧，不能代表胜利，可是在两个远程战士对拼的时候，其他技巧相当，"弧线枪"就是打乱节奏的攻击方式。而这一方面周紫宸不行，她不是没练过，也不是没打出来过，但不稳定，而这样激烈的战斗，赌一把跟送死没什么两样，必须冷静！

周紫宸靠着冰冷的墙，身体有些紧绷。这是她第一次面对这样的大赛，在地球的时候，虽然也失败过，可是她能感觉到对手并没有那么强，而她的潜力和能力肯定可以超越对方。但是现在的对手不同，那是掌握了"弧线枪"的强者，一项高难度的技术隐含的就是天赋和努力，尤其对方也是个女孩子。

难，真的难，她真不知道莫峰是怎么赢的，如何应对这样的对抗。

砰砰砰砰……

对手的攻击又来了，对方显然不想给她喘息的机会，一旦节奏失控，对方的压迫力会铺天盖地袭来。这是驱赶战术，周紫宸不得不狼狈地躲避，身为一名战士，无论男女，在战场上就别想"优雅"这种事了。

张扬看得是真着急，周紫宸是二年级生，罕见优秀的女战士，在地球是比较稀缺的，水平已经相当好了，可是相比情况差不多的塞米，真被碾压了一个层次，这不仅仅是掌握"弧线枪"，而在这个阶段，说明塞米在理解力和训练上都要更强。

地球选手区也很安静，甚至有点儿麻木。同样的情况在今天已经上演很多次了，这次的EM已经由地月大战变成了月球独角戏，感觉月球自己人之间的对战都比这个精彩得多，哪儿像这样基本一边倒。

莫峰静静地看着周紫宸的一举一动，她的每一个表情。时间并没有带走太多，毕竟是初恋，莫峰还记得曾经心动的感觉，虽然失败，但那是美好的回忆。在火星的时候时不时地还会想起，喝醉的时候，张胖子还会调侃几句，这是老梗了。

关于周紫宸的消息也没有断过，她的表现一直很优异，在进入军队的时候表现更好，天讯上不时都会有关于她的宣传，已经成为地球军年青一代中的招牌之一。那个时候莫峰和张胖子窝在火星的土坑里吃灰，可是心情却是好的，至少曾经还当过校友，说起来还是学长。

在未来的一次，莫峰回军部汇报情况，碰到过周紫宸。但那时周紫宸已经是少将，他需要敬礼的，周紫宸也看到了他，她显然记得这个当初鲁莽告白的学长，很是热情，见到莫峰浪子回头也很是赞赏。

莫峰真不相信，周紫宸会叛变人类，这是暗示异族具备控制人类的能力？

不太可能，如果具备这样的能力，就不会开战那么久都没被发现。人类的基因战士在战斗中涌现出了不少能力，加上科技上的优势，不会蠢到这个地步。他从未低估人类的能力。

莫峰盯着赛场上的周紫宸，想从细节上找出点儿什么，现在的、未来的，他有什么地方遗漏了吗？不过比较好的是，他现在可以近距离观察周紫宸，如果出现什么问题，反倒是突破口。

赛场上的周紫宸哪里知道莫峰想得这么复杂，她即将被逼入死局，怎么办？

剧烈的呼吸声，也显示着体力的消耗，精神高度紧张之下，体能比平时消耗得更快、更多，而对方的步伐却很轻灵，局面更难了。想着莫峰赛前说的方法，周紫宸咬了咬牙，这种绝境下，莫峰的话就成了她唯一的依靠。

学长，应该是靠得住的！

她的脑海里都是莫峰自信的表情，那眼神仿佛要洞穿她的灵魂一样。她猛然冲了出去，全场一阵惊呼。如果说要殊死一搏，她还是应该利用地形，等对方正面攻击的一瞬间，可是她竟然放弃了。这种状态，对于战士来说叫狗急跳墙，甚至可以说是放弃。

塞米并没有太意外，虽然有点儿反差，面对对方突如其来同归于尽式的打法，灵巧地回避，她已经稳了，根本没必要冒着同归于尽的危险跟对方拼命。

而就这一丝空隙，周紫宸抓住了，拼命往前冲，全速、直线。对方敢拼，她有五成把握同归于尽，就像古玉将军说的，该拼命的时候就要拼命，身为一名战士，反是没有出路的。

塞米也意识到了这种情况，她是不会拼命的，而对方这样"激进"，她只会更稳，因为她们的距离太近了，再过一会儿枪的作用就不大了。

显然"激动"的周紫宸没有意识到这一点，她在为自己唯一的压制而高兴，却不知道塞米的手中已经握紧了匕首。

下一刻，塞米陡然冲了出来，轻狙一阵暴射，迫使周紫宸必须做出回避，而这一个喘息，塞米已经冲了过去。周紫宸在拐角处，她很清楚对方的打算，扔掉轻狙，拔出匕首冲了出去，这个时候已经没有退路。

两位女战士的匕首直接交锋，一串火花爆发，相比男战士的凶猛，女性战士的近身格斗术更是把灵巧、狠辣、快速发挥到了极致，都是快刀，匕首在空中爆出一串串的火花。可是近身战不是周紫宸的强项，更不如塞米，这一对抗就能看出来，塞米已经逼得周紫宸节节败退了。

不利的情况下，周紫宸使出了杀招阿克力螺旋百斩，这也是周紫宸进军EM总决赛阶段的最大提升，也是她排名稳固的原因。这招式确实很强横，但是塞米的嘴角却露出了一丝不易察觉的微笑。

月球人对于这种军方制式招式都有很深的研究，招式是死的，人是活的，所有招式都不可能完美，只是看对手的掌握程度和自身的能力。军方研究所会把招式分析得很清楚，给出可行的方案，而月球的超级战士则负责完成这种破解。

也就是说，月球的执行力和步伐，已经远远超过地球。这个事情，在前世的 EM 发生过，作为观众的莫峰和张五雷记忆犹新。这一刻，就跟所有人期待的那样，周紫宸把胜利的希望寄托在了这强横的连环杀招上。它是号称"不死不休"，又称"砍到死"的快速刀法。

不得不说，能够闻名至今，被列为军方一级近战杀招，肯定有其独到之处，而周紫宸掌握得也是恰到好处。可问题在于，月球选手的身体素质更强悍，基因力量的发挥越来越好，他们即使是面对没有破绽的招式，破绽也会逐渐出现。

第十二刀就是关键节点，在这一刻是连环的一个弱势期，当年月球人就是一刀击碎了地球人最后的遮羞布，现在呢？

莫峰静静地看着，所有人都屏息以待。第十一刀结束了，这样的狂斩爆发却并没有取得应有的优势，塞米完完整整地防了下来，节奏完全跟上了，而当周紫宸准备第十二刀重击的时候，塞米忽然一个直角滑步，绕到了她的侧方。

那一瞬间，整个地球军校生的心都凉了，还有这种操作？

为什么面对这么快速的刀斩，塞米还能做出这样的反应和判断？她也是心中激动，这就是他们集训的效果，给地球人的礼物，也是压倒骆驼的最后一根稻草！

可是下一秒，塞米的警兆出现，她期待中的压迫重斩根本没有出现，她的眼前白光一闪……封眼！

刺喉——掏心！

三流战技"三段斩"，也有叫"三板斧"的，这是只有普通战士才会用的、毫无技术含量的东西。

可就是在这时，塞米随着后仰躲过封眼，又下腰躲刺喉，重心和节奏全部丢掉，最关键的是她发现自己的整个身体一下子僵硬了起来，近战最怕的就是动作做老！

莫峰面无表情，匕首连斩本就难防，全神贯注地防下来，还要做直角滑步，身体的负担有多大？人体对于致命攻击，眼睛、喉咙会非常敏感，会做出过激反应，身体陡然又会增加消耗，除非是久经生死，否则，身体肯定会出现"锁死"状态，简单来说，就是心有余而力不足。

周紫宸最后一刀，掏心一击，一点儿也不费力地刺入了对手的心脏！

要害攻击，一击毙命！

全场一片死寂，别说周紫宸目瞪口呆，说真的，那一刻她什么都没想，脑海里只有莫峰的话，本能地去反应，说真的，她都觉得在 EM 赛场上不会有被"三段斩"命中的人。

然而事实摆在眼前。

塞米更是眼珠子都要凸出来了，她不怕失败，可是她根本无法接受这样的失败，为什么？

为什么，这么简单，可以说是月球军校一年级生都能躲过的招儿，她竟然中了个结结实实。

热闹的银河军事学院竞技场变得特别安静，那些得意的、骄傲的、谈笑风生的月球人全部停止了说笑，地球联邦代表团的成员和留学生代表则是爆发出了热烈的欢呼声，拼命地挥舞着手中的旗帜，又蹦又跳。他们一直待在这里，不离不弃，但说真的，每一场战斗对他们这些支持者来说，简直就是噩梦。

然而到了周紫宸这里，终于翻盘了！

还有什么比这样的大逆转更爽的呢？

不像月球人那么得意和骄傲，周紫宸非常有礼貌地向四周行礼，更是引来了更多的欢呼声，"女神"之名响彻全场。

"什么月球贵族，就你们那种表现也配称'贵族'吗？这才是'贵族'！"

"胜不骄，败不馁！"

天讯上爆炸了，那些憋了一肚子火的地球学生一下子爆发了。

"大地球威武！"

"小月月，你妈永远是你妈！"

218

"'月嫂'，想要破解阿克力螺旋百斩，你们还嫩着呢！"

又见龙图，还是龙图，继莫峰之后，周紫宸也创造了奇迹，挺进三十二强。整个龙图都沸腾了，尤其是校长老王。老王最近的日子好过太多了，当初他的最高奢望不过是周紫宸过第一轮，结果四个人全部通过了第一轮。这几天他的天讯都快被打爆了，一些老朋友纷纷打电话说他不够意思，有新的训练方式竟然不分享，当时他还是装得挺神秘的，现在竟然有两个人挺进了第三轮，这……

老王现在只有幸福地畅想了……他们的成绩能不能再好一点儿呢？

其实从昨天莫峰赢了之后，李威廉就蔫儿了，什么学生会主席，相比硬成绩，都是浮云，本来还琢磨着等莫峰他们回来后好好整治一下他们呢，让他们明白谁才是老大，现在……

比这些人更愤怒、更震惊的是月球五大种子选手之一的兰德斯，因为塞米是他的女友，伟大的沃尔特家族继承人的女友，怎么可以输给一个卑微的地球人！

兰德斯英俊的脸一下阴沉了下来。塞米出来了，这场失利对她来说也是一个巨大打击。月球人也是人，再怎么训练，一帮年轻人也是无法看穿胜负的。看到兰德斯的表情，塞米的心情就更低落了，但这并不是最糟的。

"塞米，我们不合适，我兰德斯的女朋友是不会输给懦弱的地球人的！"兰德斯冷冷地说道，昨天还热情无比的眼神，陡然之间就变得陌生、冷酷了。

塞米再也忍不住了，眼圈一红，眼泪就落了下来，整个选手区的气氛都变得凝重起来。

"兰德斯，过分了，一场比赛的输赢不代表什么，月球的荣耀不是哪个人负责的。"阿兰·道尔眉头微微一皱说道。

"这是我的私事。"兰德斯说完也不搭理塞米，一个人坐了回去。

克丽丝拉过塞米，细声安慰，确实是私事，但这个时候兰德斯这样处理只会打击自己人的士气。这一场失利固然不应该让他说出这样的话，但不得不承认，这个周紫宸发挥得更好，只不过以前往往都是月球人获胜。

地球这边的气氛则是截然相反的，这场胜利来得太突然也太关键了。周紫宸几乎是一路冲回了地球选手区，顿时整个地球选手区掌声雷动，这一战

漂亮、解气，让月球人明白地球人也是可以翻盘的！

而兴奋异常的周紫宸和孙小茹热情地拥抱，张胖子也是又蹦又跳。情绪激动的周紫宸找到了莫峰，她没想到自己真的会胜利，那一刻她都打算放弃了，但是她相信莫峰，这是一个可以依赖的男人。既然他表白过一次，那这一次就轮到她了！

鼓足勇气的周紫宸走了过去，但迎接她的却是莫峰略显冷峻的眼神。虽然他的脸上带着微笑，但她知道，那是保持距离的表情。

"祝贺你。"莫峰说道。

周紫宸控制着情绪，让自己不要哭出来："谢谢。"

她不知道为什么会这样，自己做错什么了吗？

其他人的欢呼打破了尴尬的局面，胜利的是周紫宸，但是不少听到战术布置的人更看重的是莫峰。不得不说周紫宸的执行能力很强悍，这是胜利不可或缺的，而莫峰能在开战之前就洞悉全局，这格局和水平，绝对是顶尖的，甚至是这里最高的。达拉奥和萨克洛夫斯基没有太惊讶，他俩在看了前两场的战斗之后已经有了一定的判断，只是见到结果之后更加确认罢了。

莫峰让压抑的选手区多了一丝信心和喜悦，似乎地球人的情况没那么糟糕。

周紫宸的胜利固然是振奋人心的，也挽回了一些颜面，却阻挡不了月球选手大胜的步伐，接下来的两场比赛中月球选手也像是受了刺激一样大获全胜。

月球人开始认真了，气氛变得更加凝重了。

这次月球这边的战略是结果碾压，过程给点儿余地，可是龙图的意外崛起打乱了这一点，月球的战士不能忍，怎么能让这些弱者压在自己头上！

月球的选手区一片欢呼，兰德斯·沃尔特跟每一个胜利者击掌，和塞尔比拥抱完，兰德斯站在台子上，举起手，示意大家安静。

"兄弟们，不管上面是什么意思，我们月球的崛起已经不可阻挡，我们要做人类的主人，而这契机就由我们来夺取。我希望后面的战斗，大家不要手下留情，全力去表演、去压制、去展现自己！"兰德斯大声地说道，"每个进入三十二强的月球选手，沃尔特家族额外奖励十万。我知道，这点儿奖励不算什么，但是我要说的是，我们是最棒的，干翻那些地球'土鳖'！"

月球选手也是沸腾了，他们不想压抑自己，苦练数年，不就是为了这一天吗？全力展现自我，月球的崛起就在今天，就在自己！

克丽丝哭笑不得，她不是说兰德斯是错的，只是他过于激进、冲动了："阿兰，你不劝劝他？这家伙只听你的。"

年青一代里面，兰德斯是狂妄的，多少会给她几分面子，但也仅仅如此，也只有阿兰·道尔能让他的气焰稍微收敛一点儿，克丽丝有点儿担心他这样乱带节奏会影响大局。

阿兰微微一笑："没事的，这个阶段让他玩吧。"他现在感兴趣的是那个莫峰是否还能创造奇迹。

接下来登场的是孙小茹，基本上到了这个阶段，孙小茹就是整个交手双方里面水平最低的了。

月球这边即将登场的是蒂凡尼，他是目前月球各大学院里排名第一的狙击手。

蒂凡尼对于对手很无感，对方第一轮能过关实在是太侥幸，抓住了一个习惯性动作，但不好意思的是，他没有这样的缺陷，就算是碰到近战战场他对自己的枪法也有绝对的自信。

兰德斯能煽动一部分人的情绪，但并不包括他，过于激动的情绪对于战斗本身没有帮助，见阿兰·道尔叫他，蒂凡尼也有些奇怪。克丽丝是月球的形象代表，兰德斯是士气鼓舞者，但月球的领袖毫无疑问是阿兰·道尔。

阿兰·道尔和蒂凡尼耳语了几句，蒂凡尼愣了愣，还是点了点头。

另外一边，孙小茹也要登场了，周紫宸的胜利给了她很大的信心和勇气，可她心里依然一点儿底都没有，因为她面对的是蒂凡尼。

这么说吧，蒂凡尼可以算是孙小茹的偶像，一直以来孙小茹都在模仿他的战斗方式和战斗体系，没想到在第二轮就碰上了。对方在月球号称"狙击之王"，尤其是在远程对狙之中，战绩百分之百胜率，无论谁碰上都要完，这是真正的狙击手。

莫峰看过对方的资料，怎么说呢，狙击方面这家伙有胖子巅峰时期六七成的功力，放在这种地方有点儿无解，这是硬实力的差距。

双方选手进入战场，孙小茹受到了热烈的欢呼声，全场地球的支持者都在喊着龙图的名字。在这种不利的局面下，龙图军事学院给他们带来了希望，也希望这种好运能持续下去。

蒂凡尼还是非常有绅士风度的，由孙小茹挑选随机战场，大屏幕上无数个场景闪动着，最终定格，所有孙小茹的支持者都大大地松了一口气。

幸运！

超远程丛林狙击战场（大约三千米），属于纯看狙击基础水平的对抗，什么"弧线枪"、移动之类的技巧统统无法展现，拼的是战士的基本素养和对超远距离狙击的掌握。

简单来说，最大化地拉近了两个选手的水平，而且这种对抗连擅长的战士都认为运气至少占了五成因素。

对孙小茹来说完全是个福音，上帝今天依然站在龙图这边。

张五雷笑得像个蒸裂的白馒头："老大，你给了班长什么必胜秘诀？"

莫峰翻了翻白眼："她赢了，我就告诉她一个秘密。"

胖子打了个寒战，感受到了浓重的威胁，他觉得这段时间莫峰越来越有魔鬼化的倾向了。

一旁的周紫宸非常认真，她已经从胜利的喜悦中平静下来了："这蒂凡尼非常厉害，算是我们这一届中中远狙击造诣最高的人，不容小觑呀。"

话是这么说，但周紫宸也觉得孙小茹有胜算，谁先发现对手，有的时候确实是看运气，只要先锁定目标就赢了一半了。

只是莫峰却没有大家这么乐观，因为他丝毫感觉不出孙小茹的胜算在哪里。

运气？不存在的。

个人战并不是孙小茹的特长，她更擅长舰队统率和指挥。据说她毕业之后进入军队，在这方面的测试进入了联盟前十，这也是她后来得以火箭般晋升的原因。想到这里，莫峰也不由得感慨，还是空军好呀。

莫峰对这场的胜负看得很平静，可其他人却并不是如此。

陷入这种局面的孙小茹反而放开了，反正里外不过是输，那就放手一搏。

孙小茹选择地球制"黑雷巴5代"，蒂凡尼选择的是月球制"光速

800"，都是距离超过三千米的重型狙击，这种对战战场单纯考验的是双方的远狙能力。

发现目标、解决目标，两种狙击枪的威力都属于凶残级，可以击穿重装甲车的甲板，打人？可以感受那种撕裂感，绝对一次都很绝望，防弹装备都是浮云。

在装备的选择上孙小茹非常慎重，狙击手第一要潜伏，第二才是攻击，拟态迷彩装是必须的，防弹什么的反而没必要。

但是让所有人意外的是，蒂凡尼不知道出于什么原因竟然没选择拟态伪装？

战斗还没开始，较量就已经开始了，连孙小茹心中都有疑惑，他真的这么自信？卡洛斯超远距离丛林战场，S级难度的辨析战场，这种丛林非常复杂，加上一些拟态手段，很多时候从眼前走过都不会被发现，更别说相隔数千米了。

无论"黑雷巴5代"还是"光速800"都是顶尖的狙击枪，都配备了完善的红外线和激光侦测手段，同时也带有反侦察装置。

两个可以预判对方大约范围的狙击手，在了解对方装备的基础上，绝对是针尖儿对麦芒儿的心理博弈，基本上先发现对方的已经有了九成九的胜算。

在当今的狙击技术下，是根本没机会听到枪响的。

这种对决下，没有人会看红外线和激光探测仪，那等于帮对手发现自己，瞄准镜是唯一的选择，而要在偌大的范围内找到目标，同时让自己不被找到，需要一副好眼力和运气。

在大屏幕上，两位选手的情况都被放大成特写。一般的战斗是超动态的，而远狙对抗是动作量最小，却又最刺激的，往往都是一枪定胜负，这种战斗考验的都是细节、战斗素养、一个学院真正的水平。

从隐藏角度来说，孙小茹选择了一块非常茂密的灌木丛，尽管周围有些荆棘植物，但她的脸色丝毫不变，这是一个优秀的狙击手的常规选择。

然而这个时候已经没有人在意孙小茹了，所有人都张大了嘴，因为蒂凡尼在众目睽睽之下消失了！

作弊？

张扬的身体无奈地靠在椅背上，心里已经开骂了，他在这里简直就是坐蜡，不是隐身，但也差不多了。

大屏幕给了更细化的缩放，定格目标，观众们才看到一个跟环境几乎一样的形态在缓慢移动。

拟态超能者！

地球和月球在基因不断调整、进化的过程中，有些人觉醒了一些类似于动物，或者说是潜藏在人类基因链里已经消失的能力，比如动物在地震前的危机感、拟态、超强嗅觉等。

这种情况非常罕见，可能极端幸运地觉醒了某种能力，也可能觉醒了某种非常鸡肋的能力。

蒂凡尼，他的能力是"变色龙"，无疑是上帝眷顾的品种，对于一个狙击手来说，几近立于不败之地。

刚刚还觉得孙小茹存在希望、天命的人，瞬间心塞，在绝对实力的碾压面前，什么运气都是浮云。

蒂凡尼选择的是一块暴露的岩石，他的身体跟岩石完美地融为一体，丛林对战，在拟态颜色和选择时百分之九十九都会选择草丛色，剩下的百分之一不是高手就是白痴。

拟态并不是百分之百的无法察觉，只是说比迷彩服的简单效果更具备迷惑性，而选择岩石，更是针对对手的心理，在这样的区域，人类的本能就是一眼掠过。

通过全息影像，蒂凡尼就是郊游一样，平静快速，完成自己的伏击之后就沉寂下来了。而孙小茹的脸上则是严肃，她想淡定、平静，但真正开战的时候是不可能的，他为什么不选拟态？他想隐藏在哪里？

莫峰并没有意外，蒂凡尼后来在火星战场也是大名鼎鼎的狙击手。这家伙也是个怪胎，明明有资格去舰队混资历，偏偏去陆军，用他自己的话说，他喜欢爆头的感觉，每一个异族被消灭都能给他带来莫名的快感。这人在后世的火星战场是战功排在前十名的狙击手，拟态能力不算太强，可是对于一名狙击手却是完美搭配，而且不得不说，主要依靠视觉和触觉的异族对上他，确实有点儿惨。

孙小茹很优秀，可是在狙击天赋上差得有点儿多，这不是靠努力和态度就能弥补的。很多人类的代表经常说，成功等于百分之九十九的努力和百分之一的天赋，不去较真这个比例，但说真的，这百分之一的天赋决定了高度。

接下来双方就要判断对方的潜伏地点，要考验判断和眼力，分析对手的心理、习惯。双方有的只是范围，瞄准镜缓缓地移动着，这个时候都不能着急。

观众是上帝视角，看得一清二楚，从搜索轨迹上看，蒂凡尼明显技高一筹，速度也要快上不止一星半点，五分钟不到，蒂凡尼已经锁定了孙小茹所在的丛林。从侦察的过程来看，但凡是这类密集草丛都会让蒂凡尼顿上一顿，也就是说从一开始他就判断孙小茹在这种地方隐藏的可能性更大一些。

终于，在孙小茹的藏身地，蒂凡尼的瞄准镜停了下来，瞄准镜不断校正着位置，拟态的孙小茹已经清晰可辨，而此时的孙小茹别说正确位置了，她预判的可能地形都是错的，浪费了太多的时间。

蒂凡尼的嘴角露出一个自信的笑容，孙小茹的资料他看得很清楚，这是个运气成分大于实力的选手。

战场环境的气压、风速、温度都有点儿恶劣，这会极大影响精准度，他可不想节外生枝，倒不是怕反击，而是众目睽睽之下打空枪，这可是狙击手最大的耻辱。说真的，对付这样的货色，他根本不想用自己的绝活儿，那是准备进入八强的时候用的，但赛前阿兰让他使用，确保万无一失。说真的，如果不是因为他是阿兰·道尔，蒂凡尼都怀疑对方是不是地球人的卧底。

阿兰·道尔面色平静，跟周围欢快兴奋的气氛显得格格不入，似乎从他身上并没有感受到喜悦的气氛。

人类在基因进化之后，战士的提升是最明显的，优秀的战士仅凭肉体和经验就能做出最精确的调整，或者说是一种感觉。

蒂凡尼并不着急，时间一秒一秒地过去了，这是窒息的压力，很显然，作为月球军校第一的狙击手，他在准备着致命一击。而此时的孙小茹依然没有找到目标，可是作为一名战士，本能告诉她，她被锁定了，而她现在连对方的位置都没找到。他明明没有穿拟态服，可是为什么找不到？

是自己疏漏了？对方有什么特别的准备？还是……

孙小茹的脑海里一片糨糊，纷杂的念头涌来，挡都挡不住。

怎么办?

对方应该是在判断环境的影响,进行精确瞄准,跑?那是找死,面对这种高手,在自己起身的一瞬间就是死亡,汗一滴一滴从额头上落下。

孙小茹犯了狙击手最致命的错误——她慌了!

无论做出什么判断,都应该果断执行,可是她的脑海里一片空白,紧张、焦急、茫然,所有的情绪涌上心头,完全无法控制,敌人仿佛无处不在!

而来自地球和月球的观众都在看着,龙图军事学院所有的支持者本来还是抱着一丝希望的,可是看到这一幕就绝望了。即使是水平再差的观众也知道,一旦心态没了,那就是真的一点儿机会都没了。

蒂凡尼准备就绪,此刻应该来点儿音乐,他的手指已经扣住了扳机,正准备缓缓压下的时候,两人之间的峡谷之中陡然窜起一股山涧风。突遭变故的蒂凡尼依然不紧不慢地松开扳机,他刚准备开枪的时候就是感受到了风劲的变化才及时停了下来。

这一系列细节都在无声之中,他重新摊开手,感受着环境中影响因素的变化,再度调整好了角度。

所有人都无语了,除了帕图雅的略带激动的解说,以及张扬的无奈,其他人都是目瞪口呆,这就是完全不给孙小茹活路呀。

连老天都帮不上忙。

如果说拟态的异能是天赋,那这种战斗判断就是月球军事学院的水平了!

心态和技术失衡意味着孙小茹和蒂凡尼差了不止一两个层次。

莫峰赛前的话出现在了孙小茹的脑海里,狙击手的最高境界:我的眼里只有你。

说真的,孙小茹是当成笑话听的,而这一刻,更恨不得咬他一顿,这算什么秘诀?

莫峰静静地看着孙小茹,他的话不是没道理,想要战胜蒂凡尼,必须有这个狙击层次。其实到了火星战场中期,涌现出了不少这样的狙击手。人类的基因能力和战斗经验得到融合,根本不需要这么复杂的判断,有一种名为战斗预感的东西,可以精准地锁定,这是生死之间基因力量的释放,可在现在这个阶段，这种东西无疑是天方夜谭。

死马当成活马医，但孙小茹肯定是无法理解的，希望胖子能从中学到点儿什么。

话说胖子有一次去军部报到的时候遇上过蒂凡尼，两人都是"久仰"对方，肯定要比试比试的，只是战斗的结果，胖子一直不肯说。

孙小茹非常非常焦急，手心不断地出汗，身体非常非常的热，好像自己要燃烧了一样，而在众人眼中，孙小茹也是脸色涨红，感觉……要哭吗？

张扬有点儿不忍看了，千万别呀，输人不输阵，这要是被打哭了，全太阳系直播呀，那以后就不用抬头做人了。

孙小茹感觉自己的脑袋快烧起来了，所有人都在看她，莫峰和张五雷这两个浑蛋一定会嘲笑她的，一想到这里，她的身体更是要爆炸了一般。

她是班长！

她是班长！

她是班长！

冥冥中她有种感觉，敌人就在侧方，孙小茹一声大喝端着"黑雷巴5代"直接站了起来，猛然一个四十五度的转身。

蒂凡尼瞬间出现在了孙小茹的瞄准镜中，而蒂凡尼的遮挡物、周围的环境全部消失时，蒂凡尼就这么孤零零地趴在那里。

没有任何犹豫，也没有判断，完全跟着感觉走，目标不断放大、不断放大，仿佛触手可及，孙小茹手中的重狙轰出，强大的后坐力让她整个人后仰。

无论是会场里的观众，还是直播中的观众都愣住了，都说女人不能受刺激，一受刺激就发飙，大概就是说孙小茹这种情况吧？

她这是要打空气吗？

她从跳出来到攻击，也就一秒多的时间，蒂凡尼的嘴角也露出了一丝笑意，但是下一秒这笑意就凝固了。

轰……

重狙直接轰爆了那块用来遮挡的岩石，强大的火力将蒂凡尼也一起带走了，这是连装甲都能击穿的攻击，区区肉体，瞬间就被撕碎了。

秒杀！

　　偌大的会场静悄悄的，所有人都难以置信地望着这一幕，包括莫峰，就算是他也做不出这样的瞬间变化。孙小茹前一秒还不知道对手在哪儿，怎么下一秒就能做出如此精准的判断？

　　还有那射击准度，那是张胖子巅峰时候的枪法了，完全依靠基因力量对于外在环境的记忆，不需要太多的思考，就是靠手感。

　　无论是现场，还是天讯上，大家都被孙小茹这一枪给吓到了，而本来还非常兴奋、谈笑风生的月球选手区此时静如死水。

　　阿兰·道尔微微皱了皱眉头，跟克丽丝对视一眼，他预料到了结果，却没想到是这样的过程。

　　克丽丝也是哭笑不得，为什么会这样？

　　实战中的觉醒。

第二十三章
不疯魔不成活

月球人之所以最近几年越来越强势，尤其是到这一届有如此大的野心，可不是单纯依靠优秀的基因和训练理念，这种优势并不足以出现质变。导致月球人如此强势，尤其是还出现了像"黑暗王子"兰德斯这样的激进派，一定是因为他们掌握了某种超越地球人的技术。

基因链解锁，简称WU，地球人和月球人虽然采取了不一样的改善方式，但都取得了稳定。而月球人在这方面依然没有停止探索，在基因调整的过程中，大体的情况都是好的，不外乎出现了"倒退"案例，比如长满体毛、长出尾巴等不良反应。

月球人并没有简单地认为这是倒退，反而深入研究，不断地实验得出了一个结论，那就是改善基因之后，一些外界的刺激可能会打开基因链里沉睡的力量，获得一些有用的或者没用的生物能力。一般来说，这种能力会倾向于帮助本体生存下去，或者说本体非常执念的某个方向。

对于战士来说，无疑就是生存和胜利，这也遵循了达尔文的进化论。

经过反复试验，道尔家族的实验室发明了"神化一"药剂，在十六岁之前使用，药效一周内强化激发潜力，会提升觉醒的概率，当然参与者都是秘密选拔的。

而地球方面还是被动地撞大运。

但是大家做梦也没想到，孙小茹会在这样奇葩的状态下觉醒。

失败者蒂凡尼已经走了出来，对他来说这确实是非常沉重的打击，感觉自己是被侮辱而死的，这是怎么瞄的？

现场的地球人已经欢呼雀跃，但是很快医疗小队已经进入了孙小茹的房间，没多久孙小茹就被担架抬了出去，地球方面的人员立刻跟进。

"各位观众，孙小茹选手的身体出现了一些状况，现在需要紧急治疗，本次比赛的结果待定。"得到裁判组给予的结果之后，张扬说道。

顿时全场议论纷纷，尽管不乐意，但是张扬还是进一步解释道："EM大赛禁止兴奋剂、肾上腺素等药剂的使用，当然，这并不是说孙小茹选手一定使用了违禁药剂，请大家耐心等待。"

各大电视台和直播平台插广告的插广告，抽奖的抽奖，现场则是比赛间隙的表演。

只是观众们都很揪心，这场比赛非常的重要，看了蒂凡尼的实力的人都清楚，这家伙是具备八强水准的，这么就挂了，简直是"死不瞑目"呀。

"老大，这帮人要不要脸呀，班长肯定不会用违禁药剂的！"张五雷沉声说道，别人可以骂他，但不能侮辱班长，地球内部这边有人幸灾乐祸了。

"像是 WU 的状况，一般都伴随着发烧、昏厥等状况。"周紫宸沉默了一会儿说道。

"WU 是什么鬼？"张五雷发现周围的议论声也小了，显然其他人是知道 WU 的。

"基因链解锁，也可以称之为'突变'或者'觉醒'，一般来说都会伴随着比较有用的能力出现，就跟蒂凡尼的拟态一样。小茹学姐真的太神奇了。"

WU 的最佳截点是十五六岁的样子，这点地球人和月球人都清楚，过了这个点还没出现，基本上也就没希望了，这种事可遇不可求。

"放心吧，是 WU。"莫峰点点头说道，这种状况没人比他更熟悉了。其实 WU 最好的方法就是死亡线，在火星战场上这样的战士不断出现。一旦觉醒，身体的强度都会有不同程度的提升，可称之为强化战斗技能，偶尔也会伴随着一些异能。

孙小茹的状况完全符合WU，只是一场比赛中出现这种状况确实挺罕见的，班长大人果然不同凡响，他都以为她这一场必输了。

周围的人都看了一眼莫峰，质疑和议论都平息了，不知不觉中，莫峰在这个队伍里已经有了威信。

"如果是这样的话，我们就增添了一员猛将！"达拉奥·席尔瓦笑道，"我怎么感觉这次EM是为你们龙图军事学院量身打造的，搞得我都想去你们那儿当交换生了。"

看得出，达拉奥对龙图的人非常有好感，南美人放荡不羁，崇尚力量，没那么多嫉妒心。

莫峰微微摇摇头："恐怕很难，WU是一次潜力的迸发，会伴随着一段时间的虚弱期，她很可能赶不上下一轮。"

顿时全场又安静了，这个，怎么说呢，有得有失了。

莫峰倒是很坦然，其实就算孙小茹觉醒了某种异能，也顶多就是辅助，她的自身战力还是有缺陷，需要更多的练习。那一枪应该是觉醒瞬间的灵性一击，只能说，蒂凡尼的运气太差。

没多久现场恢复直播，检查的结果出来了，孙小茹并没有使用违禁药物，但是由于过度消耗导致身体出现了异状，正在医院治疗。

"……简单来说，孙小茹选手的这种情况出现的概率是千万分之一，跟中乐透大奖没什么两样。一方面恭喜孙小茹，另一方面我也希望月球的战士不要受到影响……"帕图雅颇为无奈地说道。

几乎窒息的龙图军事学院等到裁判结果出来的一刻彻底沸腾了。

吴一鸣吼得最响亮，他是班长最坚定的拥趸，这家伙已经兴奋得撕衣服了："这是我们的班长！"

校长大人已经乐得合不拢嘴了，老师们也都是目瞪口呆的，他们是专业的，自然看得出孙小茹和蒂凡尼之间的差距，可她真就赢了，简直是不可思议。

无论EM最终的结果如何，龙图军事学院的牌面大涨呀！

比赛还在进行，说真的就算让地球人赢一场其实也没什么，可是不知怎么的，月球人就是觉得憋屈，怎么就这么难受呢？

后面出场的月球选手是铆足了劲干翻了对手，可是胜利后也没什么喜悦。

地球这边也好不到哪里去，龙图虽然赢了，可是并不代表自己赢了，来自地球联邦的其他选手被虐得死去活来，有的被打得真的就在作战室哭了起来。

不知不觉中，双方都动真格的了。

在孙小茹之后，接下来的比赛地球全败，来到了三十二强争夺战的最后一场。

又见龙图。

最受关注的一场，龙图军事学院张五雷对战辉煌学院法比奥。

到目前为止，地球这边进入三十二强的选手总共五人，其中三人来自龙图，如果说张五雷也能够顺利晋级的话，那就意味着龙图大圆满了。

法比奥，绰号"剃刀"，月球 EM 两千六百分，大屏幕给出的分析图，偏攻击、速度型，无论远程还是近战水平都相当优秀，弱点是防守技术相对较差，但是用法比奥的话说，最好的防守就是进攻。

上一场张五雷的弧线矩阵确实狠狠地扇了一下月球人，只是到了这一场就不存在轻敌或者什么了。在法比奥看来，张五雷的防守技术比他更差，而进攻手段，更是跟他没法比。

战斗还没开始，双方的支持者都已经热情高涨了，现在龙图已经成了月球人的一个心结了，干掉张五雷，就是破除心结，但如果张五雷赢了，那地球人的面子似乎就保住了。

"张五雷，加油！"

"哥们儿，看你的了，给他们点儿颜色看看！"

"加油呀，兄弟们都看好你！"

就在张五雷准备登场的时候，地球选手区里一阵掌声和加油声，无论之前发生了什么，在这一刻，大家都希望地球人能赢。

张五雷呆了呆，他从没想到自己也有这样的一天，连李启阳都在助威人群之中，胖子连忙一路小跑了出去，他害羞了。

胖子一入场，欢呼声震天响，所有的支持者都大喊着龙图的名字，当然月球人也不会示弱，双方的支持者互不相让。

双方握手，法比奥捏着张五雷的小嫩手："小胖子，你的好运终结了，我会让你明白'差距'这两个字怎么写！"

张五雷连忙把手抽了出来，张了张嘴准备还击，但是卡壳了，全场一阵大笑，月球人更是不断地吹口哨。

这让胖子的脸更红了，这个……他真的不喜欢大场面，尤其是万众瞩目，嗫嚅了半天也没挤出一个字，好在裁判宣布入场，终止了这尴尬的场面。

法比奥露出一个自信的笑容，他是故意的，他在赛前已经分析了这个胖子的资料，绝对的一个死宅，或许在远程攻击上有一定的水准，但也只限于此。

说真的，如果不是龙图想要搞事情，法比奥并不想用这种心理战，但这是一场月球对地球的战争，他必须赢！

士气上赢了，胜利的天平就已经偏向他了。

这种比赛最考验心理承受能力，大屏幕上直接给出两人的特写，胖子羞红的脸，和法比奥帅气、自信的笑容形成鲜明的对比。

战斗场景选择，基本上不是超远程狙击场景，法比奥都有百分之百的自信碾压对方。

在他 EM 的战斗中，对付这种远程战士呈现碾压态势，这胖子的身材显然就是三板斧的情况。

S 级飞碟角斗！

规则很简单，谁先命中一百个飞碟，就可以攻击对手。

两个战士，相距五米，目标物一致，比的是枪速和精准度，同时高手之争在于干扰对方的节奏，压制对方的信心。

说是基础，却又最反映硬实力。这样的角斗没有任何的侥幸，可以说跟孙小茹的那场截然相反，没有玄虚，没有运气，谁心理素质好，谁的枪法准，谁就能赢。

法比奥选择的是两把"极隼"，月球制式高速点射手枪，后坐力极小，近距离射击精准度极高，几乎不怎么需要压枪。

看得出张五雷非常犹豫，在这样的战斗场景，极隼是标配，甚至可以说是最优选择，比的就是射速，越快、越准，对对手的压力就越大，逼得对手失误。

所有人都屏住了呼吸，张五雷犹豫什么，虽然是月球的枪，但这是比赛

呀，这家伙不会犯傻吧？

大屏幕上，所有人都看到了张五雷的选择——虎贲A型。

所有人的心里都在犯嘀咕，不是吧，大哥，你不会真的要装吧？

虎贲A型，地球早期的产品，手感很好，很带感，但后坐力强，需要不断压枪，射速一般，精准度一般，平时玩玩没问题！

但是在比赛中，没人选呀。

虎贲A型分为激光版和常规版，激光版稍微好一些，至于常规版，基本上都是俱乐部的一种游戏了，类似飞镖比赛，比赛中已经十年没看到了。

选择倒计时，五、四、三……

地球的支持者，这一刻都快窒息了，无数的人都在喊，赶快换呀，快点儿呀。

一！

虎贲A型常规版。

胖子的手中多了两把虎贲，同时腰间多了一串弹夹。

是的，大哥，你是要换弹夹的，这可不是激光版，这一瞬间，无数人叹息，简直是无奈加痛苦。

无论输赢，都不带这样的呀。

一些人在看到虎贲的时候，第一时间想到了前一段时间出现的"S++"神秘人，可是问题是，这胖子的体型完全不像那个神秘人呀。

最关键的是，哪怕是顶尖强者也都只会选激光版，你选个常规版是几个意思？

这可不是在酒吧里玩游戏呀！

法比奥有点儿不相信自己的眼睛，说真的，一个人再怎么将这场比赛当成儿戏，也不会选这种武器。

地球选手区里一片安静，怎么说呢，张五雷这是作死，他脑子被枪打了吗？

一声声低骂，真的是希望越大，失望就越大。

周紫宸惊呆了，她简直不知道该怎么用语言形容了，这是属于典型的压力过大的心理崩溃。

她转头看向莫峰，却发现莫峰一脸的沉默，甚至皱着眉头。

莫峰确实是奇怪，他奇怪的不是这个选择，而是时机。

在火星战场上，张五雷除了重狙，身上也带着虎贲，而且只有他才带这种子弹版，而这威力，莫峰也要退避三舍，可问题是……在军校的时候，从没见过他用呀！

包括刚才孙小茹的觉醒，似乎他的到来，改变了一些东西，造成了某种影响，只是不知道胖子能打出几分。

所有人都在骂、嘲讽，很显然法比奥的赛前心理战起作用了，或许胖子在某些方面有点儿天赋，但他并不是一个合格的战士，一个战士不能这么脆弱。

做出选择的胖子，他的手似乎一直在抖，相隔只有五米的法比奥看得很清楚，胖子不但在抖，嘴还在哆嗦。

这种大赛本来给选手带来的压力就很大，压轴的选手肯定承受了更大部分的压力，他的试探就像是压倒骆驼的最后一根稻草。

但是，对敌人仁慈，就是对自己残忍。

法比奥脸上露出调侃的笑容："你好，小胖子，别说我欺负你，你这要是都能赢，以后我跟你姓。"

张五雷低着头，手抖得更厉害了，这一幕被导播给了特写。

张扬这一刻想找地缝钻进去，他到底吃错了什么药竟然接了这活儿。这胖子明显是被针对了，谁也没想到针对的竟然是他的心理，一个宅属性的战士，最怕的就是这种大场面了。

倒计时十秒……

法比奥已经全神贯注，但是胖子依然低着头，所有人都蔫儿了，恨不得踩死这个胖家伙。

可以肯定的是，这场结束后，胖子会是整个地球最遭人唾弃的人。

失败不是不能接受。

但这种表现，简直就是侮辱。

砰……

比赛开始，瞬间一串串的飞碟冲向天空，法比奥的枪响了，精准的点射，

235

极隼的特点被发挥得淋漓尽致，十二个飞碟尽数收入囊中。

而……对面的张五雷竟然还低着头……

法比奥很专注，没有在意这些，张五雷只是一个失败者而已，法比奥在完成一百个目标之后，会一枪爆头结束这场闹剧。

直播人数如同断崖一样地掉落，大多数地球人都不想看了，简直是……不知道该怎么形容这种心情。

龙图军事学院的学生没法不看，可是张五雷的表现等于把莫峰等人的努力全抹杀了，等于一块臭肉带坏了满锅的好汤。

眨眼间法比奥摧毁了第二组的十二个飞碟。

前面两组是适应性的，一般情况下也是交手双方争抢得最激烈的，可是张五雷全让了。

接下来就是天女散花，上百个飞碟带着各种旋转轨迹一下子炸出来。

拼枪速、拼精准度……

法比奥刚准备一鼓作气拿下的时候，耳边爆炸。

胖子开枪了，一个旋转的胖子，一个疯狂的胖子，他手中的虎贲像是致命的沙罗曼蛇高速喷射。

这一幕很多人都很熟悉，因为有一个几乎被大家背下来的视频。

EM 第一个"S++"视频。

神化狂风螺旋复合点射！

旋转的胖子，暴射的虎贲，不需要压枪，一枪接一枪，两把虎贲交叠划出美妙的弧线，力道都被完美的移动给使用了，大家看到的仿佛不是战斗，而是华尔兹。

法比奥连忙出手，连续几个目标都被张五雷抢走了，虎贲的声音和狂暴的节奏感，是极隼拍马也没法比的，一个是重金属吉他，一个是电子琴，这有的比吗？

漫天的爆响，大屏幕上给出的数据，没有空枪，张五雷的命中率是百分之百，但是这个家伙几乎没有怎么瞄准。

神秘人？

不，这该死的家伙，比神秘人展现出来的技术更高超，因为他用的不是压枪精准点射，而是顺枪精准点射，这是更高的境界。

"弧线枪"？

不需要，因为他的顺枪点射更快、更全面，不需要补漏。

胖，这是事实。

但他是个灵活的胖子，身体的弧度更好，旋转的弧度也更好，但弹夹的更换更是在无形之中，整个过程最多耗时零点三秒。

如同艺术一样的射击。

虎贲的手感和那种压制，所有的气势被张五雷彻底发挥出来了。

从小到大，一个被动漫浸染的死宅胖都在幻想这样的一天，脑海中无数次地重复，在孤儿院的时候用的是水枪，他可以命中乱飞的苍蝇。

莫峰静静地看着，他看到的不仅仅是场中的胖子，还有那个在战场上和他一起并肩作战、几经生死的兄弟。

不疯魔不成活！

强大的压力和期待，已经到了张五雷的极限。

物极必反。

他做出了自己正常状态下绝对不会做的选择——彻底释放了潜力。

莫峰的枪法是跟胖子学的，他一直都是这么说的，论枪法，胖子就是最厉害的。

哪怕不到张五雷的巅峰状态，对付这些菜鸟……够了。

法比奥在拼命地追枪，是的，漫天的目标，可是没有一个是他的。

这片天空，已经被胖子承包了。

行家一伸手，便知有没有，张五雷所展现出来的技术对法比奥这种精英来说是摧残的。

两个人在同一个战场，同一个节奏，当张五雷用出这样的技术，近乎炫技。

法比奥咬着牙，拼命地追，死命地追，哪怕击中一个目标都好，哪怕只有一个！

轰轰轰轰轰……

然而，就像法比奥自己所认为的，现实是残酷的。

自从胖子开始开枪，法比奥就再也没有命中过目标，大屏上，胖子这边

的目标数已经是鲜红的一百了。

他已经可以攻击对手了。

可是比赛却已经停止，优秀的月球人、骄傲的月球选手法比奥，已经呆滞了。

他的脑海里全是神化狂风螺旋复合点射的轨迹，一种几乎让电脑都死机的点射轨迹。

本能的跟随，本能的模仿……已经超出了他的大脑的极限。

法比奥一动不动，但是他的作战室里却响起了警报，这是选手身体出现异状的征兆。

张五雷的双枪在手中回旋，这是他最爱的手枪套路，跟露露一模一样，虎贲就像是他身体的延伸一样听话，这个时候所有人都发现了，这胖乎乎的手是多么的灵活。

完成了这一套动作，胖子的脸上露出了一个灿烂的笑容，他已经……把对手给忘了。

太阳系数亿观众静静地看着胖子一个人在炫技。

无论是月球人，还是地球人，都被张五雷的枪法给吓到了。

足足平静了五分钟，系统的宣判声提醒了所有人，因为胖子并没有开枪命中法比奥，法比奥是自己"退赛"的，经过裁定，张五雷胜。

尽管是月球选手的主场，大家却都不是瞎子，就像一开始质疑孙小茹一样，组委会也必须给出结果。

法比奥由于过度透支精力，吐血昏厥，张五雷胜。

哈哈！

下一秒，现场陷入了无法控制的沸腾和疯狂，地球人陷入了疯狂，他们又蹦又跳，撕扯着自己的衣服，用骨髓里的力量在咆哮！

至于直播上就更不用说了。

爆炸！

又一场胜利。

龙图四人进入三十二强，在地球选手全面不利的情况下，龙图军事学院异军突起，几乎以一己之力扛起了地球的大旗。

龙图！龙图！龙图！

现场是这样在呐喊，弹幕上也全是"龙图"。而在龙图军事学院，张五雷获胜的那一刻，所有的学生都开始狂奔、拥抱、欢呼、呐喊、咆哮……

上一刻，张五雷还是被整个地球唾弃的人。

这一刻，他就是上帝、英雄。

回到现场的胖子，呆萌地听着全场的呐喊，而在采访区，正有无数的记者在等待着。

龙图……神秘的学院，神秘的力量。

月球选手区的氛围则是沉默、冰冷。

这一次，他们的目标是碾压，是赢得绝对的拥趸和气势，以便于实施后面伟大的复兴计划。

实际上，从比例上，他们也确实做到了，可……总觉得他们并不是胜利者。

三十二强结束之后，有一个集中的采访，无论是月球的记者还是地球的记者最想采访的就是龙图的选手。

但是在新闻发布会上，古玉却没有给记者这个机会。他看到了希望，可不会被外在因素扼杀掉，莫峰在他的意料之中，没想到莫峰身边的人也会带来这么大的奇迹。

有专门的新闻发言人来应付记者，而选手需要休息，需要准备后面的战斗。对很多人来说，三十二强似乎是够了，但是对于古玉来说，危机不但没有解除，反而更近了。

三十二强，地球只有区区六人，创造了历史最差战绩，而在第三轮，对手将是更加强大的选手，莫峰等人的优、缺点都将被放大，月球人势必会不惜一切代价地加以针对。

真正的战斗才刚开始。

外界的喧闹并没有影响到莫峰等人，此时三人正站在病房门口，他们从医生那里了解到了孙小茹的情况。

她这属于脑力和体力的剧烈透支，不过并没有生命危险。WU 会引起一些状况，但像她这样严重的也是比较少的。据医生说，这种情况一般都是深层睡眠一段时间，当然补充足够的营养之后会醒来，但这个时间可能是一两天，也可能是五六天。

问题是，第三轮的战斗并不会等。

第二轮结束后会休整一天，紧跟着就会展开十六强争夺战。从大局上说，月球人无比占优势，接下来的比赛中他们大半是内战。毫无疑问，身为一名战士，无论对手是谁，大家都想更进一步，站在至高的舞台上，但那种残酷性显然会降低一些，从某种角度上说，还是有机会保存实力的。

当然这并不是地球战士需要考虑的，他们现在唯一的想法就是如何晋级。

古玉将军这边也承受着巨大的压力，"龙图现象"只是块遮羞布，并不能掩盖眼前的屈辱局面。

从战力角度上分析，龙图的四人都存在着明显的缺点和不稳定性，黑马固然有冲劲，但黑马也是最容易被扼杀的。

古玉也没办法，他隐约感觉到发生了什么，却没什么蛛丝马迹。

另外一边，莫峰没有睡懒觉。难得休息一天，胖子在呼呼大睡，倒不是睡懒觉，他最近的表现明显是处于另外一种 WU 的状态，能吃能睡，这也是一种自身的自我修复、补充，跟在火星时没什么两样，这肯定是最幸福的那种体质。

莫峰做了一些常规性的训练就接到了马可的天讯，看来这家伙又发现了什么。

他们没有约在外面的咖啡厅，而是在一个不起眼儿的小巷子里见面了，倒是把莫峰吓了一跳，马可快成熊猫眼了。

"发生了什么？"

马可四下环顾："老大，有点儿不对劲，和我常联系的几个哥们儿失踪了。"

莫峰没有太大的表情变化："你们最近发现了什么东西吗？"

马可点点头："前几天不是说星际探险频繁的事吗，我着重在这方面调查了一下。我的几个哥们儿对这方面也很有兴趣，加上有一个还在沃尔特财团工作，就深入了一下。"

沃尔特财团，月球上数得着的大财团，风格激进，对地球人极为不友好，看看兰德斯·沃尔特就知道了。

马可咽了咽口水："今天一大早醒来，我收到了他的开普勒密码……"

莫峰的心神一直感知着周围，就在刚才他有一种被监视的感觉，虽然有点儿模糊，但这种感觉他从来不会忽视："跟我走。"

这个时候最安全的地方反而是组委会驻地，莫峰把马可带进了宿舍。

"不用着急，把前因后果说一下。"莫峰微微一笑后说道。

马可的精神也稍微放松了一点儿，一口气喝了两大杯水，毕竟是军校生，虽然没经历过真正的战场，但这点儿心理素质还是有的。

"他的代号是'潜行者'，是地地道道的月球人，在黑客里面排名可以进前十，我们俩也是不打不相识。这家伙以偷窥绝密文件为乐，他进入沃尔特集团本就是想弄点儿大料。这是我们黑客间的比拼，很多时候这只是自我满足，并不会对外公开。我发布了关于星际探险的疑问之后，他们就开始在这方面下功夫，然后就开始一个接一个失踪。"

莫峰微微一皱眉头："你不会被发现了吧？"

"应该没有，我们谁也不会暴露身份，一旦出现异状都会化整为零。这么多人，月球人也没什么准确的办法。一开始并没有引起我的重视，直到'潜行者'给我发的开普勒密码。"马可的紧张中透着一种兴奋，"他只给我留了一个信息。"

——末日。

马可看着莫峰："老大，到底要发生什么，你是不是知道什么？"

莫峰彻底沉默了，到了这一步，他不应该再心存侥幸，也就是说，异族入侵并不是偶然。

第一种可能，月球人发现了异族，但在计划着什么。

第二种可能，异族就是月球人制造出来的一种生化武器。

莫峰更倾向于第二种，仔细想想异族的进攻方式中有很多类似人类的方面，这点只有身处第一线战场的战士才会有所感觉，但他们并没有更深层次的联想。

只是新的疑问来了，如果月球想要消灭地球，或者说获得太阳系的霸权，那为什么不直接进攻地球呢？

如果月球人的力量加上异族的力量一起进攻地球，以地球目前的力量根本就挡不住，可是异族却是一起进攻的，而在这个过程中，月球的牺牲同样很大。

难道是为了战后的舆论？

哪怕是莫峰的层次都不会这么傻，胜利者书写历史，如果能取得压倒性优势，战后的舆论根本就不是问题。

这场阴谋根本就不像是为了争夺霸权或者资源，更像是……要毁灭整个人类？

没错，就是要毁灭一切的感觉！

末日。

可是为什么？

疯子？不存在的，哪怕是第一次、第二次世界大战，也都是为了霸权和资源，而现在，这场战争没有任何的目的，只是单纯的毁灭？

绝对不可能，可以出现一个疯子，却不可能出现一群疯子。

莫峰不断梳理着自己的思路，他不能再被一些支线所迷惑，现在应该确定，异族的出现跟月球人有直接关系，而且月球人是知道的。

现在他需要知道的是，为什么操纵这场战争的月球人的目的竟然是毁灭整个人类？

月球人这样做的动机是什么？

绝对有动机，而这个动机可能超过他目前所拥有的知识面。

可以确定的是月球人非常的冷静和缜密，一定有更大的利益诉求。

时间是足够的，现在的问题是，他能不能打入这群人的内部，获得一个了解真相的机会。

莫峰的内心充满了无法形容的愤怒，为了什么，能让一个精英群体做出这么疯狂的事？无数战士为之牺牲，无数家庭破碎。

"老大，老大……"马可能够感受到莫峰的情绪变化，甚至能够感受到爆炸一样的力量，因为他也属于异能者，而且还是精神系的，特别敏感。

莫峰笑了笑，狠狠地揉了揉脸："有点儿魔怔了，马可，这些事到此为止吧。这可能是上层的博弈，我们再参与进去就是玩命了，切断所有的联系，好好享受生活。"

马可认真地看着莫峰："你是不是知道什么？"

莫峰看着马可，摆摆手："你觉得我一个龙图的学生能知道什么？"

马可摇摇头："你不是个普通的学生，你现在所做的一切都很不可思议，整个事件的方向也是你给我的。末日，难道星际探险中发现了什么东西？外星人？新的宜居星球？还是月球人想捣鬼？"

莫峰拍了拍马可的肩膀："你想太多了，这不是科幻小说，你不觉得我现在的任务应该是赢得比赛、赢得荣耀吗？洗个澡，睡一觉，醒来就是一个晴天，至于那个什么'潜行者'，一个黑客去入侵一个财团的网络，你当财团的人是傻子呀，他们肯定会告他。他给你发了一个什么消息，说不定也给其他人都发了，所以不要太较真。"

马可被说得一愣一愣的，好像也有点儿道理。他是有点儿钻牛角尖了，似乎要发生什么大事，但实际上，世界和平，虽然有点儿竞争，但也都是良性的。哪儿有什么末日，简直就是危言耸听。这种谣言从人类社会形成的时候就没有消失过，他竟然也有被邪教忽悠的潜质。

门被推开，睡眼惺忪的胖子走了进来："呀，马可你也来了，带没带好吃的？"

"如果你抓紧点儿时间，应该可以赶上午饭。"莫峰看了看时间说道。

"呀，午饭，我的早饭呢，上帝，我的早饭，吃不饱，明儿怎么战呀！"胖子连忙回去收拾了，如果再错过午饭他会绝望的。

马可也哭笑不得："他不是被淘汰了吗，明儿还战啥？"

"昨天的比赛你没看吗，他已经闯过第二轮了……"莫峰说道。

闯过第二轮？马可有点儿蒙，他这两天有点儿魔怔了，他还真没看，连忙打开天讯，找到 EM 频道才发现，龙图军事学院快成 EM 的代言人了。

周紫宸，天才少女，龙图排名最高的战士，远程、近战都相当有水准，临场应变更是一绝，是龙图的中坚力量，战斗中没有什么偶然因素，加上美丽的容貌和完美的家室，此次 EM 之后必将名动天下。

孙小茹，幸运少女，虽然不是惊艳型，却非常耐看。她的实力在整个 EM 正赛中肯定是下游水平，却凭借着自己的努力和意志连胜两轮，绝对的励志型代表，已经成了地球各大学院的重点宣传对象。天赋并不是与生俱来

的，但是努力却是自己可以做到的。

张五雷，一个让人看不懂的胖子，说弱，真的弱，据说只会打枪，没什么气势，没什么自信，但就是这样一个胖子已经连续碾压两场，第二场更是打爆了对手的自信、摧毁了对手的意志，还有谁敢小觑他，史上最会打枪的胖子。

莫峰，目前表现最好的战士，前两场展现出了无敌的近战水平，最关键的是那股气势，敢于无视月球人，支持者给他一个"武神"的封号，希望他能继续赢下去。

总体来说，地球人的愿望就是八强中有那么一两个名额，不要再变成月球人的表演赛。对于很多月球观众来说其实也是如此，强大固然好，但也会让后面的比赛早早失去悬念，这也是强大的月球人心中的一个小矛盾。

第三轮，地球选手面对极大的考验，已经到了这个地步，想要捡漏是不可能的了。

傍晚，地球人再次受到了打击，孙小茹选手由于昏迷不醒将缺席十六强争夺战，这让本就人才缺乏的地球人更加悲剧了。

会议室里，莫峰闭目养神，周紫宸则在看自己对手的视频，张五雷百无聊赖地打着哈欠，这次没人再逼他了吧，输也是可以的了，反正他已经无欲无求了。

没多久，门开了，剩下的两位选手，萨克洛夫斯基和达拉奥。赛前最后会议，他们五个人就是地球的希望，能进一个是一个，可刚出来的对战阵容足以让地球人绝望。

萨克洛夫斯基对战克丽丝·达文西、达拉奥对战弗洛伊斯、莫峰对战兰德斯·沃尔特、张五雷对战比比罗特、周紫宸对战阿兰·道尔。

这个时候不需要讨论有没有作弊，人家月球选手就是多，地球选手必须承受这些，月球五大种子选手命中四个，可以说第三轮是地球选手必须过的坎儿。

EM论坛差点儿爆炸，评论唱衰。月球选手中最弱的一个是张五雷对上的比比罗特，他是稳居月球EM前十的人，分数最高冲击过三千分，只不过是被笼罩在五大种子选手的光环下了，实力是顶尖的。

其实到了这一步，想要捡漏是不可能的，只不过这分组也太恐怖了。

萨克洛夫斯基和达拉奥都还算镇定，到了这个级别，哪怕对手很强大，他们也不会怵，只是想赢，他们并没有把握。

这绝对是一场鏖战。

"大家有什么想法都说一下吧，反正就剩我们五个人了。"达拉奥一屁股坐在沙发上，如果只是说个人的立场，他们五个都算是过关了，但从地球军人的角度来看，这次的情况简直是丢人丢大发了。

周紫宸苦笑："我中彩票了，阿兰·道尔。"

"阿兰·道尔号称'月球第一人'，应该是最强的，百分之百的异能者，只是现在还没有这方面的情报。"萨克洛夫斯基淡淡地说道。

"我这个也不差呀，弗洛伊斯，主近战，比武宗什么的强太多了，莫峰，这个给你就好。"达拉奥说道，"如果能知道他们擅长什么异能就好了。"

莫峰闻言笑了笑："我这里有点儿情报，但也不一定准确，阿兰·道尔的情况确实不知道，但是弗洛伊斯的异能是火焰，很强的火焰，克丽丝的能力有可能是跟气有关的。"

会议室本来就有点儿压抑，众人一听更是哭笑不得。

"莫峰，你这是从哪儿得到的消息，真的假的，火焰？还有更离谱的气？那个最喜欢炫技的兰德斯呢？"

"听说是跟黑暗有关的，他不是有个'黑暗王子'的绰号吗？"莫峰笑了笑。

"真佩服你现在还笑得出来，兄弟们，不管怎么样，咱们走到这一步已经不是个人的事了，再强也要打出我们地球人的气势，干他们！"达拉奥说罢，狠狠地捶了捶桌子给众人打气。

胖子一脸呆萌地笑了笑，这个貌似跟他没什么关系吧，比比罗特，EM三千分的大神，要是往常训练碰上，他会直接投降的。

其他人也没有要求胖子，毕竟以他的情况走到这里已经很神奇了，再提过分的要求就是不要脸了。第三轮的希望重点还是在莫峰、萨克洛夫斯基和达拉奥身上，这三人几乎代表了三个大洲的希望。

情势是危急的，可是如果他们三人能够进入十六强，干掉三个月球的种子选手，气势就将彻底翻转，八强反而不那么可怕了，所以真正的成败就在十六强争夺战。

这点不少人已经看出来了，虽然只是第三轮，但分量却极其重。

古玉并没有干扰选手的备战，官方干预不仅没什么用还会破坏节奏，他要做的就是不让外界因素干扰到选手。

选手们需要安静，需要思索战术，需要积累胜利的信念。

一切的一切都要看这第三轮，可以说有些话语权也是由结果决定的。

最差的情况就是全军覆没，而他也将彻底完蛋，不但没出成绩，还创造了史上最差战绩，他的地位和话语权也完了。

至于他发现的一些蹊跷更是会无从查起，只会被误认为是推卸责任、转移视线。

这个晚上对很多人来说都是难熬的，但新一天的太阳最终还是会升起。

决定地球人命运的第三轮开始了，整个竞技场座无虚席，六成月球人，三成地球人，还有一成是来自火星和小行星的居民。在 EM 的投票中，有六成的观众认为月球人会在十六强中横扫地球人，创造历史，只有百分之一的人认为地球人会有五人晋级。

张扬依旧和帕图雅坐上了解说席，帕图雅油光水滑，面色红润，张扬的脸色有点儿暗沉，没办法，他很揪心，十有八九他将作为史上第一悲剧解说员被钉在历史的耻辱柱上。

但是输人不输阵，在结果出来之前，该有的气势、该打的嘴仗一样都不能少！

"老张，别硬挺了，你觉得现在地球方面能有几人进入八强呢？"帕图雅肯定不会放过这样的机会，为了节目效果也是如此，只不过张扬恐怕是要反了。

张扬微微一笑："数量永远不能代表什么，哪怕只有一个人晋级，也照样能夺得冠军，哪怕你们有七个人进入八强，又有什么意义？"

帕图雅一愣，都到这份儿上了你这老货还敢装，不过他是儒雅的月球人，自然是不会生气的："看来你还是很有信心的嘛，我也希望如此，不然就真成了我们的训练赛了，哈哈。"

"别闪了舌头，结果还没出来，一切皆有可能！"

解说员互不相让，EM平台上也是战出了火气，主要是月球人太嚣张了，最近的舆论走向都是"碾压地球人""彻底淘汰地球人""月球人就是最优秀的""只有月球人才能代表人类"。

当然还有更难听的话，那就上不了台面了。

前三场是月球人内战，打得非常精彩，几乎每一场都有教科书级的表演，但哪怕是普通观众也看得出，技术层面很高，但缺乏杀气和战意，这也没办法，毕竟内战只剩下为个人荣誉而战了。

"嗯，前面三场的暖场赛表现得不错，重头戏要开始了。"张扬肯定是要讽刺两句的，都已经到这份儿上了，他也是破罐子破摔，不成功便成仁，没有退路。

"口气真大呀，不过一会儿你们来个五连跪，我看你怎么圆！"帕图雅也是有底气的，既然张扬要玩大的，他也没有尿的可能。

第四场，萨克洛夫斯基对战克丽丝·达文西。

双方一登场，整个会场的欢呼声直冲云霄，这才是上午最关键的一场，种子选手对战种子选手。其实张扬有一点说对了，十个亚军也没有一个冠军重要。

萨克洛夫斯基冷冷地望着克丽丝，显然克丽丝犹如女神一样的美对他这样的人并没有什么效果，因为刀子进去的刺啦声不会有差。

双方选手握手，萨克洛夫斯基的冰冷与克丽丝阳光的微笑形成鲜明对比，直接让一些中立的观众彻底倒向克丽丝。人类嘛，毕竟是感官动物。

支持率比较：百分之三十六对百分之六十四。

战斗场景：竞技场。

这是最残酷的，也是最能展现实力的场景，每个人都熟悉，没有任何遮挡，在狭小的角斗场，一个细小的失误就可以葬送整个战局。

毫无疑问，这对萨克洛夫斯基是有一定好处的，他是以近战闻名的。虽然克丽丝的远程、近战均衡，但总觉得这样美丽、华贵的女孩子还是跟残酷的厮杀不太沾边。

莫峰静静地等待着，克丽丝、阿兰·道尔、弗洛伊斯，这三人在未来也是大名鼎鼎的，一直就是年青一代中的领军人物，名气大，具体的实力，还真不是莫峰能够接触的。坦白说，那个时候的莫峰也没有关注这些，他与那三个人就像是两条平行线，不在一个阶级。

这几个人应该就是他夺冠之路上的最大阻碍。昨天得到马可的情报之后，莫峰的思路更加清晰了，既然是人类内部的阴谋，那他就必须打入内部，不入虎穴，焉得虎子。他需要获得一个荣誉，一个无论地球人还是月球人都必须认可、还不能绕过他的荣誉。

唯有冠军。

此刻正在比赛的双方都不约而同地选择了近战武器，萨克洛夫斯基选择的是双匕首，一寸短一寸险。克丽丝选择的是钛金剑，怎么说呢，这种武器更多的是装饰品，剑的形状漂亮，但在战场上，还是匕首、刀之类的更有杀伤力。

在裁判的一声枪响后，萨克洛夫斯基率先出手，虽然不是丛林这样适合偷袭的地方，有这样的战场他已经很满足了。

萨克洛夫斯基的速度是地球这边最快的，几乎一眨眼就突进到了克丽丝面前，一下手就直接割喉。克丽丝是月球人的女神，但对他来说可是一毛钱的意义都没有的。克丽丝轻轻一仰，让开攻击。此时地球这边可是非常开心，面对萨克洛夫斯基的攻击竟然轻易地闪避，让出先手，那等于让萨克洛夫斯基追杀到死。这是防守专家都受不了的，更何况是克丽丝。

萨克洛夫斯基古井无波，匕首幻化成一道道的白光杀向克丽丝的要害，克丽丝只能被动防御。还别说，萨克洛夫斯基的进攻虽然犀利，也迅猛，招招直指要害，但克丽丝这边展现了稳定且扎实的防御功底，一把本不怎么顺手的长剑却被她用得非常顺手，各种旋转、截挡都非常的精准、流畅，没有任何的失误，让萨克洛夫斯基的闪电战硬生生给拖住了。

迅猛的一分钟，在场的高手已经感觉出不对劲了，萨克洛夫斯基的攻击没有问题，可是却被轻易防了下来，这意味着克丽丝太强、太稳，无论是在力道上还是速度上，萨克洛夫斯基都没有压制住克丽丝，新人类的力量并不是看体型和性别的。

先手的速度和力量压制没有起到任何作用，那萨克洛夫斯基就要注意了，如果不持续压制，只要气势稍微一泄，就是克丽丝的节奏了。

克丽丝可是EM超过三千分的强者，千万别被她的脸迷惑了。

萨克洛夫斯基并没有着急，他也没觉得自己一轮就可以击败对手，先手压制那不过对弱者而言，面对克丽丝，他把自己放在一个冲击的位置上，女人的外表具有迷惑性。

强攻，再强攻，虽然无效，但是他绝对不会放过到手的优势。阿克力螺旋百斩出手，这个月球人轻视的大杀招在他的手中强横，当真比周紫宸厉害太多了。这一点台下的周紫宸更清楚，在她的手中，螺旋百斩是有型有套路的，所以才容易被针对，但是在萨克洛夫斯基手中只能看到炫目的刀光、回旋多变的轨迹。

那第十二刀的破绽在萨克洛夫斯基手中并不会出现，这就是水平。作为顶尖高手，他会在出招的时候不断地修正，如果克丽丝敢在这个时候跟他硬来，欢迎之至！

克丽丝边抵挡边后撤，明显比刚才要吃力一些了，但是谁都知道，再强的战士体力和精力也是有限的，这是人类的瓶颈，除非萨克洛夫斯基取得实际的战果和优势，否则等待他的可能是更危险的情况。

此时的萨克洛夫斯基选择相信莫峰，其实他有其他更擅长的连环攻击，可是莫峰说了，阿克力螺旋百斩本就是有问题的，哪怕是高手修正了第十二刀，在斩到第八十刀的时候，同样的问题还会出现，而这个时候是无法修正的。

招不在鲜，有用就行，心理战这东西本就是互相的，关键在于月球人并不知道地球人同样掌握这个信息。

看热闹的只是觉得萨克洛夫斯基很猛，但是看门道的已经感觉到危机了，胜负即将揭晓。

"这家伙死定了，除非有人泄露了情报！"兰德斯环顾周围，"要是让我知道是谁，我一定让他求生不得，求死不能！"

阿兰·道尔微微一笑："不要制造紧张气氛，地球人有可能也发现了。"

"哼，但愿，可是我不相信他们连第八十刀的破绽也能发现！"兰德斯说道，他不想反驳阿兰，但是他依然坚持自己的看法，他认为有内奸。

当萨克洛夫斯基砍到第七十刀的时候，气氛变得紧张起来，月球人这边都知道快到关键赛点了，每个人都瞪大了眼睛。

而在地球这边，只有参赛的五人才知道莫峰点破的这个问题。

七十五刀……七十九刀。

就在萨克洛夫斯基即将使出第八十刀的时候，一直处于防守状态的克丽丝忽然之间不退反进，一剑杀出，完全是硬碰硬的打算，这种被动出手想硬扛，完全是找死呀！

可是偏偏，克丽丝后发先至，第八十刀有个小的精力瓶颈，这一刀会慢一点儿，但是衔接在连招之内很难被发现，但是如果被针对了，克丽丝又能完美地执行，只要萨克洛夫斯基不变招，必死无疑。

而且剑比匕首长！一寸长，一寸强！

对面的萨克洛夫斯基瞠目结舌，似乎完全没想到会有这样的变化，整个会场都寂静了，唯一的破绽被月球人抓住了！

达拉奥等人却是皱紧了眉头，因为萨克洛夫斯基没有变招！这不是找死吗？

兰德斯等人则是露出笑容，这一局赢定了。

但是下一秒，萨克洛夫斯基却在众目睽睽之下消失了，原地消失！

与此同时，克丽丝长剑离手，整个人一个旋转，噌……

整个人高速后退，像是有鬼魂在追杀她一样，大家只能听到哒哒的声音。

萨克洛夫斯基是异能者，而且还是隐身异能！

简直厉害到原地爆炸呀！

这比蒂凡尼的拟态更厉害、更猛，而且没有环境要求呀。

瞬间地球人的气势彻底被点燃，这是漏洞的能力，一出就是无敌！

噌……

凭空一把匕首射向克丽丝，萨克洛夫斯基没有纠缠，异能对精神力，也就是大脑负担非常大，匕首脱手之后会显形，但这种追杀下，他真不信对手能躲过去。

再强的判断也是需要时间去反应的，克丽丝真的不弱，不夸张地说，他这个对手最有话语权，近战技术五五开。

可是这飞刀你怎么躲！

跟随飞刀而来的是萨克洛夫斯基的突进，没有任何花哨的动作，此时要躲飞刀只能后仰，一旦后仰就算躲过飞刀，等待她的也是致命的刺杀。

这一刻，萨克洛夫斯基完全展现出一个暗杀者的战斗素养，冷静、迅猛，不带一丝感情，杀气完全释放，震慑猎物。

噌……

全场一阵惊呼，紧接着一阵哗然。

萨克洛夫斯基踉踉跄跄地显现出身形……他的飞刀落空了，攻击也落空了……

此时的克丽丝如同真正的女神一样悬浮在空中——她可以飞……

刹那间，克丽丝的支持者癫狂了，这是真正的女神，连异能都与她这么匹配。没办法，人们喜欢这种，崇拜这种，相比隐身能力，很显然飞翔的能力更阳光、正气。

而这一愣神儿，克丽丝已经俯冲而行，萨克洛夫斯基几乎是下意识地强行进入隐身状态，可是移动的身体却像是凝固了一样，好像周围有无形的墙在阻挡他！

高手争一线的机会，他终于明白"气"异能是怎么回事了。

"气"异能简直就是"绝望"的代名词。

萨克洛夫斯基没有闪避，闪才真的会死，他要与她同归于尽！

身体微微一侧，他要用肩膀扛一腿。只要踢不死他，他就能换一刀，真正的厮杀拼的是谁更狠！

轰！

全场陷入死寂……

裁判咽了咽口水："克丽丝选手，胜！"

萨克洛夫斯基的判断是没错的，问题是，他并没有扛住这一腿。

"哈哈哈，耍小聪明的蠢货，加了气异能助推的克丽丝的一脚就跟火箭炮一样，用肩膀扛，愚蠢呀！"兰德斯疯狂大笑，"阿兰，我尊重你，但你看，第八十刀的破绽也被地球人得知了，我觉得要在内部展开调查！"

众人沉默，显然也都感觉到了问题。获胜，是因为克丽丝够强，隐身加"将计就计"换一个人可能真的就裁了。这确实是军事研究所给的最新奥义，

地球人不可能知道的，而且从情报上看，地球人也没有注意这一点，为什么到了大赛中就不好用了呢？

偶然？

连续两次，也太偶然了吧！

阿兰·道尔微微摇摇头："这件事 EM 结束后再说吧，现在不适合过于深入，而且我觉得问题可能还是在地球人那边。"

"阿兰，话不能这样说，大家尊敬你，是因为你的实力和智慧，这么明显的问题怎么能放任，万一后面再出问题怎么办？"兰德斯忍不住刚了一把，他确实打不过阿兰，这家伙是个怪物，但是不代表他不能争夺一下第一把交椅。

阿兰微微一笑："我做出的决定我负责，这件事到此为止，相比找出真相，我更在意我们的团结。"

阿兰笑容很温和，但是语气却不容置疑，除非兰德斯现在要挑战阿兰。

下一秒，兰德斯耸耸肩："无所谓，既然说到这份儿上，我也无话可说，反正我是为了月球的荣誉。"

如果后面真的又出问题，那绝对是对阿兰领导力的一次重大打击，兰德斯也没想着正面硬扛，他又不傻，而且局面也不怎么好，刚刚赞成他的只有一部分罢了。

月球内部的小小争执无碍大局，外面已经爆炸般地欢呼，"女神"之名响彻天空。

击败拥有隐身能力的"暗影"萨克洛夫斯基，瞬间让克丽丝成为现在EM 人气第一的选手，这也是第一次有人超越阿兰·道尔。

连地球人都只能感叹，明明可以靠脸，偏偏天赋和技术都这么强，真是不给别人留活路呀。

克丽丝强大到了一定程度，加上她一贯良好的口碑，她的地球粉丝的数量也变得庞大了起来，甚至超越了很多地球选手。

克丽丝也成为第一个同时征服地球人和月球人的选手，口碑爆棚。

随着大屏幕的慢镜头，地球选手区陷入了彻底的沉默。有心算无心，还加上隐身的异能，竟然都被躲过了，更可怕的是，克丽丝的异能不仅仅是飞行。坦白说，飞行很厉害，但可以针对，毕竟动作慢，目标大，可是克丽丝似乎能操纵"气压"，这才是真正让高手绝望的。

究竟是什么样子，没人知晓，只是从目前展现出来的，就已经不可战胜了。

没人比周紫宸更绝望，因为她面对的阿兰·道尔是比克丽丝更无解的人，至少月球人是这么说的，那阿兰·道尔是什么鬼？

兰德斯、弗洛伊斯是和克丽丝平级的，难度可想而知。

这种配置，这样的能力，地球人想进入十六强难道要依靠……张五雷？

只有他的对手不是种子选手。

所有人的目光都集中在了正在吃零食的胖子那里，他一直在吃，从出现，一直吃到现在，没人说什么，别说吃零食，他就是要就地小解，大家也会装看不到。

可是看着轻松的胖子，完全是"放弃"的打算呀。张五雷真的是随缘的，如果是近战，他可以直接弃权了，远程嘛，看发挥，反正没有压力。

今天是星期五，对地球人来说，像是黑色星期五的开端，上午四场皆败，尤其是克丽丝展现出来的压制力量更是给后面的选手带来了巨大的压力，而月球选手则是轻装上阵，哪怕是内战，他们也只需要展现自己，引领风潮就可以了。

午饭在窒息的气氛中结束，甚至没人试图缓解气氛，因为实在没这个力气，这也是莫峰的针对性战术第一次失算。

不能说战术不好，也不能说萨克洛夫斯基的执行能力差，只能说克丽丝更胜一筹，也让萨克洛夫斯基输得心服口服。

下午的开场就是达拉奥对战弗洛伊斯。

从萨克洛夫斯基的实力也可以看到达拉奥的水平，很多专家都分析过，达拉奥才是地球选手中的第一名。龙图虽然有黑马之相，却并无王者之威，公认的顶尖强者必须没有软肋，且必须是异能者。

异能不是最可怕的，可怕的是一个顶尖战士拥有有效异能，他们可以把天赋最大化。

达拉奥很明显也是拥有异能的，只是谁都不知道是什么罢了，而且军方也认为，拥有异能的战士要更优秀一点儿。

简单地吃完饭之后达拉奥就一个人静静地等待着，这个时候没人会去打扰他。他的对手弗洛伊斯是月球平民阶层的代表人物，从 EM 近三年的成绩来说，他都是最好的。虽然阿兰·道尔的名气更大，可是很多人认为这是因为姓氏，真正最强的人是弗洛伊斯。

相比其他人有很多爱好和活动，弗洛伊斯的爱好似乎只有战斗。

他的武器是剑，只有剑，随身携带，似乎就没见过他离身。

莫峰也在看着，弗洛伊斯这个火星战场大名鼎鼎的煞星，这个时候长相略显青涩，可是他大概是这里面最老到的一个，因为这是一个疯狂的人，可以称其为"剑痴"。

他这可不是为了炫耀或者装饰，而是一种极度的心理暗示，潜移默化地让剑成为身体的一部分。

如果说近战最怕遇到什么样的对手，那就是遇到弗洛伊斯这种对手了，当然他的枪法并不差。火星战场上，弗洛伊斯在陆军服役了一年，算是这些天之骄子中唯一肯落地的，所以也让莫峰高看一眼。

大家都在静静地等待着，贵宾区，古玉也在等待着，他的压力从没有像这么大，虽然脸上什么都看不出来。达拉奥确实是地球军方认定的最强者，也是最有希望杀入八强的选手，可以说被寄予了厚望。

可是弗洛伊斯，在地球忌惮的名单里，他是排第一的，连阿兰·道尔都只能排第二。

无论是偶然，还是月球人动了手脚，现在都必须面对，战士总是要用实力说话的。

双方选手进场，用山呼海啸来形容也不为过，弗洛伊斯固然大名鼎鼎，达拉奥在地球上也是名动天下，一直稳居 EM 前三名，而且跟别人追求分数不同，达拉奥的战斗很随性，会在远程对战的时候选近战武器，近战的时候选狙击枪，各种浪，花样皮，可是这种态度更说明他把 EM 当成一种积累经验的手段，而不是单纯为了一个名次。

毫无疑问，棋逢对手。

达拉奥和弗洛伊斯握手，两人的手都非常的粗糙，两人的嘴角不约而同地露出一丝微笑，或许这是荣誉之战，但就战斗本身来说，对方是个好对手。

战斗场景：竞技场。

对于两个全能战士来说，这无疑是非常能发挥水平的。

弗洛伊斯选择了钛金剑，跟克丽丝不太一样，他对剑的痴迷更甚。

达拉奥选择的是钛金大剑，它属于重剑型，属于那些擅长力量的战士使用，剑长两米一，配上达拉奥近两米的身高，显得格外凶猛。

弗洛伊斯的身高也有一米八五，但是跟达拉奥相比却是矮了一截。

达拉奥一进入战场，所有的杂念消失，这也是南美战士的特点，激情型、现场型，越是关键时刻，越有气势，这点在他身上体现得淋漓尽致，大屏幕给出的特写，他嘴角的那一丝微笑，说明他已经完全进入了战斗状态。

弗洛伊斯则是表情平静，步入战场，竞技场安静下来。

随着裁判的一声枪响，战斗开始，双方一动不动，弗洛伊斯的钛金剑斜指地面，达拉奥则是双手握着大剑。

说真的，这种大剑虽然看起来凶猛，但选用的战士很少，大开大阖，往往意味着漏洞百出。

双方都目不转睛地盯着自己的对手，气势不断攀升，寻找对方意志的一个薄弱环节，但是很显然，这个级别的选手，是不会出现这种软弱的现象的。

弗洛伊斯不动如山，而达拉奥的攻击性更强，气势不断攀升，他知道不可能压制对手，但他只需要达到自己的巅峰。

当蓄势进入临界点，一声暴吼，达拉奥如同闪电一样出手，那八九十斤的大剑像是完全没重量一样，一道白光带着狂暴的气劲杀向弗洛伊斯。

就在所有人都认为弗洛伊斯要回避的时候，他已经迎了上去，手中的钛金剑正面对抗。

轰……

火花四射，剧烈冲击明显压制了弗洛伊斯，达拉奥的大剑像是完全没重量一样，迅速连环跟进，一旦接触了，就像是被黏住了一样，钛金大剑不但没有笨重感，反而带起了澎湃的气势如同飓风一样扫了过去。

这就是达拉奥的飓风重剑术！

重剑出于设计原因，再怎么挥舞也会比匕首慢，但重剑的奥义在于结合气势，气势加连环的剑招，会形成范围压制。

可以说，用好匕首容易，而能用好重剑才真的需要天赋，这是练都练不出来的。

最终会达到一种一力降十会的效果。

虽然拥有灵巧的优势，可是弗洛伊斯却发挥不出来，达拉奥的覆盖范围太强了。

飓风双手剑，瞬间连斩十三剑，剑剑都逼得弗洛伊斯不得不硬挡，而这样的防御必然会导致崩溃。

所有人的心一下子揪紧了，尤其是月球观众，弗洛伊斯可是他们的招牌，这一战可以说是最势均力敌的，谁都输不起。

达拉奥打得非常痛快，信心也在不断攀升，对手也不过是个人，一旦落入他的节奏，也一样翻不出花样，这是重剑的特点，妄图对抗才真正是做梦。

第十五剑硬生生地弹开了弗洛伊斯，他被迫后退两步，身体明显承受了冲击，给达拉奥留下了机会。

达拉奥中路突进，双手变单手，左手护着长剑，中路的坦克突进，速度陡然提升。

被动的弗洛伊斯忽然刹住退势……似乎是要硬刚？

这个时候，任何一个有脑子的人都会闪避呀！

弗洛伊斯一剑点出，达拉奥金发飞扬，如同即将咬住猎物的黄金狮子，一剑杀出。

轰……

一声爆响，坦克一样冲击的达拉奥硬生生被定住了，如同一列火车直接撞向了珠穆朗玛峰……

强烈的反弹力让弗洛伊斯差点儿吐血，而弗洛伊斯的剑擦着重剑，带起一串火花直接杀向达拉奥。

达拉奥只能弃剑，否则就是死。

重剑脱手，可是达拉奥却没有后退，而是扑向了弗洛伊斯。

柔术！

达拉奥确实擅长用大剑，但他真正的撒手锏却是近身搏击，各种关节技、落地技才是可怕的，一旦被达拉奥贴近那才是真的完了。

钛金剑划破了达拉奥的胸口，血液飞溅，但是达拉奥也成功拿住了对手的胳膊，身体一个回旋就绕到了对手的身后，瞬间勒住了对手的脖子。

这变化，看得所有人目瞪口呆，谁能想到后发的弗洛伊斯竟然有这样大的力量，而达拉奥忽然放弃大剑改用柔术，也是出乎意料。

一个喜欢用长武器的人，却是擅长柔术的？

这个秘密在地球这边也只有极少数人知道，双方都为了这次 EM 做了充足的准备。

达拉奥的身体要大一圈，当真如同咬住羚羊脖子的狮子一样，哪怕弗洛伊斯有再大的力气也无法挽回败局！

达拉奥发力，他要拧断对手的脖子。

双方的角力，虽然个头小，但弗洛伊斯的力量是优于达拉奥的，可是柔术这种专拿要害的贴身技术真不是单纯的力量可以挣脱的。

弗洛伊斯的脸憋得通红，单手试图挣开达拉奥……

到了这一步，就是力量的博弈了。

大屏幕上，细节一清二楚，所有人都张大了嘴，占据了绝对优势的达拉奥，似乎拼力量都拼不过弗洛伊斯了，弗洛伊斯不是要挣脱，而是要把达拉奥的手捏碎！

耳边已经响起了骨头的揉搓声，达拉奥更是感受着对手怪物一样的力量，他的手已经变形了，再这样下去骨头都要碎了。

吼！

如同低音炮一样的吼声响起，陡然间，达拉奥的脸色赤红，像是被煮过的螃蟹一样，身体竟然冒出了蒸汽，身体进一步地膨胀，而弗洛伊斯怪物一样的力量被压制住了，达拉奥粗了一圈的胳膊直接弹开了弗洛伊斯的手！

这就是达拉奥的底牌——燃血狂化！

只有不到两分钟的时间，否则，他的心脏就会像气泵一样爆裂，这也是燃血狂化的弊端，但是在这两分钟里，他的力量会翻倍，失去痛觉，肉体和骨骼都会极大地强化。

目前的局势，足够了！

无数地球人狠狠地握着拳头，太解气了，对手装大发了，一只手就想逆天吗？！

这狂暴的异能足以秒杀弗洛伊斯，太不把地球最强的战士当回事了！

古玉和周围的军方高层略微松了一口气，这真是挽回颜面呀。达拉奥的异能优缺点明显，军方也在寻找解决的方法，但这次的EM肯定是来不及了。如果他能维持更长时间的狂化状态，那才是真正的无敌。

狂化后的达拉奥也抛却了最后一点儿疑虑，那就是火焰，区区一点儿火焰又能……

轰……

眼看要被拧断脖子的弗洛伊斯身上忽然暴起冲天火焰，瞬间笼罩了对战中的两个人，澎湃的火焰足足冲起五六米高的火浪。

最可怕的是，火焰浓度彻底遮挡了视线，人们唯一能听到就是凄厉的惨叫。

火焰之中，达拉奥想要挣脱，却完全挣脱不开，弗洛伊斯的手指已经插入了他的胳膊。

只是几秒钟，达拉奥就被活活烧死了。

弗洛伊斯的异能不是火苗，而是类似喷火枪一样的高爆火焰。

火焰对敌人是伤害，对弗洛伊斯则是进一步的强化，只可惜，对手的肉体还是太脆弱。

砰砰砰！

火焰炸开，伴随着一些黑色的小碎块，弹射了一地。

两个人，变成了一个人，还有一地的灰烬。

没过多久，作战室里就响起了警报，显然是达拉奥出事了，这种程度的刺激，足够对精神造成伤害。

达拉奥已经昏厥，被抬走了，有没有后遗症不知道，只是十六强争夺战的第一天，地球人全军覆没，且输得一点儿脾气都没有。

燃血狂化……跟超级火焰异能相比，实在是太鸡肋了。

一个超凡，另一个超神。

惊险吗？

看看整个月球选手区的淡定，就知道根本不是个事。

柔术？

不好意思，他们是知道的，很显然弗洛伊斯是故意被拿住的，他的火焰能力到了瓶颈，想通过这样极其兴奋的舞台来寻找机会，月球人之间没有人有这种气场，只有地球人有。

这是典型的没有难度制造难度也要上。

但最终还是有点儿失望。

狂化的方式有很多种，从鸡肋的肾上腺素，到现在的异能，这种自残的异能实在太低级了。

相比之下，还是萨克洛夫斯基的隐身要好一点儿。

地球这边一片绝望，选手们像是被冰封了，心理战、出奇的技术、异能全都用上了，结果还是被碾碎了。

莫峰没有惊讶，如果弗洛伊斯已经悟了，那达拉奥就肯定不是他的对手。异能者代表着更强的基因力量，毫无疑问，弗洛伊斯要比达拉奥强一个级别。

地球方面也是从这次 EM 之后开始培养异能者，发觉基因力量的，但各方面都比月球落后了不少。

目前这种情况虽然不利，但对莫峰来说却也不是坏事，只不过不能有任何一点儿失误了。

他能不能进入核心序列，获得接触机密的机会，就看这次 EM 了。

散场了，达拉奥惨败之后，大家连看的心情都没了。

地球观众离场，直播上更是人数锐减。

希望越大，失望就越大，地球选手第一天就全军覆没，明天只剩下三个龙图选手了。

奇迹？

看了今天月球选手的表现，已经没人敢想了，除了两位种子选手展现异能，出场的月球选手里面，还有五人用出了惊艳的异能。

除了胜利，从局面上也碾压了。

第二十四章

以德报怨，何以报德

十六强的第二阶段比赛开始了，月球人已经提前进入了狂欢阶段，感觉这并不是惊险刺激的 EM 大赛，而是他们的嘉年华。

上午第二场周紫宸对战阿兰·道尔，周紫宸没想赢，只是想尽自己的力量多逼一点儿阿兰·道尔的底牌，双方是城战战场，这是一个比较有机会的战场，但是阿兰·道尔并没有给周紫宸机会，在枪战中解决战斗，回了一手张五雷的弧线矩阵点射。

整个战斗过程，阿兰·道尔都很轻松，开场三分钟基本上都是在让节奏，让周紫宸尽可能地发挥，然后时间节点一到，打了周紫宸探头的提前量，弧线矩阵无从闪避。

张五雷当时用这一招的时候就很暴力、很夸张，基本上锁定了范围，必死无疑，但这一招的不稳定性极大，胖子自觉状态好的时候也就只有七八成的把握，很多人都在模仿，感觉根本不是实战枪法。

而阿兰·道尔用得实在是太轻松了，丝毫不觉得是运气。

没有任何异能出现，却是最轻松的一场。

黑马、奇迹没有出现，这也是意料之中的，只有极少数人抱着希望，但现实是摆在那里的，周紫宸的 EM 最多也就是两千多分，怎么跟三千多分的阿兰·道尔比？

做梦也应该现实一点儿。

上午的比赛依然延续着月球人的节奏，各大媒体轮番轰炸，地球人现在几乎都要抬不起头了。

月球选手真要彻底封锁十六强？

真的有可能，但并不重要，其实月球军方只要求封锁八强就可以了，当然如果完成对十六强的封锁，对于政局会更有利，在太阳系的军费分配上，月球也将更有优势。

只剩下莫峰和张五雷了，莫峰是下午第一场，张五雷是最后一场，胖子又有机会压轴了。

但是就在这个无可匹敌的节奏下，意外出现了。

中午的比赛结束后，地球选手莫峰接受了媒体的采访。

在这种情况下，尤其是下午的比赛还没开始的情况下，他竟然答应了采访。

本来只是月球的一家媒体碰碰运气，预料莫峰不会答应，结果他却答应了，然后就来了上百名记者。

"莫峰选手，你对现在的局面怎么看，地球的军校制度是不是出了问题？"

"莫峰同学，地球方面的战绩这么差，你有什么感想？"

"莫峰，你有没有考虑加入月球联邦？"

无数的话题抛过来，各种秀优越，更不用说陷阱了，他们都没想到莫峰竟然会受激，接受采访。

得到消息的古玉等人已经来不及阻止了，这个时候莫峰说的任何话都可能会被放大，会被认为是代表地球军方在发言。

众多记者像是饥饿的野兽一样盯着唯一的猎物，一旁还有一个胖子，当然这胖子显然只是吃瓜观众。

莫峰按了按双手，示意大家安静，看着一双双渴望的眼神，他微微一笑："其实，我真不明白大家为什么这么兴奋，几个人进入十六强，几个人进入八强，真有那么重要吗？大家来这里是争冠军的。"

全场鸦雀无声，赶来阻止的地球方面的工作人员也全部傻眼了。

这不是实力问题，而是智商问题了。

冠军？争夺冠军？

现场瞬间议论纷纷，记者们就像是嗜血的鲨鱼，终于发现了猎物，也就是说，到了这个地步，地球选手还想要争夺冠军！

指望谁？指望莫峰和这个叫张五雷的胖子？

他们真以为有两手就唯我独尊了？

一大堆问题抛过来，莫峰却完全不理，带着胖子施施然地走了，完全不受影响，更没有什么害羞的意思，一副理所当然的样子。

这一切都被记录下来了。

莫峰接受采访的视频几分钟之后就传遍了太阳系的各个联邦，各种大标题铺天盖地地撒开。

"宇宙第一狂莫峰大魔王！"

"地球人最后的遮羞布是卑微的自尊。"

"最可悲的事发生了。"

……

莫峰完全是把自己架在火上烤了，回到选手区，连地球这边的人都打算和他划清界限了。

比赛结束，这家伙就完了。

不仅仅是比赛完了，他的军人生涯也完了。

再怎么愚蠢，也不应该在结果出来之前说这种话。

周紫宸一脸复杂地看着莫峰，失败总是难受的，只是她不想影响到莫峰和张五雷才装作若无其事，可是……

"学长，就算……也应该等比赛结束之后呀。"周紫宸忍不住说道。

莫峰笑了笑："马后炮多没气势，我是那种人吗？"

"可……你的对手……"周紫宸真不知道该说什么好。

"都一样，安啦，反正一会儿就有结果了。"莫峰随意地摆摆手。

其他人都一脸无奈地看着莫峰，连萨克洛夫斯基也沉默了，嘴炮一时爽，下半辈子就完了，他还一直以为莫峰比他们都沉稳。

只有张五雷无所谓，反正怎么输都是输，过过瘾也好呀。

这时莫峰的天讯响了，这个时候基本上都被屏蔽了，只有有限的几个人能打进来。

"小峰峰，刚刚你那段演讲实在太帅了，不愧是我调教出来的，给你九十九分，不要骄傲。告诉你一个好消息，那个视频老爸老妈也看了，输了你就不用回来了。"

能这么说话的就只有莫小星了，莫小星倒不觉得有什么，都已经这样了，如果连勇气和搏命的气势都没有，还搞什么？

老年人就顾忌多，越是打不过，越不能尿，现在好了，整个地球的媒体一片唱衰，连个反驳的都没有。听说最近打听移民条件的人增加了几千万例，这是什么鬼？

龙图军事学院，大屏幕上正在放着莫峰的这段采访视频，整个学院都很安静，没人跟着疯狂，因为前面真是输得太惨了，周紫宸也没有继续创造奇迹，最关键的是，与莫峰对战的是种子选手，有着"黑暗王子"之称的兰德斯·沃尔特。

如果说还有人能高兴地笑出来，那就是李威廉了，这叫什么？

莫峰的这种行为有个典型称呼——作死。

本来他老老实实打比赛，无论输赢，都会成为军方的重点培养对象，毕业之后，妥妥的校官开始，现在好了，大头兵都要考虑考虑了。

同样，莫峰的采访视频对月球人的冲击也很大，这更是对兰德斯的蔑视，兰德斯是什么人，他能忍？

不过好在很快比赛就要开始了，他要让这个井底之蛙后悔参加这次EM！

不得不说，这也是有点儿好处的，本来由于地球人的绝望，EM关注度下降了三成，现在好了，三成回来了还有富余。

在组委会看来，这简直是牺牲小我成全大我呀。

一瞬间，莫峰成了全太阳系焦点，名气、热度、压力什么的对莫峰来说并不存在，他就是要把这一潭水搅浑，乌龟王八都弄出来看看。

而且他坚信，对方并没有一手遮天。

在万众期待中，比赛即将开始，无论是月球人还是地球人都来见证真相了。

别说决赛了，只要莫峰能进十六强就不算是吹牛了，没人真的认为他要拿冠军，问题是，兰德斯是谁？

月球年青一代中最激进的人，他还不把莫峰往死里打？

张五雷那场可以忽略了，这一场就是月球人和地球人最终的对决！

当两人出场的时候，呐喊声震天，还夹着嘈杂的口哨，月球人很不喜欢莫峰这种"皮"，他们坐等莫峰打脸。

相反一贯在大场面前非常跳的兰德斯却非常的平静，两人缓缓走近，兰德斯竟然还主动伸出了手。

双方选手非常"友好地"握手，张扬已经麻木了，这孩子难道不知道给自己留点儿后路吗？

这样大放厥词，有什么用？

"莫峰是吧，你会感觉荣幸的，今天你将深刻地明白什么是真正的力量！"

兰德斯说得很认真，没有丝毫的夸张，但熟悉他的人都知道，这家伙是真的动怒了，在他看来，像地球人这种低等人种就应该躲进下水道。

莫峰笑了笑，没说话。

"不是吧，该战的时候，怎么能尿呢，骂一顿也过瘾呀！"

"我的哥，怼他呀，一会儿就没机会了，过过干瘾也好呀！"

无数人替莫峰着急，但双方选手已经进入作战室。

战斗场景：竞技场。

又是没有任何的回旋余地，这对莫峰来说是好消息，谁都知道他擅长近战，当然兰德斯也很强，真刀真枪地干，没有侥幸。

兰德斯选择了钛金刀。

莫峰……没选武器！

全场沸腾，这是赤裸裸的蔑视，兰德斯的脸色略显狰狞，这是当众打脸了，向来只有他打别人的！

不得不说，莫峰刺激到了他。

双方选手入场，欢呼声中夹杂着笑声和口哨声，不到比赛结束，谁都有机会，未知才是看点。

钛金刀在兰德斯的手中转着刀花，他却并没有立刻出手，莫峰似乎也没有。

"能够成为种子选手，必须具备异能，而且是三级异能才行。像萨克洛夫斯基的隐身顶多算是二级，弗洛伊斯的'火神'是三级，我的'法官'也是三级。说真的，灭掉你真的是轻轻松松的事，不过作为地球最后的希望，我让你死个明白！"兰德斯的声音越来越大，表情极度兴奋。

而观众则被吓到了，真的吓到了，三级异能，这标准大家是第一次听说，"火神"是什么样大家都看到了，"法官"听起来更神秘。

"剥夺，天黑！"兰德斯笑道。

……好像没什么变化，但莫峰的身体似乎抖了一下，大屏幕给出特写，莫峰的瞳孔里一片黑暗。

兰德斯的法官拥有剥夺五感的能力，以他目前的掌握程度，可以同时剥夺两种。

"剥夺，雷鸣！"

莫峰的耳朵里传出一声爆炸，他的耳朵里只剩下嗡嗡声，这比绝对的死寂还可怕。

为什么兰德斯那么嚣张，在月球选手区里却没人和他对抗，阿兰·道尔等人也会给他点儿面子，不为别的，是实力呀。

整个会场议论纷纷，这种异能没有明显的外显，可是兰德斯显然不是在讲故事。莫峰的状态非常奇怪，有点儿痴呆的表现，当一个人的视觉、听觉都被掩盖的时候，就会出现这种茫然的状态。

失去视觉，靠听觉也能听音辨位，获得一些信息，同时失去这视觉和听觉，别说兰德斯了，随便上去一个人都能干掉莫峰。

兰德斯的笑容和莫峰侧着头的茫然无助形成了鲜明的对比。

这一切才是真的绝望。

直播前，那些关注莫峰的人都感受到了窒息的压力，莫小星紧张得全身都出汗了，那是亲哥哥，怎么能不紧张，而且以莫小星的智商岂会不知道后果？

说白了，这场莫峰只能赢！

因为是最后一场，无所谓曝光能力，其实最关键的就是握手那一下，兰德斯的能力必须接触目标才能发动，如果对方不和他握手，就要在战斗中接触对方，但那就不装了。为了效果完美，所以他才忍着恶心，在赛前和莫峰握手。

莫峰忽然笑了："你的能力应该是通过身体接触发动的吧，赛前使用能力算不算犯规呢？不过无所谓，我这人唯一的优点就是大气，来吧。"

刚刚还在得意的兰德斯脸色大变，这是他最深的秘密，无人知道，怎么会！

"去你的大气！"

噌……

兰德斯全速冲向莫峰，一个又聋又瞎的蠢货，这个时候还敢激怒他！

张五雷停止了吃零食，周紫宸的双手过于用力而泛白，她是真的紧张了。

医院里，孙小茹已经苏醒，但身体非常虚弱，只能通过天讯观看赛况，她的眼神里充满了担心。

兰德斯的匕首距离莫峰的心脏只有几厘米了，为什么选这里？

兰德斯喜欢心脏爆开，血液像喷泉一样喷出的快感，只有这样才能释放他的愤怒。然而这致命的一击却被定住了，莫峰的手精准地抓住了兰德斯右手的手腕。几乎是一瞬间，匕首就换到了左手，刀光炸开笼罩着莫峰的要害，噌噌噌……

兰德斯的刀速迅猛，莫峰的闪避也非常惊人，但依然被划开了衣服，胳膊上也中了一刀。但兰德斯的左手也被击中，那一瞬间他都感觉胳膊不是自己的了，立刻一脚踢出，把莫峰踢出去的同时，自己也一个轻巧的翻身拉开了与对手的距离。

全场一片寂静，本以为占有绝对优势的兰德斯竟然被挡住了，他自己也是惊疑不定，对手似乎有某种定位的能力，如果不是自己左右手都一样的擅长，刚才就要吃亏了。

对面的莫峰也是皱了皱眉头，刚刚，他已经拿住了兰德斯的手腕，无论兰德斯是否换手，他都是可以提前发力的，也就说是兰德斯根本就没有换手的机会和余地，但刚刚他的心脏陡然抽搐了一下，力量全失，如果不是反应快，就真的阴沟里翻船了。

气氛陡然改变，兰德斯和莫峰都变得谨慎起来，失去听觉和视觉，他还能看到？有这样的异能？

忽然兰德斯笑了，是嗅觉和触觉，靠嗅觉判断距离，靠触觉判断攻击方向，不得不说这莫峰是有两下子，想诈他，真当他是吓大的！

兰德斯脱掉衣服，左手衣服，右手匕首，利用衣服的扇动做干扰，他倒要看看这瞎子怎么判断攻击方位。左手不断转着衣服，他慢慢靠近，这一刻所有人都意识到了他的战术，月球人脸上都带着笑容，显然非常的自豪，这就是月球选手的临场应变，强大的分析能力，那种诈和在这里是不存在的。

果然莫峰的表情有点儿疑惑和呆滞，而就在这时兰德斯闪电出手，他不会给对方再一次的机会！

噌……

同样的方式，兰德斯的右手手腕再次被拿住，但是这次莫峰没有再给他机会，兰德斯想换手，但咔嚓一声……他的手腕翻转被对手直接掰断，对手的脸上露出微笑，右手一巴掌扇出，重重地打在了他的脸上，一声闷响，他的眼珠子陡然凸出。

……

只不过兰德斯的脖子刚刚做了一个三百六十度的旋转！

莫峰轻轻拍了拍兰德斯的脸，慢慢地帮兰德斯把脖子转回来，像个慈善的长辈："年轻人，你对力量一无所知。"

月球人呆滞了，地球人也呆滞了，观众呆了，裁判也呆了，解说傻了，已经有赛后跳楼打算的张扬从椅子上弹了起来，张了张嘴，却说不出话来。

作战室里响起一阵嘶吼，轰的一声门被撞开，发狂的兰德斯被一群工作人员拦住："莫峰，我要杀了你，别以为你赢了，你死定了，你知道……呜……"

他的丑态都被直播了出去，工作人员要是不捂住他的嘴，恐怕真要出大事了。

张扬也不说话，只是笑眯眯地看着帕图雅，你不是一直很能说吗？说呀，哥等着……

帕图雅咽了咽口水："这……真是一场古怪的胜利。"

没错，他用了"古怪"这个词，被封闭了视觉和听觉，莫峰是怎么判断的？

问题是，就算出了意外，兰德斯为什么连简单的一巴掌都躲不过去？

难道莫峰也是异能者？

"啧啧，帕图雅教授，这就是你不专业了，什么叫'古怪'？不就是莫峰选手赢得轻松了点儿吗？哦，我想起来了，这个兰什么斯什么的是你们的招牌呀，实力怎么样我不好说，但他那臭嘴太没礼貌了。"

张扬要是不反击就是猪了，他这几天简直跟坐牢一样。

帕图雅张了张嘴，他也没想到兰德斯会失去理智。

但是裁判还没动静，莫峰像是没事人一样等着，他的感官已经恢复，这种小伎俩确实不算什么，他有很多种手段对付。如果不是看不惯兰德斯的一贯作为，莫峰不会这么狠。

以德报怨，何以报德？

终于，裁判的声音响起："经过慎重的复查，龙图军事学院莫峰，胜！"

显然连组委会都认为莫峰是不是动了什么手脚，但是这显然是他们以小人之心度君子之腹了。

这一刻，无数的地球人都还不能相信这个结果，在经历了一次又一次的失望之后，渐渐走向绝望的时候，真的来了一场酣畅淋漓的胜利！

"莫峰，以后我就是你的铁粉了！"

"以后谁敢喷莫峰，老子喷他全家！"

"莫峰，我要给你生孩子！"

想给莫峰生孩子的人好多，甚至不分性别，直播中的爆炸，现场的氛围也是彻底高涨起来了，虽然人数众多，但下午的地球人只剩下一成了，人们还是不愿意相信莫峰的能力。

但这一成人却吼出了十成的气势，这已经不是 EM 了，它关系到地球战士的尊严。

古玉控制着自己的情绪，他做梦也没想到，自己的无意之举，留下了莫峰，却真的要靠莫峰来力挽狂澜了。

就在开赛前的五分钟，军部的决定是，严惩莫峰，比赛结束之后，立刻逮捕审查，因为他的行为已经损害到了联邦的利益。

现在呢？

吹出去的牛皮，放出去的火箭，实现了吗？

古玉露出了一丝嘲笑，一点点事就想甩锅，军人的血性呢！

比赛还在进行，可月球人所有美好的节奏都被莫峰打乱了，地球整体形势一片大好。

莫峰赢了，在两大主力落败的情况下，不但赢了，还碾压了对手，要知道莫峰因为在赛前大放厥词，很多人还是表示了不满。

这打脸的可不仅仅是月球人，还有自己人呀。

周紫宸和张五雷都感受到了这种压力，却没法说什么。

此时的莫峰并没有立刻出去，他留在作战室里就是想听一下兰德斯在情绪失控之下会不会说出点儿什么，好像真的有点儿问题。可惜了，如果能多听一点儿说不定就能确定目标了，但不管怎么样，兰德斯是他的第一目标，周紫宸是他的第二目标。

想到这里莫峰的心脏陡然抽搐了一下，一阵刺痛，脸色也变得苍白起来，并不是又出现了疤痕，而且位置不同，这次是心脏里面的刺痛。不过好在一会儿就消失了，难道这家伙的法官能力还带诅咒？莫峰可不信。

等莫峰回到选手区，立刻感觉到氛围有点儿古怪，大家都看着他。

这样大张旗鼓也是不得已而为之，这并不是莫峰的个性，如果是愣头青的莫峰肯定不会管别人，毕竟经历了这么多事，同时也成了一名军官，领袖之道有多难，他是懂的。

莫峰忽然笑了，摆摆手："大家干吗这副表情，那采访我是故意的，毕竟舆论一边倒，总要做点儿事给自己打打气嘛，只是夸张了点儿。万一输了，倒霉的是我，侥幸赢了，那也不亏，都是一个战壕里的哥们儿，别人不管我，你们可一定要撑我呀。"

这是台阶呀，越是年轻精锐的战士，其实心气也就越高。莫峰输了也就罢了，他要是赢了，其他输的人就被挤对到墙角了，当然技不如人没什么好说的，只是需要一个台阶，本质上，莫峰是大家的英雄。

"哈哈，虽然只看了半场，但是痛快，给老子报仇了，哥们儿，有本

269

事就给大家拿个冠军，给这帮'月嫂'一个深刻的教训！"达拉奥说道，他的伤势没那么严重，月球的治疗水平也是先进的，他是莫峰的坚定拥护者，最怕的就是莫峰赢了之后目中无人，那就真的要被孤立了。可以说这一届EM，无论成绩如何，这些人都会成为地球的栋梁之材。

"我们是那么小气的人吗？干得漂亮，我觉得没错，谁拿到冠军才是最后的胜利者！"萨克洛夫斯基说道，他和达拉奥是真正能感受到莫峰的水平的，表面上很轻松，只有交手才知道，月球种子选手是多么的恐怖。

"大家就是一个团队，谁都可以反对莫峰，我们一定要支持，他就是我们最后的尊严！"李启阳站了出来，有实力不一定能赢得认可，但能够尊重别人的人，一定可以赢得尊重。

尴尬古怪的氛围融化，莫峰的亲和力赢得了众人的支持，周紫宸和张五雷也松了一口气，送上祝贺。

接下来的两场比赛也都有精彩表现，可都不是地球人和月球人关注的点。

最后一场即将到来，张五雷对战比比罗特，地球选手区的氛围非常的微妙。

大家并没有对张五雷放任自流，希望张胖子也能够打入十六强，两个人总比一个人好看一点儿。

奈何胖子只是笑笑，完全没有这份上进心，他很清楚自己的优缺点，如果是远程对射，或许他还有一点儿胜算，但近战的话……都是他爸爸呀。

莫峰这次没说什么，有些招儿用一次两次就是极限了，硬是逼迫张五雷也没用，就他目前的情况，走到这一步已经是超额完成任务了，谁都不好意思过分了。

而胖子属于典型的没有目标，就放任自流。

在这样激烈的比赛中，如果不全力以赴，必输无疑，比比罗特不是无名之辈。

月球选手比比罗特已经登场，按理说已经不应该有压力，可是他确实有压力，因为月球人不允许第二个例外，尤其是这胖子也是龙图的。

莫峰也就罢了，三轮都在近战中展现了碾压的力量，异能方面恐怕也跟感知有关，可是这样一个胖子，凭什么进入十六强？

关键是，比比罗特可不想成为背景板，他EM三千分，这胖子呢？

这胖子极其擅长枪法，经过前两轮的分析，他属于临场乱兴奋型，属于必须压制他的兴奋度、直接干掉、不要磨叽的类型，无论近战还是远战，五五开，不要刺激他，是战术的核心。

不得不说，月球人的判断一点儿都没错，胖子胸无大志，只要不刺激他，就肯定没事。

别人说了很多，但胖子带着笑容登场了，这种状态莫峰清楚，显然是没有任何赢的想法。

就在胖子进入选手通道的时候，他的天讯响了，蹦出来一条简讯。

"张五雷，加油，把我的那份赢回来，我相信你！"

莫峰静静地看着哈着腰的胖子变得笔直，这个时候能说动他的，只有一个人。

孙小茹放下了天讯，静静地看着床头的屏幕，莫峰让她鼓励一下胖子，她就鼓励了，不过她真不觉得自己有什么影响力。

说真的，莫峰和张五雷的实力已经超过她，以前在学校的那些都不算了，而她的身体状况也不是很稳定，值得高兴的是WU状况，可是又没出现一般WU稳定之后的能力。

孙小茹不是个患得患失的人，只是最近发生的一切令她有些眼花缭乱，为什么莫峰忽然之间就变得这么厉害了呢？

真的好像有洞悉一切的能力。

而且，他的眼神里为什么总是隐藏着一丝悲伤……还有莫名的信任。

他……喜欢她？没道理呀，他喜欢的是周紫宸呀！

孙小茹的脸一红，她最近这是怎么了？

张五雷对莫峰的信赖和生死交情是需要时间和火星战场的沉淀的，而这个阶段，对张五雷影响最大的就是孙小茹了。

他什么话都听不见了，脑海里像是有个巨型复读机在不断重复着"我相信你"……

什么胜利的喜悦也比不上这一句话。

以至于从入场到握手、到离场，张五雷几乎都没正眼瞧过比比罗特。

虽然不是种子选手，但比比罗特也是整个月球的著名选手，稳居月球EM前十名的人，在这样的赛场上被人无视了，就算比比罗特将情绪控制得很好，也被气得快冒烟了。

而且，这胖子不是战术，从态度上看，是真的没把他放在眼里，这是最气人的！

全场的月球人都被激怒了，莫峰好歹有高手的范儿，这胖子从体型到战斗素养都不像高手，还这么无视别人，谁给他的脸！

自从胖子入场，帕图雅就絮絮叨叨地从上到下品评，从外貌到技术角度，简单来说，胖子是一个非主流的残缺品，完全无法跟月球选手相提并论，再加上胖子的"目中无人"，帕图雅对他的品评就更是上升到人品和礼节的问题上了。

不得不承认，帕图雅分析的点并没有错，可是，当着老子的面玩阴的就真的好吗？

张扬笑了："帕图雅，我们俩也别闲着，打个赌如何，我觉得张五雷能赢。"

帕图雅淡淡地看了张扬一眼："别把偶然当必然，张五雷选手没有任何胜算。"

"别扯这些有的没的，我就问你敢不敢赌，我要是输了，绕场裸奔一圈！"张扬从莫峰的行动里面顿悟了，都到这份儿上了，不要尿，就是干，不会更坏了！

"幼稚！"

"别扯这些有的没的，是不是爷们儿？还是你只是打嘴炮，其实对比比罗特没信心？就是我们两个的私人游戏，你输了，跑半圈行！"张扬赌上了自己的解说生涯，其实这种行为算是"贴脸"，有点儿不讲规矩，可是，月球人都搞到这份儿上了，还要脸干什么！

真当他没脾气！

张扬明白莫峰的战术是对的，越是这种时候，越要置之死地而后生！

帕图雅被逼到了角落，他也知道刚才一顿技术流冷嘲热讽激怒了对方："我只是不想让你难堪，既然这样，那就赌了，我也不占你便宜！"

张扬嘿嘿一笑，老家伙，来吧，咱们玩点儿大的。

张扬并不是无脑，这胖子问题很多，却是罕见的现场型选手，一受刺激就爆炸，是最容易出现奇迹的类型。

别人觉得张五雷无视对手，张扬却注意到了他的眼神，那里面有着一种对胜利的渴望。

嘉宾的赌注也让全场的气氛进入高潮，有悬念和对抗才是战斗呀！

战斗场景：城战。

前三轮的战斗场景主要以常见场景为主，像孙小茹遇到的那种远程狙击场景是极小概率，从第四轮开始，整个战斗场景库彻底开放，对于战士的全面适应能力要求达到极致。

而城战无疑是最均衡的一个环境，无论近战、远程都有足够的机会去发挥，就看谁能抓住自己的机会了。

比比罗特选择了猎豹突击激光、匕首。

张五雷选择了双虎贲、匕首。

第一轮胖子在城战战场中选择的是雷蛇重狙，一手"弧线枪"令人印象深刻，但是第二轮的神化狂风螺旋复合点射更是让人瞠目结舌，只是，这样的训练型枪法，在实战中还会有效果吗？

双方进入战斗场景，根据雷达的位置不断地朝着对手的方向逼近，从射程上看，双方选择的武器都不适合超远距离，猎豹突击激光也是以中短程攻击力爆炸著称的。

胖子晃晃悠悠朝着对手就过去了，根本不像是一场至关重要的战斗，而像是娱乐。

紧张和担心是所有人的节奏，到了这一步，已经不存在轻视这回事了，甚至还有人觉得这是胖子的战术。

周紫宸的目光不断在莫峰身上睃巡，别人看到这一刻会有点儿担心，但是莫峰却露出了微笑。

没人比莫峰更了解张五雷了。

人之所以能成为英雄，能力只是基本条件，更重要的是担当和灵魂。

天生的英雄是不存在的，顶多是枭雄。

未来的莫峰和张五雷就是这种，他们都没有出人头地的心，可是现实造就担当，那也是整个火星战场的一个缩影，有无数的战士牺牲在那里，也有很多人在牺牲中领悟了担当。

这是很残酷的，毫无疑问，莫峰和张五雷都拥有能力这种基本条件，自从重生以来，莫峰一直在不知不觉地引导着张五雷，当然这里不是火星，需要新的方式，让他产生求胜的欲望。

不是他要把张五雷拖下水，而是命运如此，不能阻止这场战争，结局依然是死亡，与其如此，不如轰轰烈烈地战一场，哪怕失败，他也不希望张五雷留下遗憾。

最低程度，他的胜利可以赢来和露露的合影，甚至一顿晚餐，至于班长大人，这个莫峰可不敢废话，无论是未来还是现在，班长大人的威信都是深入人心的。

张五雷目前的状态很好，每次他兴奋了就是这么皮，这说明他非常想赢，进入了自己的非主流战斗状态。

他这种状态不具备推广性，可是对他自己非常好用。

比比罗特简直无法容忍，他从没见过这么嚣张的对手，猎豹突击激光拥有非常凶猛的火力压制，他也知道这胖子的攻击力惊人，那枪法，真要被施展出来，恐怕活人都没有反应的余地。

但问题是，他不会给对手这样的机会。

看着胖子晃晃悠悠地出现在街口，比比罗特瞬间探头，手中的猎豹突击激光狂暴开火。

这个过程，对于一个训练有素的战士来说，真的只有不到一秒的时间差，只要被他占据先机，至少可以打胖子一个狼狈逃窜，压一下气势。

可是就在比比罗特探头的瞬间，胖子的左手甩出一枪，而在比比罗特端起枪的时候，他已经感受到了危险。

噌……

整个人缩了回去，子弹似乎擦着脑门儿过去了，比比罗特顿时浑身都湿透了。

不仅仅是准，胖子的出枪速度简直快如闪电。

胖子的弱点是明显的，他那胖胖的身体会造成一定的移动影响，但问题是，他的战斗风格就从来没有考虑这一点。他的枪无敌地准，他的枪速无敌地快！

其他的，都不是一个枪手需要考虑的。

比比罗特连续尝试了三次探头，都被胖子精准地打了回去。

张五雷就站在街道中央，这种嚣张的战法比比罗特简直闻所未闻，只有一个远程战士对自己的枪法自信爆棚才会有这样的情况。

这意味着，他在告诉对手，我能碾压你！

一个EM两千分以下的选手这么针对一个三千分的选手，简直闻所未闻。

可是胖子前面两场的表现确实给比比罗特带来了压力，连战前的部署上，也是几乎所有的月球选手都认为不要跟胖子拼枪，尽量凑近，再捅死他。

可是，就算是城战这样拥有充足地形和遮掩的地方也不行呀，这胖子为什么嚣张地站在街中央，就是算准了，无论从哪儿露头，他都有信心先打对手。

想归想，行动是不会停的，然后所有人就看着比比罗特如同猴子一样上蹿下跳，不断绕着地形，可是他只要一露头，他的枪还没举起来，胖子的虎贲就已经开火了。

胖子根本不去瞄准，甩手就是一枪，那精准度让人咋舌。

大屏幕会给出特写慢镜头，坦白说，比比罗特只要心存一点儿侥幸，必死无疑。

这胖子的准度和出枪速度，真是令人无法想象。

一招鲜，吃遍天。

问题是，压制了对手，胖子还有时间做鬼脸。

他这是放松到了什么地步？

他显然没有考虑对手和观众的想法，他只知道莫峰什么风格，他就跟着什么风格，简单、粗暴、直接。

从某种角度上来说，没有压力，加上暗恋的女神加至高班长的鼓励，胖子已经放飞自我了。

然而这对比比罗特来说，可就是奇耻大辱了，他用屁股都可以想象月球选手区的状况。

失败的兰德斯阴沉着脸，看每一个人都不顺眼，他不承认失败，从一开始他就认为出了内奸，现在那个内奸还泄露了他的异能，不然莫峰不会一语中的。

内奸是谁？

一旦让他找到，绝对让这家伙求生不得、求死不能，在这种情况下，谁都不想输，在这个时候输给对手，显然都是故意的。

这个念头只是一闪而过，比比罗特对于胜利还是有把握的，只是不想过早曝光自己。

他的目标可不仅仅是十六强，而是争取一个八强名额，而保留撒手锏显然是非常有必要的。外人可能没什么，但月球人之间的竞争更加激烈，谁不想更进一步？

排名至关重要，不是谁都有兰德斯这样的背景的。

比比罗特又更换了五个地点，但无一例外都被张五雷压制住了。只要张五雷率先出手，比比罗特立刻换地方，他不会冒险，也没有冒险的资本。

别人的比赛永远是别人的比赛，只有亲身体会才知道这死胖子给人的压力有多大。大多数情况下，枪手的对抗都是五五开，差别不会太大，尤其是在 EM 三千分的情况下，出枪速度和精准度雷同。可是这胖子明显高出一筹，由于完全依靠"精准手感"，这让枪速已经提升到了极致，而他的洞察力更是厉害，他应该是有类似这方面的异能，不然不会如此快。

胖子看似随意地站在中央，那胖乎乎的身体却像是跟环境融为一体了，或者说是溶于水的一种状态，空气的细微波动都会立刻传感到身体，便于他第一时间做出反击。

比比罗特的又一次探头被打了回去，也让月球观众开始起哄。外行看热闹，他们觉得比比罗特太尿了，简直不像是个三千分的高手，张五雷的虎贲火力很差，只要一枪打偏，或者打不死他，他的激光攻击绝对能把对手轰成渣，可是他似乎根本不敢赌。

别说比比罗特不敢赌，拥有 EM 两千分以上水准的人都看得出，只要他敢玩命，就必死无疑。

胖子这枪法已经比机械还厉害了，像是自由锁定一般，太恐怖了，这不是训练型，真真的是实战型，而且越是实战越猛。

像压枪之类的东西，在胖子身上仿佛不存在，此时的胖子如同一个定位雷达加自动瞄准、即时射击炮台一样，但是比机器多了战士的灵魂。

这个赛事使刚开始像小丑一样的胖子给人留下了深刻的印象。

但是比比罗特并没有放弃，他靠在墙上大口地喘息，经过这一圈的绕行，他的体力和精神力消耗极大。这不是单纯的绕圈，每一次对抗他都是全神贯注，同时，他也对整个环境有了了解。

此时他的身后是一堵墙，墙的对面五十米左右就是张五雷，而张五雷背对着他。

用激光轰开墙壁？

当然火力是可以做到的，但是不等彻底轰开，张五雷绝对能打死他几十次。

月球的观众心气实在太高了，他们看到比比罗特如此囧地望着一堵墙，心里别提有多郁闷了，月球的喷子也是相当具备火力的，一群人已经开始互怼了。

但是下一刻，比比罗特的双眸爆出一阵强光，然后整个人就朝着墙撞了上去。

整个竞技场都是安静的，这是……

下一秒，他穿墙而过出现在张五雷的身后，与此同时，激光轰鸣。

二级异能——穿墙。

没有被预料的异能简直防不胜防，张五雷不是神仙，再怎么快也是需要反应时间的，比比罗特的猎豹突击激光亮出嗜血的獠牙。

轰……

终于，比赛到现在，比比罗特做出了第一次压制，而对面的张五雷像个肉球一样滚了出去，月球人的笑声已经到了嘴边却戛然而止。

滚动中的张五雷如同一个滚动炮台一样，虎贲轰鸣，刚刚打出三枪激光的比比罗特立刻被打得不得不移动。

"等差精准度。"

两个枪手在正面对抗时，所谓的精准度是应该减去对手的移动能力和自身的射击环境的，在这种情况下，张五雷的精准度依然是……百分之百。

比比罗特不是菜鸟，他是 EM 三千分的大神，一个滚动射击，一个滑步射击，超级厉害的变频步！

然而帅不过三秒。

比比罗特的脑袋猛然后仰，血液飞溅，倒地。

已经张开了双臂，准备欢呼的月球人都尴尬地僵住了，这死胖子是个射击机器吗？

这种滚动中的射击最多就是火力干扰，给对手制造一点儿心理压力，可这胖子是真的杀呀！

干扰？对于胖子来说是不存在的，能一枪打死，干吗要干扰！

莫峰笑了，看来这胖子的懒人十八滚必杀套路在军校的时候就已经有了，当然张五雷将其命名为"地龙翻身螺旋大法"，名字不重要，重要的是，只有他在滚动的时候依然可以保证命中率，这招真不是其他人可以学的。

比比罗特有点儿死不瞑目。

"龙图军事学院张五雷，胜！"

裁判有点儿不甘心，张扬笑得跟只老狐狸一样，无论这届 EM 烂到什么程度，作为一个地球人，他不亏了，他只是解说员，他能做的就是给出气势。

帕图雅的脸惨白惨白的，裸奔？真的要吗？

"帕帕呀，咱们也是老朋友了，如果让你食言，我真的于心不忍呀。"张扬笑得眉毛都飞起来了。

帕图雅差点儿吐血，他以为对方会给自己台阶下呢。

全场如同炸锅一样议论纷纷，这是从哪儿冒出来的死胖子，怎么这么厉害？大屏幕在慢镜头回放，胖子肉肉的像是一个不规则的弹力球，弹动方向根本不规则，以至于打乱了比比罗特的预判，而胖子在弹动中的攻击精确度完全不受干扰，如同真的带有自动瞄准一样。

比比罗特虽然拥有穿墙异能，可这东西只能出其不意，正面对抗时起不到什么作用，张五雷甚至都没给他再次穿墙躲避的机会。

这胖子就是这么凶残！

几乎所有人心中都生起一个念头，永远不要和这死胖子比枪法，因为他会让你无路可走。

莫峰望着赛场上爬起来不知所措的胖子，好像这个时候他才知道自己赢了，不停地挠头，莫峰仔细想想……在火星战场上，在自己还没觉醒时，胖子就已经救了自己好几次了……也许从一开始胖子就比自己觉醒得早，只是照顾自己的自尊吧。

唉，这家伙！

因为在火星有很多这样的兄弟，所以大家没有恐惧。

掌声、欢呼声响彻天空，连月球各大媒体的解说都忍不住开始称赞了，这胖子很可能成为有史以来 EM 最非主流的枪王。

EM 三大荣誉，第一毫无疑问是冠军，无论是靠运气还是什么，能在激烈的竞争中夺魁，就是天命之选。

其次就是由所有观众评选出的"第一近战"和"第一远程"。

胖子连续三轮的表现，已经让他成为"第一远程"的强有力争夺者了。

这一场压轴的胜利再次让张五雷的人气飙升，已经有无数人开始爱上这个胖乎乎的家伙了。

莫峰是"第一近战"的有力争夺者，所以虽然十六强里只有两个地球人，却似乎也并不是那么难看。

哪怕是地球军部也大大地松了一口气，至于那个什么准备制裁莫峰的命令早就没意义了。哪怕有些人不喜欢莫峰这种高调的作风，在这个时候也必须统一意见，否则疯狂的民众也能撕碎他们。

而古玉心中却比以往任何时候都有底气，因为他是仅有几个知道莫峰真实实力的人之一，莫峰是地球的秘密武器，能走到哪一步，古玉心中也有了一丝期待。

赛后采访时，毫无疑问"长枪短炮"统统集中在了莫峰和张五雷身上。

无论是月球的记者还是地球的记者都已经疯狂了，他们最爱莫峰这样喜欢直接表达，而不是给套路的人。

"比赛呀，挺轻松的。"莫峰笑道，极大地满足了在场的记者，直接无视了兰德斯。

毫无疑问，他就是在继续故意刺激兰德斯，目前他所有的怀疑目标中，兰德斯最有问题，而且"任性"。敌人的计划绝对是周密的，不会留明显的破绽，现在需要他去捶出一个破绽。

"莫峰选手，你这是在表达对兰德斯的蔑视吗？"有记者挑事般问道。

莫峰微微一笑认真地看着这个记者："你上前一步，我就告诉你。"

这个月球女记者长得还挺漂亮，丝毫不惧地迎上前，还挺了挺饱满的胸部。

"辱人者，人必辱之。"莫峰就是针对兰德斯，这家伙无论现在还是未来都在鼓吹"月球种族论"，不弄死他就是烧高香了，同样的话也送给这个女记者。

女记者还在琢磨这话的意思，一旁的地球同行就忍不住嘲讽道："当记者不是胸大就能行的。"

莫峰当然没必要跟一个记者计较，可是这不代表其他人不说。

"莫峰选手，你是否在战斗中使用了异能，破解了兰德斯的异能？"

莫峰笑着看这个白痴记者，对方也不在意，对，他就是挑事的，莫峰怎么回答不重要。

"你猜？"

说完他就不理会对方了，不是每个问题都要给出正面回答的。

台下地球联邦的工作人员真是捏了把汗，生怕莫峰口无遮拦，可实际上莫峰虽然强势，却并不会胡乱说。说真的，莫峰这样回答真是过瘾，惯着"月嫂"吃咸菜！

张五雷则是傻笑，他和莫峰不一样，问什么都是套路回答，记者们虽然不爽但也无可奈何。

"莫峰选手，你觉得你真能拿到冠军吗？"眼看采访要结束了，有人旧事重提。

"我有一颗争夺冠军的心！"莫峰笑着环顾众人，这是低估他的智商呀。

不管怎么说，莫峰还是比较出彩的，尤其是针对兰德斯，已经使他成为EM最大的话题，超越了克丽丝和阿兰·道尔，排名第一。

如果说你不知道嘴炮莫峰，都不能算是人类。

第二十五章

天选之胖

旧时代是大国博弈，星际航海时代是联邦博弈，月球和地球就属于这种状况，地域和文化决定了利益上的竞争，贸易逆差、火星资源的划分、技术共享等方方面面。

毫无疑问，在最近五十几年来，月球由于便利的太空条件，所以发展迅猛，从早期的逆来顺受也渐渐地掌握了主导权。在 EM 开始之前，月球联邦虽然有所准备，打算以此做突破口，却也没想到会造成如此大的声势。

无论政治还是经济，都是依托于军事的，在当今这个阶段，除了小股海盗之外，根本没什么值得动手的，EM 是最直接的对抗。

莫峰和张五雷成了全民英雄，捍卫地球作为人类起源地的尊严。

顺带着连张五雷所在的孤儿院的资金问题都被解决了，在孩子们的心中，张五雷是真正的英雄，胖子哥，出息了。

这些变化都是张五雷始料未及的，他从没想过自己如果努力一点儿，会给身边的人带来什么样的变化。

此时莫峰、张五雷和周紫宸正在孙小茹的房间中，她已经转到了常规的休养病房，周紫宸正在给孙小茹剥橙子，细心地切成一小块一小块，可是心思却在莫峰身上。她不知道莫峰为什么对她如此冷淡，这种感觉真的很难受，

偏偏又说不出口，因为他们就从来没真的开始过，人家的告白，还是她亲口拒绝的。

"你们别把我当成伤病号好不好，医生说我已经没事了。"孙小茹哭笑不得。

"班长大人，医生说了你还在进一步观察之中，WU……"

砰……

胖子的脑袋挨了一下，这才意识到说错了话，WU之后孙小茹竟然没有出现异能，等于说你千辛万苦中了六合彩，但这一期只有一块钱，这种情况也是极为罕见的。

"莫峰，没事的，我从来没奢望WU，能赢下一场已经是意外之喜了，倒是张五雷，你是觉醒了吗，怎么这么厉害？"孙小茹很好奇，其实周紫宸也很好奇。

被看好的都被淘汰了，两个最不被看好的，强势晋级，没给"月嫂"一点儿面子。

张五雷有点儿不好意思地挠挠头："我也不清楚，我上中学的时候食量就特别大，进了军校只是觉得就能打中，身体反应也快了很多。"

"有什么其他反应吗？"周紫宸实在是有点儿羡慕。

"吃得越来越多，睡不醒，算不算？"胖子呆萌地问道。

孙小茹和周紫宸都无语了，WU基本上是一个相当痛苦的过程，毕竟基因链解锁，肉体和骨骼都会发生变化，以现在的技术有足够的应对手法，但过程却不可避免，这胖子……好像是睡着吃着就觉醒了。

这大概就是传说中的天选之……胖。

"莫峰，你是不是也该交代一下了？"孙小茹淡定地望着莫峰。

周紫宸心里很矛盾，好像莫峰对她有什么误会，可她并不知道从何说起，放下自尊？似乎又没什么要跟他交代的，他憋着，她也只能憋着。

莫峰笑了笑："其实也不算是什么秘密，我可能也觉醒了，身体素质有了极大的提升，跟胖子差不多，吃得多，不过我睡不好，经常做些奇怪的噩梦。"

孙小茹和周紫宸对视一眼，这两个人简直就是开挂呀，想想他俩平时的食量实在是有点儿夸张，相当于一般人四五倍的量了，现在看来是一种身体的需求。

"现在大家的期望都在你们身上，千万别有压力。"孙小茹微微一笑说道。

"没有呀。"莫峰说道，一旁的张五雷也点点头。

孙小茹愣了愣："紫宸，帮我踹他们两脚好吗？真见不得他们这么显摆！"

周紫宸也有些忍俊不禁："现在全世界都在谈论他们，一个武神，一个枪王，只是莫大学长，你这么激进真的好吗？"

莫峰无奈地耸耸肩："谁让'月嫂'这么高调？'高调'一向是我们地球人的专利。"

"老大，老大，八强争夺战对战表出来了。"马可大呼小叫着冲了进来。

众人都迫不及待地打开天讯，此时 EM 论坛上也是呈爆炸热议状态，很显然还是因为分组。

克丽丝·达文西对战罗非、阿兰·道尔对战波轮、安泰对战张五雷、吴极对战罗宇男、弗洛伊斯对战莫峰、奥利维亚对战拉比维斯、布兰登对战安东尼、比斯利对战菲尔。

所有人的焦点显然都在莫峰和张五雷的对手上。这个对战非常不利，看上去张五雷的运气不错，对手并不是月球的种子选手，但安泰的异能是"大地之子"三级异能。在十六强的段位，无论是远程还是近战，对于月球选手来说都已经不重要了，但安泰绝对是最针对张五雷这种精准异能的。"大地之子"在前面的战斗中已经展现过了，似乎能从地面提取一些对手的动作信息和感知做出精准的预判，在这方面似乎和张五雷敏锐的洞察有点儿相近，而关键在于，安泰的步伐、动作是目前参赛选手中最快的、最猛的，到目前为止还没有人能够对他造成伤害，似乎有点儿大地眷顾的意思。

安泰是有能力正面对抗张五雷的精准枪法的，至于结果还要看他俩的实战博弈。

而莫峰就不用说了，他最大的能力就是近战，可他的对手又是近战无敌的"苍穹之光"弗洛伊斯，无敌的"火神"异能扼杀一切近战。

任何近战技术在绝对的杀伤力面前都是苍白的，月球人表达了自己的态度，并不针对莫峰的"远程软肋"，就用近战进行碾压。

马可并不担心，因为他是极少数知道莫峰能力的人之一。

针对？不存在的！

"'月嫂'太卑鄙了！"周紫宸都有点儿义愤填膺了，如果说这就是随机的结果，也实在是太巧了。

莫峰无所谓地摆摆手："这样挺好的，我其实很早就想和弗洛伊斯交手了。"

未来的时候，莫峰就想和弗洛伊斯切磋一下，只可惜，双方身份有点儿悬殊，一个地球低级军官找月球的高级军官切磋，简直是搞笑。

但现在，他们是平等的。

"很早？"孙小茹疑惑地问道。

"喀喀，其实就是想交个朋友，如果以后一起野炊的话就不用带火了。"

众人直翻白眼，也就莫峰还能在这个时候笑出来了。

争议只会让战斗备受关注，民众的议论只是一种心情的表达，官方并没有什么反应。

八强争夺战开始，战斗也会出现一定的变化，那就是战斗场景全面开放，概率均等，其中包括太空场景，也就要求想要进入八强的战士不能有弱项，对他们的要求就是超级战士。

夜晚莫峰是被痛醒的，白天的刺痛说真的他没有太在意，在战场上经历过太多伤痛了，应对突然伤痛的反应是基本的，但这种刺痛完全不一样，像是要抽干他的力量一样，而且腹部也是哗啦啦的，如同刀割一样。莫峰爬了起来，打开灯，当手摸向腹部的时候，他整个人都呆住了，下一秒瞳孔剧烈收缩，完全难以置信，他的腹部……上面是一块血黑色的鳞肉状物质。没人比莫峰更熟悉，这是异族的触感，他被感染了！

在未来五年之后才会出现的异族，而现在的他竟然被感染了？灵魂感染？这是扯淡！肯定是这段时间发生的！

一瞬间无数的镜头出现在他的脑海中，来地球之后他接触过谁？哪些是可以的？他吃过什么？

马可？这个人是靠谱的，无论从未来判断还是现在判断，他都不可能和异族有关！

赛前的体测？月球人捣鬼？存在可能，但他们为什么会针对他？那时EM还没开始，他根本就是一个无关紧要的小人物！

周紫宸？

莫峰的心不断沉入深渊，吃东西、喝东西，他都没有注意过，还有那个梦……细思恐极……

诚然周紫宸不可能是异族事件的策划者，但是她的父母呢？周氏航运虽然是地球第一大航运集团，但一直被月球这边压制，存在某种不确定的动机，至少可以让马可查查。

怕？并没有，只是死法的问题。

无论是谁下的手，对方不杀他，就是存在机会，经过一阵情绪波动，莫峰的心虽然沉了，但也稳定了。

周紫宸……一想到那清澈的眸子，莫峰确实很矛盾。

一天之后，八强争夺战开始。上午八点，整个竞技场已经人山人海。不仅如此，进入八强争夺战，场外也聚集了十多万的观众。他们聚集在广场前，这里也会有全息影像的直播，因为莫峰和张五雷的强势晋级，也吸引了很多地球观众，越是这种时候越要为地球人加油。

而在地球上也设立了很多直播点，其中最大的就是龙图军事学院，这里在短短的一个月内有种成为圣地的苗头。

莫峰和张五雷的名气响彻天空，不少酒吧也早早地开始营业，EM跟酒精也确实无法分开。

虽然对手很强，但大家对莫峰和张五雷也很有信心。他们在前面的比赛中并不是那种靠运气的胜利，而是拥有自己的优势和特点，这就存在胜利的可能。

前两场是"月嫂"的炫耀之战，象征着完美的克丽丝·达文西和阿兰·道尔携手进入八强，尽管他们的对手也不弱，都是异能者，但很显然在掌握了均衡之道的克丽丝·达文西和阿兰·道尔面前并没有什么机会。

他俩都胜得非常华丽，有的时候人比人气死人，明明是激烈的战斗，形象什么的都要靠边站，可是这两人就像是天选之子一样，硬是给出了力与美的既视感。

粉丝无数自是不用说，哪怕立场不同，地球人也要承认这两人的优秀，这样优秀的人在月球上出现一个就很难得了，同时出现两个，真是让地球人各种羡慕嫉妒恨。

但这些不重要，上午的比赛中，第三场才是重头戏。

安泰对战张五雷。

"大地之子"异能，莫峰和张五雷也讨论过了，看了安泰唯一的使用和马可搜集的资料，应该是通过地面的震动获取信息，当然可以具体到什么程度无人知晓，从表现上看，莫峰和张五雷都宁愿把这种精准度上升。

而异能的另外一个表现就是移动的轨迹并不受惯性的影响，经常可以做出让人匪夷所思的事情，这也让人类的习惯性预判变得非常危险。

当然对张五雷来说，就是准，不能进入对手的节奏。

双方选手入场，握手。

安泰望着张五雷，嘴角露出一丝赤裸裸的轻视："小胖子，你的好运结束了，在我手里，你撑不过一分钟！"

在张五雷前面表现如此凶猛的情况下，安泰给出了月球人的反击。

不是只有地球人才会打嘴炮。

张五雷照例没有打嘴仗，但是安泰并没有放过他，吹着口哨，双手比画着一个大肚子的造型，莫西干头一抖一抖的。

安泰的挑衅让月球人非常兴奋，以彼之道，还施彼身，月球人无论从哪个方面都不怵地球人。

不得不说，安泰在月球人中属于坏男孩，无论是造型还是进攻方式都有点儿脏，虽然实力强，却并不怎么受欢迎。如果不是他拥有三级异能，可能都不会入选，毕竟月球人总体上是非常在意绅士风度的，可是在这一刻，安泰往常不受欢迎的举动却让月球人异常地过瘾。

"看来莫峰给月球人的打击很大呀。"

台下达拉奥等人正襟危坐，他们可是为张五雷捏了把汗，到了这一步，可以说希望都寄托在张五雷和莫峰身上了。

战斗场景：热带雨林。

这是一个无论近战还是远程都能发挥出实力的复杂环境，有足够的遮挡物，但又有足够的移动障碍，就看谁更准一些了。

张五雷憋着一口气，不说话不代表没有脾气，双虎贲在手，他要打爆对手。

安泰非常嚣张地选择了一把匕首就上场了，前面的比赛已经证明，张五雷的枪法稳入本届大赛的前三名，安泰竟然连枪都不带。

观众们看热闹，但在场的 EM 两千分以上的战士却比较赞同安泰的做法，跟张五雷比枪法不现实，这家伙的枪速和精准度已经逆天了，完全是神经枪战法，想赢他就必须近身。

这场战斗争夺的焦点就在于，安泰能否在被打死之前靠近张五雷。

依照张五雷前面的表现，几乎不可能，所有人也都知道这一切都得看安泰的"大地之子"异能。

月球选手争夺八强的标配：EM 三千分加三级异能。

没这个水准，进八强就不用做梦了。

随着裁判的一声枪响，比赛开始，张五雷的虎贲立刻开火，没什么可客气的了，已经到了八强争夺战，再进一步就能创造龙图军事学院的气势。

安泰露出一个非常妖娆的笑容，身体一晃，迅速横移。两人相隔一百米左右，但依然可以看得出虎贲的落点非常精准，但安泰明显跟张五雷前面的对手不同，他的移动可以压制张五雷的进攻。

莫峰的眼睛渐渐地眯了起来，周围的地球战士对张五雷信心十足，可是莫峰知道，这才是月球人最直接的针对。

这个阶段的张五雷已经展现出了他的异能天赋，未来的胖子称之为"魂锁"，是一种罕见的复合能力，涉及精神锁定、身体的应激攻击，配合上训练和战场的磨炼，造就枪神。但现在的张五雷还太稚嫩，安泰的能力有类似性，只不过他可能是跟地面感应，所以双方都非常敏锐，加上他的移动和过往的训练，在这个阶段就压了胖子一筹。

胖子的"魂锁"是锁定了对方，但开枪是需要时间的，哪怕再快也是如此，而子弹还要飞一会儿。而同样的，安泰大概在胖子一抬手时就有了反应，这说明安泰的精神锁定也非常了得，加上脚下的功夫，确实可以闪避胖子的进攻。

月球选手区这边相当的淡定，因为赛前阿兰·道尔说了，这场安泰克制对方。

张五雷的枪法非常迅疾，可安泰就像一条蛇一样在丛林窜行，似乎……胖子的枪法也没那么准了。

他并没有胡乱射击，菜鸟或许觉得可以蒙一枪，但这只会打乱自己的节奏。

一个有交融的异能对抗，这是张五雷从来没有过的经验，但显然对面的安泰有这方面的经验。

不断的窜行中，两人的距离也缩短到了五十米左右，这也是胖子的安全距离，他不能让对手再逼近了。

经历了三轮的洗礼，胖子并不是真的傻，外表可能变化不多，但内在已经发生了质的蜕变，必须决胜负了！

一旦被这样的高手近身，说真的，胖子再练一年也打不过。

攻击瞬间停止，胖子微微闭上眼睛，两把虎贲斜指地面，这个动作倒是把安泰吓了一跳，不知道张五雷有什么阴谋诡计。

但毕竟是 EM 三千分的大神，只是两三秒的迟疑，安泰加速朝着张五雷冲了过去，几乎是一晃，身形就消失了，人的眼睛几乎都没捕捉到。

这才是安泰的真正速度，他的异能跟大地有关，除了可以感知锁定脚踏地面的对手，还可以提升自己的移动速度以及变幻轨迹，遇到克丽丝这样的对手，安泰直接认输，但是除此之外，他真不惧怕谁。

而这时短暂平静的张五雷也爆发了，虎贲暴射，一排排的子弹倾泻出去。

狂风双排顺枪点射！

在同一移动轨道上，两把虎贲打出复合矩阵点射，彻底封锁移动路径，说真的，这种范围封锁，九成九的战士都要倒下，何况对手还没有枪械还击。

但是安泰像是早就料到了，身体诡异地大幅度后仰倒退，完全违背惯性，而张五雷的顺枪方向错了，想要扭转可就要费劲了。

这个时候的安泰则一个旋转，身体如同飞扑的猎豹冲向张五雷，两人的距离瞬间就只剩下二十多米了。

大屏幕的特写，张五雷的呼吸开始急促，这也是他开赛以来遇到的真正的高手，完全看透了他的套路，这就是压制了。

张五雷倒是坦然，失败是早晚的，他没觉得自己会一路走到底，却不会轻易认输。

虎贲换好弹夹，他依然认真地点射对方的移动路径，可是枪枪落空，加上雨林的遮挡，也增加了命中难度。

噌……

人影交错，安泰已经突袭而过，白光闪过，血液飞溅，一只胖胖的胳膊飞了出去，而安泰则像是闻到血腥味的豹子，迅速划开一个弧度。而此时的张五雷已经痛得脸色苍白，浑身冷汗，在这种百分之百的真实度痛感之下，能不哭出来就算是真战士了。

安泰已经再度绕到了张五雷的侧方，嘴角带着一丝嘲讽，匕首一划，又一只胳膊飞了出去，两只胳膊紧紧握着虎贲。

血液不断地流，张五雷咬着牙，一头撞向安泰，但是安泰轻轻一让，张五雷撞了个空，一头摔倒在地。

这一刻，月球人的欢呼、地球人的绝望如同黑白两色世界。

一直以来张五雷都太惹眼了，这么蠢的胖子却一路闯到八强争夺战，简直不能忍，而这口气终于出了，安泰三百六十度无死角碾压。

莫峰的手摸索着椅背，眼神变得格外凛冽，胜败乃兵家常事，安泰明明可以一刀解决的事……

安泰慢慢地走了过去，这胖子就是待宰的猪，他知道，这一刻有无数的人看着他，他将成为英雄！

当然 EM 有规矩，不能有明显的"虐杀"行为，刚刚砍掉两只胳膊还算是进攻行为，如果这个时候还进行下去就肯定会被判犯规。

安泰很懂规则，所以他是慢慢走过去的，让更多的人可以欣赏胖子猥琐挣扎的一幕。什么枪王，在他面前就是狗屁。

走到了跟前，张五雷咬着牙，只是淡淡地看着对方，他没有认输，也不会认输，这点儿痛，他还忍得住！

安泰笑了笑，一刀划向张五雷的喉咙，不磨叽，杀！

八强争夺战关键的第一场，安泰，胜！

月球人欢欣鼓舞，虐吗？没呀，在月球人看来很正常，先是断掉有威胁的手，然后等胖子投降，他不投降，那就只能杀了，割喉或者其他的手法都一样。

投诉？只会显得更弱！

月球人振奋了，终于赢了，这一场比前面两场还开心，龙图双雄，已经倒下一个枪王了，只剩下一个莫峰，还能掀起什么风浪？

何况，他的对手是"苍穹之光"弗洛伊斯！

古玉也是深深地叹了口气，对手是有点儿过，但在规矩之内，战场比这更残酷，至于投诉什么的，完全没必要。

在战场上丢的脸，一定要在战场上找回来。

现在一切的一切都寄托在了莫峰身上。

地球选手区里，所有人都看着莫峰，莫峰站了起来，走到通道口等着张五雷。胖子过了好一会儿才出来，这个时候外面只有对安泰的欢呼声，什么"大地之子""大地战神"……

反正月球人爱起外号，而且一个比一个夸张，别当真。

"没事吧？"莫峰拍了拍张五雷的肩膀，感觉到了他的虚弱，扶着他。

"对不起，给大家丢脸了。"胖子低着头。

莫峰大笑，摇摇头："你这家伙，丢什么脸？已经到了八强争夺战，一会儿进去还这么说，其他人不得找个地缝儿钻进去？"

笑声中，莫峰的眼神里带着一丝狠辣，老天保佑安泰别落在他手中。

回到地球选手区的张五雷，得到了一片掌声的欢迎，孙小茹和周紫宸过去扶着他，这待遇也是独一号了，搞得本来还想逞英雄的他，腿立刻软了。

"哥们儿，没给我们地球爷们儿丢脸！"达拉奥竖起大拇指，刚刚那种情况，至少一半人会选择投降，但张五雷没有，赢得了他的尊重。

其他人也多是如此，实力强弱在很大程度上跟天赋有关，可这勇气却不是谁都有的。虽然输了，但输人不输阵。

外面进行的第四场是吴极对战罗宇男，比赛以吴极的优势胜利告终，此人拥有三级闪电异能，自封"闪电侠"，异能有闪电加速，比一般战士快了不少，同时近战的时候还可以释放电能麻痹对手，很是难缠。

上午的比赛告终，月球方面大获全胜，面子、里子全有了。

中午休息。

地球人并没有退场，无论是在现场还是直播上，最差不过是全军覆没，已经到了这一步，一定要亲眼看到结果，下午第一场就是莫峰的比赛。

而莫峰同学则被古玉将军叫了过去，换任何一种情况，古玉都不会在这个时候干扰选手备战，但是他确实想了解一下，莫峰有没有把握。

一旦结果出来，一些事情就来不及了。

会议室不大，弥漫着一股烟味，一般情况下，像古玉这个级别的将军会特别注意形象，但莫峰来了五分钟了，古玉抽了两根烟，一言不发。

良久，古玉打量着眼前的莫峰，年轻、沉稳，像这个年纪的军校生见到他，都会有各种紧张的反应，可是古玉看着莫峰，就像是看到了一个老兵。

"莫峰，2280年出生，上京人，直系亲属……勉强考入龙图军事学院，前两年成绩一般……"

古玉简单地说着莫峰的资料，非常详细、一针见血，整个过程一直盯着莫峰，莫峰则像是说的不是自己一样，面不改色。

"一个年轻人，忽然之间WU，会有各种各样的反应，但你的变化比较奇特，看似为了出名，但又不是为了出名，说说看。"古玉的脸上露出一丝笑容。

莫峰也有点儿意外，他以为古玉找他是为了EM，没想到却问到这个。

"报告，将军，我不懂您的意思。"莫峰说道。

"我想你懂我的意思，你在对周紫宸告白失败之后，身体出现异状，然后战斗力大幅度提升。WU能带来什么，无论月球还是地球都还不能掌握，但是有一点可以确定，之后一段时间的表现，你显得格外成熟稳重，你最近忽然变得高调又是为什么？"古玉说道。

会议室里很安静，也没有其他工作人员。

莫峰也看着古玉，对于这位将军的资料他知道得并不多，以他在未来的层次只能看到表面，这位将军是哪边的，无法断定。

如果说有什么底儿的话，那就在于他是地球人，而根据莫峰现在的判断，问题是出在月球内部，地球人完全是躺枪的。

"……将军，我不知道该怎么说。"莫峰说道。

"今天只有你我两人，无论你说了什么，我们都当没发生过，因为根据你说的话，我将作出一个判断。"古玉轻轻地敲了敲桌子。

"我不知道您说的节点是不是 WU，但那之后我的很多战斗思路变得清晰起来，只是有一个问题，我经常会做噩梦，梦到未来。"莫峰斟酌着说法，显然他要给出一个相对合理的说法，但又能表达清晰，试探一下对方的反应。

"继续。"古玉不置一词。

"梦中，人类发生世界大战，月球和地球都将毁灭，我想保卫地球，可是我没什么背景，所以就想到了高调一些。"说到这里，莫峰的表情有些尴尬，这是有点儿讽刺目前地球军方的选拔制度了。

古玉没有笑，他最近也在调查，从目前的情报看，月球人很可能发现了宜居新星，而且想要独占，地球目前完全处于下风。莫峰的梦有点儿答非所问，毫无逻辑，但不重要，他想看的是莫峰的心性，从各方面来说莫峰都会是任务的最佳人选，当然前提是能进四强。

而莫峰同样在默默地观察古玉，他故意用梦来试探古玉的反应，看看古玉对"末日"是否有概念。

但很显然古玉一无所知，综合古玉在 EM 大赛中的一些风评，莫峰也想在高层找同盟。

古玉看着莫峰："接下来的话，出了这个门就要忘掉。月球方面在做一个很重要的计划，需要四个探索者，这四个名额就是本届 EM 大赛的四强。地球需要一个名额，这关系着地球的未来，说不定跟你的那个梦有一定的关系。如果你能进入四强，我会跟你说更详细的情况，你有把握吗？"

莫峰心中一动，控制着喜悦的情绪，从这里，他可以初步判断古玉应该是他这边的。整个异族计划，地球完全被动挨打，没有任何防备，月球那边，作为一个地球人根本没有机会打入其内部，只能从地球这边着手。

古玉的怀疑指向了大量的星际探险和这次的选拔计划。

未来的时候，月球牵头启动的"曙光计划"，地球完全是出钱出力出资源，但丝毫没有主动权，很可能是被月球方面掩盖了真实目的。

这里面有太多的不确定性，但是如果他能参与其中，一定会发现蛛丝马迹。

他和古玉琢磨的不是一个方向，却是同一个问题。

一个探险如何变成了一场灾难？

"报告，我有信心争取一下冠军！"莫峰大声地说道，这个时候不能尿。

古玉笑了："你这小子，口气真大，不过马上我就能知道你是不是在吹牛了，去吧，让'月嫂'们见识一下地球力量！"

莫峰敬礼，转身离开。

古玉把目光从莫峰的背影上收回，联邦的人只看利益，月球方面做出了许多让步，想全权掌握这次计划，这就更说明有问题，莫峰高调一点儿是好的，只要进入四强就有机会了。

古玉揉了揉额头，他也感觉自己最近有点儿异想天开了。

比赛还有十分钟就要开始了，月球人的兴奋、地球人的紧张交融在一起，是团灭，还是一鸣惊人，就看这一次了。

只要莫峰进了八强，至少跟上一届持平，不至于太难看，地球人好面子是出了名的。

远在地球的莫小星也紧张得要命，就剩哥哥一根独苗了，老莫呀，要挺住！

这注定是一场强强碰撞。

随着欢呼声的响起，比赛开始了，双方选手入场。

"从左边通道走出来的是来自月球的弗洛伊斯！"帕图雅说道，打赌虽然输了，但他并没有裸奔，当时也没说什么时候跑，当然他不会赖账，他要等 EM 大赛结束了再跑。

这算是半赖，只不过张扬也不会真的去深究，气势上占优就行了，可八强争夺战张五雷的惨败却让他高兴不起来，现在希望都寄托在莫峰身上了。

"从右边通道走出来的是来自地球的莫峰！"张扬也毫不示弱。

竞技场里的欢呼声此起彼伏，双方的支持者都在扯着嗓子呐喊，一定要在声音上压倒对方。

竞技场外也是人声鼎沸，大量的警察在维持秩序，以防出现意外情况，双方的支持者泾渭分明，气氛十分火爆。

莫峰和弗洛伊斯握手，双方没有废话，直接进入作战室。

作战场景：城战。

武器……

所有人都盯着他俩，地球双雄特点非常明显，一个擅近战，一个擅远程，弗洛伊斯会针对吗？

但弗洛伊斯的异能也是近战无敌，应该没必要尿。

钛金剑！

交手的双方几乎不约而同地确定，都没有在枪械上犹豫。

其实在刚才握手的瞬间，两人就有了这种默契，立场不同，但作为一名战士，毫无疑问，对方就是自己想要的对手。

而从战术上来说，弗洛伊斯不相信有这样近战能力的人，枪法会很差，在城战这样的场景中，最终决定胜负的肯定还是近战。

这是强者的一种默契。

莫峰握着钛金剑走了出去，对于武器，他不挑剔，能杀就行。对于弗洛伊斯，他要给一份尊重，这人在火星战场上的表现很好。至于是哪一边的，他无法确定，因为弗洛伊斯应该也是不能掌握自己命运的人。

大概很多月球人都不知道为谁而战，为什么而战。

当两人在同一街区碰面的时候，全场沸腾，台下的达拉奥也异常地紧张和兴奋，他就是败在弗洛伊斯手中的，所以太想知道如何赢这个变态。赛后他仔细琢磨了，对方似乎就是故意等他近身，故意展现他的火神能力。

为什么？

一般人都会隐藏，就算知道是火焰能力，但到达什么程度无从揣测，但弗洛伊斯显然不怕。这就是自信。

弗洛伊斯和莫峰已经面对面，他在莫峰身上嗅到的是同类的气息。

月球选手中，他唯一无法对付的是阿兰·道尔，那是因为阿兰·道尔的异能太独特，但技术性的正面对抗，恐怕只有眼前的莫峰才能与他抗衡。

双方的嘴角都露出了一个笑容，下一秒，双方同时启动，狂暴的突进，眨眼间两人杀到了一起，两把钛金剑没有任何花哨地轰在了一起。

砰！

一声震耳欲聋的爆响，新时代里号称"最强兵刃合金"的钛金似乎都要弯了。

力量、速度、气势的对抗。

一秒的僵持，双方猛然拉开一个身位，下一秒钛金剑再度出手，轰轰轰轰……

一开场就是近乎玩命的对砍，两把钛金剑疯了一样狂斩对手，根本没有防御。钛金剑交错，火花四射，攻防一体。钛金剑对抗，两人脚下也没闲着，弗洛伊斯紧跟着就是一个侧踢，莫峰同样一击，一声闷响，两人同时弹开。

很显然两人都非常非常的痛，但目光都在对手身上。

现场很热闹，看不出什么东西，两人显然在热身试探，直到虚拟影像给出了数据。

双方对攻六十七剑，交错力量平均值在五千三百公斤。

刚刚还在畅聊等待高潮的都傻眼了，这意味着什么，双方同时要承受这样的力量，现场所有的战士，有几个人的身体能承受五吨的力量，而且短时间内六十七次！

这还只是试探！

达拉奥的汗一滴一滴地落下来，他的拳力在两吨左右，两三次五吨的力道还是可以扛的，可是这样连续的对抗，手腕肯定折了。他知道弗洛伊斯可能没用全力，却也没想到差距这么大。

柔术……这样缠住对手，会被直接撕开的。

弗洛伊斯用异能是想告诉对手，都来针对我吧！

弗洛伊斯笑了，身体弓起，右手把钛金剑后拉，左手抚着剑身，整个人仿佛一张满弦的弓。

而对面的莫峰横剑做出了防守的态势。

杀！

一声暴喝，平地一个炸雷，弗洛伊斯的脚下已经裂开，而他整个人如同离弦之箭冲向莫峰。

零式极斩！

凝聚精气神于一剑，极限突刺，军方击杀术的表象结合武宗的宗旨。

闪避是不可能的，气息锁定之下，莫峰封剑。

轰……

后退发力狠命地撑住，一只脚已经陷入地面，大屏幕上给出了这一剑的力道。

七千三百六十公斤！

所有人都张大了嘴，这胳膊都要断了呀，但弗洛伊斯的攻击才刚刚开始，一击定住对手，他的钛金剑连环斩出。

此时的莫峰只能闪避，如果硬接，就等于把双方的力道都压在了自己身上，最终会让身体锁死，完全不听使唤。

可是莫峰在避开剑锋的时候，整个人侧身直接靠入弗洛伊斯中空。

沉肩而入——靠山崩！

轰……

弗洛伊斯的攻击瞬间被中断，整个人离地，与此同时莫峰一剑扫向对手的咽喉。半空中的弗洛伊斯看都不看，直接仰头，同时手中的钛金剑朝着半空一点，准备跟进的莫峰只能戛然而止，因为对手点的是他的预判，如果突进，他正好撞在钛金剑上。

弗洛伊斯一个滑步落地，双脚在地面划出一道沟壑，硬生生地刹住退势。

双方调整着呼吸，时间很短，但是消耗却比一般战士大得多，都是扎实的硬拼，这样的力量交错对双方都是极大的消耗。

全场鸦雀无声，静静地看着两个超级战士，说真的，在场有不少被淘汰的，直播前也有不少没能进入 EM 的战士，很多人都觉得自己是运气不好，自己上了说不定更厉害。

但看到这一场，没人侥幸，因为对方的力量足以破防，根本挡不住，一剑就死。

"我用了八分力了，你大概才用了六七分吧。"弗洛伊斯沉声说道，没有压力，全是兴奋。

莫峰微笑不语，全力什么的都是浮云呀。

弗洛伊斯的剑锋一抖，噌，一道火苗出现，瞬间整个钛金剑笼罩在熊熊火光之中。

火神异能！

弗洛伊斯动真格的了，月球人激动起来，老早就该了结这家伙了，他虽然很厉害，但异能为王！

火焰对弗洛伊斯不但没有伤害，还有一定程度的加持，零式极斩的招式再次出现，但这一次的声势更盛。

而对面的莫峰这一次没有闪避，而是做出同样的姿势，他要对攻！

火焰异能，比较罕见，能运用到弗洛伊斯这种程度的更是绝无仅有，至少他的战团里没有。

双方的目光相隔十多米接触，爆出若有似无的火花，棋逢对手！

杀！

同时暴起两声，双方同时发动，一模一样，没有任何回旋余地，极限杀在了一起。

嗡……

两把钛金剑仿佛弯曲了一样，爆出一道强光，火焰四射。

澎湃的力量在两人之间炸开，莫峰能感觉到那炙热的灼烧，一般的战士恐怕会直接被这种火焰烧伤，但是莫峰的体表却出现了一层气劲一样的东西抵挡火焰。

电光石火的瞬间撑开火焰，消散。

两人的攻击却并没有停止，两把钛金剑不断交错，火光四射，但是很明显此时的弗洛伊斯就是火神降世，每一击都伴随着火浪的咆哮，整个人气势冲天，大有一种神挡杀神、佛挡杀佛的态势。

莫峰也在对攻，但身体却在不断地后退，弗洛伊斯的身体也笼罩在一重火焰光芒当中，手中的钛金剑大开大阖，掌控全局。

弗洛伊斯心中有说不出的畅快，从没人可以和他这样对攻，对方虽然在后退，但没有出现丝毫的颓势和破绽，反而在等待机会。

这样的力量、这样的技术，还有这样的心态，弗洛伊斯简直不敢相信。

而这更刺激他的力量！

火焰从钛金剑蔓延到全身，火神弗洛伊斯全状态！

杀杀杀！

陡然三连击，挟带起三重火浪铺天盖地地压向莫峰，三重力量几乎同时

压到。

莫峰不得不防守，如果没有火焰异能说不定他还能以攻对攻，但火焰的加持，完全没有反击的余地。

轰……

他整个人终于后退了，而这时，弗洛伊斯并没有突进，而是凝滞半秒，双手握剑，原地劈出一剑！

所有人都目瞪口呆，双方的距离已经开到了五米，这……

而下一秒，弗洛伊斯的钛金剑剧烈颤抖蓦然发出一道清脆的剑鸣，轰……

肉眼可见，一道有形的火龙咆哮着扑向了莫峰。

火神奥义——叠浪炎龙杀！

这一刻，竞技场内外都被弗洛伊斯这一击给惊呆了……这还是人类吗？这龙形火浪有三百多度的高温。

刚刚落地的莫峰眼神微微一凛，同样的双手握剑，反手就是一道剑光。

噜噜噜……

数十道破空声叠加在一起，轰……

火龙直接爆炸，而下一秒莫峰已经突破火浪，一记横踢，弗洛伊斯也没想到对方竟然可以斩断自己的攻击，横剑格挡，巨大的力量袭来，整个人飞退七八米才停了下来。

前后脚，莫峰在空中翻了一个跟头落地……

此时的莫峰心中惊涛骇浪，他听说过弗洛伊斯，却是第一次与之交手，让他震惊的不是弗洛伊斯的实力，而是他的火焰的滋味，跟……异族好接近！

异族之中的一些也同样拥有这样的火焰力量，虽然是黑火，但是受过无数次伤的莫峰很清楚地感觉里面有相近的"味道"。

陡然之间莫峰的心脏又刺痛起来，剧烈的情绪波动更加刺激了基因力量的运动，莫峰能够感觉到自己的腹部像是刀割一样，异族病毒正在扩张，吸收他的生命力。他一直控制着自己的情绪和力量在战斗，但刚刚那一瞬间，这种平衡被打破，必须速战速决，否则后果不堪设想！

气氛变得无比凝重，弗洛伊斯也知道到了分胜负的时候了，这是第一个可以正面破解他火焰战技的战士。

现场一片死寂，EM直播也没人说话，所有人都被战局吸引了，大屏幕正在回放莫峰刚才那一剑，准确来说是高速的二十多剑才劈开了火龙。

噌……

莫峰主动出手了，走中路，钛金剑直接杀了过去，剑尖一点，砰……

弗洛伊斯手中的钛金剑差点儿脱手，对方的攻击怎么这么诡异，剑尖上似乎带着螺旋的力道。

一道火焰扫过，莫峰闪避，反手握剑切身而入，弗洛伊斯怎么会给他这个机会，身上的火焰猛然爆开。

而这时莫峰不但没有闪避反倒是迎了上去，火焰灼烧皮肤发出嗞啦嗞啦让人听来觉得毛骨悚然的声音。

他疯了吗？

只是一眨眼的工夫，莫峰的身体就烧了起来，这不是找死吗？

砰……

弗洛伊斯也是无语，钛金剑精准地封住对手的反手剑，却感觉到不妙，因为力量完全落空，对方这一剑是虚招。

一道黑影探了过来，噌……

澎湃的火焰陡然收缩，露出两个人，全世界的目光都在这两个人身上。

莫峰被烧得四处焦黑，还残留着火苗，最严重的是手臂，他的左手正插在弗洛伊斯的心脏位置，肉眼可见，食指只剩下骨头插了进去。

衔接的地方依然蹿着火苗。

弗洛伊斯的眼睛瞪得滚圆，难以置信地看着莫峰……这还是人吗？

他的火有多么猛、多么毒，他一清二楚，可是这个人承受火焰焚烧，连眉头都没皱一下。

比赛仍没结束，他要跟对手同归于尽，他张开双臂想要抱住莫峰，却发现身体完全动弹不了，而随心所欲的火焰竟然……没有出现。

噌……

莫峰拔出了手，弗洛伊斯感觉力量完全被抽干一样，整个人天旋地转，扑通一声砸在地上。

莫峰没有理会弗洛伊斯，也没有在意被烧成骨头的左手。

一模一样的要害部位，那些拥有火焰能力的异族怪物，类似的部位会有一个闪光的火焰结晶，只要能轰开保护晶体的胸骨，击碎红色结晶，这些怪物就会瞬间失去力量。

结合异族飞行类的攻击群模式、现在的火焰异能，莫峰可以断定，异族的战斗模式里模仿了人类，似乎他已经距离真相越来越近了。如果没有其他人感染，那说明敌人很可能发现了他，他要早做准备！

莫峰在想事情，表情凝重，可是他不知道的是，这一刻，这个造型是多么的……酷帅拽霸天！

无论是地球人还是月球人，都被他的冷静、果决震撼了。

当然外人看到的只是莫峰强忍着火焰灼烧刺穿对手心脏。

八强战第五场，地球莫峰，胜！

莫峰代表地球人进入八强。

张扬的眼圈红了，强忍着不让眼泪掉下来，终于进了！

如果被横扫在八强之外，基本上到下一届 EM 之前，地球战士都要把尊严塞进裤裆里了。

这一战，爷们儿！

莫峰！

莫峰！莫峰！莫峰！

全场的地球人都站了起来，他们疯狂地喊着同一个名字，地球的救世主！

古玉紧绷的身体终于放松了下来，靠在椅子上，嘴角露出一丝笑容，这小子……真的做到了。

当裁判宣布的那一刻，整个龙图军事学院瞬间暴走，所有的学生、老师像是疯了一样四处乱窜，他们无法站在原地，沸腾的血液让每一个人狂奔、号叫。

是的，地球人进八强了。

月球的选手区第一次陷入了死寂，因为每个人都认为弗洛伊斯必胜。

但是拥有火神异能的弗洛伊斯还是在近战中输给了莫峰。

难道他真的是武神？

地球选手区，张五雷像个弹力球一样在房间里弹来弹去，胖脸都要乐歪了。

周紫宸也是捧着胸口露出发自内心的笑容，似乎局面翻转了，学长真是太帅、太迷人了，太有男子气概了，哪怕冷淡一点儿也是男神，以后她来倒追他！

孙小茹躺在床上，当莫峰赢的那一刻，她的眼泪也忍不住掉落下来。

而这个时候，最应该高兴的莫峰感受到的却不是喜悦，而是无边无际的黑暗，他掀开自己的衣服，赫然发现腹部那片鳞片疤痕搅和在一起的焦黑物不知什么时候已经扩张到巴掌大小了。

他不断地使用基因力量加速了这种变异！

第二十六章

我叫莫峰

　　莫峰的胜利让后面的战斗成了表演赛，尽管实力很强、很精彩，可是无论是月球人还是地球人都感觉缺了点儿什么。

　　至于 EM 论坛上的争吵已经呈现前所未有的爆炸态势。

　　月球人："这是月球的大胜，我们有七人进入八强！"

　　地球人："我们有莫峰！"

　　月球人："我们占据绝对优势！"

　　地球人统一回复：我们有莫峰！

　　这种一招万人敌让无数月球网友憋出了内伤，如果莫峰勉强进去也就罢了，如果莫峰的对手不强也就罢了。

　　可是月球方面两个种子选手倒在了莫峰的手上，一个拥有"火神"异能，一个拥有"法官"异能，这绝对不是运气，而是靠扎扎实实的实力杀入八强的，甚至比其他七个人面对的挑战更大。

　　莫峰的胜利是地球人的胜利，但此时的莫峰却并没有参与胜利的庆祝。作为选手，他有足够的理由，毕竟战斗还要继续，或者说，真正的战斗才刚开始，还不到放肆庆祝的时候。

　　从战绩上来说，地球勉强平了历史最差战绩。

医院里，莫峰正在给窗台上的花浇水，享受着赛后的一刻宁静，大概所有媒体都在等着他放"大炮"，莫峰当然不会满足他们，也没那个心情。如果不是经历过黑暗，他现在应该绝望了，莫名其妙的变异，甚至连敌人都不知道是谁，孤身一人，他能怎么办？

放弃？绝望？不存在的。

或许会死，他也必须按照方案继续下去，现在可以确定，异族是由人类改造而成的，甚至有可能是基因变种，但显然加入了某种未知的力量才会产生如此巨大的力量和异变。

兰德斯有问题，绝对有问题，他发狂的时候说过，莫峰死定了，他凭什么知道？

来月球之后，莫峰经历过体检，这是每个战士都必须要经历的，其次比较可能的就是和兰德斯的接触，再就是饮食，而这些他现在完全没能力去查。

和弗洛伊斯一战结束之后，心脏位置的刺痛变得频繁，疼痛可以忍，但是腹部异族斑块的扩大，却无法控制。短时间内，莫峰已经有了想法，先拿下比赛，然后找古玉将军摊牌，这件事情绝对不是他一个人就可以完成的。

四强，一定要拿下，而在这段时间，他不能再妄动力量，要减缓变异的速度。

"这次的月球之旅简直跟做梦一样。"孙小茹望着莫峰硬挺高大的身影颇为感慨，曾几何时，她还在担心他的就业问题，仿佛一个晚上，他已经成长到了她无法想象的高度。

莫峰微微一笑："尽人事，听天命，别想那么多。"

每次有孙小茹在的时候他就特别安心，感觉自己像是个正常人。

"唉，这次真的太可惜了！"孙小茹心中确实很不甘，神奇地走到这一步，却躺着输，真是难过，"莫峰，你觉得我尝试一下 SWU 药剂如何？"

莫峰的手一抖，猛然转身："想都别想，现在就是最好的结果！"

孙小茹被吓了一跳，她第一次见莫峰如此说话："我……只是随便说说，这不是问问你的意见吗？"

莫峰认真地看着孙小茹："你一定要断了这个念头，SWU 有很强的后遗症，还有，你的天赋在太空，根本没必要计较一场比赛的得失，还有，如果有一天出现天大的事，记住，敌人在内部！"

莫峰说得斩钉截铁，真把孙小茹吓住了："莫峰，我不过是随口说说，什么敌人，什么内部？"

莫峰这才意识到自己反应过激了："班长，不好意思，我是想说，要相信我。"

见莫峰秒怂，孙小茹也忍俊不禁："安啦，我知道你是为我好，啧啧，看不出你也有这么霸气的一面，难怪紫宸都喜欢你了。"

莫峰知道孙小茹的暗示，但这话他真接不了。

幸好门口传来脚步声，周紫宸来了，其实这几天也都是周紫宸在照顾她，周紫宸的脸上倒是很平静。

"学长，你还是出去看看吧，外面一堆记者不肯走，非要采访你。"周紫宸说道。

莫峰看着周紫宸，她也看着他，两人似乎有很多话要说，可是到了嘴边却一句也没说。

莫峰眨眨眼："班长大人，你好好休息，我去应付应付这些家伙。"

走出房间的莫峰也是无奈，SWU是一种二次激发药剂，针对性挖掘人类的潜力，针对能力较弱或者出现觉醒迹象的人，但后遗症非常严重，在未来有一些实验者早期获得能力，但一年左右的时间就疯了。刚才他有一种把所有真相都告诉孙小茹的冲动，可是还是控制住了，说了又如何？

他都背不下来的大山，让孙小茹去背？如果注定毁灭，那就开开心心地毁灭吧。

他走到走廊门口，靠着墙，望着外面明媚的阳光，点上一根烟，这样的和平感觉有点儿不真实，贪婪地呼吸着新鲜的空气，这样的时光他不知道还能享受多久。

前世今生，他没有改变什么，这一次他一定要进入四强，为地球争取一个机会。所有的内容和推断他已经编辑了邮件发给马可，至于马可怎么判断，他无从得知。

有一点可以肯定，如果无法逆转，他绝对不会以一个怪物的身份死去。

周紫宸……他一直仰视的女孩子……他不知道该怎么判断，希望真相不会是最惨的。

至于张胖子，一世人两兄弟，坑了一次，不怕再坑一次。

莫峰喷了一个烟圈，忽然耳边炸响一个声音："莫峰，原来你在这里！"

莫峰呆了呆，真是踏破铁鞋无觅处，得来全不费工夫："兰德斯，我知道你不服气，来来，我给你一个翻盘的机会。"

兰德斯的表情突然变得狰狞："你找死，我不会和你动手，我会看着你怎么被……"

在兰德斯的身后出现了阿兰·道尔和克丽丝·达文西的身影，本来好好地接受采访，但一个记者的提问点炸了兰德斯，他们就担心出问题，没想到兰德斯真的来了。

"兰德斯，住口！"阿兰·道尔的声音已经传了过来。

"滚，阿兰，我警告你，别以为给你几分面子你就真是老大了，我的血……"兰德斯像一个撒泼的孩子完全不管不顾了，他从小到大何尝受过这种侮辱，这几天每天都像是度日如年，而耻辱的根源就是眼前这个莫峰。

那一瞬间，莫峰感觉到了能量波动，下一刻阿兰·道尔已经来到了兰德斯的身边，一只手轻轻扶住兰德斯的腰，英俊的脸上露出略带歉意的笑容："莫峰，真是不好意思，这家伙被惯坏了，无法接受失败。"

莫峰看着阿兰·道尔，淡淡地点点头："很实用的能力。"

阿兰·道尔似乎一点儿都没在意自己的能力曝光："取巧的花招。你和弗洛伊斯一战才是真的精彩，不过你怎么知道'火神'的弱点是心脏的？"

哪怕是现在的莫峰也不得不承认，月球的教育真的好，阿兰·道尔在这个年纪竟然如此成熟："心脏不是每个人的要害吗？"

阿兰·道尔微微一笑，"也是。"

即便是莫峰也很难讨厌这样一个人，克丽丝·达文西也慢慢走了过来，保持着优雅："莫峰同学，我们又见面了，看来以后不用担心走错地方了。"

"哦，怎么说？"

"你说呢，你现在可是大名人呀。"克丽丝·达文西和阿兰·道尔都笑了，饶是以莫峰两世的经验也看不出两人这笑容的真假。如果是真的，只能说这两人的心胸太宽阔了。

"运气而已，我也是没办法，谁让你们太不留余地了，好歹也是一家人嘛。"

莫峰装都装不出这种风度，还是保持自己的风格好。

"打扰你了，比赛结束，希望能有机会一起聚聚，今天的事再次抱歉。"阿兰·道尔说道。

话都让阿兰·道尔说了，莫峰能说什么？如果不是担心压制不住身体的情况，他一定会出手，逼出点儿什么，但现在只能忍。

八强对战名单出来了：莫峰对战安泰、阿兰·道尔对战吴极、克丽丝·达文西对战布兰登、奥利维亚对战比斯利。

不但如此，组委会还推出特别荣耀，八强的选手将在竞技场获得贵宾室最前排的位置，可以最清晰地观看比赛，同时接受全场的欢呼。

这八个人就是这一代人类战士的代表、守护者。

毫无疑问，这是莫大的荣誉，同时月球人也是占了天大的优势，以目前人类联邦的体制，公民的支持度对于未来的晋级是非常重要的，越往上越是如此，在这个时候收获一批拥趸，在未来绝对能事半功倍。

而从今天开始，官方将轮番推出这八人的特别集锦，明天休息一天，后天正式拉开四强争夺战。

莫峰没有接受采访，但是作为击败张五雷的"大地之子"安泰可是目前EM人气第二的选手，而且是月球人，他接受了采访，他的言论同样激起了热议。

"张五雷和莫峰其实差不多，有特点，软肋明显，并不是很强，下一场比赛，只要战斗场景不是特别偏门，我会在三分钟之内结束战斗。"

安泰的话瞬间引爆观众们的激情，这是对莫峰上一次挑衅的反击，不是只有莫峰会放炮。

而且不少月球人认为，莫峰和弗洛伊斯一战已经打光手中的牌，安泰只要继续按照套路针对就可以了。

再说，就算安泰不行，后面还有更强的，随着比赛的深入，莫峰的弱点肯定能全部被挖掘出来，就像张五雷一样。

当然从舆论上来说，相当一部分人是站在莫峰这一边的。安泰上一战对战张五雷，下手的时候有明显故意虐杀的成分，已经激起了不少怒火，现在又这么轻蔑，无论成败，他都是个不受欢迎的人。

意外的是，整整一天多的时间里，地球方面没有任何回应，"炮王"莫峰也是异常低调。

宿舍里，莫峰浑身滚烫，腹部的红色鳞肉原来只是手掌般的宽度，现在像是要覆盖整个腹部一样，而他全身的力量都在对抗这种变异。良久，莫峰松了一口气，心脏的刺痛消失了，这种变异也暂时停止了。

莫峰拿起刀子，强忍着一刀刺了下去，刀很费劲地扎了进去，而他几乎快要昏倒，身体的刺痛超乎想象，血是墨色的，他大口喘息着，同时忍不住望着镜子里的自己，依然一刀一刀地撬了下去。在火星战场极少会出现感染的状况，即便在那个时代也是没法救的，割掉这些鳞肉可以延缓异化，只是这些东西像是渗透到毛细血管里了，每一次都像是抽骨髓一样的痛。

到底是谁?

为什么会这样胆大包天，难道他们不怕因为自己而暴露整个计划吗?

这帮人已经到了丧心病狂的地步，脑海里一片糨糊，莫峰咬着毛巾，一刀一刀地撬开鳞肉，割掉脏肉，直到出现鲜红的血液，涂上止血药，包扎好，整个人就晕倒在了洗手间里，只有水哗啦啦地流着。

在梦中他仿佛回到了火星，和张五雷一起大口喝酒大块吃肉，而孙小茹和周紫宸则是载歌载舞，不时发出铃声般清脆的笑声，真的好美。

但唱着唱着，周围的人变成了一个个异族怪物，莫峰惊醒了。

窗外的阳光已经投射进来，他却丝毫感觉不到暖意，心脏里仿佛有异物在不断地滋生，昨天撬掉的鳞肉也有复苏的迹象，刚一站起来，一阵天旋地转，感觉房间都在转。

莫峰靠着墙，不断地深呼吸，冷静，一定要冷静，今天是四强争夺战，为了自己爱的人、想要保护的人，哪怕死也要赢!

竞技场内已经座无虚席，比赛进入白热化阶段，四强争夺战，绝对是代表地球和月球最高水平的争夺战之一，因为莫峰，局面变得更加激烈，也让地球人有了更多的期待。

开场大戏就将决定整个 EM 大赛的走向，莫峰对战安泰，决定命运的一战！

就像莫峰说的，在追寻冠军的路上，十六强、八强又有什么意义？！

实际上，赛前看好莫峰的人占了七成，连相当一部分月球人都认为安泰并不一定能阻挡他。虽然可以针对，但说真的，他前面的表现太夸张了，"大地之子"想要赢真的不容易，当然安泰既然能赢张五雷，就有机会。

悬念让观众更加兴奋。

其他的六位选手则坐在专属席位上观看，同时享受全场的注目，这也是无上的荣耀了，月球人的骄傲溢于言表。

张扬和帕图雅这对老冤家也是针尖儿对麦芒儿，后面全都是白刃战，连帕图雅心里都没底。

两位选手登场，顿时全场掌声雷动，欢呼声直冲云霄，所有人起立。

"左边出场的蓝色方是来自月球的安泰，'大地之子'！"帕图雅以高亢的美声喊出。

"右边出场的红色方是来自地球的'武神'……"张扬故意一顿，全场齐吼："莫峰！"声震长空，这一刻莫峰肩负着所有地球人的希望。

莫小星和她的一群小伙伴全部发出海豚音来支持大姐头的哥哥、他们的英雄、地球人的英雄。

选手区里，所有的地球战士也都鼓起掌，目光中有羡慕、尊敬等，这样的舞台，人生能有几回？

莫峰一步一步走出通道，阳光可以让他稍微感觉到一丝暖意，看着那无数的人、无数的目光，不知为什么他想笑，但笑不出来。

他不能松懈，不能解脱，一定要完成任务！

中了异族的感染，莫峰知道自己距离与死神的亲密接触只是时间问题，但这并不是放弃的理由，他要捍卫自己的战场。

EM，前世的遗憾，这一世来弥补。

当莫峰出现的时候，尖叫分贝到达了巅峰，尖叫者中甚至有相当一部分月球人。但是在欢呼的人群中，大家也发现，莫峰的状态好像不太对，脸色苍白得有点儿吓人。

安泰淡淡地看着莫峰，并没有握手的打算："别是吓得一晚上没睡吧，可别像张什么胖子一样不经打哦。"

莫峰看了一眼安泰，没有说话，还没开战火药味就已经那么浓，裁判宣布比赛开始，双方选手进入作战室。

台下的孙小茹等人都有些着急，为了看这场比赛，孙小茹也坐着轮椅提前出院，可是看到莫峰的状态好像比她这个病号还差，一旁的周紫宸更加担心："会不会出什么问题呀？"

自从上次的事之后，她就觉得莫峰变得奇怪起来，会不会是因为她？

作战室里的安泰则是全神贯注，完全没有在外面时的轻松和调侃，因为月球方面已经得到准确情报，莫峰的远程实力超乎想象，他就是那个"S++"战绩的创造者！

说真的，在得到这个消息的时候，安泰感觉自己必输无疑，但是阿兰的预感却只想好的一面，到目前为止阿兰的预感就没错过，而作战室制订的计划是刺激对方用枪械，因为他的"大地异能"在这方面很有优势，只要不随机到特定古怪的地方。

莫峰则闭着眼睛，平复着心脏的痛楚，这一战还有一个重要的意义，那就是为张五雷报仇，回来这么久也没做点儿好事，这一次一定要让胖子痛快痛快。

大屏幕出现了战斗场景：火星战场。

同时给出两人的特写，安泰露出了难以抑制的兴奋，他终于明白阿兰为什么会有好的预感，因为火星是最能发挥他力量的地方。人类改造火星的第一步就是改造重力，利用雅拉·道尔的中轴理论，让 2/5G 的火星重力平衡到地球状态，需要让火星在几十年内处于 5/2 的状态。

恶劣的环境加上重力的因素，这是绝大多数战士都讨厌的，唯独他如鱼得水，无论是力量、速度，还是异能，都能得到极大的提升。

这么说吧，在火星战场上，其他人都要靠边站，这点不少月球人都知道，而看到这个战场，不少地球高层的脸色都变了，有这么巧吗？

另外一边，莫峰的脸色更加苍白了，似乎被吓到了。

安泰已经迫不及待地进入了战场，他知道，他扬名立万的机会来了，该他出名！

安泰选择了腿靠匕首、小圆盾和雷蒙特突击步枪，没错，最猥琐的打法！

防守方面，以他的异能移动，加上盾牌，任凭对方什么枪法也不可能一击致命。

进攻方面，以雷蒙特突击步枪的优秀攻击力配合无惯性位移射击，就算不是顶尖的远程战士，在火星战场也可以构成一流的压制。

只要这个战术达成，就算无法压倒取胜，也可以让战局陷入僵持拖延，等机会，而且他看对方今天的状态好像也不怎么样，恶劣的火星环境拖也能拖死他。

四强争夺战可是没有时间限制的，不管好不好看，人们最终只会记得胜利者。

唯一值得担心的，就是莫峰到底是不是那个神秘人，还有他的枪法到底怎么样！

制定好战术之后，安泰会严格地执行，作为一名优秀的月球人他同样不愿意给敌人任何一点儿可能。

看到安泰这种猥琐的选择，绝大多数人都为莫峰捏了一把汗，因为这显然是近战完全没有发挥余地的可能了，以火星的地形，安泰打定主意要跑，莫峰是根本追不上的。

难怪没什么背景的安泰，大地能力却有三级评定，现在看来，比一般的三级评定应用更广泛，具有更强的适应性。

这样的异能才是好的异能、不容易被针对的异能。

全世界都在看着莫峰怎么选，而莫峰并没有怎么犹豫，直接选定了一把虎贲 A 型。

一瞬间，全世界的观众都愣住了，他是不是选错了？

就算选远程武器，也不应该选虎贲 A 型呀！

就算选了虎贲 A 型，也一定要双枪才能打出效果呀！

这是基本常识。

别说整个竞技场引爆了，无论是外面的观众，还是 EM 直播上的观众，也都炸锅了，他会用枪吗？

不少地球人却想起了另外一件事，在 EM 大赛之前，地球上出现了一个超级强者，创造了"S++"的战绩，这样的人怎么会不出现在 EM 赛场上呢？

张五雷的枪法与那个人最像，可是身材完全不一样，但如果是莫峰呢？

只是一分钟的时间，就有人把那个身影和莫峰的身影重合并发到了论坛上，瞬间爆炸。

原来莫峰极有可能就是那个人！

消息的蔓延是非常迅速的，无数现场观众都在看着天讯，什么？

莫峰远程更强？！

古玉也没想到莫峰会在这个时候暴露，他的身体状态极不对劲，古玉皱了皱眉头，他不愿意想月球人会做点儿什么，但仔细想想又极为可能，立刻对身边的人耳语几句，身边的军官急忙出去。

而此时比赛已经开始了，双方进入战场。

安泰感受着脚下崎岖不平、干涸的土壤，作为大地异能者对这个特别敏感，但这片干涸的土地中蕴含的能量却一点儿都不少，甚至比地球更容易控制一些，除了这里的味道有点儿差，让人犯恶心。不过对于这个战斗场景他很熟悉，倒也能忍受，就算是阿兰等人都不敢和他在这个地方作战，莫峰？

看着远处一动不动的身影，安泰开始前进，他的射程和火力都比莫峰有优势，没什么好担心的。

另外一边，莫峰出现了，他一动不动，抬头看着天空，熟悉的天空。他重生也就两个月，火星的一切才是真实的，甚至在学院的时候他都不敢进入这样的场景。

这里还是那么荒凉，人迹罕至，两倍多的重力，还有那古怪的味道，可是对于常年驻扎火星的陆军战士，他们已经习惯了这样的味道，就跟抽烟一样。莫峰下意识地摸了摸口袋，却发现什么都没有。

曾经的一幕幕从脑海里无法控制地闪过，无边无际的异族怪物，战友们的喊杀声充斥脑海，心脏剧烈地跳动着，腹部的灼热感也在加剧。

情况比他想象的还糟糕，没想到这就是最后一战了，望着火星最常见的火烧云，他的嘴角露出一丝笑容，好像一个梦呀。

这个时候两个战士的一举一动，都是被无限放大、全太阳系关注的，安泰的灵敏兴奋让月球人无比开心，这个资料在场景确定的瞬间就已经传到了所有媒体那里，在火星战场，安泰稳居联邦前三，他能战胜任何人。

可是当特写给到莫峰的时候，全世界仿佛都安静了，虽然他并没有什么表情，却像是充满了所有的喜怒哀乐，年轻稚嫩的外表，却有着历经沧桑、阅尽生死的眼睛，他摸口袋的动作，他仰望天空的角度，一瞬间传递到了无数人的心中。

战士们感受到的、年轻人感受到的、男人感受到的、女人感受到的，都不同。

"这家伙，都什么时候了还摆造型！"孙小茹忍不住说道。

周紫宸则是捂住了胸口，她的心怦怦怦地直跳，那一瞬间……帅呆了！

她仿佛灵魂都要被吸进去了一样，世界上怎么会有反差这么大的人呢？

有这种感觉的绝对不仅是周紫宸，没多久现场就已经响起了无数的尖叫声，全来自女孩子，而且九成都是月球上的女孩子，这种帅是帅到骨子里，魅到灵魂深处的。

而愤怒的却是安泰，已经开始战斗了，对方竟然视线都不在他身上！

双方距离二百米了，这已经是雷蒙特突击步枪的火力覆盖范围了，其实二百五十米就可以，因为二百米的时候也是虎贲的射程，但这点儿威胁安泰根本不怕，连这点儿对射的勇气都没有，这场战斗也就不用打了。

雷蒙特突击步枪开火了，子弹轰鸣，朝着还在愣神儿的莫峰狂攻而去，安泰使用的是月球经典的M式突进攻击法，但因为大地异能的关系，他比别人更快、更猛。

莫峰的身体没有动，第一颗子弹擦着他的头部掠过，带起了一绺头发，所有的地球人都惊起了一身冷汗，差点儿被一枪爆头？

都什么时候了，他还在发愣！

紧跟着子弹倾泻而至，莫峰的身体开始摆动，以双脚为轴心，偶尔会有轻微的左右脚交叠，身体像是不倒翁一样摆动着。

安泰的攻击全部落空……

这个时候，莫峰才看了一眼安泰，双方的目光碰触，莫峰的嘴角露出一丝冷笑，安泰感受到了对方最赤裸裸的嘲讽。

是的，这是莫峰对于安泰上一场的还击，哪怕受伤，哪怕中了病毒！

安泰的眼睛都要冒火了，手底下却是毫不犹豫，手中的雷蒙特突击步枪轰轰轰地开火，双矩阵点射！

瞬间八枪连环轰出，而且同时移动位置，他怕莫峰的反击，而对面的莫峰则是在对手开枪的瞬间，向左迈了一步，对手的双矩阵点射就打了空气。

全场鸦雀无声，一种诡异的气氛在蔓延，这简直……像是拥有透视未来的能力一般，因为只有能提前预判对手的攻击才能做到这样的针对性移动。但实际上莫峰的移动是在对方开枪的时候做出的判断，因为任何一点儿提前量都会让安泰做出改变，大地异能可以让他无视惯性地改变射击位置，这点也是他厉害的地方。

这是怎么做到的？

远处的莫峰完全不受这点儿距离的影响，他可以直接看到安泰的眼睛，眼睛是永远不会骗人的，而移动的关键就是不能怕。

不能怕子弹！

但凡久经沙场的战士，没一个会在意这些的，这都是基本功，但在这里，却足以让所有人瞠目结舌。

又是一组矩阵点射，里面还加了一枪"弧线枪"，可是依然是同样的效果。为了增强效果，安泰已经拉近了距离，双方已经在一百五十米左右了，雷蒙特突击步枪很适合这种冲锋式的攻击。

然而还是一样的结果，莫峰又是一个完全预判的位移全部让开。

这是技术层面的碾压。

他的异能是精神力，灌注双眼就可以增加视力，对方的一举一动他都一清二楚，对方的破绽、漏洞也是那么的明显。

但是他心脏的刺痛和腹部的灼热越来越强了，看来精神力的使用会加剧变异。

本来他还想多为胖子出口气的。

莫峰的虎贲被举了起来，突进中的安泰活生生地被吓出了一个急速转弯，真的，他总感觉像是有鬼魂萦绕他一样，但是下一秒，愤怒和羞愧又让他疯狂地轰击。

莫峰的身体一个简洁直接的侧移，地面留下一堆弹坑，手中的虎贲A

型爆出轰鸣。

这一刻安泰的第一反应就是闪，但是……好像往哪儿闪都会被击中？

轰……

下意识地，安泰举起了盾牌，钛金盾间不容发地挡住了这一枪，但是他整个人已被虎贲强大的攻击力打得一个后仰，而紧跟着第二枪就来了，他的反应也是迅猛的，哪怕在失去重心的情况下也可以凭借大地异能改变身体的位置，只要脚不离开地面。

砰……

虽然身体避开了，但是手中的雷蒙特突击步枪被打得脱了手。

全场瞬间翻转，月球人一片死寂，而地球人已经激动得快要飞起来了，是的，这不是"武神"，这是"战神"！

地球人的"战神"，别说四强了，冠军都不是梦！

所有人都捏紧了拳头，等待胜利的那一刻，这样神乎其神的枪法，天下无敌！

看台上月球的贵宾区，高层们窃窃私语，眼神惊疑不定，这一战吸引了政治、经济界的大佬们，怎么也没想到看到的是这么一幕。

第三枪！

莫峰举起了虎贲，正准备结束这场战斗，胸口陡然传来剧痛，那痛已经深入骨髓，让他的呼吸一下子凝固，身体瞬间僵硬，手中的虎贲直接掉落。

啪嗒。

这一声却惊醒了无数人，莫峰的身体弓了起来，右手紧紧地压住心脏，牙齿咬得咯嘣咯嘣响，他怎么也没想到病毒会发作得这么猛，像是要吞噬他的全身一样。

远处的安泰劫后余生，浑身冷汗，看着颤抖着捂着心脏的莫峰也是莫名其妙，紧跟着狂喜，不管是怎么回事，肯定是莫峰的身体出问题了，这是天大的好事！

连忙去捡自己的突击步枪，却发现已经被莫峰打坏，转头看着依然不动的莫峰，安泰只是迟疑了几秒。当着全世界的面儿，如果连一个半死不活的人都不敢面对，那他也就成了耻辱的象征了，月球人是不会接受他这样的人的。

安泰拔出匕首，持着盾朝莫峰匀速前进，他知道莫峰选择的武器只有一个虎贲，还掉了，没人会在这样的地方装，而且莫峰也根本没必要，所以莫峰肯定是身体出状况了。

想明白这点，安泰加速前进，两人的距离瞬间只剩下了一百米，距离还在拉近，这个时候整个地球都炸锅了。

怎么会这样？

莫峰前一秒还天下无敌，怎么突然就出问题了？

天讯前的莫小星忽然想起了一件事，昨天哥哥说她今天会收到一封邮件，她根本没当一回事。可是以她的智商，本来就喜欢多想，立刻打开，上面果然有一封新到的邮件，那是莫峰在比赛前发出来的。

"全家一年内搬到澳洲。"

而这时安泰距离莫峰已经不到五十米了，此时的安泰已经感觉到世界之王就在眼前，他是天选之子！

但是这一刻，他还是强行让自己冷静，要让胜利百分之百在自己手中，他手中的匕首狠狠地掷了出去。

安泰的匕首功夫不算顶尖，但也绝不差，匕首直接插入了莫峰的胸口，而莫峰都没反应。

全场一阵惊呼，所有地球人都捂住了眼睛，这简直是地球联邦自建立以来最黑暗的一天。

而胸口的剧烈疼痛却唤醒了莫峰，他再次感觉到了自己的存在。

"哥哥，等我结婚的时候，你一定要回来给我当伴郎！"当莫峰踏上火星的时候，送行的莫小星笑道。

"莫峰，你能不能不要吊儿郎当的，再这么下去我可不管你了！"每次见到莫峰不修边幅，孙小茹都忍不住要批评一顿。

"莫峰，好久不见，你还好吗？"身穿舰长制服的周紫宸是那么美，却又那么的遥不可及。

"老大，兄弟先走一步。"张五雷那平静的脸，深深地刺入了莫峰的灵魂。

安泰已经冲到了跟前，一拳朝着莫峰的头部砸去，他要把这所谓的"武神"打出屎！

就在此时，莫峰却突然挺直了身体，整个人散发出如同地狱魔神一样的气势。

气势什么的都是浮云，可是……他的身体为什么不能动了，为什么手脚发软？

吼！

火星的大地上，一声炸雷，这里面有多少的无奈、愤怒、不甘，还有对生的渴望！

正面的安泰脑袋如遭雷击，瞬间七窍流血，整个人呆滞不动，缓缓地，缓缓地，无法控制地，跪倒在莫峰面前，直到最后一刻，他都不相信自己会输。

莫峰没有看他，只是紧紧地咬着牙，看着天空，为什么？

为什么让他回来？却只给他绝望！

一秒，两秒……十秒……

全场依然没有任何声音，直到裁判的声音打破了僵局：地球莫峰挺进四强！

就当所有人准备庆祝的时候，莫峰的作战室发出生命垂危的警报声，早就等在外面的工作人员立刻冲了进去。

天讯前正准备庆祝的马可呆住了，而这时他的天讯响了，铃声非常的特别，因为这是他专门为一个人设置的，一封邮件映入眼帘……